W0318305

Victoria Hanley

Das Auge der Seherin

Victoria Hanley

# Das Auge der Seherin

Aus dem Englischen
von Cornelia Stoll

Beltz & Gelberg
*edition anrich*

Titel der englischen Originalausgabe:
THE SEER AND THE SWORD

Für meine Kinder
Emrys und Rose

www.beltz.de

© 2000 Victoria Hanley
THE SEER AND THE SWORD erschien erstmals 2000
bei Scholastic Children's Books, London

Alle Rechte der deutschsprachigen Ausgabe:
© 2002 Beltz Verlag, Weinheim und Basel
Programm Beltz & Gelberg, Weinheim
*edition anrich*
Einbandillustration: Dieter Wiesmüller
Gesetzt nach der neuen Rechtschreibung
Satz: Mediapartner Satz und Repro GmbH, Hemsbach
Druck und Bindung: Druckhaus Beltz, Hemsbach
ISBN 3-89106-432-2

1 2 3 4 5 6   06 05 04 03 02

# Teil 1

# 1. Kapitel

Auf Archeld, dem Schloss des Königs, saß Dreea, die Königin, und webte. Im ganzen Königreich pries man die ausdrucksvollen Muster ihrer Teppiche. Sie zeugten von einer verhaltenen Leidenschaft, die sich jedoch nie in Mimik oder Stimme der Königin verriet.
Auf einem Teppich zu ihren Füßen saß ihre Tochter Torina und stickte. Unter ihren langen, schlanken Fingern, die geschickt die Nadel vor- und zurückführten, entstand die aufgehende Sonne, das Wappen des Hauses Kareed. Mirandae, die Zofe, saß am surrenden Spinnrad und spann Wolle.
Torina steckte die Nadel kreuzweise in die Garnspindel und spreizte ihre Hände. „Genug gestickt, Mama! Lasst mich gehen und ausreiten."
Dreea lächelte geduldig. „Die Sonne ist beinahe untergegangen. Du bist doch heute Morgen schon ausgeritten."
„Die Jungen sind immer noch draußen."
„Und du bist kein Junge." Dreea schwieg und zog einen roten Faden in das blaue Muster, an dem sie arbeitete.
„Sie dürfen nach König Kareed ausschauen! Der König

ist mein Vater – ich sollte die Erste sein, die ihm entgegenreitet!" Eine widerspenstige Strähne hatte sich aus dem Band befreit, das ihre roten Locken zusammenhielt.

Dreea richtete sich auf und legte die Hände über ihren gewölbten Bauch. Betrübt dachte sie daran, wie Kareed immer wieder von seinem Temperament dazu verleitet wurde, seine Kraft im Kampf mit anderen Königreichen zu messen. Wieder war er in den Krieg gezogen, die Grenzen seines Reiches zu erweitern. Seit er alt genug war, das Schwert zu schwingen, hatte ihn sein kriegerischer Stolz in die Schlacht getrieben. Nach jedem Sieg wurde sein Machtbereich größer. Er erstreckte sich im Norden bis Glavenrell, im Osten bis Desante, im Westen bis zum Meer und im Süden bis Bellandra.

Bellandra, das Königreich des Friedens, mit seinem reichen Erbe von Kunst und Gerechtigkeit. Bellandra, dessen Bewohner seit vielen Generationen in Sicherheit und Wohlstand lebten. Wehmütig dachte Dreea daran, wie es sich in einem solchen Land wohl leben ließ. Es hieß, sein Zauberschwert widerstehe jedem Feind. Wenn das wahr war, welches Schicksal erwartete dann Kareed?

Furcht und Hoffnung stritten in Dreeas Brust. Einmal war sie selbst in Bellandra gewesen und war beeindruckt von der Gastfreundschaft seiner Menschen. Sie wünschte, die Schönheit dieses Landes müsste nicht einem Krieg zum Opfer fallen. Doch genau das war es, was Kareed vorhatte. Sollte er siegen, würde Bellandra von Ar-

cheld versklavt werden. Aber wenn das berühmte Schwert ihm widerstünde? Was würde sie dann tun? Sie liebte Kareed. Ihre zarte Seele war ganz von ihm erfüllt.
Nun aber fürchtete sie, dass Kareed das Schicksal herausgefordert und Unheil auf sie herabgeschworen hatte. Wie viele Gebete hatte sie gesprochen, es möge einen guten Ausgang nehmen.
„Dein Vater wird so bald nicht zurückkehren“, erklärte die Königin der ruhelosen Tochter.
„Aber reiten will ich trotzdem“, beharrte diese.
Dreea schüttelte den Kopf. Torina habe einen ungestümen Charakter, schlimmer als die wilden Bewohner der tiefen Wälder Archelds, hieß es oft.
Als der feurige König Kareed Dreea geehelicht hatte, hatte er viele Edelfrauen von auffallenderer Schönheit und größerem Reichtum verschmäht. Sie wusste, dass viele sich fragten, warum er sie behielt, eine Königin, die keine Kriege mochte und ihm noch keinen Stammhalter geschenkt hatte. Neun Jahre war es her, seit ihre Tochter zur Welt gekommen war. Neun Jahre und sieben Fehlgeburten. Es stimmte sie traurig, dass einem so mächtigen König etwas so Einfaches wie das Glück eines Sohnes versagt blieb. Aber nur bei ihr, seiner geliebten Dreea, konnte Kareed, der mächtige König, sich als liebender Mann erweisen. Bei ihr konnte er Wärme zeigen und ihr die Geheimnisse seines Lebens anvertrauen. Wahrscheinlich ahnte niemand, wie viel sie wusste. Sie

achtete sein Vertrauen und würde niemals ihr Wissen preisgeben.
Aber nun, endlich, war sie wieder schwanger, und wenn der Mond sich gerundet hatte, würde sie niederkommen. Vielleicht war es diesmal ein Junge.
Eine leichtes Geräusch von draußen lenkte Torinas Blick zur Tür. Überrascht leuchteten ihre meergrünen Augen auf, als ihr Spielgefährte Zeon mit geröteten Wangen hereinstürmte.
„Torina!“, rief er mit kindlicher Stimme, „wir haben den König gesehen, er kommt über die Hügel geritten!“
Ein Wächter erschien unter der Tür und packte Zeon grob am Arm. „Das ist genug!“ Während Zeon versuchte, sich seinem Griff zu entwinden, sprach der Wächter zu Dreea gewandt: „Entschuldigt die Störung, Majestät. Wenn man den Jungen glauben kann, wird Euer Mann bei Sonnenuntergang eintreffen.“
Dreea verspürte ein merkwürdiges Ziehen im Herzen. Ohne Nachzudenken stand sie auf und machte einen Schritt auf die Tür zu. Sie hörte ein Krachen und sah sich überrascht nach Mirandae um, die mit ausgebreiteten Armen auf sie zueilte. Dann kippten irgendwie die Wände auf sie ein und das Licht ging aus, begleitet von einem aufsteigenden, dumpfen Brausen in ihren Ohren.

Torina hatte kaum bemerkt, dass ihre Mutter umgefallen war und Mirandae das Spinnrad umgeworfen hatte, als sie ihr zur Hilfe eilen wollte. Die kleine Prinzessin hatte nur eins im Kopf, sie wollte vor Zeon draußen sein. Jetzt lag sie mit gelöstem, wehenden Haar auf Stinas Nacken und trieb das Pferd zu immer schnellerem Galopp an. Über den herannahenden Reitern verfingen sich die Strahlen der untergehenden Sonne in einer Staubwolke, aus der der Goldhelm des Königs aufblitzte.

Sein brauner Hengst stürmte vorneweg. Mit einem Streich wurde die Prinzessin vom Pferd gefegt und Rotbart und Rotlocke verschmolzen in einer stürmischen Umarmung.

„Wie geht es meinem Prinzesschen! Hier draußen, ohne Bewachung? Hast du dich wieder davongemacht?"

„Ich wollte Euch entgegenreiten."

„Und jetzt bin ich da."

„Habt Ihr den Krieg gewonnen?"

Der König schnaubte verächtlich. „Wäre ich sonst nach Hause gekommen?"

Torina strahlte glücklich über den Sieg des Vaters. Langsam trabten sie dahin, Torinas Pferd trottete neben ihnen her. Kareed erkundigte sich nach dem Gesundheitszustand der Mutter und sie antwortete, die Königin sei wohlauf. Lächelnd beugte sich Kareed zu seiner Satteltasche hinunter und zog seine geschlossene Faust hervor.

„Das habe ich für dich den ganzen, weiten Weg aus Bellandra mitgebracht. Halt die Hand auf."

Er legte eine Kristallkugel in ihre Hand, die sie kaum

mit den Fingern umschließen konnte. Torina hielt sie gegen die verglühende Sonne. Im Innern der Kugel brach sich vielfältig das Licht, eine Welt von Gold.

„Wie schön“, sagte sie staunend und kuschelte sich tiefer in die Armbeuge des Vaters. Solche Momente waren rar, wo sie ganz allein mit dem König sein konnte, ohne dass Krieger, Bittsteller oder Diener in der Nähe waren.

Plötzlich erklang vom Schloss her das Schlagen von Hufen. Der Wächter, der Zeon aus dem Gemach der Königin gejagt hatte, galoppierte heran.

„Edler Herr“, keuchte er, „entschuldigt, mein Herr, die Prinzessin, sie ist entwischt ...“

„Sie ist eben eine wahre Königstochter.“

Der Wächter biss sich auf die Lippen. „Herr, ich – die Königin ist verfrüht ...“

Das freundliche Lächeln des Königs wich einem finsteren Blick.

„Vesputo!“, bellte er. Aus der Reiterschar hinter ihnen löste sich ein Mann und preschte vor. Seine auffallend markanten Gesichtszüge wurden von einem dunkeln Schnauzbart und buschigen Augenbrauen unterstrichen.

„Herr?“

„Nehmt das Kind.“ Torina wurde auf Vesputos Sattel gehoben, als ob sie nicht alt genug wäre, selbst auf- und wieder abzusteigen. „Wenn Ihr sie sicher nach Hause gebracht habt, reitet zurück und kontrolliert den Heimmarsch der Truppen.“

„Sehr wohl, mein Herr."

„Aber ich kann doch auf Stina reiten, Papa!"

Der König schenkte ihr nicht einmal einen Blick und galoppierte mit dem Wächter davon. Eine Staubwolke verhüllte ihre Pferde im Dämmerlicht über der Ebene.

Torina saß ganz still im Damensitz auf Vesputos Pferd und hielt die Kristallkugel umklammert.

„Was meinte der Wächter wegen meiner Mutter?"

Der Krieger zuckte die Achseln.

Torina starrte den Kristall an, drehte ihn sachte hin und her. Sie hielt ihn dicht vor die Augen. Da plötzlich stockte ihr der Atem, denn aus dem verblassenden Licht in seinem Inneren erstand langsam ein Gesicht. Das Gesicht ihrer Mutter, bleich, erschöpft, auf Kissen gebettet. Ein fremdes Gesicht beugte sich über sie, das Gesicht einer Frau. Torina wusste, dass dieses Gesicht einer Hebamme gehörte.

Die Hebamme ergriff die Hände der Königin und rieb sie. Jetzt hörte sie ihre Stimme, sie hallte wie ein Echo in Torinas Kopf, als vermischten sich die Worte der Hebamme mit dem Geräusch der Brandung.

„Ein Sohn, edle Frau. Er ist tot."

Dreeas Gesicht verzog sich zu einem Schluchzen.

„NEIN!", schrie Torina, rutschte von Vesputos Sattel und rannte zu Stina, ihrem Pferd.

„Was ist los?", rief Vesputo. Torina sprang mit einem Satz auf ihr Pferd, rammte ihm die Fersen in die Flanken und preschte nach Hause.

Vor der Kammer der Königin stand eine Gruppe wartender Frauen. Wie ein zischendes Flämmchen barst Torina dazwischen. Fast schaffte sie es unbemerkt durch die Tür, wurde dann aber doch zurückgehalten.
Sie schlug und trat um sich, aber die Frauen umringten sie und hielten sie mit ihren sanften, starken Armen umfangen. Sie weinte und rief nach ihrer Mutter, aber sie ließen sie nicht los. Als ihr Heulen in unbändiges Wutgeschrei umschlug, wurde sie auf ihr Zimmer getragen. Eine der Frauen blieb bewegungslos an ihrem Lager und wachte.

Im Morgengrauen schlüpfte Ancilla, die alte Mutter des Königs, in das Zimmer der Enkelin. Zusammengekauert lag Torina auf ihrer von kunstvollen Schnitzereien gezierten Bettstatt, zugedeckt mit Decken, die von Dreea in geduldiger Handarbeit geschaffen worden waren.
Ancilla hatte nur Söhne zur Welt gebracht. Alle bis auf Kareed waren in den Sliviitischen Kriegen gefallen. Ihren Jüngsten hatte sie bekommen, als sie mit einer Empfängnis längst nicht mehr gerechnet hatte. Jetzt war sie die Älteste unter den Bewohnern des Schlosses, so alt, dass ihre zarten Gesichtszüge, die einst Scharen von Königen angezogen hatten, unter den Runzeln fast verschwanden. Doch ihr Schritt war noch immer leicht und geschwind und in ihren Augen loderte noch immer das berühmte Feuer der Krieger von Archeld.
Ruhig saß sie neben Torina auf dem Bett, ihr Körper

hinterließ kaum eine Delle in der Matratze. Ihre Hand, die knotig war wie die frei liegenden Wurzeln eines uralten Baumes, strichen dem Mädchen übers wilde Haar. Torina blinzelte und küsste Ancillas dürre Finger.

„Wo ist Mama?"

„Sie ruht", sprach Ancilla sanft.

„Das Baby?"

„Ein tot geborener Sohn." Die alten Augen wurden feucht.

Torina schlug die Arme um sich und starrte durch den Raum, als sei sie von einer inneren Vision gefangen. Die alte Königin folgte dem Blick ihrer Enkelin und sah die runde, klare Kristallkugel, die auf einer Konsole gegenüber dem Bett lag.

„Tot geboren!", schrie das Kind und deutete auf die Kugel, „Großmutter, der Kristall, den mein Vater mir schenkte, zeigte mir gestern, was geschehen ist!"

Ancilla erstarrte. Gestern. Die Königin war an diesem Morgen niedergekommen. Wie konnte das Mädchen das wissen? War Torina eine Seherin? Guter Himmel, welch eine große und schreckliche Gabe wäre das!

Ancilla beugte sich vor und nahm das bebende Kind in die Arme. Mit ihrer bebenden zarten Stimme stimmte sie die alte Trauerweise an. „Den ich liebe ist von mir gegangen …"

Tränen rannen Torina über die Wangen, als sie mit ihrer Kinderstimme stammelnd mitsang.

„Niemals mehr wandeln wir über die Fluren,

niemals mehr lauschen wir dem Morgenlied
der Vögel.
Oh, du warst mein und ich liebte dich so,
nun bist du fort, an einem fremden Ort,
Ich folge dir, wenn meine Tage sich neigen."

König Kareed stand an der Mauer des Schlosshofes gelehnt und schaute zur Straße hinüber, die jeder, der aus der Ebene kam, passieren musste. Die Krieger kehrten zurück und der König beobachtete sie schweigend. Die Männer ritten in strenger Rangordnung und salutierten vor ihm. Später, wenn sie ihre Unterkünfte bezogen oder mit ihren Familien wiedervereint waren, würden sie ein Freudenfest feiern. Was für ein großer Sieg. Bellandra, die Unbesiegbare, war erobert. Das Schwert von Bellandra genommen. Das musste gefeiert werden. Doch jetzt, im Angesicht des Königs, dessen weiße Trauerkleidung von seinem jüngsten Schmerz erzählte, waren die Männer gedämpfter Stimmung.

Schließlich kam die Nachhut in Sicht. Vesputo lenkte missmutig sein Ross in den Schlosshof. Ihm folgte eine kleine Gruppe Krieger. Der König ging ihnen entgegen, reichte Vesputo die Hand und half seinem Günstling vom Pferd.

„Alle Truppen vollständig?"

Vesputo nickte.

„Sehr gut, Hauptmann. Geht hinein und erfrischt Euch. Das habt Ihr Euch wohl verdient."

Vesputo holte tief Atem und sprach die förmlichen Worte, die er so oft schon gehört hatte in den fünf Jahren, seit er im Dienste des Königs Kareed stand. „Mein Herz ist voll Trauer über den Fortgang einer von Euch geliebten Seele."
Kareed legte eine Hand auf die Brust, dann ließ er sie wieder fallen.
„Möge Gott uns am Ende meiner Tage wieder vereinen."
Kareed dachte an die vielen gemeinsam geschlagenen Schlachten. „Ein Sohn."
„Oh, Herr, ich ..."
„Beim nächsten Mal, Hauptmann, bleibt Ihr hier und beschützt meine Familie"
Der König unterbrach sich. Überrascht schaute er auf Torina, die nur wenige Schritte entfernt in einem fließenden, weißen Trauergewand stand. Wie lange war sie schon da?
Das Gesicht des Mädchens war beinahe so weiß wie ihr Gewand. Er dachte daran, dass er seine Tochter seit ihrer Begegnung in der Ebene nicht mehr gesehen hatte.
*Diese Totgeburt hat uns alle verändert.*
Unbeholfen streckte er den Arm aus und zögernd legte sie ihre Hand in seine. Wo war das ungestüme Kind geblieben, das sich erst einen Tag zuvor in seine Arme geworfen hatte?
Ihre kleine Hand umfasste das Geschenk, das er ihr mitgebracht hatte. Sie streckte es ihm entgegen. „Ist das aus

Bellandra?“ Er nickte. „Von wem habt Ihr das, Vater?“, fragte sie.
„Ich habe es irgendwo gesehen und musste an dich denken. Ich habe vergessen, wer es mir gab.“
„Habt Ihr mein Gesicht darin erkannt?“
„Dein Gesicht?“ Kareed runzelte verwundert die Stirn.
„Ihr habt vergessen, wem es gehörte?“, fragte sie wieder.
„So viele Schlachten, ich kann mich nicht an alle Einzelheiten erinnern.“
Doch Kareed erinnerte sich sehr wohl. An jene merkwürdige Frau, älter als Ancilla, gebeugt und runzelig. Während der Plünderung von Bellandra, als sie nach dem Zauberschwert suchten, brach er in ihr Haus ein. Sie sah ihn mit einem alterslosen Blick an, dann blickte sie auf die glitzernde Kugel in ihrem Schoß und lächelte schmerzlich.
„Ah“, seufzte sie und küsste den Kristall. Sie streckte ihn ihm hin. „Für Eure rothaarige Tochter.“ Dann sackte sie vor seinen Augen zusammen, und als er sie mit seinem Schwert anstieß, rührte sie sich nicht. Kareed beugte sich nieder, raubte die glänzende Kugel aus ihrer toten Hand und ließ sie in seine Tasche gleiten. Er wollte sie Torina mitbringen. Einen Augenblick lang rätselte er, woher sie wusste, dass er eine rothaarige Tochter hatte. Doch er selbst hatte ja auch rote Haare.
*Mein Sohn!* Der Schmerz übermannte ihn. Er sah das

winzige, wachsbleiche, vollkommen ausgebildete Kindchen vor sich, das niemals Atem schöpfen sollte. *Wenn ich langsamer geritten wäre, hättest du dann leben dürfen?*
Er war jetzt gewiss, dass Dreea keine Kinder mehr bekommen konnte. Doch ertrug er den Gedanken nicht, sein geliebtes Weib für eine jüngere, fruchtbare Frau zu verlassen. Liebevoll blickte der König auf Torinas glänzendes Haar, das sich über die Kristallkugel ergoss.
Der letzte Spross eines uralten, mächtigen Geschlechts.
Dieser Gedanke erinnerte ihn an das Ende eines anderen Geschlechts.
„Ich habe dir noch ein Geschenk mitgebracht, Torina", sagte er plötzlich mit finsterer Miene. „Vesputo! Holt den Jungen."
Schon bald erschien der Hauptmann wieder. Vor ihm her ging der vormalige Prinz von Bellandra. Sein Gesicht war von dunklen Locken umrahmt und war trotz der blauen Flecken und Schwellungen ruhig wie Treibholz. Seine vor Dreck und Staub starrende Kleidung war einst edel gewesen. Seine Beine, fast schon die eines Mannes, wankten. Die Arme waren ihm auf den Rücken gebunden.
Vesputo stieß den jungen Gefangenen vor sich her, der Junge stolperte und fiel hin. Torina eilte ihm zur Hilfe. Als Torina dem Jungen auf die Beine half, sah Kareed, wie seine Augen kurz aufflackerten, sein Blick glich einem zu Eis erstarrten Sonnenfeuer.

„Wer ist das?“, fragte Torina
„Ein Königssohn“, antwortete Kareed und sah auf den Jungen.
„Warum ist er gefesselt?“
„Er ist ein Gefangener. Und kein Königssohn mehr. Ich habe ihn dir mitgebracht, Torina. Er wird einen guten Sklaven abgeben.“
*Ja, ein Sklave! Kein Einziger deiner Diener ist ein Sklave. Doch das ist etwas anderes. Das wird den Sieg über Bellandra krönen,* dachte er bei sich.
Torina betrachtete den Jungen, sah sein schweres, lockiges Haar und seine wilden, abweisenden Augen.
„Wenn er mein Sklave ist, gehört er mir dann ganz allein?“, fragte sie.
„Dir ganz allein.“
„Und ich kann mit ihm machen, was ich will?“
Der König nickte
Die Prinzessin erschauderte. „Wie heißt Ihr, Königssohn?“, fragte sie.
„Landen.“ Die Manieren des Jungen, immer noch die eines Prinzen, passten nicht zu den staubigen Fetzen und dem geschundenen Körper.
„Vesputo.“
„Prinzessin?“
„Trennt seine Fesseln durch, bitte.“
Der Hauptmann sah fragend auf den König, dieser nickte zustimmend. Ein Messer blitzte auf, nachlässig zerschnitt Vesputo die Fesseln, sodass frisches Blut darun-

ter hervorquoll. Vorsichtig massierte Landen seine Handgelenke. Torina trat auf ihn zu.
„Mein Vater hat Euren Vater besiegt." Sie sprach sehr leise, sprach ihn an, als stünden weder König noch Krieger in der Nähe. In diesem Moment fühlte sie sich mit ihm ganz allein.
Landen blickte zu Boden, an seinem Hals pochte eine Ader wie bei einem frisch geschlüpften Vögelchen.
„Landen", flüsterte sie, „ich habe niemals einen Sklaven besessen."
Der Junge stand still da.
„Und ich werde auch niemals einen Sklaven besitzen", fuhr sie fort und reckte das Kinn. „Papa", sprach sie mit erhobener Stimme, „Ihr habt ihn mir geschenkt. Ich schenke ihm die Freiheit."
Kareeds Stirn verfinsterte sich, ein Zornesausbruch kündigte sich an. Als Vesputo ihm vorgeschlagen hatte, Landen zum Sklaven zu machen, wollte er ein Zeichen setzen und Bellandra erniedrigen. König Veldon hatte lang genug mit seinem Zauberschwert geprahlt und auf die kriegerischen Nachbarn herabgesehen. Prinz Landen von Bellandra, einziger Sohn von König Veldon, der Sklave seiner Tochter! Das würde Eindruck machen.
Und nun warf sie ihm das teuer erstandene Geschenk zu Füßen! Ein Jahrhundert lang hatte keiner den Mut gehabt, Bellandra anzugreifen. Er, Kareed, hatte es gewagt Er spürte die vertraute Kampfeswut in sich aufsteigen, er wollte Torina schlagen. Dort stand sie, klein und

weiß und bleich. Doch etwas in der Art, wie sie die Hände ineinander verschränkte, erinnerte ihn an ihre Mutter, als er ihr mitteilte, dass er in den Krieg ziehen wollte. Kareed dachte daran, wie Dreea ihn angefleht hatte Bellandra zu verschonen. Frauen verstanden nichts vom Krieg. Sie verstanden nichts von Schlachten, nichts von Prinzen oder Königen. Er seufzte. Vielleicht hat dieser Krieg mein Urteilsvermögen getrübt. Torina weiß, dass ich keine Sklaven halte. Und auch ohne diesen Jungen ist mein Sieg über Bellandra vollkommen. Nun, er ist auch erst dreizehn – fast noch ein Kind.

Der König zwang sich zu einem Lächeln und entrang sich ein Lachen. „Bei meinem Helm!“, verkündete er in seiner Kriegerstimme, „sie ist wahrlich die Tochter eines Königs!“

Ein leichter Wind nahm das allgemeine Aufseufzen im Schlosshof auf und trug es davon. Die Männer gingen wieder ihrer Arbeit nach, brachten die Pferde in die Ställe, ölten die Waffen und versorgten die ledernen Kampfanzüge.

Inmitten dieser Geschäftigkeit standen Torina und Landen wie auf einem einsamen Fels in der Brandung. Er rieb mit zitternder Hand seine Gelenke, seine Brust hob und senkte sich wie ein Blasebalg. Das Mädchen an seiner Seite tat, als achte sie nicht darauf und schaute an ihm vorbei zu den fernen Hügeln. Vesputo entfernte sich. Die junge Prinzessin sprach liebevoll zu ihrem Vater und winkte Landen zu sich.

Landen spürte, wie seine Knie beim Anblick des Mörders seines Vaters bebten. Er erinnerte sich der mächtigen Faust, die ihn in der Schwertkammer gegen den unbarmherzigen Stein geschleudert hatte.

„Landen." Die raue Stimme des Königs klang beinahe freundlich.

„Herr." Das Wort klang ihm wie Verrat.

„Ihr gehört ab sofort zu meinem Hofstaat. Ihr werdet mit den anderen Jungen in der Kriegskunst unterrichtet."

Dem fremden Prinz stockte der Atem. Die letzten Worte seines sterbenden Vaters klangen in seinen Ohren. *Finde einen, der dich kämpfen lehrt.*

Kareed richtete sich auf. „Ich möchte Euch nichts Böses. Die Vergangenheit ist tot und begraben", fügte er mit klarer Stimme hinzu.

*Nicht für mich. Mein Vater ist der, der begraben ist.*

„Torina", sagte der König barsch, „kümmere dich um den Jungen, er möge essen und sich baden." Kareed drehte sich auf dem Absatz um und ging.

Landen spürte eine kleine Hand, die vertraulich seine Finger berührte.

„Hier entlang", sagte das rothaarige Mädchen, und dann ließ er sich von ihr zum Schloss führen. Selbstsicher schritt die kleine Prinzessin über die Flure bis zu einer kleinen, abgeschiedenen Kammer. Dort ließ sie ihn auf einem weichen Lager Platz nehmen und ging hinaus.

Landen sah sich um. Zum ersten Mal seit dem Fall Bellandras war er nicht in Fesseln oder eingesperrt. Würde jemand ihn aufhalten, wenn er jetzt hinausliefe? Er war ein guter Läufer. Er könnte sich aufmachen, ein Pferd stehlen und zurück nach Bellandra flüchten.
Aber das Schwert? Sein Vater hatte ihm aufgetragen, das Schwert zurückzubekommen. Und er sollte lernen zu kämpfen. Gab es in Bellandra überhaupt einen Menschen, der ihm das beibringen konnte?
Er hörte das rothaarige Mädchen Befehle erteilen. Ein Bad, aber schön heiß. Landens schmutzige, blutverkrustete Haut schrie nach Wasser. Seine Hände zitterten, so sehr er auch versuchte, sie unter Kontrolle zu halten. Das Mädchen kam zurück.
„Euer Bad wird gleich bereitet sein“, sagte sie und in ihrer königlichen Stimme schwang Freundlichkeit.
Er nickte, traute sich aber nicht zu antworten, weil er sich seiner Schwäche schämte.
„Ich heiße Torina“, ermutigte sie ihn.
Er murmelte ihren Namen. Die Erschöpfung lähmte ihm Körper und Geist. Er sollte sich bedanken: weil sie ihn aus der Sklaverei befreit hatte, weil sie so gütig war ihn zu pflegen. Doch er brachte kein Wort heraus.
Er sah sich die Einrichtung an. Alles war prunkvoll, überlegt platziert und sehr gepflegt. Er befand sich im Schloss des mächtigsten Königs dieser Welt, wenn man den Soldaten Glauben schenken durfte. Wie hatte Kareed so viel Reichtum und Einfluss gewonnen? Nicht

durch Gerechtigkeit und Menschlichkeit. Nicht durch Mitgefühl.

Wie war es möglich, dass sein Vater, der weise König Veldon, ein gefeierter Poet, ein großherziger, aufrichtiger Mann, von einem brutalen Angreifer wie Kareed besiegt werden konnte? Wie war es möglich, dass die Gerechtigkeit vertrieben, der Friede vernichtet werden konnte? Was war fehlgeschlagen in Bellandra?

Landen biss sich auf die bebenden Lippen, als er sich die Antworten auf seine Fragen gab. *Veldon war ein guter Mensch, aber kein guter Krieger. Er wusste nicht zu kämpfen, glaubte nicht, jemals kämpfen zu müssen. Kareed hat gesiegt, weil er der bessere Krieger war.*

Dieser Gedanke behagte Landen nicht. Trotzdem wusste er, dass es die Wahrheit war. In der Kammer, wo das Schwert aufbewahrt war, war es Kareed, der es verstanden hatte, die Waffe zu ergreifen. Mit Macht und Freude hatte er sie ergriffen, ohne Zaudern, während Landen gezögert und kostbare Sekunden verloren hatte.

Wenn er jetzt flöhe, hätte er keine Möglichkeit herauszufinden, warum dieser König jeden Kriegszug gewann. Wenn er jetzt flöhe, würde er Kareed gewissermaßen das Schwert erneut überlassen. Nein, er durfte nicht fliehen. Er musste bleiben und alles lernen, was es zu lernen gab. Kareed hatte versprochen, ihn in der Kriegskunst unterrichten zu lassen. Kareed mochte ein grausamer Eroberer sein, auf sein Wort aber, hieß es, sei Verlass.

*Ich setzte auf Euer Versprechen, König Kareed. Und eines Tages werde ich mir das Schwert nehmen. Und dann werde ich wissen es zu führen.*

Es klopfte. Eine stattliche Frau betrat den Raum. Torina nahm Landen an die Hand wie ein kleines Kind und er ließ sich von ihr führen. Sie folgten der Frau durch einen Gang und kamen in ein vornehmes Badezimmer.

Der Junge badete ausgiebig und ohne Scheu. Fast weinte er vor Dankbarkeit über das heiße Wasser und die luxuriöse Seife. Vor Müdigkeit hatte er kaum noch die Kraft, sich trocken zu reiben und in die Kleider zu schlüpfen, die Torina ihm vorsorglich hingelegt hatte. Raue Arbeitskleidung, die ihm viel zu groß war. Seine zerissene, verschmutzte Kleidung aus Bellandra war verschwunden.

Sie brachte ihn in das andere Zimmer zurück und ließ Speisen und Wasser herbeibringen. Schweigend beobachtete sie ihn beim Essen und Trinken. Das Bad und sein Entschluss in Archeld zu bleiben, hatten seine Ängste fortgespült. Er fühlte sich froh.

Als Torina hinausging, um weiter Speisen herbeizuschaffen, fühlte er, wie der Schlaf ihn übermannte. Halb im Traum gewahrte er ihre Rückkehr. Unsicher, ob er sich das nur einbildete, spürte er im Schlaf ihre feinen Finger, die zart die Züge seines Gesichts nachzeichneten.

## 2. Kapitel

Tief im Innern des Schlosses von Archeld befand sich eine uralte Tür, die unsichtbar in eine steinerne Wand eingepasst war. Kareed, der ein Licht in der Hand trug, steckte einen Schlüssel in ein Schlüsselloch. Neben ihm stand Vesputo und hielt eine längliche Holzkiste im Arm.

Krächzend öffnete sich die alte Tür.

Dumpfe, abgestandene Luft schlug ihnen aus dem versteckten Gewölbe entgegen. Auf dem von mächtigen Mauern begrenzten, einfachen Lehmboden lagen lediglich ein paar mit staubigen Tüchern bedeckte Haufen. In der Mitte des Raums stand ein großer, glänzender, spitz zulaufender Behälter. Zu diesem beugte sich Kareed, um ihn zu öffnen. Kareed nahm Vesputo die längliche Kiste ab, stellte sie auf den Boden, hob den Deckel hoch und enthüllte das Schwert von Bellandra. Im Licht der Fackel schimmerte matt und scharf die Klinge. So prächtig glänzte sie, dass den König ein Stich des Bedauerns durchfuhr, als er sie wegschloss. Sorgfältig verriegelte er die Seitenwände der Pyramide.

„Mein Ratgeber sagt, in dieser stählernen Pyramide sei

das Schwert von Bellandra sicher versteckt und sein Zauber gebannt“, erklärte Kareed und starrte auf das kalte, glatte Gehäuse. „Und von Zauberei versteht er mehr als mir lieb ist.“

„Verzeihung, Herr, warum tragt Ihr das Schwer nicht selbst als Zeugnis Eurer Macht?“

„Guter Freund, das wage ich nicht. Es heißt, ein jeder sei verflucht, der das Schwert zum Kampf erhebt. Wer weiß, ob das wahr ist. Sicher, die Waffe hat Bellandra nicht geholfen, trotz ihrer angeblichen Zauberkräfte. Doch ich möchte das Schicksal nicht herausfordern. Ich brauche dieses Schwert nicht. Ich bin auch so stark genug.“

„Ihr habt Recht. Doch warum zerstört Ihr es nicht, wenn Ihr es nicht tragen wollt?“

„Meine Ratgeber sagen, es könne nicht zerstört werden wegen der Zauberkräfte, doch welcher Art die sind, weiß ich nicht. Vielleicht verliert es seine Kraft allmählich. Seit der Zeit König Landen des Ersten ist es nicht mehr benutzt worden. Damals, vor vielen Generationen siegte es über viele hundert Angreifer, alle bedeutende Krieger.“

„Merkwürdig, dass Veldon sich nie seiner bediente.“

Kareed zuckte mit den Schultern. „Dumm. Einfach dumm, nichts zu unternehmen, nachdem ich ihm meine Botschaft hatte zukommen lassen. Dumm, keine Kundschafter oder Spione auszusenden. Dumm, sich durch Verhandlungen aus dem Krieg stehlen zu wollen,

nachdem ich mit meinen Soldaten einmarschiert war. Dachte er etwa, ich würde nicht Wort halten, nachdem ich ihn bedroht hatte? Ein Narr, wer nicht mit mir rechnet."
Vesputo nickte hämisch. „Unerklärlich."
„Nun, in dieser Waffe liegt der Geist seines Volkes, sie darf niemals mehr in seine Hände fallen."
„Ihr wollt das Schwert in diesem Gewölbe für immer aufbewahren?"
Der König nickte zustimmend und überprüfte die Schlösser. „Nur wir beide kennen das Geheimnis. Sollte jemand danach fragen, sagt, das Schwert sei zerstört."

Vor dem Zubettgehen schlich Torina in die kleine Kammer, die sie dem fremden Jungen zugewiesen hatte. Er schlief noch immer. Ob sie ihn wecken sollte? Ihn an einem anderen Ort unterbringen? Ihr Vater hatte gesagt, er gehöre jetzt zu seinem Hofstaat. Die anderen Jungen, die in der Kriegskunst unterrichtet wurden, wohnten in einer Baracke am anderen Ende des Schlosses in der Nähe des Übungsplatzes. Zeon hatte ihr davon erzählt. Sie schliefen in Kojen, nahmen gemeinsam ihre Mahlzeiten ein und übten sich täglich in der Kriegskunst. Alles unter den scharfen Augen von Emid, ihrem Ausbilder.
Gehörte dieser Junge nicht besser zu ihnen? Was er wohl dachte, wenn er erwachte? Sie wäre nachts nicht gern allein in einem fremden Haus in einem fernen Land.

Ihr Vater nannte ihn Königssohn. König Veldon herrschte über Bellandra, so musste er Landens Vater sein. Was passierte mit besiegten Königen? Seine Mutter war Königin Anise. Sie war schon früher gestorben. Aber sein Vater? Wo war sein Vater jetzt?
Torina ging zu Ancilla und erzählte ihr von ihren Zweifeln. Die scharfen Augen der Alten beobachteten sie aufmerksam.
„Landen, der Sohn von Veldon", murmelte sie. „Traurig, dass diese zwei Männer gegeneinander kämpfen mussten – dein Vater und König Veldon. Ich habe immer gehofft, sie würden sich achten und in Frieden lassen. Torina, mein Liebling, mein Sohn nimmt Herrscher nicht gefangen. Landens Vater ist tot."
Torina lief es kalt über den Rücken. Wie schrecklich, dass immer einer sterben musste, wenn Könige gegeneinander kämpfen.
„Was soll ich tun, Großmutter? Niemand kümmert sich um ihn. Ich glaube, sie haben ihn vergessen."
„Geh zu Bett, Kind. Ich werde Maude zu ihm schicken, und wenn er erwacht, soll sie ihn anweisen auf seinem Zimmer zu bleiben. Komm morgen früh zu mir und dann werden wir ihn gemeinsam zur Baracke bringen."
Bedrückt ging Torina durch die vertrauten Gänge des Schlosses. Wie würde es ihr ergehen, müsste sie allein in einem fremden Land schlafen und ihre Eltern wären tot? Und die vielen blauen Flecken und Verletzungen,

die sie gesehen hatte, warum waren die Krieger so brutal gewesen?

Kaum dämmerte der Morgen, als Troina erwachte und in ihre Kleider schlüpfte. Sie eilte die Flure entlang und fand ihre Großmutter schlafend in dem großen, kunstvoll geschnitzten Bett ihrer Ahnen. Die Königsmutter war sofort hellwach, als Torina sie berührte. Gemeinsam gingen sie zu der kleinen Kammer, wo Landen schlief. Sobald der Junge sich rührte, schickte Ancilla die Dienerin fort. Landen streckte sich vorsichtig und blickte sie aus großen, fragenden Augen an.
„Ich habe Euren Vater gekannt", sagte Ancilla, „vor langer Zeit. Er war ein edler Mann, wie es besser keinen gab."
Landen sah zu Boden, seine Hände zitterten.
„Kommt, junger Mann. Um einen edlen Mann zu trauern, der zu früh sterben musste, ist keine Schande."
Landen warf ihr einen kurzen, prüfenden Blick zu. Sie setzte sich zu ihm und sprach:
„Ich bin Ancilla, die Mutter des Königs. In diesem Haus spreche ich, wie es mir gefällt, doch ich hüte mich, jedem meine Meinung zu sagen. Ihr habt Euren Vater verloren und Euer Land und nun seid Ihr hier. Es wird nicht leicht für Euch werden – für lange Zeit. Doch denkt daran, Ihr könnt trotzdem der Sohn sein, auf den Euer Vater stolz gewesen wäre."
Landen schwieg, seine Schultern entspannten sich.

„Meine Enkelin, Prinzessin Torina, habt Ihr bereits kennen gelernt. Wir bringen Euch jetzt zur Baracke. Dort werdet Ihr leben, bis Ihr zum Mann gereift seid. Und jetzt helft mir auf. Ich zeige Euch, wo Ihr Wasser lassen könnt."

Fasziniert beobachtete Torina, wie Landen sich mit selbstverständlicher Anmut erhob, sich zu Ancilla hinabbeugte und sie vorsichtig hochhob. Ehrfürchtig dachte sie daran, dass der Junge als Prinz eines sagenumwobenen Reiches erzogen worden war. Vor noch nicht langer Zeit, eben bevor ihr Vater Bellandra erobert hatte, war Landen dazu bestimmt gewesen König werden, König von Bellandra.

Torina hatte, wie jedermann in Archeld, Geschichten über das geheimnisumwobene Land gehört. Ihre Mutter war dort gewesen. Dreea war eine Freundin von Königin Anise gewesen. Nach deren Tod hatte Dreea Kerzen für sie entzündet. Dreea erzählte, die Menschen in Bellandra arbeiteten das, was sie am liebsten täten, die Kinder seien in bunten Farben gekleidet, jedes Gebäude ein architektonisches Wunderwerk, der Himmel mit Regenbögen überspannt, ob es geregnet habe oder nicht, und Kriege gäbe es dort keine.

*Keine Kriege.*

Torina war beigebracht worden, stolz auf die vielen Siege des Vaters zu sein. Doch jetzt schämte sie sich, als sie das geschundene Gesicht des Sohnes eines Ermordeten sah. Ihr Vater hätte Bellandra nicht angreifen dürfen.

Warum hatte er das getan? Er musste doch gute Gründe dafür gehabt haben? Und wenn nicht? Wenn König Kareed nur um des Kampfes willen in die Schlacht gezogen war? Wenn er den edlen Mann – und edel war er gewiss gewesen, sonst hätte die Großmutter es nicht gesagt – getötet hatte nur um sein Königreich zu bekommen?
Am liebsten hätte Torina sich zusammengekauert und sich nie mehr gerührt. Ancillas Blick umfing sie zärtlich und das bange Gefühl in ihrem Bauch ließ nach.

Draußen lag die Welt unter einem Hauch glitzernden Taus. Ein ungleiches Trio bewegte sich hinter dem Schloss übers Land, die aufrechte Gestalt der alten Königin, kaum größer als die neunjährige Enkelin und der junge Gefangene, der misstrauisch um sich blickte wie ein unzähmbares Tier, das die Schlinge um seinen Hals spürt.
Von den Bäumen tropfte der Tau und die goldenen Strahlen der jungen Sonne schossen hier und dort durch die Zweige bis tief ins Unterholz. Torina war neugierig, endlich einmal die Baracken von innen zu sehen. Nach einem Fußmarsch von einer Viertelstunde kam ein großes Holzhaus von schlichter, gedrungener Bauweise in ihr Sichtfeld.
Als sie zum Eingang kamen, drangen Jungenstimmen zu ihnen heraus. Ancilla klopfte energisch an und die Tür wurde von Eric, einem hochgewachsenen jungen Mann,

geöffnet. Einen Augenblick lang stand er bewegungslos da und blinzelte verwirrt. Eifrig gab Torina ihre Anweisungen.

„Eric, ruft bitte den Ausbilder herbei."

Eric verschwand im Innern der Baracke. Die anderen Jungen scharten sich im Eingang und die jüngeren unter ihnen glotzten mit unverhohlener Neugier.

Kurz darauf erschien Emid, der Ausbilder. Seit sie denken konnte, hatte Torina Emid fast täglich auf dem Übungsplatz gesehen. Seine strenge Miene und befehlende Haltung konnten sie nicht einschüchtern, denn sie wusste, dass er zu ihrem Schutz da war.

„Ihr habt mich rufen lassen, Königin?", fragte er und reckte seine breiten Schultern.

„Emid, der König hat entschieden, diesen Jungen in seinem Hofstaat erziehen zu lassen."

„Den Gefangenen aus Bellandra?", fragte Emid und sah sie erstaunt an. Dann bemerkte er die neugierigen Burschen um sich und scheuchte sie mit einer Armbewegung zurück ins Haus. Er trat heraus und zog die Tür hinter sich zu.

„Ihr befehlt mir, diesen Jungen zu unterrichten, edle Frau?"

Ancilla sah zu ihm hoch. „Mein lieber Emid, nicht ich erteile Euch diesen Befehl. Denkt daran, dass dieses Kind niemals für die Taten meines kriegslüsternen Sohnes verantwortlich gemacht werden darf." Die Strenge in ihrem Gesicht stand der des Ausbilders in nichts nach. „Er soll hier aufwachsen und mit der Zeit wird Archeld sein Zuhause werden. Ein anderes Zuhause hat er nicht."

Emid schüttelte den Kopf. „Er mag noch ein Kind sein, doch vergessen wird er nicht."

„Schenkt Ihr ihm andere Erinnerungen."

Emid sah Landen finster an. „Junge …"

„Er heißt Landen", bemerkte Ancilla knapp.

Emid seufzte. „Landen. Bist du bereit, hier in Archeld ein neues Leben zu beginnen und die Vergangenheit zu vergessen? Bist du bereit, meinen Befehlen zu gehorchen?"

Die Stimme des Jungen klang klar und hell ohne laut zu sein. „Ihr habt selbst gesagt, ich werde nicht vergessen", antwortete er.

„So sagte ich. Und so meinte ich es auch."

„Warum fragt Ihr mich dann, ob ich vergessen kann?"

Alle vier schwiegen, Emid biss sich auf die Lippen.

„Nun", antwortete er und in seiner Stimme schwang Respekt, „ich möchte wissen, ob du hier bleiben und meinen Befehlen gehorchen willst."

„Ja, das kann ich."

Emid reichte ihm die Hand. „Gut. Komm herein, Landen, wir suchen dir einen Platz."

Das war alles. Landen verschwand durch die Tür und Torina und Ancilla gingen zurück.

# 3. Kapitel

Dreea kehrte an ihren Webstuhl zurück. Sie war sehr blass und noch stiller als sonst. Manchmal saß der König bei ihr und dann sprachen sie miteinander, nur sie beide. In solchen Stunden leuchteten Dreeas Augen und ihre Bewegungen wurden lebhafter.
Torina drückte sich in der Näher der Mutter herum, bis diese sie bat, hinauszugehen und zu spielen.
Im Schlosshof kletterte Torina auf die niedrige Mauer und ließ die Beine herabbaumeln. Von hier aus konnte sie den Übungsplatz überblicken und die Jungen beim Training beobachten.
Emid übte mit den anderen für die Turnierspiele, in denen sie ihre Kriegskünste zeigen durften. Jeder Lehrling musste sich mit einem etwa gleich großen Partner in verschiedenen Kampfarten messen. Nach einigen Wochen der Vorbereitung wurde vor vielen Zuschauern ein Abschlussturnier ausgetragen. Diejenigen, die sich auf allen Gebieten hervortaten, erhielten eine besondere Ausbildung, um in Archelds Elitetruppe aufgenommen zu werden.
Im Augenblick übten sie sich im Faustkampf. Torina

sah, wie ihr Freund Zeon einen anderen Jungen besiegte und stolz an den Rand des Spielfelds ging. Dann entdeckte sie Landen, der abseits der Schar am anderen Ende stand.

Der Ausbilder rief zwei Namen auf, worauf Eric und Beron das Feld betraten.

Torina mochte Eric, Beron jedoch konnte sie nicht ausstehen. Er missbrauchte seine Größe oft, um Jüngere zu drangsalieren. Gespannt beobachtete sie die Jungen, die umeinander herumtänzelten und in die Luft boxten. Sie schienen ebenbürtig zu sein, keinem gelang es, den anderen zu treffen. Dann sagte Beron etwas zu Eric. Dieser schaute hinter sich und in diesem Moment landete Beron einen hinterhältigen Faustschlag. Eric wirbelte herum und boxte Beron in den Magen. Der große Junge ging in die Knie und bekam gleich darauf noch einen brutalen Schlag auf den Rücken. Jetzt ging Emid dazwischen und erklärte Eric zum Sieger.

Torina kreischte zufrieden auf. Sie spürte einen leichten Druck an der Schulter, drehte sich um und sah die Hand ihrer Großmutter. Aufgeregt zog sie Ancilla zur Treppe, die zum Übungsfeld hinunterführte.

Als sie näher kamen, sahen sie Landen und Jelton im Zweikampf. Landen war schnell besiegt.

„Großmutter, er ist doch ein Prinz! Er muss der Beste sein“, protestierte Torina, die sich ärgerte, ihren Schützling im Staub liegen zu sehen.

„Ach, Kind, König Veldon hat seinen Sohn nicht auf

den Krieg vorbereitet. Landen wurde dazu erzogen, ein Edelmann und gerechter König zu werden."
„Aber jedes Kind weiß doch, dass Könige kämpfen müssen, um ihre Länder zu schützen."
„Nicht alle Könige."
Die Faustkämpfe waren zu Ende und Emid ordnete als Nächstes Bogenschießen an. Die alte Königin und die kleine Prinzessin saßen unweit des Feldes auf einem Felsbrocken und sahen den Jungen zu, die abwechselnd auf eine dreißig Meter entfernte, runde Zielscheibe schossen.
Ängstlich beobachtete Torina, wie Landen seinen Platz einnahm. Er sah noch genauso zerschunden aus wie bei seiner Ankunft. Ihr schien sogar, als entdecke sie frische Wunden an seinen Armen und in seinem Gesicht. Als er in den Schießstand trat, trafen ihn die höhnischen Rufe der anderen. Niemand ergriff Partei für ihn.
Jeder Junge hatte vier Versuche. Als Landen den Bogen hob und die Sehne spannte, rief Torina laut: „Schieß genau in die Mitte!"
Landen warf ihr einen Blick zu und schoss seinen Pfeil ab. Er flog weit daneben, streifte höchstens den äußeren Rand der Zielscheibe. Unterdrücktes Gelächter kam auf, während er den zweiten Pfeil anlegte. Geschwind spannte er den Bogen, schoss und traf genau ins Schwarze. Das Gelächter erstarb, als Landen mit noch zwei weiteren Pfeilen im Schwarzen landete. Ein paar Jungen grinsten anerkennend, die meisten aber starrten ihn

nur mit offenem Mund an. Torina lächelte in Landens Richtung, der aber mied ihren Blick und verzog sich zum Feldrand.

Wenigstens in einer Kriegskunst hatte Veldon seinen Sohn unterrichten lassen.

Nun schossen die anderen Jungen, manche überboten Landen, weil sein erster Pfeil daneben gegangen war, doch nur Beron erwies sich als besserer Schütze.

Als alle Pfeile abgeschossen waren, ordnete Emid gewöhnliches Zielschießen an. Die Jungen stellten sich in Sechserreihen vor strohgepolsterten Zielscheiben auf. Vom Schlosshof aus hatte Torina schon oft beim Bogenschießen zugesehen, aber noch nie war sie so nahe gewesen.

Rasch lief sie zu Emid.

„Emid, ich möchte auch Bogenschießen lernen."

Emid fing Ancillas Blick auf. Die alte Königin zuckte die Achseln.

„Zeon, gib der Prinzessin deinen Bogen. Du hast heute gut geschossen. Zeig ihr, wie man den Bogen spannt."

Zeon platzte beinahe vor Stolz, als er alles erklären durfte. Torina nahm einen Bogen in die Hand. Er fühlte sich fremd an und die Sehne war viel zu hart gespannt für sie. Der Pfeil landete einen halben Meter links der Zielscheibe. Bedächtig nahm sie einen zweiten Pfeil, und wieder flog er weit am Ziel vorbei, diesmal auf der anderen Seite. Als sie den nächsten Pfeil aufnahm, wurde ihr der Bogen aus der Hand genommen. Sie drehte

sich um und sah in das gerötete Gesicht ihres Vaters. Seine grünen Augen blitzten zornig.
„Papa", sagte sie stockend.
„Der Übungsplatz ist nichts für eine Prinzessin."
Sie wollte ihm sagen, dass sie ebenso gut würde schießen können wie jeder von ihnen, wenn er sie nur üben ließe. Am liebsten hätte sie laut herausgeschrien, gerade wegen Männern wie ihm müsse sie doch lernen, ihr Königreich zu verteidigen.
„Verlass sofort diesen Platz." Sein Ton duldete keine Widerrede.
Sie fasste Ancillas Hand. Sie nahmen den Weg über die Wiesen und spazierten zu einem Flecken mit wild wachsenden Blumen. Dort, inmitten bunter, duftender Blüten, warf sich das Mädchen ins Gras.
„Ich möchte Bogenschießen lernen!", brach es aus ihr heraus.
Ancilla ließ sich vorsichtig nieder.
„Meine kleine Torina", sagte sie, „Krieger wird es immer geben. Sei froh, dass du nicht einer von ihnen sein musst."
Torina zog die Nase hoch. „Wie soll ich mein Königreich verteidigen, wenn ich nicht zu kämpfen weiß?"
Ancilla seufzte. „Du weißt, dass ich sehr alt bin, mein Liebling?"
„Ich weiß."
„Und was habe ich in meinem langen Leben gelernt? Dass es immer genug Männer gibt, die töten. Überlass

das Töten ihnen. Und wenn du etwas Gutes findest, sorge dafür, dass es wächst."

Torina langte nach einer Blume und strich zart mit den Fingern darüber. Sie neigte ihr Gesicht dem schönen, zerbrechlichen Gebilde zu.

„Könnte ich die Blumen doch mit nach Hause nehmen und sie dort wachsen lassen. Aber sie brauchen mich nicht."

Die Großmutter lächelte. „Wenn in einigen Wochen die Samen herausfallen, sammeln wir ein paar davon ein. Dann wirst du einen Blumengarten haben."

„Großmutter, wenn ich ein Junge wäre, würde ich kämpfen lernen, um mein Königreich zu schützen. Wahrscheinlich glauben sie, ein anderer wird es einmal regieren."

„Natürlich glauben sie das. Der Mann, den du einmal heiratest."

Torina neigte sich wieder über die Blumen und dachte an ihre Mutter. Dreea ging immer ihrer stillen Beschäftigung nach und schien selten den Wunsch zu verspüren, etwas verändern zu wollen. Torina versuchte sich ein solches Leben vorzustellen. Sie sah sich an der Stelle ihrer Mutter, die geduldig am Webstuhl saß und auf ihren König wartete. Sie begriff, so würde sie niemals leben können.

Das große Abschlussturnier rückte heran. Die Wettkämpfe – Bogenschießen, Messerwerfen, Faustkampf –

sollten mehrere Tage dauern. Die Bewohner von Archeld würden in Scharen kommen, um zuzuschauen, zu feiern, sich zu vergnügen und ihren Favoriten zuzujubeln.

Landen schämte sich bei der Vorstellung, in aller Öffentlichkeit erniedrigt zu werden. Nicht einmal mit den Kleinsten konnte er im Faustkampf mithalten. Das widersprach allem, was er als Kind gelernt hatte. Er hatte gelernt, mitfühlend und bedachtsam zu sein und jedem eine Chance zu geben. Und obgleich er gewillt war, mit alten Gewohnheiten zu brechen, schoss ihm jedes Mal der Leitsatz seiner Kindheit durch den Kopf: *Füge niemandem Schaden zu*, wenn er einem Gegner gegenüber stand. Er wusste nicht die Lanze zu führen. Dagegen hatte er gelernt, kunstvoll zu fechten und anmutig das Florett zu führen. In Archeld schlugen die Jungen mit groben Holzschwertern aufeinander ein. Nie hatte man ihn gelehrt, ein Messer zu werfen. Obgleich er gewöhnlich ziemlich flink war, fühlte er sich durch seine Gefangenschaft gehemmt. Mit Pferden konnte er so gut umgehen wie die anderen, aber ihn verwirrte die in Archeld übliche Art des Reitens.

Eines Nachmittags, als die anderen Jungen ruhten oder Hausarbeiten erledigen mussten, machte er sich auf die Suche nach Emid. Er ging den mittlerweile vertrauten Pfad vom Haus zum Übungsfeld und genoss die tanzenden Schatten der Zweige.

Als er aufs Übungsfeld in die gleißende Sonne hinaustrat, entdeckte er Emid. Er war allein und steckte frische Federn auf die Pfeile. Das finstere Gesicht des Ausbilders wirkte abweisend. Landen kannte inzwischen seine mürrische Art, sein Gebrüll jagte jedem Jungen Angst ein. Aber er war gerecht. Manchmal glaubte Landen sogar, dass dieser strenge Mann, der beharrlich daran arbeitete, die Furcht einflößende Kriegerschar von Archeld auszubilden, ihn mochte.

Trotzdem atmete er jetzt vorsichtiger, als er auf ihn zuging, denn er erinnerte sich der Worte seines Vaters, der gesagt hatte: *Der Augenblick ist unendlich.*

„Was gibt's", fragte Emid und prüfte fachmännisch eine Feder.

„Ich wollte Euch fragen, ob ich von der Kampfprüfung befreit werden kann."

Emid schaute noch finsterer als sonst. „Warum?"

„Ich habe nie gelernt zu kämpfen."

Emid funkelte ihn zornig an. „Jeder Mann muss Kämpfen lernen."

„Das ist wahr", pflichtete ihm Landen bei, „ich möchte es lernen und ich werde es auch lernen. Aber wie Ihr wisst, hat man mir das früher nicht beigebracht, nur Bogenschießen, Fechten und Reiten. Aber immer nur im Spiel, niemals, um einen anderen ernsthaft zu besiegen."

Emid seufzte, sein Gesicht wurde milder. „Junger Mann, über die Jahre sind viele Jungen mit so einer Bitte zu mir gekommen. Ich habe sie keinem gewährt."

Er schien auf eine Antwort zu warten. Landen jedoch sah ihn nur stumm an.
„Ich schlage vor, du suchst dir jemand, der mit dir üben möchte. Du kannst die Übungswaffen jederzeit benutzen. Aber am Turnier musst du teilnehmen."
Landens Vater und seine Lehrer hatten die gute Menschenkenntnis des Jungen immer hoch geschätzt. Schon nach dem ersten Eindruck konnte er einen Menschen richtig beurteilen. Diesmal genügte ein kurzer Blick auf das Gesicht des Ausbilders, um zu erkennen, dass weiteres Argumentieren nichts half.
*Jemand, der mit dir üben möchte.* Landen dachte an seine Kameraden. Sie waren ihm alle zu jung, zu feindselig oder zu gleichgültig.
„Jawohl", antwortete er.

Bei der Schlafbaracke tummelte sich wie üblich eine Schar von Jungen. Landens Magen zog sich zusammen. Es war Beron mit seinen Anhängern, ungefähr fünf Burschen, die immer zusammensteckten. Landen hätte umdrehen, durch den Wald gehen und den vorderen Weg nehmen können, aber er wusste, dass sie ihn gesehen hatten. Er gab sich Mühe mit ruhigen Schritten weiterzugehen und eine gleichgültige Miene aufzusetzen.
Als er näher kam, rückten sie vor.
„Aha, der Bellalander." Das war Berons Spitzname für ihn, einer Abwandlung des Wortes für feiger Weichling aus der Sprache Archelds und eine spöttische Anspie-

lung auf sein Herkunftsland. Landen ließ sich nichts anmerken und ging ruhig weiter.
Sie traten ihm in den Weg und umringten ihn.
„Was musstest du denn Wichtiges mit Emid besprechen, Bella?" Beron war mit seinem Gesicht ganz dicht herangekommen. Die Augenbrauen waren das Markenzeichen dieses großen Jungen. Sie waren dicht und buschig und zogen sich bis zu den Schläfen.
Berons Faust traf Landen mitten in die Magengrube. „Na, wie fühlt sich das an, Bella?"
Landen wusste, dass Beron ihn erledigen würde, wenn er zurückschlug. Unternahm er nichts, würde er geschlagen und beleidigt werden, bis er schließlich gehen durfte. „Mach schon, Bella, was hast du ihm gesagt? Wolltest du dich etwa vor dem Turnier drücken?" Wieder schlug Beron zu.
Landen sah sich hastig um. Dort drüben stand ein Baum mit mächtigem Stamm, dort könnte er Rückendeckung nehmen.
„Ich sagte ihm, die Spielregeln werden deinem Kampfstil nicht gerecht."
Baron zog erstaunt die Augenbrauen hoch. „Du sagtest was?"
„Ich sagte ihm …"
„Was?" Barons Augen verengten sich.
„Wenn Emid deine wahren Kampfkünste erleben wolle, müsse er dich beim Turnier gegen jüngere und schwächere Jungen antreten lassen."

Warum redete er überhaupt? Bei Beron war es das Beste zu schweigen. All die Schikanen hatten ihn müde gemacht. Berons Fäuste konnten einen wirklichen Schaden anrichten.

Aus den Augenwinkeln bemerkte er, wie sich der Gesichtsausdruck bei einigen der Jüngeren veränderte. Vielleicht begriffen sie jetzt, dass Beron weder mutig noch tapfer war.

Berons Faust ließ Landen in die Knie gehen. Für den Baum war es zu spät. Die Schläge prasselten wie ein Steinschlag auf ihn herab. Er rollte sich zusammen, legte die Hände über seine Ohren und verbarg den Kopf zwischen den Knien.

Eric Aldon schlenderte durch den Wald in Richtung der Baracken und schlug im Vorübergehen mit seinen Fäusten Äste von den Bäumen. Es war ihm nicht wohl ums Herz. Bis vor ein paar Wochen hatte genau gewusst, wie das Leben funktionierte. Es war immer das Gleiche: früh aufstehen, in die Kleider schlüpfen, mit den anderen Jungen auf den langen Bänken im lauten Speisesaal frühstücken, den Tag über Kriegskünste trainieren, die Jüngeren anleiten und spielen. Alles Vorbereitungen auf den Tag, an dem er seinen Platz in der Schar der Krieger von Archeld einnehmen würde. Dieser Tag war nicht einmal mehr ein Jahr entfernt. Er war siebzehn, er war groß und stark und machte seinen Ausbildern alle Ehre.

Solange er in den Baracken gelebt hatte, hatte es immer wieder Rivalitäten gegeben, kleine Kriege zwischen ständig wechselnden Gruppen von Jungen. Banden wurden gebildet, brachen auseinander, bildeten sich neu. Aus Freunden wurden freundschaftliche Gegner, aus Feinden argwöhnische Freunde. Manche Jungen konnte er gut leiden. Er und Phillt standen meist auf derselben Seite. Und der kleine Zeon hängte sich an sie, wann immer sie es ihm erlaubten.

Dann gab es solche, die er nicht leiden konnte – Beron allen voran.

Doch Emid hatte den Jungen eingebläut, dass sie alle von einem unsichtbaren Band zusammengehalten wurden, dem wichtigsten Band überhaupt, dem Dienst für Archeld, für König Kareed, Königin Dreea und Prinzessin Torina. Auf dem Schlachtfeld würden die Streitereien vergessen sein, sie würden Kameraden sein, die treu zueinander stünden.

Emid war in allen Königreichen berühmt für die Krieger, die er und seine Offiziere ausbildeten. Unter seiner Anleitung zu lernen war eine große Ehre. Immer wieder wurden neue Jungen in die Baracken am Schloss aufgenommen, wo die besten Krieger von Archeld ausgebildet wurden. Jungen, deren Familien die Aufnahme beantragt hatten, die den Platz für ihren Sprössling ergaunert oder sich besondere Verdienste erworben hatten.

Jetzt war ein ganz anderer neu dazugekommen. Ein

Fremder, der Sohn eines besiegten Friedensfürsten. Eric fühlte sich unbehaglich.
Beron und seine Anhänger schikanierten Landen von früh bis spät. Er wusste nicht, was er davon halten sollte. Landens Essen verschwand, Kleidungsstücke wurden stibitzt und seine Suche nach fehlenden Schuhen oder Hemden von hämischem Gelächter begleitet. Sein Name und seine Heimat wurden ständig in den Schmutz gezogen, seine mangelhaften Fähigkeiten in der Kriegskunst unaufhörlich verspottet.
Zuerst war das Eric gleichgültig. Bellandra war auch zu dumm gewesen. Landen konnte von Glück reden, dass er lebte, von unglaublichem Glück unter Kareeds besonderem Schutz zu stehen und eine Ausbildung zu erhalten, die vielen ehrgeizigen Kandidaten versagt wurde. Keiner der Jungen verstand, was dieser Schwächling bei ihnen zu suchen hatte, und niemand interessierte sich dafür. Die Gerüchte über Bellandra, dass es ein Land voll von Weichlingen war, schienen der Wahrheit zu entsprechen. Würde sonst dieser Junge, der immerhin einmal hätte König werden sollen, nicht besser zu kämpfen wissen?
So dachte Eric eine Zeit lang und seine Freunde schlossen sich seiner Meinung an. Sie taten den vertriebenen Prinzen als dummen Feigling ab, als Sohn eines toten dummen Feiglings. Seine Probleme gingen niemanden etwas an.
Doch in letzter Zeit war Eric unsicher geworden. Die

Schikanen gegen Landen hatten ein Niveau erreicht, das unter aller Norm lag. Vor allem Beron schien Spaß daran zu finden, Landen schlimm zuzurichten und sich hinterher über ihn lustig zu machen. Erics Meinung nach standen zu viele der jüngeren Jungen unter Berons Einfluss. Er begann, ein Auge auf Landen zu halten und musste zugeben, dass dieser Fremde weder schwach noch dumm war. Im Gegenteil, Landen schien äußerst schnell zu lernen. Eric hatte ihn bei einer Kampftechnik gegen einen größeren Jungen beobachtet, die gewöhnlich sehr schwierig zu erlernen war. Wenn Emid etwas vorführte, sah Landen immer aufmerksam zu, selbst wenn andere gelangweilt oder müde waren. Und er war nicht ungeschickt. In der Kunst des Bogenschießens, der einzigen Kriegskunst, die er in Bellandra gelernt hatte, war er den Jungen seines Alters weit voraus. Mit Pferden konnte er zugegebenermaßen besser umgehen als er, Eric. Landen war noch jung und deshalb nicht besonders groß, vor allem im Vergleich zu Berons kräftiger Gestalt. Aber ausgewachsen würde er ein stattlicher Mann sein.

Eric war sich sicher, dass Landen manche Schikanen der Kleineren hätte beenden können. Er müsste nur ein paar Kampftechniken anwenden, die er längst gelernt hatte. Je länger Eric Landen beobachtete, umso mehr erschien ihm Landens Nachsicht mit seinen jungen Peinigern ein Ausdruck von Edelmut und nicht von Feigheit zu sein.

Nachdem er Landen in einem anderen Licht sah, konnte er den einstigen Prinzen nicht mehr als ein Niemand abtun. Er begann, sich Gedanken über Landens innere Haltung zu machen, die ihn klaglos Spott und Schläge erdulden ließ.
Denn er hätte auch fliehen können. Die Jungen wurden nicht bewacht. Zu den Baracken zu gehören, wurde als Privileg angesehen. Wer so dumm war zu gehen, verlor einfach seinen Platz. Landen konnte also fortlaufen. Doch er blieb.
Eric hatte mit Phillt darüber gesprochen – vielleicht war Landen gar nicht so schlecht, man sollte Beron eine Lektion erteilen.
Phillt hatte die Achseln gezuckt und gegrinst. „Nur du kannst dich mit Beron messen, Eric. Ich möchte mir dafür keine blauen Flecken holen."
Jetzt schlug Eric mit der Faust auf einen Baumstumpf und stellte sich dabei vor, Berons breite Nase mit Fäusten zu bearbeiten. Beron ging entschieden zu weit. Er machte aus den Baracken einen Ort, für den Eric sich schämen musste. Es war an der Zeit, dass jemand sich ihm in den Weg stellte.
In der Nähe erklangen hämische Schreie. Eric ging schneller.

Landen hatte Angst. Er versuchte sich klein zu machen, sich zusammenzurollen. Er hatte Beron provoziert, was würde der große Junge jetzt machen? Beron war nicht nur stark, er war auch ein guter Kämpfer und auf Zerstörung aus. Wem machte es eigentlich etwas aus, wenn Landen verkrüppelt war oder tot? Er hatte hier keine Freunde. Niemanden, der ihm freundlich gesinnt war, außer vielleicht Prinzessin Torina, aber die bekam er nie zu sehen.

Er hörte Schreie und Getrappel von Füßen. Die Jungen stoben davon.

Landen atmete schwer und gab sich Mühe nicht zu weinen. Vergeblich versuchte er aufzustehen. Neben ihm hockte Eric.

„Bleib lieber liegen", riet er, „dann geht es schneller vorbei."

Landen wunderte sich, woher Eric das wusste. Prügelten sich alle Jungen in Archeld?

Er gehorchte seinem Retter und erinnerte sich, dass der Augenblick unendlich ist.

Erics feine, ebenmäßige Züge waren vor Zorn verzerrt. „Tut mir Leid, dass ich nicht früher eingeschritten bin." Ruhige, dunkle Augen blickten ihn verhalten freundschaftlich an.

Landen wusste nicht, was er sagen sollte, und konzentrierte sich auf seine Atmung.

„So", sagte Eric, „du möchtest also lernen zu kämpfen?"

Landen nickte mühsam.

„Gut. Ich werde es dir beibringen. Und du kannst mein Bogenschießen verbessern."

Zum ersten Mal seit dem Untergang von Bellandra lächelte Landen.

Am nächsten Morgen, als Landen vom Gong erwachte und nach seinen Kleidern griff, war seine spärliche Garderobe vollständig da. Er musste keine Zeit damit verbringen nach ‚verlegten' Kleidern oder Schuhen zu suchen. Beruhigt ging er zum Speisesaal.
Beron stand großspurig auf und setzte sich mit Getue neben Landen.
„Nicht hungrig heute, Bella?", höhnte er und schob Landens Schale zu sich herüber.
Landen zuckte die Achseln und wollte sich schon damit abfinden, auf die Mahlzeit verzichten zu müssen, als Erics Arm hervorschoss und Landens Schale wieder in ihre ursprüngliche Position brachte.
„Halt du dich da raus", sagte Beron gereizt.
„Nein. Du hältst dich da raus. Und zwar endgültig." Erics verächtliche Stimme tönte durch den Raum.
Wütend stieß Beron seine Schale gegen Eric. Dieser bremste sie geschwind mit der Hand ab. „Danke", sagte er ruhig. „Du hast noch keinen Bissen gegessen. Dann ist es ja noch genießbar." Er versenkte seinen Löffel im Essen des anderen.
Beron stand auf und hob mit seinen kräftigen Händen die Kante des langen Tisches an. Der Tisch kam in Schräglage und sämtliche Schalen rutschen in Richtung Fußboden. Doch da war Eric auch schon aufgesprun-

gen, warf sich mit seinen starken Armen auf den Tisch und verhinderten so das weitere Abrutschen der Schalen. Nun stürzte Beron sich über den Tisch. Die Jungen im Raum fingen an zu johlen, da packte Eric Beron an den Haaren, riss seinen Kopf zurück und versetzte ihm einen Schlag in den Magen. Beron krümmte sich zusammen. Eric ließ seine Faust auf seinem Kopf niedersausen.

Die Jungen bildeten einen Kreis um die beiden und stachelten die Gegner mit Johlen und Schreien an. Landen hielt sich abseits. Er war überrascht, wie viele Stimmen Eric unterstützten.

Die beiden Kämpfenden fielen übereinander her und brachen sämtliche Regeln für den Faustkampf. Sie zielten auf die Augen, bissen und schlugen unterhalb der Gürtellinie. Aus Angst, sie könnten sich gegenseitig umbringen, kämpfte Landen sich zu ihnen vor, um seinen Freund zu unterstützen.

Die Tür wurde aufgerissen, Emid kam herein und brüllte mit mächtiger Stimme. Im Nu hatte er Eric und Beron getrennt, die sich wütend anblitzten. Der Kampf zeigte die ersten Spuren auf ihren Gesichtern. Berons Lippen waren geschwollen und Erics linkes Auge verfärbte sich lilarot. Die anderen Jungen standen schweigend um sie herum, als hätte es ihnen die Sprache verschlagen.

„Was soll das?“, fragte Emid zornig. „Ich habe euch oft genug gesagt, ihr dient beide Archeld. Das bedeutet, ihr dürft kämpfen, doch nur, um Euer Können als Soldaten zu schulen! Diese Sorte Kämpfe dulde ich nicht unter Kameraden!“ Sein Brüllen war Furcht erregend. „Und nun kommt mit.“

Die beiden jungen Männer mussten den Speisesaal verlassen. Die anderen Jungen kehrten geschwind an ihre Plätze zurück. Landen wusste, dass die beiden Streithähne nichts essen durfen, bis sie die ihnen auferlegte Strafe abgeleistet hatten. Er setzte sich wieder und mied den Blick der anderen. Der Platz neben und der vor ihm blieben leer.

Die ganzen folgenden Wochen bis zum Wettkampf blieb Eric immer in Landens Nähe. Die Prügeleien und versteckten Angriffe hörten auf.

Ihm fiel auf, dass sich in den Baracken zwei Lager bildeten, wovon eins von Beron, das andere von Eric angeführt wurde. Die Anhänger von Eric waren zahlreicher, aber stiller. Berons Leute überschütteten Landen nach wie vor mit Häme und schimpften ihn „Prinz Bella“ und „König der Feiglinge“.

Nach und nach besserte sich Landens körperlicher Zustand, und auch Erics blaues Auge verblasste allmählich. Landen fühlte sich zuversichtlich, seine Lehrzeit überstehen zu können. Eric freute sich über seine Unterstützung beim Bogenschießen und Landen war froh, sich seinem neuen Freund erkenntlich zeigen zu können. Immer, wenn er die spitzen, tödlichen Pfeile von Archeld auflegte, dachte er wehmütig an die stumpfen Pfeile und hübschen Ziele in Bellandra.

Der einstige Prinz begann, die Lebensregeln in Archeld zu verstehen. Sich körperlich zu messen wurde in diesem Land äußerst wichtig genommen, damit verschafften sich die Jungen Respekt. Mitgefühl und Menschenfreundlichkeit wurden nicht gefördert oder anerkannt. Landen begriff, warum er mit so viel Unbarmherzigkeit und Verachtung behandelt wurde. Für ihn war Freundlichkeit wichtiger als Aggression, Fairness wichtiger als der Wille zum Sieg. In Archeld galt so etwas als unverzeihliche Provokation, als Zeichen von Schwäche. Als er das begriffen hatte, wuchs in seinem Herzen der Wunsch, sich und sein verlorenes Königreich zu beweisen. Er wollte diesen Barbaren zeigen, was er wert war.

*Vater, du hast mich gelehrt, kunstfertig den Bogen zu bauen und elegant den Pfeil abzuschießen, doch Kämpfen hast du mir nicht beigebracht. Der König, der dich mordete, hat mich das Kämpfen erlernen lassen. Niemals hatte Emid einen gelehrigeren Schüler als den einstigen Prinzen, der zum Frieden erzogen wurde.*

Landen unternahm alles, um bis zum großen Wettkampf so viel wie möglich zu lernen.

Der Morgen des Turniertages zog strahlend und frisch herauf. Emid führte seine Schüler zum Turnierplatz. Der Platz war sorgfältig hergerichtet worden, der grüne

Rasen gestutzt, so kurz es mit der Sense ging. Am Rand waren Tribünen aufgebaut worden, wo sich bunt gekleidete Menschen drängten, die unbeschwert lachten und redeten. Der erste Tag galt dem Bogenschießen. In regelmäßigen Abständen waren Zielscheiben aufgestellt und vor dem Schießplatz war ein Siegerpodest errichtet.

Landen dachte an die Feste in Bellandra, an die von König Veldon veranstalteten Wettkämpfe, wo Höflichkeit vor Rivalität kam und niemals Blut vergossen wurde.

Emid verteilte die Jungen ihrem Alter gemäß auf drei Mannschaften. Fast bewegungslos standen sie in der glühenden Sonne. Dann kamen König Kareed und Königin Dreea, zwischen ihnen Prinzessin Torina, und schritten zu ihrer Loge, die ihnen einen Blick über den ganzen Platz gewährte. Blumen und Jubelschreie flogen ihnen zur Begrüßen entgegen. Der Anblick der Prinzessin, die anmutig mit munteren Schritten daherging, gab Landen einen Stich ins Herz. Nicht lange war es her, da war auch er ein Prinz gewesen und war würdevoll an der Seite seines Vaters geschritten, ohne zu ahnen, wie schnell und grausam seinem Leben ein Ende gesetzt werden sollte.

Kareed erhob sich und gebot mit einer Geste Ruhe. Als Landen die drohende, herrische Miene des Königs betrachtete, kam die Erinnerung an jenen Augenblick zurück, als er auf dem glänzenden Marmorboden stand und die Hand nach dem Schwert von Bellandra ausstreckte. Der Schmerz über die erfahrene Erniedrigung und den erlittenen Verlust flammte erneut in seinem Herzen auf.

*Einen Augenblick länger und ich hätte das Schwert in Händen gehalten.*

Mit mächtiger Stimme verkündete Kareed: „Das Turnier ist eröffnet!"

Die Zuschauer warfen Tücher und Kappen in die Luft, pfiffen, johlten und klatschten. Landen kämpfte mit sich, um sich von der Stimmung nicht mitreißen zu lassen. Emid trat vor die Tribüne und verkündete mit lauter, klarer Stimme die Spielregeln. Jeder der Jungen musste vier Pfeile abschießen. Dann sollten die drei Besten aus jeder der drei Altersgruppen gegeneinander antreten und unter ihnen der Sieger ermittelt werden.

Landen sah zu, wie die Kleinen, die Acht- bis Elfjährigen, umsichtig ihre Pfeile anlegten. Die Treffer wurden alle genau aufgezeichnet und dann durften Zeon, Westol und Frin dableiben, während die anderen das Spielfeld verlassen mussten. Landen sah, wie Eric Zeon ein Zeichen mit den letzten zwei Fingern der rechten Hand machte, was in Archeld so viel wie „gut gemacht" hieß. Westol und Frin gehörten beide Berons Lager an.

Die Sonne brannte heiß und Landen wurde schwarz vor Augen. Er schüttelte die Schwäche ab.

Jetzt kam seine Gruppe mit Schießen an die Reihe. Emid teilte die Bogen aus und Landen strich mit den Fingern leicht über das Holz und suchte nach Mängeln.

Da er nichts fand, setzte er den Bogen auf dem Boden auf, denn plötzlich flimmerten schwarze Flecken vor seinen Augen und Himmel und Erde schienen ineinander zu stürzen. Er atmete tief durch und verscheuchte Schmerz und Benommenheit.

*Auf den Augenblick kommt es an. Der Augenblick ist unendlich.*

Die Sonne brannte erbarmungslos, es war kaum auszuhalten. Immer wieder durchlebte Landen den Augenblick, als Kareed das Schwert von Bellandra raubte und sein Heimatland zunichte machte. Fest umklammerte er den Bogen und zwang sich gleichmäßig zu atmen. Sein Atem ging immer noch zu flach und schnell.

Jolten, der vor ihm an der Reihe gewesen war, ging mit großen Schritten an ihm vorbei. Seine Muskeln spannten und entspannten sich in stetigem Wechsel.

Landen trat nach vorn. Aus der Hand eines jüngeren Jungen erhielt er einen Pfeil. Er wischte sich den tropfenden Schweiß von der Stirn und legte den Pfeil auf die Sehne. Dann visierte er das Ziel an, spannte und ließ los. Er bezwang das Zittern seiner Arme und schoss noch dreimal hintereinander. Zeon strahlte ihn an. Alle vier Pfeile hatten fast genau in die Mitte getroffen.

Nun waren die Jungen hinter ihm an der Reihe. Schweigend stellte sich Landen neben Jolten und versuchte seine Benommenheit abzuschütteln. Er versuchte an etwas Beruhigendes zu denken und erinnerte sich plötzlich der Worte der alten Königin Ancilla. *„Denkt dran, Ihr* *könnt trotzdem der Sohn sein, auf den Euer Vater stolz gewesen wäre.“*

Er sah um sich, sah dieses fremde Land und mit einem Mal verstand er. *Kareed hat das Schwert geraubt und meinen Vater getötet. Doch seine Tochter hat mir das Leben wieder geschenkt. Es ist mein Leben und ich muss es nutzen. Solange ich lebe, lebt auch Bellandra.*

Er wandte sich wieder dem Spielfeld zu und sah, dass schon die meisten älteren Jungen ihre Pfeile abgeschossen hatte. Neben ihm standen jetzt die beiden anderen Jungen seiner Gruppe, die übrigen waren aus dem Spielfeld gegangen. Er war in der Endrunde.

Nun war Eric an der Reihe. Er schlug sich tapfer, besser als noch vor einiger Zeit, aber er gehörte nicht zu den drei Besten. Als die Sieger verkündet wurden, war Beron, wie erwartet, unter den Besten seiner Altersgruppe.

Dann kam erst einmal die Mittagspause. Die Zuschauer ließen sich in bunten Grüppchen nieder und aßen und tranken vergnügt, die Jungen erhielten ihre Mahlzeit auf dem Spielfeld. Soldaten hielten mit ruhiger Hand Stoffschirme über sie. Mit dem Essen wurde nicht geknausert und Landen merkte, dass er zum ersten Mal seit dem Fall von Bellandra Hunger verspürte. Während seiner Gefangenschaft bei Vesputo und des albtraumhaften Rittes nach Archeld hatte er mechanisch gegessen, was ihm gegeben wurde, ohne darauf zu achten was es war. Dann kam die Ankunft und die quälenden Wochen

unter der Fuchtel von Beron. Und nun ... Landen lächelte. Nun war er hungrig.
Das Essen war ausgezeichnet. Weicher, duftender Käse, lockeres, schmackhaftes Brot, köstliche Suppen mit würzigen Kräutern und gefüllte Hühner, die langsam im eigenen Saft gegart worden waren. Landen aß fast wie im Rausch, bedächtig und jeden Bissen genießend. Er sah sich eifrig um, als sei er eben erst angekommen.
Er sah die vielen Zuschauer, sah die Farbenpracht ihrer Kleider, die wie ein flatterndes Banner im Sonnenlicht ineinander verschmolzen. Üppiger Blumenschmuck bedeckte Köpfe und Schultern. Überall lächelnde, plaudernde Menschen, Musikanten, deren Stimmen und Instrumente die Luft festlich erfüllten, und über allem das blaue Himmelszelt.
Schließlich gab der König das Zeichen für die letzte Runde. Die Sieger der Endrunde sollten noch gekürt werden und dann würde bis in den Abend gespielt, getanzt und gefeiert.
Zeon, Westol und Frin, alle drei nervös und stolz, kamen als Erste an die Reihe. Zeon gewann klar und wurde von Emid zum Sieger ausgerufen. Der Junge stand allein auf dem Siegerpodest und wartete mit roten Wangen und strahlenden Augen auf die Sieger der zwei anderen Gruppen.
Landen kam an die Reihe. Er war völlig ruhig. Zwei seiner Pfeile trafen so dicht nebeneinander, dass sie von weitem aussahen wie einer. Alle vier Pfeile trafen ins

Schwarze. Er gewann die Ausscheidung in seiner Gruppe ohne Mühe. Emid erklärte ihn zum Sieger und er stellte sich neben Zeon auf.

Als nächstes traten die drei älteren Jungen gegeneinander an, Beron, Phillt und Bendes. Landen wusste, dass Eric Phillt den Sieg wünschte. Aber es sollte nicht sein. Ein plötzlicher Windstoß überraschte den Bogenschützen, so dass einer seiner Pfeile knapp die Zielscheibe verfehlte. Beron traf mit allen Pfeilen ins Schwarze, er zielte jedesmal langsam und genau, dann gesellte er sich arrogant lächelnd zu den anderen Siegern.

Emid gebot mit einem Zeichen Ruhe und verkündete, dass die drei Sieger zum Abschluss, aus rein sportlichem Vergnügen, gegeneinander antreten sollten.

Zuerst kam Zeon. Er hatte seine beste Runde an diesem Tag und traf mit allen vier Pfeilen ins Schwarze. Er stand neben Landen und hüpfte vor Glück auf und ab, die Zuschauer jubelten ihm zu.

Landen fühlte sich unbeschwert und sicher, als er seinen ersten Pfeil anlegte. Er landete genau im Schwarzen. In schneller Folge schoss er die übrigen drei Pfeile ab. Alle landeten im Schwarzen und bildeten ein exaktes Rechteck. Das Publikum applaudierte enthusiastisch. Die Menschen von Archeld liebten nichts so sehr, wie die perfekte Ausübung der Kriegskünste.

Landen fragte sich, ob die Zuschauer wussten, dass er ein Fremder aus dem ‚Land der Feiglinge' war, wie Beron Bellandra nannte. Wenn sie es wüssten, würde das einen Unterschied für sie machen? Oder würde ihre typische Gleichgültigkeit und ihre Wertschätzung kriegerischer Kunstfertigkeit obsiegen?

Dann trat Beron mit finsterer Miene in den Schießstand und zielte langsam und sorgfältig. Sein erster Pfeil traf genau in die Mitte. Jubel brach aus. Er legte den nächsten Pfeil an. Landen hörte, wie Zeon neben ihm laut einatmete. Der Junge knirschte mit den Zähnen. Aber er sagte nichts. Eine Ewigkeit schien zu verstreichen, während Beron, dessen Rückenmuskeln stark hervortraten, mit gespannter Sehne da stand und zielte. Als er endlich schoss, landete der Pfeil unmittelbar rechts neben dem ersten Pfeil. Wieder brachen bewundernde Rufe aus.

Diese langsame Prozedur wiederholte sich und der dritte Pfeil traf genau zwischen den ersten zwei. Landen holte tief Luft. In Bellandra wurde die Kunst des Bogenschießens nach drei Kategorien beurteilt: Zielgenauigkeit, Schnelligkeit und Haltung. Die zweite und dritte Kategorie schienen hier nicht zu zählen, denn Beron verzog finster das Gesicht und nahm sich sehr viel Zeit. Der vierte Pfeil ging los und verfehlte knapp das Schwarze. Wütend warf Beron den Bogen zu Boden. Enttäuschtes Murren stieg aus der Menge auf.

Zeon hüpfte neben Landen auf und ab, ergriff seinen Arm und schwenkte ihn hin und her. Landen entdeckte Torina, die ihm zulächelte und winkte. Kareed und Königin Dreea klatschten in die Hände. Der Sieger hörte den Applaus kaum. Ob die erwachsenen Zuschauer wussten, wer er war, war ihm gleichgültig. Für ihn zählte nur, dass Eric stolz darauf sein konnte, sich mit ihm angefreundet zu haben. Er hatte die Ehre seines Heimatlandes gerettet, zumindest in den Augen der anderen Jungen. Er konnte den Kopf wieder hoch tragen, auch wenn er im Faustkampf eine schlechte Figur machen würde.

Kareed legte den drei Jungen die Siegergirlanden um und lobte ihren Eifer und ihr Können. Landen hielt die Augen gesenkt, bis der König ihm die Hand zum rituellen Gruß reichte. Er schluckte hart und hielt dem bohrenden Blick aus den feurigen grünen Augen stand. War es ein Fehler gewesen, sich auf diese Weise in den Vordergrund zu drängen? Doch Kareed schien ihm das nicht übel zu nehmen, seine Glückwünsche waren aufrichtig.

Dann spürte er am Arm eine zarte Berührung. Torina, die dicht hinter ihrem Vater stand, streckte ihm die Hand entgegen. Er drückte sie und erwiderte ihr Lächeln.

Kareed erhob die Arme. „Die Musik möge beginnen!"

Die Menschen verließen die Zuschauerbänke, schwenkten Federn, warfen mit Blüten um sich und unterhielten sich.

Stolz und erschöpft ließ sich Landen von Eric auf die Schulter klopfen. Er schüttlete seinem Freund die Hand. Dann ging Eric zu Phillt und den anderen Jungen und forderte Landen auf, sich ihnen anzuschließen.

Landen jedoch sehnte sich danach, allein zu sein. Unbekannte hielten ihn an und gratulierten ihm. Er bedankte sich bei jedem und nannte ihnen seinen Namen. Wenn er nach seinen Eltern gefragt wurde, antwortete er nur, er sei Waise und zog sich höflich zurück.

Erschöpft ging er zu den Bäumen, die den Festplatz umstanden. Im Schutz ihrer Äste ging er weiter in Richtung Meer und genoss das sanfte Grün der Blätter und den weichen Erdboden unter seinen Füßen. Das Zwitschern der Vögel war Musik in seinen Ohren. Dieser Augenblick war wirklich unendlich. Er dachte daran, was sein Vater ihm geduldig beigebracht hatte.

*Ich bin zu einem künftigen König erzogen worden. Doch die Zukunft, die mir bestimmt war, existiert nicht mehr. Jetzt bin ich nur noch ich selbst.* Er ließ die Bäume hinter sich und kam auf eine steinige, ebene Strecke, über die er weiter in Richtung Felsufer ging. Unter seinen Füßen glimmerten Kieselsteine.

*Es gibt kein Königreich mehr, dass mir meinen Weg vorgibt.*

Er erreichte das Felsufer und starrte hinaus aufs Meer und dachte an die Brandung der Bellanbucht. Er richtete den Blick zur Sonne, die strahlend am Himmel stand. Er fühlte sich weit wie der Horizont und bewegt wie die Wellen, die sich tief unter ihm brachen. Er blickte auf das tobende Wasser hinab, das von weit draußen kommend gegen die Felsen sprühte, und er dachte darüber nach, dass sein Leben sich vielleicht noch häufiger ganz und gar ändern würde. So in Gedanken versunken hörte er nicht, wie Beron hinter ihm auftauchte.

Torina saß auf einem wunderschönen Teppich neben ihrer Großmutter und nippte aus einer Wasserschale, um sich für den nächsten Tanz zu erfrischen. Sie war eine begeisterte Tänzerin. Das Wasser belebte sie und sie kam wieder zu Atem. Doch sie verspürte eine unerklärliche innere Unruhe, die sie belästigte wie eine winzige Stechmücke, die sich nicht einfangen lässt. Suchend sah sie sich um, doch alle schienen das Fest zu genießen. Nervös tastete sie nach der Kristallkugel in ihrer Tasche. Es hatte den Anschein, als pulsiere sie in ihrer Hand. Sie zog sie hervor.
Im Kristall erkannte sie ein steil ins Meer abfallendes Felsufer. Winzige Regenbogen blitzten in der Gischt auf, wo die Wellen gegen die Klippen brandeten. Dann tauchte Landen auf. Er hing mitten in der hohen Felswand und klammerte sich mühsam an kleinen Vorsprüngen und Vertiefungen fest. Sein weißes, schweißglänzendes Gesicht war vor Anstrengung verzerrt. Dann verloren seine Finger ihren Halt und er stürzte in die Tiefe.
Torina sah alles in ihrer Kugel und wusste, diesen Sturz konnte er nicht überleben. Sie warf einen kurzen Blick auf das friedliche Gesicht ihrer Großmutter, dann ließ sie den Kristall in ihre Tasche zurückgleiten, stand auf

und ging mit ruhigen, aber schnellen Schritten davon.

Sobald sie die den Festplatz umsäumenden Bäume erreichte, rannte sie so schnell sie konnte, ohne auf das Stechen in ihrer Seite zu achten. Sie rannte bis hinter die königlichen Stallungen. Ruhig ging sie nach vorn zum Eingang. Drinnen war nur der Stalljunge Bant, der es sich auf den Heuballen bequem gemacht hatte. Als sie eintrat, sprang er auf.

Rasch sah Torina sich im Stall um und entdeckte eine lange Seilrolle, die hoch oben an einem Nagel hing.

„Bant! Bring mir das Seil dort." Der Junge langte mit einer Heugabel hinauf.

Währenddessen ging Torina zielstrebig zu Amber, dem Pferd des Königs, und öffnete die Box.

„Hilf mir das Pferd satteln."

„Will der König darauf reiten?"

„Beeil dich!", antwortete sie nur.

Bant eilte ihr zu Hilfe, wuchtete einen enormen Sattel auf den mächtigen Pferderücken und zog die Gurte fest. Torina nahm die Seilrolle, schlang sie um das Sattelhorn und führte Amber ins Freie. Im Hinausgehen rief sie Bant noch ihren Dank zu.

Sie schwang sich auf das größte Pferd des Königs und ritt davon.

Schwer atmend preschte Beron durch die Bäume, er rannte, als seien sämtliche Jagdhunde des Königs hinter ihm her. Er bildete sich ein, Schritte hinter sich zu hören, Schritte, die ihn verfolgten und immer näher kamen. Er spürte ein Rauschen in seinen Ohren. Nur ein Gedanke beherrschte ihn – er musste zum Fest zurück, bevor er vermisst wurde. Äste schlugen ihm ins Gesicht, als er wie blind das Unterholz durchquerte, sich die Arme aufschürfte und die Kleidung zerriss. Doch er spürte die Zweige kaum und rannte weiter, bis er stolperte und schwer atmend liegen blieb.

Vor sich sah er schon den heller werdenden Wald, dort, wo die Lichtung begann, wollte er hin. Die Sonne am wolkenlosen Himmel schien ihm Rettung zu versprechen – er würde es schaffen. Keiner hatte ihn gehen sehen, darauf hatte er geachtet. Und niemand hatte gesehen, wie er Landen über die Klippen gestoßen hatte. Niemand.

Kurz vor dem Waldrand machte er eine Pause, lehnte sich gegen einen jungen Stamm und rang nach Luft.

„Trainierst du schon für den morgigen Wettkampf?" Die kühle, tiefe Stimme hinter ihm erschreckte ihn.

Hauptmann Vesputo studierte ihn gelassen aus undurchdringlichen Augen, als sei er, Beron, ein spaßiges, vertrautes Spielzeug. Der junge Mann versuchte vergeblich sich zu fassen und zu Atem zu kommen.

„Was gibt's, Sieger, bist du zu schnell gelaufen?" Vesputo machte ein paar Schritte auf ihn zu.

Beron schloss die Augen und versuchte verzweifelt, wieder zu Kräften zu kommen. Vesputo hatte alles gesehen, das war gewiss. Der Hauptmann hatte ihn gehen sehen, hatte seine Absicht erkannt, und jetzt würde er ihn zur Rechenschaft ziehen, weil er das erste und wichtigste Gesetz der Krieger gebrochen hatte. Er hatte einen Kameraden getötet. Schweiß rann über sein Gesicht. Hilflos rang er nach Luft.

„Komm“, riss Vesputos Stimme ihn aus den Gedanken. „Vielleicht hast du heute zu lang in der Sonne gestanden. Erlaube mir, dich zu begleiten.“

Starke Arme hielten ihn fest. Vielleicht würde Vesputo ihn doch nicht zur Hinrichtung führen. Stammelnd dankte er ihm für die Hilfe.

„Bitte.“

Sie kamen auf die Lichtung und Vesputo führte ihn durch die Menge zum Wasserzuber. Immer noch waren viele Menschen da. Alle waren vergnügt, lachten, sangen und tanzten. Vesputo schöpfte Wasser und der junge Mann trank gierig.

„Beron, du hast beinahe das Alter für den Soldatenstand erreicht. Ich suche junge Leute für meine Truppe. Willst du bei mir dienen? Ich habe es gern, wenn Sieger an meiner Seite reiten.“

Beron drehte ihm das Gesicht zu und sah ihn beinahe anbetend an. Vesputos Truppe war eine der Elitetruppen.

„Ja“, brachte er krächzend hervor. „Ja, ich möchte bei Euch dienen.“

Landen kniff die Augen zusammen, seine Muskeln schrien vor Schmerz, aber er versuchte sich mit jeder Faser am Felsen festzuklammern.
Doch das reichte nicht. Bald würde er fallen. Er hatte fast keine Kraft mehr und nur Beron wusste, wo er war. Warum nicht einfach loslassen? Der Aufprall würde nur kurz wehtun.
Er öffnete die Augen. Dort der Himmel, der sich großartig über ihm wölbte, die unnachgiebige Felswand, das stetige Schlagen der Brandung, alles schien sich von ihm abgewandt zu haben.
*Hier soll ich zu Grunde gehen, an diesem Tag?*
Die Geräusche um ihn wichen einem Rauschen in seinen Ohren. Über ihm am Himmel flirrte ein Fleck und wurde immer größer, bis er die Gestalt seines Vaters, des Königs Veldon, angenommen hatte, der das Schwert von Bellandra in der Hand hielt. Angstvoll blickte Landen zu der Erscheinung auf, gequält von der Einsicht, versagt zu haben.
Er hatte überlebt, damit er bei dem Eroberer weiterlebte, und doch wusste er noch immer nichts vom Verbleib des Schwertes. Und jetzt sollte er sterben, ohne etwas erreicht zu haben.
„Nein“, hörte er, „nicht loslassen.“
Landen biss so heftig die Zähne zusammen, dass sich sein Kiefer verkrampfte, seine Beine zitterten unkontrolliert.
„Landen!“ Eine weibliche Stimme, hell und klar wie von

einem Kind, durchschnitt das Rauschen in seinem Kopf.
Er leckte sich die ausgetrockneten Lippen.
„Hier!", krächzte er. Er war bereit, sich in die Tiefe fallen zu lassen, überzeugt einer überirdischen Stimme zu gehorchen.
„Landen!", rief die Stimme wieder, diesmal klang sie drängend und sehr greifbar.
Er räusperte sich. „Hier unten!", rief er laut und sah nach oben.
Dort, weit über sich, sah er Torinas Gesicht, die zu ihm hinunterspähte.
„Haltet durch!", rief sie und ihr Gesicht verschwand.
Landen zitterte am ganzen Körper, sein Atem rasselte.
Gleich tauchte sie wieder auf, diesmal direkt über ihm.
„Ich werfe ein Seil hinab!"
Das Seil, das vorn zu einer Schlaufe geknotet war, wirbelte ihm entgegen.
„Es ist an meinem Pferd befestigt", rief sie. „Schlingt es Euch um die Brust!"
Mit einer Hand griff er nach dem Seil. „Ich kann daran hochklettern!"
„Nein!", ertönte ihr Schrei, „sonst kommt Ihr um. Das Pferd soll Euch ziehen!"
Sein eigener Atem kam ihm schrecklich laut vor, als er mit letzter Kraft erst die eine, dann die andere Schulter durch die Schlinge schob. Als sie sich um seine Brust spannte, verloren seine Füße den Halt und er baumelte

über dem Abgrund. Er wollte das Seil mit den Händen fassen, aber seine Finger verkrampften sich und rutschen an den rauen Fasern ab. Erschöpft ließ er die Hände sinken.
Das Seil schnitt in seine Brust ein und er wurde an der Felswand hinaufgezogen.
Den ganzen langen Weg nach oben schleifte und schlug sein Körper am Felsen entlang, bis er endlich über den Rand stürzte. Vor sich sah er die kleine Gestalt Torinas, die das große Pferd am Zügel führte und Landen jetzt weiter über den Boden schleifte.
„Halt!“, rief er schwach. Torina fuhr herum, brachte das Pferd zum Stehen und eilte zu Landen. Sie kniete sich neben ihn. Mit zitternden Fingern versuchte er das verknotete Seil zu lösen. Gemeinsam knoteten sie die steife Schlinge auf.
„Endlich.“ Sie ließ sich auf die Fersen nieder und betrachtete seine zerissene Kleidung, die von den vielen Schnitten und Schürfwunden ganz blutig war. „Tut mir Leid, dass Ihr verletzt seid. Aber ich wusste keinen anderen Ausweg.“
„Ich lebe. Und das ist mehr als ich hoffen konnte.“ Voller Schmerzen stützte sich Landen auf einen Ellbogen. „Wieso seid Ihr hier, mit diesem Pferd – dem Pferd des Königs?“
„Ich habe Euch gesehen“, sagte sie.
Stöhnend richtete er sich auf. „Ihr habt mich gesehen?“

Sie nickte.
„Wie habt Ihr mich gesehen?"
Sie zog etwas aus der Tasche. Es war ein runder Kristall von seltener Reinheit. „Darin habe ich Euch gesehen."
Mit steifen Fingern berührte er die Kristallkugel und musste unwillkürlich an die alte Marla denken. Es hatte geheißen, sie würde ewig leben. Was war mit ihr geschehen als Bellandra fiel?
„Dieser Kristall erinnert mich an einen, den ich schon einmal gesehen habe", sagte er langsam. „Er gehörte einer uralten Seherin in Bellandra." Vorsichtig strich er über den glatten Edelstein. „Wartet, Ihr habt mich darin gesehen. Wo wart Ihr?"
„Auf dem Fest."
„Ihr habt mich darin gesehen, vom Fest aus?" Er deutete auf den Kristall.
„Ja. Ich sehe immer Dinge, wenn ich hineinblicke."
„Dinge?"
„Dinge, die geschehen sind, und Dinge, die geschehen werden." Sanft berührte sie seine Wange. „Dies ist das erste Mal, dass die Kugel nicht Recht hatte."
Er runzelte die Stirn. „Ihr sagtet, Ihr habt mich darin gesehen."
„Das stimmt. Ich sah Euch fallen."
Er starrte sie an und durchlebte noch einmal den Schrecken der vergangenen Stunde. Er hatte sterben sollen und dieses Kind hatte es verhindert, hatte ihm das Le-

ben geschenkt. Merkwürdig, die Tochter eines Mörders.

„Eine Seherin“, stieß er hervor. „Ihr seid eine Seherin.“

*Ich habe nicht gewusst, dass eine Seherin die Zukunft verändern kann.*

„Ist eine Seherin jemand, die die Zukunft voraussagen kann?“, fragte sie.

„Ja. Gibt es in Archeld keine Seherinnen?“

Sie schüttelte den Kopf. „Ich weiß von keiner.“

Er hielt den Atem an. Wie widersinnig, dass dieses begnadete Kind keine Ahnung von der Bedeutung seiner Gabe hatte und er, ein Fremder, sie darüber aufklärte. Er dachte an die große Schule der Seher in Bellandra, wo sich die Eingeweihten in ihrer Kunst ausbildeten. „In Bellandra gab es viele Seher. Die alte Marla erzählte mir einmal, dass nur alle fünf Generationen ein großer Seher geboren wird, nur einer in allen Königreichen.“ Nachdenklich hielt er inne. „Marla war eine große Seherin. Sie versuchte meinen Vater zu warnen.“ Er sah ihren Blick und unterbrach sich.

Das Schweigen zwischen ihnen war quälend.

Schließlich sprach sie: „Wie lange habt Ihr dort gehangen?“

Landen seufzte. „Eine Ewigkeit“, hörte er sich sagen. „Warum habt Ihr nicht Männer nach mir ausgesandt?“

„Ich wollte ihnen nichts vom Kristall erzählen. Und wenn sie mir nicht geglaubt hätten …“

„Ich verstehe.“ Wieder berührte er den Kristall. „Wer weiß noch von Eurer Seherkraft?“
„Meine Großmutter weiß es.“
Er reckte die Arme. Es schien alles in Ordnung. Jetzt begann er auch die vielen kleinen Schnitte und Schürfwunden zu spüren.
„Vielleicht“, sagte er leise, „solltet Ihr Euer Geheimnis bewahren.“ Selbst in Bellandra wurden die Seher abgeschirmt, weil sie sonst ununterbrochen von Menschen verfolgt wurden, die verzweifelt darauf aus waren, die Zukunft zu erfahren.
Sie nickte. „Dann verratet Ihr es niemandem?“
„Niemandem.“
„Wie ist das überhaupt passiert?“, fragte Torina und blickte bedeutsam zu den Felsen hinüber.
Landen zuckte die Achseln. „Ich habe das Gleichgewicht verloren.“
Sie schüttelte den Kopf. Dann nahm ihr Gesicht einen versonnenen Ausdruck an und sie beugte sich leicht über die Kristallkugel in ihrem Schoß. Fasziniert sah Landen ihr zu. Ihm war, als beobachte er etwas Verbotenes. Seher behielten ihre Visionen immer für sich.
Torinas Schweigen dauerte nicht lange. Sie schob den Kristall wieder in die Tasche und sah ihn scharf an.
„Beron.“
Landen betrachtete das Mädchen genau. Es hatte gewusst, dass er nicht zum Sklaven geschaffen war. Und jetzt hatte sie ihm geistesgegenwärtig das Leben geret-

tet. Ohne Ausbildung gelang es ihr, die Vergangenheit als auch die Zukunft zu sehen, eine äußerst seltene Gabe, selbst unter den größten Seherinnen.
Und doch war sie nur ein Kind mit dem unschuldigen Gesicht eines Kindes. Wunderschöne, ozeangrüne Augen, gerötete Wangen und Haare wie goldenes Feuer.
„Prinzessin“, sagte er, „ich danke Euch, dass Ihr mir das Leben gerettet habt. Um meinetwillen bitte ich Euch, niemandem etwas davon zu sagen.“
Auf ihrer Stirn erschien eine Zornesfalte. „Aber …!“
Landen versuchte zu grinsen. „Wenn er mich lebend sieht, wird er sich wundern.“
„Vielleicht versucht er es schon morgen wieder!“
„Ich werde auf mich aufpassen.“
„Ich bin so froh, dass Ihr noch am Leben seid.“
„Ich auch.“
„Könnt Ihr aufs Pferd steigen?“
Belustigt schüttelte er den Kopf. „Es stünde mir kaum an, auf dem Pferd des Königs gesehen zu werden. Außerdem wird man Euch schon vermissen. Nein, Prinzessin, ich gehe zu Fuß.“
„Aber Ihr könnt nicht einmal stehen!“, protestierte sie.
Er nahm alle Kraft zusammen und stand mit unendlicher Mühe auf. Er blickte in ihre unschuldigen, meergrünen Augen und dachte daran, dass auch er einmal die Welt so arglos gesehen hatte. Steif und voller Schmerzen bückte er sich, legte das Seil zusammen und

hängte es über das Sattelhorn. „Ihr müsst jetzt gehen.“
„Und Ihr könnt wirklich allein nach Hause?“
„Ja.“
Sie stieg auf Amber. „Dann reite ich jetzt zurück, bevor sie mich vermissen.“
Er sah ihr nach, wie sie in leichtem Galopp zwischen den Bäumen verschwand.
Als sie außer Sicht war, brach er, am ganzen Körper zitternd, zusammen.

Torina brachte das Pferd ohne eine Erklärung zurück. Langsam ging sie wieder zum Festplatz, fand Ancilla und ließ sich neben ihr nieder, dankbar, dass die weise, alte Frau sie weder ausfragte noch schimpfte. Das Mädchen tastete nach der Kristallkugel in ihrer Tasche und dachte an Landens verlorenes Königreich.
Eine Seherin, hatte er gesagt. So etwas gab es also auch bei anderen. Warum nicht hier in Archeld? Sie hatte noch nie von einer Seherin gehört und doch war sie eine. Wieso sie? Warum hatte sie eine Vision von Landen? Wäre er wirklich gestorben, wenn sie nicht gekommen wäre?
Und was war mit der alten Seherin, von der er gesprochen hatte? Wo war sie jetzt? Und der Kristall? Landen sagte, er erinnere ihn an einen Kristall, den er in Bellandra gesehen hatte. Ihr Vater hatte ihn aus Bellandra mitgebracht. Hatte er ihn gestohlen? Sollte sie ihn Lan-

den geben und ihm sagen, er gehöre ihm und nicht ihr?
Sie schauderte bei der Vorstellung, den Kristall wieder herzugeben. In ihrer Tasche schmiegte sich die Kugel weich in ihre Hand und pulsierte im Gleichklang mit ihrem Herzen. Sie zog sie hervor und starrte hinein.
Die gewölbten Ränder der Kugel verfärbten sich golden und brachten ein Bild hervor. Eine alte Frau, runzliger noch als Ancilla, mit langem, schlohweißem Haar und unergründlichen, schönen Augen. Sie hielt eine Kristallkugel in Händen und küsste sie. Eine schaurige Gewissheit überkam Torina. Die Frau war Marla und der Kristall jener, den sie in Händen hielt.
Ihr Vater erschien in der Kugel. Er hatte seine Rüstung an und sah furchterregend aus. Er trat dicht an die Alte heran. Diese hielt ihm die Kristallkugel entgegen. „Für Eure rothaarige Tochter", hörte Torina ihr Flüstern.
Langsam verschwamm das alte Gesicht, bis der Kristall wieder klar wie Wasser war. Torina saß da und hielt ihn mit beiden Händen fest. Sie empfand unbeschreibliche Freude und gleichzeitig Schmerz. Freude, dass der Kristall wirklich ihr gehörte, Marla hatte ihn ihrem Vater für sie mitgegeben. Sie durfte ihn behalten und musste sich nicht sorgen, dass er einem anderen gehörte. Schmerz, weil sie die Welt durch Marlas Augen gesehen hatte, eine Zukunft voller Kriege und das Ende des friedvollen Bellandra.

Die Wettspiele gingen zu Ende und Landen sah von den Rängen aus zu. Emid hatte verkündet, er sei von allen weiteren Wettkämpfen befreit aufgrund der Verletzungen, die er sich bei einem schweren Sturz zugefügt habe. Zu seiner Freude wurde Eric Sieger im Faustkampf und Phillt im Wettlauf. Trotz seiner Verletzungen hätte Landen gerne an den Reiterspielen teilgenommen, jubelte aber dem Sieger aus ganzem Herzen zu.
In den folgenden Monaten lösten sich die Spannungen unter den Jungen, denn Beron vermied jeden Kontakt mit dem gefangenen Prinzen und beobachtete ihn nur heimlich mit ungläubigem Schauern.
Landen brachte Eric alles bei, was er von der Kunst des Bogenschießens wusste, der einzigen Kriegskunst, für die Bellandra berühmt gewesen war. Eric dankte es ihm, indem er ihn im Faustkampf trainierte. Ihre Freundschaft blühte auf.
Landen wollte sich Torina erkenntlich zeigen, ihr für seine Rettung danken. Es sollte etwas ganz Besonderes sein, etwas, was nur er ihr schenken konnte. Das war nicht einfach, denn Torina war als Prinzessin und Einzelkind sehr verwöhnt. Nachts auf seinem Lager dachte er darüber nach und kam schließlich zu einer Entscheidung.
Alle Bewohner Bellandras, auch die Prinzen, sollten sich in mindestens einer Kunst üben. Manche malten, andere sangen oder tanzten, webten oder färbten, fertigten Schmuck an, tischlerten oder verfassten Gedichte. Lan-

den liebte die Arbeit mit Holz und war geschickt mit den Händen. Er hatte gelernt, Dinge aus Holz herzustellen. Besonders gern fertigte er kunstvolle Bögen an.
Torina wollte die Kunst des Bogenschießens erlernen, abcr ihr Vater hatte es ihr verboten. Gut. Landen wollte ihr einen Bogen bauen, ihr etwas Aufregendes, Geheimes schenken, mit dem er sich gleichzeitig gegen Kareed auflehnen konnte.
Landen ging zu Emid und erzählte ihm, er könne Waffen herstellen. Benötige der Ausbilder vielleicht ein paar neue Bogen? Emid willigte mürrisch ein, und von da an durfte Landen alle Werkzeuge benutzen, die er brauchte. In einem Schuppen fertigte er in seiner Freizeit mehrere kunstvolle Bogen an. Manchmal sah ihm eine Gruppe jüngerer Jungen zu, meist jedoch arbeitete er allein. Bald wunderte sich niemand mehr, wenn er mit Holz gesehen wurde.

# 4. Kapitel

Es war früh im Herbst und am verhangenen Himmel schien matt die Sonne. Torina hatte einen leichten Umhang über ihr Kleid geworfen. Gebückt streute sie ihre kostbaren Samenkörner in die flachen Furchen, die sie selbst gezogen hatte. Das Mädchen konnte es kaum erwarten, bis der Garten nach dem langen Winter erblühte. Die Großmutter hatte ihr versichert, der Schnee bewahre ihre selbst gesammelten Samen, bis sie in der Frühlingssonne keimten.

Die Großmutter saß in Decken gehüllt und auf Kissen gebettet in der Nähe und schlief. Liebevoll sah Torina sie an.

Niemand wusste, wie oft sie jetzt immer schlief. Wenn sie es erführen, würden sie jemand anderen als Aufpasserin für die Prinzessin bestimmen.

Sie besah sich die fertig bearbeiteten Beete. Ancilla war der Meinung, Betätigung an der frischen Luft sei für die Gesundheit das Beste, ihr langes Leben habe sie allein den vielen Stunden im Freien zu verdanken. Aber nicht nur Ancilla bestimmte Torinas Tagesablauf. Seufzend

dachte das Mädchen an die herannahenden dunklen Winterabende, die außer Nähen und Plaudern nichts bieten konnten. Keine Gartenarbeit und kein Ausreiten mit Stina nach dem Essen.
Ein Kiesel fiel vor ihre Füße. Überrascht schaute sie auf. Halb verborgen vom Blattwerk der den Garten begrenzenden Bäume stand Landen und winkte ihr zu. Nach einem Blick auf Ancilla lief sie leichtfüßig über die dunkelbraune Erde zu ihm.
„Landen", rief sie lächelnd. Wie stark und gesund er aussah. Das lockige, dunkle Haar, die gerade Nase, die hohen Wangenknochen und großen Augen gaben seinem Aussehen etwas Exotisches.
„Guten Tag, Prinzessin", begrüßte er sie mit bewegter Stimme. „Ich habe etwas für Euch", sagte er.
„Für mich?"
Er langte hinter sich ins Gebüsch und zog einen zierlichen Bogen und einige gefiederte Pfeile hervor.
Torina nahm den Bogen und fuhr sanft über das seidige Holz, das in seiner kunstvollen Verarbeitung einer Vogelschwinge glich.
„Wie schön er ist. Woher habt Ihr ihn?", fragte sie und wog ihn vorsichtig in der Hand.
„Ich habe ihn selbst gemacht."
„Ihr habt ihn gemacht? Aber wo kann ich ihn aufbewahren? Mein Vater wird nicht dulden, dass ich einen Bogen besitze."
„Im Wald. Ich habe extra eine Lederhülle gemacht, um

ihn vor der Witterung zu schützen." Gespannt sah er sie an.
„O ja. Ich könnte ihn im Wald verstecken."
„Und wenn Ihr Euch manchmal mit mir treffen wollt, kann ich Euch in der Kunst des Bogenschießens unterrichten."
Er wollte sie unterrichten! Er, der das Bogenturnier gewonnen hatte. Bestimmt wusste er sehr viel.
Torina und die Großmutter wollten am nächsten Tag bei der großen Kiefer auf der Wiese ein Picknick machen. Gespannt fragte sie Landen, ob er dorthin kommen wolle. Er willigte ein und wandte sich zum Gehen.
„Dann auf Wiedersehen. Danke! Landen, woher wusstet Ihr, dass ich mir einen Bogen wünsche?"
„Woher wusstet Ihr, dass ich über dem Abgrund hing?", gab er zurück und verschwand im Dickicht der Blätter.

Eines Abends im Frühling ging Emid zu den Unterkünften der Krieger, um Eric zu besuchen. Dieser hatte sich der Truppe von Hauptmann Franton angeschlossen, die direkt unter dem König diente. Da die Luft lau und der Himmel sternklar waren, schlug er einen Spaziergang vor.
„Ich möchte dich etwas fragen, Eric. Es geht um deinen Freund Landen."
Eric hob erstaunt die Augenbrauen. „Landen? Was gibt

es jetzt für Probleme mit ihm? Er hat doch gelernt sich zu verteidigen, dachte ich wenigstens ..."

„Nichts dergleichen ist geschehen. Nein, es ist ein disziplinarisches Problem."

„Ein Problem?" Eric grinste heimlich.

„Er geht unerlaubt fort, mindestens zweimal im Monat, und verweigert jede Auskunft, wenn er wiederkommt."

„Ach, und geschieht das regelmäßig?"

„Nein. Ich habe ihn vom Nachtessen ausgeschlossen, ihm die Teilnahme an Sportspielen verboten, ihm Strafarbeiten aufgegeben, es hat alles nichts genützt. Landen steckt die Strafen ohne Kommentar und sichtlich auch ohne Groll weg. Dann geht er wieder seiner Wege und zeigt keinerlei Reue."

Eric konnte sein Lächeln nicht mehr zurückhalten. „Und er verrät nicht, wohin er geht?"

„Er behauptet, er ginge Jagen und manchmal bringt er auch ein Kleinwild mit."

„Habt Ihr ihn beschatten lassen?"

„Ich habe das sogar zu einer Übung im Spurenlesen gemacht", sagte Emid achselzuckend.

„Und wo liegt das Problem?", fragte Eric nun besorgt.

Emid seufzte. „Ich bin für die Ausbildung dieses Burschen verantwortlich. Er ist noch ein Junge, das ist wahr, und ich halte ihn für herzensgut. Trotzdem, er ist der einzige Sohn eines besiegten Königs und wurde als Königssohn erzogen. Ich glaube, er wird niemals fraglos irgendwelchen Befehlen folgen. Und diese unschuldigen Jagdausflüge sind womöglich weniger harmlos, als sie erscheinen."

Erics Miene hatte sich verschlossen. „Warum seid Ihr zu mir gekommen?"

„Du bist sein Freund. Hat er dir jemals etwas davon erzählt?"

„Nein."

„Und wenn er es täte?"

„Ihr fragt Euch, ob die Loyalität zu meinem Freund oder die Loyalität zu meinem König siegen würde?"

Emid nickte angespannt. „Ich glaube, so ist es."

„Eure Zweifel betrüben mich, Emid. Ihr habt mich ausgebildet. Ich bedaure, dass Ihr an Landen zweifelt. Landen ist mein Freund, zu dem ich allzeit stehen werde, doch darüber würde ich niemals vergessen, was meine Pflicht ist."

Emid musste einsehen, dass er Landens Spur persönlich würde aufnehmen müssen.

Gleich am nächsten Tag bot sich dazu eine Gelegenheit. Er unternahm mit den Jungen eine zermürbende Wanderung und befahl ihnen dann, sich in Kleingruppen wieder auf den Rückweg zu machen. Dabei beobachtete er sie und bemerkte, dass Landen weder eine Gruppe anführte noch sich einer Gruppe anschloss. Vorsichtig nahm er die Verfolgung auf.

Emid staunte, wie schnell es dem Jungen gelang, von der vereinbarten Richtung abzuweichen, und er musste all seine Künste aufbieten, Landens trickreiche Ablenkungsmanöver zu durchschauen. Einmal verlor er fast die Spur und nur Dank seiner Hartnäckigkeit konnte er die Verfolgungsjagd fortsetzen.

Landen eilte zu einer tief im Wald versteckten Wiese, die aber nicht weit vom Schloss lag. Zu seiner Verwunderung erblickte er dort im frischen Frühlingsgras, in Decken gehüllt, die alte Königin.

Die Vorliebe der Königsmutter, mit ihrer Enkelin spazieren zu gehen, war allgemein bekannt. Emid hatte sie schon oft unterwegs getroffen. Die alte Frau war für kurze Ausflüge immer noch rüstig genug. Doch allein?

Verwirrt ließ Emid die Wiese hinter sich und nahm wieder die in den Wald führende Spur seines Opfers auf. Schon bald stieß er auf kleinere Fußspuren, die in die gleiche Richtung führten. Wild schlug sein Herz. Landen und Prinzessin Torina? Was hatten die zwei miteinander zu schaffen? Sie kannten sich doch gar nicht – warum trafen sie sich dann? War es überhaupt ein Treffen? Oder hatte die Prinzessin, deren Neugier sprichwörtlich war, den Jungen bemerkt und war ihm nachgegangen?

Emid arbeitete sich, geschützt vom zarten Frühlingslaub, weiter durch das dichte Unterholz. Lachen junger Stimmen drang wie Vogelzwitschern an sein Ohr. Vorsichtig robbte er weiter.

Auf einer kleinen Lichtung zwischen den Bäumen entdeckte er Torina. Mit strahlendem Gesicht, leuchtenden

Augen und wirrem Haar hielt sie Pfeil und Bogen in der Hand. Vergnügt und vertrauensvoll sah sie Landen an, der ihr Lächeln ebenso freundschaftlich erwiderte.
„Aber warum soll ich mit der linken Hand schießen?“, hörte Emid sie fragen.
„Weil du mit der rechten schon so gut bist, dass ich dich nicht mehr besiegen kann“, neckte er.
„Lügner! Du besiegst mich doch immer!“
„Du musst mit beiden Händen schießen können! Denk nur, deine rechte Hand wäre verwundet.“
„Warum sollte mich jemand verwunden?“
„Niemand würde es wagen, einer Prinzessin etwas zu Leide zu tun. Aber wenn es doch einmal geschähe, vergiss nicht, dass du dein Königreich beschützen willst.“
*Ihr Königreich beschützen!*, dachte Emid empört. Dafür hatte sie doch Krieger! Was führte dieser Junge im Schilde? Torina war eine Prinzessin, sie sollte sich vor nichts fürchten müssen.
Plötzlich kam Emid ein Gedanke. Als Prinz hatte Landen auch nicht gelernt, was Furcht ist. Vor Kareeds kühnem Feldzug galt Bellandra als unbesiegbar. Der Ruf des legendären Schwertes hatte seit Generationen jeden Eindringling fern gehalten.
Und was hatte diese Wehrlosigkeit den Jungen gekostet? Emid kannte die Antwort. Alles bis auf das nackte Leben.
Aber wie hatten die zwei sich getroffen? Was sollte nur daraus werden? Gewiss, dem Mädchen das Bogenschie-

ßen beizubringen war ein unschuldiges Tun. Doch später, wenn sie keine Kinder mehr waren? Was sollte daraus werden, wenn sie Mann und Frau geworden waren?
Emid beobachtete die ganze Unterrichtsstunde und war beeindruckt, wie vertraut die beiden miteinander umgingen und welche Geschicklichkeit sie beim Bogenschießen bewiesen. Sie mussten sich schon viele Male getroffen haben, denn Torina war eine ausgezeichnete Schützin und die beide schlugen einen völlig unbeschwerten Ton miteinander an. Welch ein ungewohnter Anblick war es, Landen hier im Wald wie einen gewöhnlichen Jungen spielen, lachen, scherzen und sich freuen zu sehen. Die stille Zurückhaltung, die Emid Landens Wesen zugeschrieben hatte, war verflogen.
Je länger er zusah, desto unbehaglicher wurde ihm zu Mute. Dass Torina leicht Freundschaft mit seinen jüngeren Zöglingen schloss, war ihm natürlich bekannt. Schon oft war sie mit Zeon oder Jelton ausgeritten und Emid hatte es unterstützt, denn seine Schüler sollten einmal die Krieger ihres Landes anführen. Solange ihre Verbindung mit Torina sowohl freundschaftlich als auch pflichtbewusst war, hatte er nichts dagegen.
Aber das. Das war eine ausgewachsene Freundschaft unter Gleichberechtigten. Landen musste sich neben der Prinzessin nicht als Prinz gebärden. Er war ein Prinz, das war unübersehbar.
Nach kaum einer Stunde erinnerte Landen die Prinzes-

sin an die Zeit. Emid hörte, wie sie schnell das nächste Treffen vereinbarten, und sich dann vergnügt von dannen machten.

Der Ausbilder streckte seine steifen Glieder und machte sich auf den Rückweg.

*Was soll ich tun?* Kareed würde seiner Tochter niemals erlauben, Bogenschießen zu lernen, schon gar nicht vom Sohn seines einstigen Feindes. Wenn er davon erführe, würde der Junge fortgeschickt oder getötet. Und Torina? Sie würde im Haus bleiben und sticken müssen.

Emid stellte sich Torina bleich und lustlos mit Nadel und Faden am Kamin sitzend vor. Wie anders ihr Bild dort unter den Bäumen, wo sie rotbackig, mit leuchtenden Augen und straffen Muskeln den Bogen gespannt hielt.

Er schickte die Jungen in ihre Unterkünfte und blieb noch allein auf dem Übungsplatz, wo er unruhig auf- und ablief.

Wenn ich dem König melde, was ich gesehen habe, zerstöre ich das Leben dieses Jungen, den ich achten und schätzen gelernt habe. Und die Prinzessin würde vor Gram vergehen. Wenn ich es aber vor dem König geheim halte, breche ich dann den auf ihn geleisteten Eid, der Königfamilie zu dienen?

Hin und her ging Emid, immer denselben Weg auf und ab. Vor seinem geistigen Auge sah er Landen und schüttelte den Kopf in Bewunderung und Sorge für den Jungen.

Kareed hatte ein Adlerjunges aufgenommen und behandelte es wie ein gestutztes Hühnchen. Dachte der König wirklich, die Herkunft seines Gefangenen werde sich nicht zeigen? Es hieß, seine Truppen seien in Bellandra von freundlichen Kriegern empfangen worden, die mehr an Verhandlungen als an Schlachten interessiert gewesen seien. Vielleicht verachtete Kareed die Schwäche dieses Landes so sehr, dass er den Prinzen niemals als ernst zu nehmenden Gegner ansehen würde.

Landens Art zu sprechen und seine unbeugsame Eigenständigkeit waren für Emid deutliche Anzeichen für die königliche Herkunft des Jungen. Mühelos beherrschte er alles, was ihm beigebracht wurde, und würde eines Tages ein gefährlicher Krieger sein.

Was diente dem Wohl des Hauses von Archeld mehr? Ihn fortschicken oder töten? Oder versuchen, ihn zum Hauptmann in Archelds Armee zu machen? Dieser Junge würde nicht nur ein geschickter Krieger, sondern auch ein begnadeter Feldherr werden. Könnte er einem Land dienen, das sein Land zerstört hat? Wie konnte er für Archeld gewonnen werden?

Wieder sah Emid die Lichtung vor sich und erinnerte sich an den starken Ausdruck von Freundschaft, mit dem Landen Torina angesehen hatte.

Kareed gegenüber würde Landen niemals Loyalität empfinden, doch für Torina empfand er sie schon jetzt. Torina war Archelds Zukunft. Unwissentlich hatte Torina einen Verbündeten gewonnen, der der schlimmste

Feind dieses Landes hätte werden können. Wie hatte das geschehen können?
Das würde Emid vermutlich niemals herausfinden. Er holte tief Luft. Seine Entscheidung war getroffen. Der Junge sollte wegen seiner Freundschaft mit Kareeds Tochter nicht sterben müssen. Diese Freundschaft war Garant für ihre Zukunft. Emid wollte sie nicht verraten.
Er hoffte, sie wären geschickt genug, jeden Verdacht zu vermeiden, damit kein anderer sie entdeckte.

# 5. Kapitel

Einige Tage nach Torinas zwölftem Geburtstag trafen sich die beiden bei der großen Kiefer am Rande der Wiese. Innerhalb von drei Jahren hatten sie sich erst viermal an dieser Stelle getroffen.

Torinas meergrüne Augen waren feucht.

„Ich bin den Anstandsdamen weggelaufen, Landen. Sie sagen, Großmutter sei zu alt, um auf mich aufzupassen. Sie werden mich jetzt immer bewachen. Ich habe mich mit ihnen gestritten, aber sie meinten nur ‚Du wirst jetzt eine junge Dame und musst dich auch als solche benehmen'. Sie wollen nichts davon hören, dass ich mich nicht wie eine Dame aufführen möchte."

Landen wurde es eng ums Herz. Die heimlichen Treffen mit Torina hatten seine Zeit in Archeld mit Leben erfüllt. Aus den anfänglichen Übungsstunden im Bogenschießen war weit mehr geworden. Torina war nicht nur eine exzellente Schützin geworden, sie war auch seine liebste Kameradin. Seit Jahren hatten sie sich mindestens einmal die Woche gesehen und miteinander gespielt und geredet, wie es nur unter gleichgestellten Freunden möglich war.

Denn gleichgestellt waren sie. Nicht, weil sie von königlichem Blut war und als Prinzessin erzogen wurde. Ihr herrisches Auftreten fand er eher unangenehm. Es war ihre Persönlichkeit. Landen bewunderte ihren lebhaften Geist, flammend wie ihr Haar. Bei ihm vergaß sie oft ihre arrogante Prinzessinnenart und zeigte eine natürliche Freundlichkeit und einen ausgeprägten Sinn für Ehre und Gerechtigkeit. Ungeniert vertraute sie ihm Geheimnisse an, erzählte von ihren Triumphen und Niederlagen und ihren mutwilligen kleinen Aufständen. Sie war ohne Falsch. Er konnte mit ihr über alles reden.

Nur über eins hatte er nie mit ihr gesprochen, obwohl er oft daran gedacht hatte. Er hatte sie nie gebeten, in ihrem Kristall das Schwert von Bellandra zu suchen. Oh, wie gern hätte er gewusst, wo es war! Es hieß, es sei zerstört, in einer aufwendigen Zeremonie eingeschmolzen worden. Aber Genaues wusste er nicht. Bevor er es für immer aus seinem Gedächtnis bannte, wollte er sicher sein.

Torina hätte es ihm sagen können. Sie hatte ihn zum Vertrauten ihrer Visionen gemacht. Er staunte über die Genauigkeit ihrer Vorhersagen, über das Ausmaß ihrer Gabe. Ja, sie hätte ihm sagen können, was mit dem Schwert von Bellandra geschehen war. Tausend Mal schon lag ihm diese Frage auf den Lippen. Doch ein Blick in ihre unschuldigen Augen brachte ihn jedesmal zum Schweigen.

„Ich hasse es, Prinzessin zu sein!“, rief Torina zornig. Sie ließ sich zu Boden sinken und schlug schluchzend die Hände vors Gesicht. Landen kniete neben ihr nieder und flüsterte ihr sanft den einzigen Trost zu, den er selbst empfand.
„Ich bin so froh dich zu kennen.“
Sie nickte unter kurzen Schluchzern.
Sanft strich er ihr übers Haar. „Torina, ich werde immer dein Freund sein.“
„Ja“, schluchzte sie, „mein bester Freund.“
Gab es etwas Kostbareres als diese Worte?
„Eines Tages wirst du die Macht haben, über dich selbst zu bestimmen.“
Sie sammelte mit einer Hand ein paar Kiefernnadeln ein, während Tränen über ihre geröteten Wangen liefen.
„Ja, eines Tages. Ich werde immer an dich denken“, sagte sie und streckte die Arme nach ihm aus.
Er hatte sie zuvor noch nie umarmt. Es fühlte sich leicht und richtig an.
„Ich muss jetzt gehen“, sagte sie nach einigen Augenblicken, „sie werden schon nach mir suchen.“
Er ließ sie los und sie stand auf. Als sie davonrannte, hörte er noch ihr unterdrücktes Schluchzen. Landen lehnte sich gegen die Kiefer und spürte den eben erlittenen Verlust.
Er betrachtete sein Leben und ihm war, als sei Archeld jetzt wieder so, wie er es bei seiner Ankunft gesehen hat-

te, ein Furcht einflößendes, barbarische Land ohne jede Gerechtigkeit.

Seine Gedanken reisten zurück nach Bellandra und die Tage seiner Kindheit. Seit Jahren hatte er solche schmerzlichen Erinnerungen nicht mehr zugelassen. Jetzt kehrten sie zu ihm zurück.

Die Stimme seiner Mutter: *„Sei dankbar für das Licht deiner Seele. Wo du auch bist, was auch passiert, es scheint immer hell.“*

Hatte sie gewusst? Diese Worte hatte sie kurz vor ihrem Tod gesprochen.

Hatte sie geahnt, dass ihr Kind einer Welt begegnen sollte, die so anders war als Bellandra?

Er erinnerte sich der stillen Regenbogen, die zu jeder Zeit des Tages sanft die Wolken streiften, des blendenden Glitzerns der Sonne auf den Wellen der Bellanbucht, der Kunst und der Fantasie, die überall in Bellandra herrschten, der Bauern, die liebevoll ihr Land bearbeiteten, der Musiker, die mit ihren Instrumenten bezauberten, der kunstvollen Tänzer, der Heilkundigen, die sich dem Leben verschrieben hatten, und der Seelenwanderer, die die Wege der Sterbenden begleiteten.

Er erinnerte sich an die alte Marla. An ihre weisen, schönen, traurigen Augen, die ihn schweigend ansahen.

Er erinnerte sich des Friedens, der die Luft über Bellandra rein und hell erscheinen ließ. Und an Kareed, der dies alles zerstört hatte. Hier in Archeld wurde nichts vom Frieden erhellt, nur dem Krieg und dem Kampf galten Ruhm und Ehre.

*Ich bin ein Krieger geworden. Meine Ausbildung ist bald beendet. Würde ich das Schwert finden, könnte ich damit kämpfen.*

Doch existierte es überhaupt noch? War es zerstört, war es entweiht? Konnte der einmal entweihte Zauber wieder zurückkehren? Würde er es finden, besäße es dann noch seine Kraft? Oder wäre es nur noch ein hübsches Kriegsspielzeug?

Sorgenvoll schüttelte Landen den Kopf. Das Schwert war verschwunden und Torina von ihm getrennt. Vielleicht war es an der Zeit, Archeld den Rücken zu kehren. Das wäre leicht zu bewerkstelligen. Er musste nur nachts ein Pferd stehlen und sich davonmachen. Er war sechzehn Jahre alt, fast ein Mann. Es gab andere Königreiche, wo er seinen Platz finden würde. Man erzählte sich von Glavenrell, dem Königreich im Norden von Archeld. Dahmis, der mächtige junge König, bemühe sich um ein Friedensbündnis mit seinen Nachbarn.

*Dort ist vielleicht mein Platz.*

Der Junge schloss die Augen. Wie gern würde er dazu beitragen den Frieden unter den Ländern zu fördern. Er war das karge, strenge Leben der Kriegerausbildung müde. Nur wenn er von Zeit zu Zeit Bogen herstellte, konnte er sich in anderen Kunstfertigkeiten üben. Seine Waffen waren wegen ihrer Qualität sehr begehrt.

Wie alle Handwerksstücke aus Bellandra, dachte er bit-

ter. Angeblich war Bellandra, nun eine Provinz von Archeld, zu einem Hort gieriger Kaufleute geworden, die die traditionellen Schönheiten des Landes vermarkteten.
Ein verführerischer Gedanke, einfach fortzugehen.
Doch dann dachte er wieder an Torina. *„Mein bester Freund"*, hatte sie gesagt. Landen verspürte ein überwältigendes Gefühl von Zärtlichkeit für sie. Konnte ein bester Freund sie einfach so im Stich lassen? Einmal fort, wäre es schwierig wieder zurückzukommen. Der Gedanke, sie vielleicht nie mehr wiederzusehen, war ihm unerträglich.

Zur Übung am Nachmittag kam Landen zu spät. Er fühlte sich um Jahre gealtert, seit er am Morgen fortgegangen war. Emid brüllte ihn furchtbar an, aber die wütende Stimme des Ausbilders konnte Landens düstere Stimmung kaum durchbrechen. Nach dem Ende der Übung erwartete er eine strenge Strafe, doch sie blieb aus. Emid sah ihn eher mitleidig an, als wüsste er von seinem Kummer und bedauere ihn. In dieser Nacht lag Landen schlaflos auf seiner Liege. Er beschloss, noch eine Weile in Archeld auszuharren, doch sein Herz schluchzte vor Einsamkeit.

Nach diesem Tag wurde es für Landen unmöglich, in Torinas Nähe zu kommen. Er verbrachte seine Zeit fast ausschließlich mit dem letzten Teil seiner Ausbildung

und sie kam nicht mehr zu den Übungsfeldern. In den wenigen freien Stunden versuchte er ihr nachzuspüren, kam aber nie nah genug, um auch nur ein privates Wort mit ihr zu wechseln. Wo sie ging und stand war sie von Bediensteten umgeben und ihr Leben wurde zunehmend von königlichen Aufgaben bestimmt. Sie wurde auf die Rolle der zukünftigen Königsgemahlin vorbereitet. Landen ärgerte sich über die Hürden, die das Protokoll ihr auferlegte, und fragte sich, wie Torina, die das Abenteuer und die Freiheit über alles liebte, diese Form der Gefangenschaft aushielt.
Auf seinen einsamen Ausritten traf er manchmal missmutige Soldaten, die ihn fragten, ob er die Prinzessin gesehen habe, sie sei schon wieder ihren Aufseherinnen entwischt. Dann suchte Landen nach ihr und hoffte, sich kurz mit ihr unterhalten zu können. Aber ihre Ausflüge in die Freiheit waren kurz und rar und es gelang ihm niemals, sie zu treffen.
Nach und nach drängte sich die verstreichende Zeit zwischen ihre Beziehung. Zu Beginn ihrer Trennung, wenn Landen Torina von weitem sah, warf sie ihm ein verschwörerisches Lächeln zu. Doch schon sechs Monate später sah sie ihn mit gleichgültigen Augen an. Und nach dem ersten Jahr unterschied sich ihr Verhalten ihm gegenüber in nichts von der distanzierten Höflichkeit, mit der sie alle bedachte.
Sie war jung. Ein Jahr war für sie eine lange Zeit. Doch nicht für Landen. Seine Zuneigung zu ihr erfüllte sein

Herz mit einem Strahlen, das von Entfernung, Zeit und Missachtung unberührt blieb.
Große Menschenansammlungen oder Veranstaltungen lagen Landen nicht. Doch er zwang sich, daran teilzunehmen, um womöglich einen Blick auf Torina erhaschen zu können. Bald schon bemerkte er, dass er nicht der Einzige war, der versuchte, der Prinzessin nahe zu kommen.
Am Anfang dachte er, es sei ein zynischer Zufall, dass er jedesmal, wenn er sich Torina näherte, Vesputo bemerkte. Doch schon bald war ihm klar, dass Vesputo versuchte, die Tochter des Königs zu umgarnen. Eine entsetzliche Vorstellung für Landen.
Hauptmann Vesputos Einfluss war stetig gewachsen, bis er nach dem König der zweitmächtigste Mann in Archeld war. Eine Zeit des Friedens war angebrochen, die Provinzen lehnten sich nicht mehr gegen Kareeds Vorherrschaft auf. Der Wohlstand gedieh. Vesputo war ein reicher Mann, der alle Privilegien genoss. Wenn er gerade keine Verwaltungsaufgaben für den König erledigte, konnte er frei über seine Zeit verfügen. Das nutzte er, um sich allgemein beliebt zu machen, vor allem bei der Prinzessin.
*Natürlich. Er strebt nach der Krone und durch sie kann er sie erlangen.*
Manchmal besuchte Vesputo Emids Übungsstunden. Dann stand er am Feldrand und beobachtete konzentriert die Jungen, was Landen jedesmal ein Schaudern

versetzte. Er dachte an die Grausamkeit, die unter der Oberfläche des Hauptmanns lauerte. *Er hätte mich als Sklave behalten und sein Vergnügen daran gefunden.*
Landen litt, wenn Vesputo sich charmant lächelnd zu Torina beugte. Wenn er sich ehrerbietig und rücksichtsvoll benahm, als läge ihm etwas an ihr. Landen betete, Torina möge klug genug sein, Vesputo zu durchschauen. Aber was wusste sie schon von seiner bösartigen, unmenschlichen Seite? Sie war niemals mit ihm in den Krieg gezogen, war niemals seine Gefangene gewesen. Unter den Kriegern von Archeld war Vesputo eine Legende. Selbst der Staub teile sich vor ihm, hieß es. Noch nie hatte er eine Schlacht verloren. Er wurde mit größter Ehrfurcht behandelt und die Menschen wetteiferten um seine Beachtung. Wie sollte Torina seinen wahren Charakter erkennen?
Landen verstärkte seine Bemühungen, in ihre Nähe zu kommen und mit ihr zu sprechen. Doch die Monate verstrichen und sie blieb immer unerreichbar. Er überlegte, ob er ihr einen Brief schicken sollte. Aber wenn der in die falschen Hände geriet, konnte das seinen Tod bedeuten.
Unter großer Gefahr begann er Vesputo nachzuspionieren. Einige Male wurde er beinahe gefasst, konnte seinen Verfolgern jedoch jedesmal entkommen. Mit der Zeit entwickelte Landen eine ungewöhnliche Geschicklichkeit, unbemerkt zu kommen und zu gehen. Manche Kameraden vertrauten ihm ihre Geheimnisse an, er

selbst aber behielt seine Geheimnisse beharrlich für sich. Und er entdeckte eine Schwäche Vesputos: Frauen. Der Hauptmann hielt sich immer eine heimliche Geliebte. Andere zu täuschen bereitete ihm Vergnügen. Trotzdem folgten ihm die Männer blind ergeben, viele ahnten nicht einmal, was für eine Art Mann er war. Als ermögliche ihm ein finsterer Zauber, Männer und Frauen gleichermaßen zu hintergehen und gleichzeitig stetig an Macht und Ansehen zu gewinnen.

# 6. Kapitel

An einem klaren Spätnachmittag ritt Torina zu ihrem liebsten Aussichtspunkt hoch in den Felsen und blickte ins Tal hinab. Sie war fünfzehn Jahre alt. Unter ihrem schlichten, grünen Kleid zeichneten sich weich die Wölbungen ihres Körpers ab. Die Farbe unterstrich den Ton ihrer Augen und ihres Haares, das sich noch immer nicht zähmen ließ und ihr in krausen Strähnen über die Schulter fiel.

Immer wieder erdachte sie sich Ausflüchte, um allein zu sein, doch gelang ihr das nur selten. Heute aber war sie den Anstandsdamen entwischt und ganz allein zu den Felsen geritten.

Von Weitem erkannte sie Vesputos Helm und Schild. Voll Freude ihn bald wiederzusehen, richtete sie sich im Sattel auf. Was für ein starker, edler, gutaussehender und bewundernswerter Mann! Sein kühler Blick wurde weich und warm in ihrer Nähe! Und seine Lippen! Kein Wunder, dass sie für ihn schwärmte. Welch ein Glück, den Mann zu lieben, der als einziger fähig war, die Nachfolge ihres Vaters anzutreten. Oft sprach der König davon, wie unentbehrlich Vesputo geworden war. Ihm könne er die wichtigsten Geheimnisse und wertvollsten Schätze seines Reiches anvertrauen. Und, was ebenso wichtig war, er könne immer auf ihn zählen, wenn es um siegreiche Kriegszüge ginge.

Am Anfang hatte sie das charmante Lächelns des Hauptmanns für Höflichkeit gehalten.

Doch mit Ehrerbietung und ungezählten Aufmerksamkeiten hatte Vesputo allmählich ihr Herz erobert. Seine Liebe war stark und voller Hingabe und einmal gestand er ihr unter vier Augen, dass er sie geliebt habe, seit sie zwölf war.

Seine unerschütterliche Leidenschaft schmeichelte ihr. Er, der so viel gesehen und vollbracht hatte, dem alle Frauen in Archeld schöne Augen machten, er hatte sie erwählt. Wenn sie in seine Nähe kam, leuchteten seine Augen vor Freude. Und er war noch nicht zu alt, noch keine dreißig Jahre. Wenn er sie küsste, dachte sie nie an sein Alter.

Jetzt waren sie verlobt und zum Zeichen seiner Liebe brachte er ihr mit Kostbarkeiten beladene Pferde mit.

Torina gab ihrem Pferd ein Zeichen, um es in den angrenzenden Wald zu lenken. Sie wollte den Weg hinunter zum väterlichen Schloss nehmen. Doch als sie gewendet hatte, war der Weg von einem anderen Pferd versperrt. Auf dem großen, grauen Hengst saß Landen.

Landen. Ihre Wege kreuzten sich selten. Wenn sie sich begegneten, dann immer in Gegenwart vieler anderer

Menschen, die ihnen keine Gelegenheit zu sprechen gab. Sie erinnerte sich nur noch verschwommen an die gemeinsame Zeit mit Landen. Manchmal, wenn sie ihn in der Ferne auf seinen einsamen Ausritten entdeckte, beneidete sie ihn.

Er war groß und breitschultrig geworden und galt als unbesiegbarer Krieger. Emid hatte ihn für die Ausbildung zum Hauptmann vorgeschlagen, als er die Baracken verlassen musste.

Anmutig lenkte er sein Pferd zu ihr.

„Guten Tag, Landen."

„Guten Tag, Prinzessin. Ganz allein heute?"

Sie lächelte froh und nickte. Er erwiderte ihr Lächeln nicht, sondern zeigte zur Ebene hin.

„Vesputo ist zurück."

Torina verbarg ihre Freude nicht. „Ja." Sie hantierte an ihren Zügeln, um ihm zu signalisieren, dass sie nun den schmalen Pfad nach unten nehmen wollte.

Doch er versperrte weiter ihren Weg.

„Bitte", sagte sie immer noch lächelnd, „ich möchte weiter."

„Ein feiner Plünderer, dieser Vesputo", erwiderte Landen gepresst ohne auf ihre Bitte zu reagieren. „Und der Preis für Euch liegt auf dem Rücken dieser Pferde?"

Überrascht lachte sie auf. „Die Schätze bedeuten mir nichts! Ich liebe ihn!"

Landen beugte sich vor. „So, Ihr liebt ihn", sagte er.

„Ja, natürlich liebe ich ihn. Wir werden bald heiraten!

Ich weiß schon lange, dass er König sein wird. Ich habe es gesehen."

Sie drängte ihr Pferd nach vorn. Landen lenkte geschickt dagegen und ließ sie nicht frei.

„Ihr habt ihm auch vom Kristall erzählt, oder?"

Torina errötete und erinnerte sich vieler Geheimnisse, die sie als Kind diesem Fremdling anvertraut hatte. Warum fragte er sie jetzt danach? Aber sie hatte ihn auch schon so lange nicht mehr allein gesprochen. Wie lange war das her?

„Nein. Niemand weiß von dem Kristall, außer meiner Großmutter und …" Sie verspürte ein Unbehagen und wusste nicht warum.

„Aha. Ihr habt es ihm nicht erzählt. Dann wisst Ihr vielleicht Bescheid."

„Bescheid? Was meint Ihr?"

„Er ist nicht der, für den Ihr ihn haltet", sagte Landen ruhig.

„Bitte lasst mich durch. Ich möchte zu meinem Verlobten."

Landens Blick störte ihre freudige Stimmung wie der Sonnenstrahl, der den Schläfer weckt. „Er ist nicht der, für den Ihr ihn haltet!"

„So kennt Ihr sein Herz besser als ich?", brauste sie auf.

„Ich sehe mehr als Ihr", antwortete er ruhig.

„Ihr seid nicht sehr ritterlich, mein Herr", flüchtete sie sich in formale Höflichkeit.

„Er empfindet nichts für Euch, Prinzessin“ fuhr die schonungslose Stimme fort.
„Er liebt mich!“, schrie sie.
„Er liebt die Krone, die Ihr einmal tragen werdet.“
„Wie könnt Ihr es wagen? Aus dem Weg!“
Landen ergriff ihre Zügel. „König Kareed wird niemals einen Sohn haben. Wer immer Euch heiratet wird König werden!“
„Das habe ich bereits gesagt – ich weiß, er wird ein König sein. Ich habe es gesehen. Und jetzt fort mit Euch! Ich will meinen Liebsten treffen!“
„Er hat eine Andere.“
„Lügner! Das hätte mir der Kristall gezeigt!“
„Der Kristall zeigt vielleicht nicht, was Ihr mit eigenen Augen sehen könnt, wenn Ihr nur wolltet!“
Torina fühlte sich plötzlich schwach. Woher wusste Landen, dass ihr der Kristall niemals die eigene Zukunft zeigte?“
„Da gibt es nichts zu sehen!“, schrie sie und wünschte verzweifelt, er wäre fort.
„Es ist Irene.“
Die Worte fuhren ihr wie Messerstiche in die Brust. Schwindelig vor Zorn hielt sie sich am Sattelhorn fest wie eine Reitschülerin.
„Ihr lügt!“
Sie fingerte ihren Dolch hervor und hielt ihn mit bebender Hand drohend empor.
Landen ließ ihre Zügel fahren und wich zurück.

„Wenn ich Euch Lügen erzählen wollte, würde ich kaum Euren Zorn erwecken, Prinzessin."
Er wendete sein Pferd und ließ Torina mit dem Dolch in der zitternden Hand zurück.
„Ich will es nicht glauben", flüsterte sie den Bäumen zu.

Torina verharrte im Schutz der Bäume, bis der Himmel sich im Abendrot verfärbte. Als sie aufbrach, nahm sie den kürzesten Weg nach Hause. Bestimmt suchten sie schon nach ihr, doch sicher nicht auf den öffentlichen Wegen, die sie sonst nie benutzte. So gelang es ihr, die Diener zu umgehen, die die Wälder nach ihr absuchten.
Sie band das Pferd in der Nähe des Stalls fest und beschloss, durch einen Hintereingang ins Schloss zu gehen. Der Weg führte durch einen langen, offenen Gang mit lauschigen Fensternischen zum Schlossgarten hin. Um diese Jahreszeit, wo es kühl war und die Rosen die braunen Köpfe hängen ließen, wurde er selten benutzt. Die kunstvoll verzierten Lampions, die in den wärmeren Monaten des Jahres immer brannten, hingen leer und dunkel an der Wand. Im Gang war es sehr dämmerig. Mit raschen, leisen Schritten, seit Kindertagen geübt, lief Torina an den staubigen Bänken vorbei, auf denen erst wenige Wochen zuvor noch lachende Paare gesessen hatten.
Sie erinnerte sich der Zeit, als Vesputo sie hier getroffen

hatte. Wie er sie angesehen, wie er zu ihr gesprochen hatte, das konnte doch nur aufrichtig gewesen sein? Welcher Mann könnte solch eine Zuneigung nur vortäuschen?

Sanfte Liebesseufzer drangen an ihr Ohr. Sie drückte sich in eine Nische, wollte mit ihrem tränenüberströmten Gesicht nicht gesehen werden.

„Ich habe mich so nach dir gesehnt", flüsterte jemand.

„Aber wir müssen vorsichtig sein, meine Geliebte." Eine kräftige, ruhige Stimme, die Torinas Herz in rasenden Galopp versetzte.

Es war die Stimme Vesputos.

Sie kauerte sich in die Nische und zwang sich, lautlos und flach zu atmen, obwohl ihre Lungen vor Schmerz fast zerspringen wollten. *Meine Geliebte!* Wer war damit gemeint?

An die kalte Mauer gepresst, lauschte Torina den Liebesseufzern und Küssen.

„Du bist die Königin meines Herzens", hörte sie ihn sagen.

„Bin ich erst König, wirst du Königin sein", hörte sie.

„Und was ist mit ihr?", säuselte die weibliche Stimme.

Torina erkannte Irene.

„Ein verwöhntes Kind, das noch lernen wird, was es heißt dem Gemahl zu gehorchen."

Ein Kichern antwortete. „Vesputo, ich muss dir etwas von ihr erzählen, was du nicht weißt."

„Was denn, mein Schatz?" Seine Stimme klang distanziert und eiskalt.
„Ich weiß es von Eva, der Dienerin der alten Königin."
„Königin Ancilla?"
„Ja. Eva hat vom Nebenzimmer aus ein Gespräch zwischen der Königin und Torina belauscht. Eva sagt, Torina besäße eine Zauberkugel, die die Zukunft vorhersagt."
„Tatsächlich?" Seine Stimme klang plötzlich interessiert.
„Das behauptet Eva jedenfalls."
Torina machte leise kehrt und floh in die Dunkelheit.

Landen saß hoch zu Ross auf einem Fels über dem Meer und dachte an den Tag, als ein kleines Mädchen ihm das Leben gerettet hatte. Kraftvoll donnerte die Brandung gegen den Fels und löste winzige Teile aus dem mächtigen Gestein. In trübe Gedanken versunken sah er den Wellen zu.
Torina hatte seine Worte sehr schwer genommen. Er hatte nicht gewusst, wie sehr Vesputo ihr leidenschaftliches Herz besetzt hat.
Vor seinem inneren Auge sah er ihr bleiches, zorniges Gesicht und ihren trotzigen Blick.
*Glaube und Wahrheit kämpfen gegeneinander. Wer auch immer gewinnen mag, ich habe ihre Unschuld getötet.*
*Und nun? Sie hat ihn mit der Krone gesehen.*
Landen wusste genug von ihrer großen seherischen Ga-

be, um zu wissen, dass das, was sie sah, sich auch bewahrheitete – außer sie selbst verhindert es. Würde sie ihn aufhalten?

Er dachte an ihr betroffenes Gesicht und zweifelte daran. Vesputo würde die Rolle des verliebten Freiers perfekt spielen.

Aber wie wollte sie es bewerkstelligen, sich von ihm loszusagen? Würde sie sich wie ein hysterisches Kind aufführen? Und wie würde Kareed reagieren, wenn er zwischen dem zum König auserkorenen Hauptmann und seiner geliebten, aber eigensinnigen Tochter entscheiden soll? *Und was ist mit den schlimmen Gerüchte, gegen die ich machtlos bin?*

Er fühlte sich sehr niedergeschlagen und gab seinem Pferd die Sporen. Langsam ritt er zum Schloss zurück. Unterwegs wurde er von einer Patrouille angehalten und gefragt, ob er die Prinzessin gesehen habe. Nein, antwortete er mit grimmiger Belustigung.

Bei Sonnenuntergang erreichte er die Lichtung neben ihrem Garten. Er stieg ab und ließ sich in der Nähe der Beete mit den farbenprächtigen Herbstblumen nieder. Dieser Ort atmete ihr überschäumendes Wesen aus. Die sorgfältig platzierten Steine und die üppig wogenden Farben schufen den Eindruck eines kaum bezähmten, wunderbaren Durcheinanders. Wie ihr Haar, dachte er traurig. Bis spät in den Herbst gediehen hier Blumen, wenn andere Gärten längst im Winterschlaf lagen.

Er hörte eilige Schritte und verzog sich unter die angrenzenden Bäume. Das rote Licht der Abendsonne zog sich unheimlich wie eine Blutspur über die Blumenpracht. Torina kam in den Garten gerannt. Sie schluchzte. Beinahe hätte er sich zu erkennen gegeben, als er den Dolch in ihrer Hand erblickte. Sie wendete ihn jedoch nicht gegen sich, sondern begann, ihre geliebten Pflanzen zu zerhacken. Blüten und Blätter wurden zu Fetzen. Wie gelähmt sah Landen zu, wie sie in unbändigem Schmerz ihren Garten zerstörte.

Schließlich brach sie zwischen den zerstückelten Pflanzen tränenüberströmt zusammen und wiegte sich hin und her. Sie zog den Kristall hervor und starrte hinein.

„Warum?“, schluchzte sie. „Warum sehe ich nichts?“

*Sie weiß es. Aber wie? Vesputo würde doch alles tun, um ihre Ängste zu zerstreuen. Außer sie hat die beiden zusammen gesehen …*

*Warum muss ich Zeuge dieses Kummers sein? Würde sie mich hassen, wenn sie wüsste, dass ich sie beobachte? Und ich stehe dabei und sehe zu, wie das unschuldige, kleine Mädchen stirbt. Welche neue, wilde Frau wird an seine Stelle treten?*

Sie blickte immer noch unbeweglich in die Kristallkugel. Dann bemerkte er, wie ihr Gesicht erstarrte.

„Nein“, hörte er sie sagen, „nein, nein. Nicht sie. Nicht die Großmutter. Bitte, bitte, bitte, nicht die Großmutter. Nicht sie.“

Zitternd erhob sie sich, ein Windstoß wirbelte Blütenfetzen auf. Sie reckte den Arm empor und warf den Kristall

in hohem Bogen von sich. Sie achtete nicht darauf, wohin er flog, sondern rannte geradewegs zum Schloss zurück.
Landen suchte die zerstörten Beete nach dem Kristall ab. Dic Dämmerung brach rasch herein. Auf Knien suchte er den Boden ab, doch der Kristall wollte sich ihm nicht zeigen. Kein Funke, kein Glitzern war zu sehen und die Sonne wartete nicht. Bald brach die Dunkelheit herein und es wurde Nacht. Immer noch durchkämmte er die trostlosen, zerschnittenen Blüten und Blätter. Das kostbare Auge der Seherin durfte hier, in den Überresten ihres seit Jahren gehegten Gartens, nicht begraben werden. Verbissen wühlte er weiter im Dunkeln.

Torina nahm den nächsten Seiteneingang ins Haus. Sie stürmte durch die Flure, ohne auf die geschäftigen Diener zu achten, die ihre Rückkunft melden und die Suchtrupps abberufen würden.
Doch daran dachte sie jetzt nicht. Sie hatte nur Gedanken für ihre Großmutter.
Ancillas Gemächer lagen am Ende des Westflügels, wo nichts von der im Hauptteil des Schlosses üblichen, hektischen Geschäftigkeit zu spüren war. Torinas Schritte hallten durch die verlassenen Gängen. Sie eilte zu Ancillas Schlafgemach und huschte hinein.
Nur eine einzige Dienerin wartete der alten Königin auf. Diese lag winzig im großen Bett ihrer Vorfahren, die wel-

ken Finger über der Brust gefaltet. Die Dienerin blickte von ihrer Handarbeit auf und sah Torina freundlich an.

„Prinzessin, was ist los?"

„Ich muss mit meiner Großmutter allein sein. Bitte geht hinaus."

Gleichmütig suchte die Dienerin ihr Nähzeug zusammen und ging, während Torina sich auf das Bett setzte und sich voller Sorge über ihre Großmutter beugte.

„Warum ist meine Mutter nicht bei Euch? Und der König – habt Ihr nach ihm schicken lassen?"

Ein mildes Lächeln huschte über Ancillas Antlitz und sie ließ eine Hand in die Hand ihrer Enkelin gleiten. Eine Hand so klein und mager, als bestünde sie nur aus Knochen und knotigen Adern, die Haut beinahe durchscheinend.

„Mein Liebling, für die anderen ist heute ein ganz gewöhnlicher Tag."

„Bitte ..." Torina presste ihre weiche Wange an die Pergamenthaut, die sich über Ancillas Gesicht spannte, als wolle sie der alten Hülle ihre eigene, pulsierende Lebenskraft einflößen. „Nicht jetzt. Ich brauche Euch noch."

„Mein liebstes Kind", sprach Ancilla matt, „ich werde gerufen. Wenn ich dagegen ankämpfe, werde ich kämpfend sterben. Wenn ich darauf höre, sterbe ich in Frieden."

„Könnt Ihr nicht ein bisschen noch bleiben?"

„Ach,Liebes, ich habe so lange gelebt ... so viel gesehen."
Torina richtete sich auf und blickte in die schwächer werdenden, freundlichen Augen, in denen so viel Liebe und Weisheit lag.
„Du bist so klug, mein Kind. Sicher hast du meinen Tod in deinem Kristall gesehen?"
Das Mädchen nickte und begann zu weinen.
„Ah."
„Soll ich die anderen rufen, Großmutter?"
„Nein ... dafür ist keine Zeit mehr. Bleib bei mir und höre. Ich habe dir etwas zu sagen ..."
„Wegen Vesputo ...?"
„Nein ... nicht Vesputo. Deine Gabe, mein Kind, ist ein seltenes Geschenk. Es ist dir von einer Macht geliehen worden, die größer ist als du. Solange du sie besitzt, denke immer daran, dass sie nicht dir allein gehört. Nutze sie zum Nutzen anderer – immer ..."
Torina hatte das Gefühl, als bündele sich der Geist der Großmutter zu einem letzten Strahl von Kraft, bevor er vergehen würde. Die alten Augen strömten Liebe aus und hundert Weisheiten, die nicht ausgesprochen werden konnten.
Ancilla seufzte auf und das Licht ihrer Augen erlosch.
„Mein Leben ist zu Ende", flüsterte sie. „Meine Liebe zu dir wird niemals enden."
Torina spürte den Geist ihrer Großmutter aufsteigen, sich ausdehnen und sie in eine helle Wolke von Liebe

einhüllen, die wie ein Abschiedskuss einige Augenblicke bei ihr verharrte.
Dann flog sie davon und Torina war allein mit Ancillas leerer Hülle.
Sie vergrub das Gesicht in dem ausgelaugten Busen.
*Ach, Großmutter, du bist die Einzige, mit der ich immer sprechen konnte, die mich verstanden hat. Du hast mich nicht wegen meiner Krone geliebt. Ich brauche dich doch jetzt. Ich habe dich nicht mehr fragen können, was ich wegen Vesputo machen soll. Ich habe dich nicht gefragt, und du wärst die Einzige gewesen, die mir raten und mit meinen Vater hätte sprechen können.*
Erschöpft legte sie sich neben den toten Körper und beobachtete den Widerschein der flackernden Kerzen an der Wand. Die Zukunft, am Morgen noch so rosig und heil, klaffte jetzt vor ihr wie eine hässliche Wunde.

Dreea kam.
„Torina", sagte sie und legte den Arm um ihre Tochter, „ich weiß, wie du dich jetzt fühlst"
*Nein. Niemand weiß es. Keiner hat sie so gekannt wie ich.*
„Papa?", krächzte sie zwischen ausgetrockneten Lippen.
„Boten sind ausgeschickt, ihm vom Tod seiner Mutter zu berichten."
*Der Tod.*
„Die Beerdigung muss morgen stattfinden, vor dem Fest. Das lässt sich nicht mehr aufschieben. Sie hat sich

in den letzten Jahren sehr zurückgezogen – es wird kaum jemand kommen."

*Oh, Großmutter. Keine Zeit, nicht einmal für deine Beerdigung. In den letzten Jahren ... und was ist mit den vielen Jahren davor? Du hast so lange gelebt, und jetzt bin ich die Einzige, die dich vermisst.*

Von welchem Fest sprach die Mutter? Da war etwas ... sie überlegte, aber es fiel ihr nicht ein. Sie legte sich wieder hin, am ganzen Körper von Schmerz geschüttelt.

„Sie sollen sie noch nicht wegbringen", flehte sie.

Dreea nickte und zog ihren Stuhl heran.

Die Königin wachte die ganze Nacht bei ihrer unruhigen, trauernden Tochter. Schweigend saß sie neben ihr, bis der Morgen heraufbrach.

Am Spätnachmittag des folgenden Tages saß Torina allein an Ancillas Grab.

Der Himmel war bedeckt. Auf der frischen Erde lagen Berge von Blumen. Der Grabstein war schlicht, wie Ancilla es gewünscht hatte. Sie hatte sich selbst ihren Grabspruch ausgewählt:

*Das Leben ist lang und geht schnell vorüber.*

Nachdem die Trauergäste gegangen waren, war Torina allein zurückgeblieben. Auch ihre ständigen Aufpasserinnen waren fort. Das ganze Schloss schien in geschäftigen Vorbereitungen zu sein, die Torina jedoch kaum wahrnahm. Vom Kummer benebelt hatte sie bei der kurzen Trauerfeier kaum jemanden angesehen. Kareed

und Dreea waren dagewesen und gleich nach dem Segensspruch wieder gegangen.
Torina wiegte sich sanft hin und her und sah zu, wie der Wind an den Grabblumen zerrte. Trotz ihrer Erschöpfung wollte keine Müdigkeit aufkommen.
*Vielleicht kann ich nie mehr schlafen.*
Vor ihr breitete sich ihr Leben als Wüste zerschlagener Hoffnungen aus.
*Ich bin fünfzehn, und wenn ich so alt wie Großmutter werde? Wie soll ich die kommenden Tage, Wochen und Jahre nur ertragen?*
Sie dachte an Vesputo und spürte ihr Herz wie einen harten, kalten Stein in der Brust. Sie wusste, um ihrer selbst willen durfte sie so nicht empfinden. Wäre die Großmutter da gewesen, hätte sie verstanden den Stein in ihrer Brust aufzubrechen.
*Großmutter. Ich war mit dir und habe dich geliebt. Du bist gegangen und ich kann dir nicht folgen, bis zum Ende meiner Tage.* Sie blickte zum Himmel empor, der sich grau und kalt über ihr wölbte. Wo war Ancilla jetzt?
Sie schloss die Augen und versuchte die Großmutter zu finden. Sie spürte einen Hauch der Liebe, die sie im Augenblick von Ancillas Tod empfunden hatte. Kurz fühlte sie sich eins mit ihrer Großmutter. Sie war da, sie würde immer da sein. Sie hatte gesagt, ihre Liebe würde niemals enden.
Torina öffnete die Augen und schreckte zurück, als sie Mirandae erblickte, die auf sie hinunterstarrte. Das lieb-

liche Gefühl verflog, sie machte die Augen wieder zu und versuchte es zurückzurufen.
Mirandae beugte sich zu ihr hin und legte den Arm um sie. „Kommt, Prinzessin, ruht Euch aus."
Immer noch auf der Suche nach ihrer Großmutter, schüttelte Torina den Kopf.
„Es ist das Beste für Euch. Ihr müsst Euch für das Fest richten. Der König und Vesputo wollen auf Eure bevorstehende Hochzeit anstoßen."
Ihre bevorstehende Hochzeit! Sie erwarteten doch nicht etwa ... aber sie hatte niemandem etwas gesagt ... in all den trostlosen Stunden der Nacht hatte sie nicht einmal mit ihrer Mutter gesprochen ... hatte überhaupt nicht sprechen können.
Sie löste sich aus Mirandaes Arm und sagte rau: „Ich werde nicht dabei sein."
„Ihr müsst", drängte Mirandae, „alle erwarten Euch."
„Ich möchte hier bleiben", erwiderte Torina mühsam. „Ich möchte bei Großmutter sein."
„Jetzt ist nicht die Zeit für die Toten", belehrte sie die Dienerin. „Ihr werdet bald heiraten."
„Ich kann jetzt nicht heiraten, Mirandae."
„Nicht heiraten! Was redet Ihr da? Was soll ich nur mit Euch machen?"
Torinas vom Weinen verquollene Augen, verengten sich zu Schlitzen. „Lass mich allein", befahl sie in herrischem Ton.
Mirandae drehte sich auf dem Absatz um und ging. Tori-

na starrte ihr wütend nach. Keine Zeit! Ihre Großmutter hatte sie geliebt, weise, geduldig, viele Jahre lang, und jetzt sollte sie sie in einem Tag vergessen?

Sie starrte auf den Grabstein. *Das Leben ist lang und geht schnell vorüber.*

Aus den Augenwinkeln nahm sie eine Gestalt war. Es war Landen, der einen schweren Umhang und seine Waffen trug. Er näherte sich und setzte sich neben sie.

„Es tut mit Leid“, sagte er. „Ich weiß, wie sehr Ihr sie geliebt habt.“

Sein Ernst und seine Ruhe ließen endlich wieder ihre Tränen fließen.

„Ihr seht schlecht aus, Prinzessin. Soll ich Euch nach Hause begleiten?“

Sie schüttelte den Kopf, unfähig ein Wort zu sagen. Schweigend saß er neben ihr, sie spürte, wie ein Tuch in ihre Hand gelegt wurde. Dankbar wischte sie sich übers Gesicht.

„Prinzessin, wegen gestern, ich …“

„Ich weiß.“

„Ich weiß, wie sehr Ihr trauert. Es tut mir Leid, dass ich jetzt komme. Aber ich möchte Euch Lebewohl sagen. Ich habe nicht mehr viel Zeit.“

„Lebewohl?“ Verwirrt schaute sie auf.

„Seid Ihr froh oder traurig, wenn Ihr erfahrt, dass ich Euer Königreich verlasse?“

„Archeld verlassen? Warum?“

Er nahm ihre Hand und streichelte ihre Finger. Seine Augen glühten wie von einem verborgenen Feuer.

„Es gibt Gerüchte, ich wolle den König umbringen."

Der Schrecken ließ sie wieder klar denken. „Meinen Vater töten? Warum?"

Landens Brust hob und senkte sich schwer. „Um Bellandra zu rächen."

„Aber Landen, das ist doch schon so lange her."

„Ich habe nicht vergessen."

Er sprach diese Worte ruhig aus, aber die Glut in seinen Augen machte ihr Angst. Sie sprang auf und wich zurück.

„Ihr wollt ihn töten?"

Er erhob sich und war in zwei Schritten bei ihr.

„Nein, Prinzessin. Nicht ich will ihn töten. Vesputo will seinen Tod."

Landen stützte sie, sonst wäre sie zu Boden gesunken. Sie klammerte sich an ihn, als sei er der rettende Fels in der Brandung.

Plötzlich hatte es den Anschein, als existierten die Jahre ihrer Trennung nicht mehr, und er war wieder ihr vertrauter, geliebter Freund.

„Ihr glaubt, er ist ein Mörder?"

Er zuckte mit den Schultern. „Er ist das Töten gewöhnt und nur sich selbst treu."

Torina fühlte eine eisige Kälte in sich aufsteigen.

Landen legte den Arm um sie.

„Ich bringe Euch hinein."

Er führte sie über den Friedhof. Der Wind wurde stärker und wirbelte die Grabblumen auf.
„Aber Ihr seid stärker als Vesputo?"
„Nicht stärker als eine Armee von Kriegern, die den Mord an ihrem König rächen wollen."
„Mein Vater! Ich muss sogleich zu ihm!"
Sie eilte weiter, zu müde zum Rennen, zu aufgeregt, um auf den richtigen Weg zu achten. Landen führte sie.
„Ihr müsst nicht fort, Landen. Ich sage ihnen die Wahrheit."
„Tut das. Aber der Wahrheit will ich mein Leben nicht anvertrauen. Die Wahrheit konnte auch meinen Vater nicht retten."
Darauf wusste sie keine Antwort und beschleunigte ihre Schritte.
Er trat ihr in den Weg und zeigte auf das Schloss, das jetzt, als sie eine kleine Anhöhe hinter dem Friedhof erklommen hatten, deutlich zu sehen war.
„Wenn Vesputo zuschlägt, seid Ihr ihm ausgeliefert." Tiefe Sorge sprach aus seinem Gesicht.
„Wenn Ihr das alles gewusst habt, warum seid Ihr nicht früher eingeschritten?"
„König Kareed ist nicht mein Vater", erwiderte er ruhig, „und was Vesputo betrifft, ist er blind, so blind wie Ihr es wart. Meint Ihr, ich müsste sein Mordgeschäft übernehmen?"
Sie biss sich auf die Lippen. „Nein, nein. Ihr habt Recht, Landen."

Sie eilten weiter. „Ihr beabsichtigt Vesputo anzuzeigen?“, fragte er.
„Ja, natürlich.“
„Bitte seid sehr vorsichtig. Verrat ist niemals das Geschäft eines Einzelnen. Wer weiß, welche Versprechungen er seinen Anhängern gemacht hat?“
*Oh, Papa. Was ist mit unserem Königreich geschehen! Wir haben dem Verrat Tür und Tor geöffnet.*
„Wer sind seine Anhänger?“
„Beron zum Beispiel. Seht vor, wem Ihr Vertrauen schenkt, Prinzessin.“
Obwohl er flüsterte, schwang deutlich Sorge in seiner klaren Stimme.
„Und Ihr? Kann ich Euch vertrauen?“
„Ihr wisst es. Auch wenn es viele geben wird, die aus mir Euren schlimmsten Feind machen wollen, wenn ich fort bin.“
„Wer weiß noch von Eurem Plan?“
„Niemand weiß, dass ich heute aufbreche. Die Freunde, die mich gewarnt haben, glauben, ich ginge in Kürze.“
Sie näherten sich der Stelle, wo der Weg vom Friedhof die Hauptstraße kreuzte. Die Straße war voller Menschen, die zur großen Festhalle strömten. Landen führte Torina zur Seite, unter die Bäume.
„Warum habt Ihr es mir gesagt?“, fragte sie.
Seine Hand ruhte leicht auf ihrem Ellbogen. „Weil wir zusammen Kinder waren“, antwortete er.

„Oh." Sie zögerte einen Moment. „Und Ihr wollt wirklich in der Fremde leben?"
Er sah sie bitter an. „Ich lebe seit meiner Kindheit in der Fremde."
Sie schwieg. Wie mochte es gewesen sein, so jung alles zu verlieren?
*Wie ich heute. Nur habe ich immer noch meine Eltern. Mein Vater! Ich muss mit ihm sprechen.*
„Nehmt den Hengst", drängte sie jetzt, „ich schenke ihn Euch."
Landen lächelte. „Danke." Er blieb stehen als der Wald lichter wurde. „Hier. Ihr könnt den Hintereingang nehmen."
Sie eilte an ihm vorbei, blieb aber gleich wieder stehen. „Wann brecht Ihr auf?"
„Sobald ich einen Besuch im Stall gemacht habe."
Sie ging zu ihm zurück und zog einen kleinen, goldenen Ring vom Finger, in dem ein winziger Kristall gefasst war. Ancilla hatte ihn im vergangenen Jahr für sie machen lassen, und sie hielt ihn in großen Ehren.
„Bitte. Nehmt diesen Ring von mir."
Landen ließ ihn in eine Tasche gleiten. Dann griff er in die Innenseite seines Umhangs.
„Ich danke Euch. Auch ich habe etwas für Euch."
Er zog die Kristallkugel hervor. Sie nahm sie und er ergriff ihre Hände, so dass die Kugel in ihrer beider Hände ruhte. In seinen Augen stand eine Frage. Aber er zog nur ihre Hände an seine Lippen.

„Lebt wohl, Prinzessin.“

Er ging und Torina sah ihm nach wie gelähmt. Doch gleichzeitig war sie überwältigt, den Kristall, den sie fortgeworfen hatte, wieder in Händen zu halten.

„Lebt wohl“, sagte sie, als könnte er sie noch hören.

Sie hielt den Kristall fest und starrte hinein. Sie hatte sich von ihrer Gabe als Seherin befreien wollen, aber durch Landen war sie ihr zurückgegeben worden. Wie war er in den Besitz der Kristallkugel gekommen? Sie strahlte noch die Wärme seines Körpers aus.

Der Kristall zeigte einen mit Holz getäfelten Raum, der von kleinen, matten Regenbogen durchzogen war. Torina erkannte das Zimmer ihres Vater, in das er sich gerne zurückzog, wenn er ungestört über wichtige Entscheidungen nachdenken wollte.

Dann erschien ihr Vater. Er war allein, den unbedeckten Kopf dem Kaminfeuer zugewandt. Er fuhr herum, als die Tür aufging und Vesputo hereintrat. Sie hörte die Tür hinter Vesputo leise ins Schloss fallen und sah den König, der ihn heranwinkte und sich wieder dem Feuer zuwandte.

*Nein, Papa!*, schrie sie lautlos. Sie war entsetzt über Vesputos Gesichtsausdruck, aus dem skrupellose Entschlossenheit sprach. Sie streckte die Hand aus, als könnte sie ihn aufhalten.

Mit ein paar Schritten stand er hinter dem König. Er zog ein kleines Stilett aus dem Gürtel.

*Nein!*, rief sie Kareed zu, der den Kopf drehte, als wollte

er ihr antworten. Zu spät – Vesputo stach dem König das Stilett in den Rücken und der Kristall verdunkelte sich.
Torina streckte die Hand nach der Gestalt von Landen aus, die sich eben zwischen den Bäumen entfernte. Sie atmete schwer und formte lautlos und mit blassen Lippen seinen Namen, wollte ihn herbeirufen. Doch dann war Landen hinter einer Erhebung verschwunden.

In einem geräumigen Nebenraum des Festsaals standen Vesputo und Dreea. Er war prächtig gekleidet und fühlte sich mit jedem Zoll ein König. Heute war der Abend, an dem sich alles entscheiden sollte, wofür er so lange gearbeitet hatte. Ein üppiges Fest war bereitet und Kareed hatte sich in seine Privatgemächer zurückgezogen, um sich für die Festlichkeiten, die der Heirat vorausgingen, vorzubereiten.
Während der vergangenen zwei Jahre hatte Vesputo immer wieder Zweifel gehabt, ob die Prinzessin sich zu einer Heirat mit ihm überreden lassen würde. Seit ihrer Kindheit hatte er sie beobachtet und sich alle ihre Gewohnheiten und Vorlieben gemerkt. Das hatte sich bezahlt gemacht. Jetzt war sie sein – sie hatte seinen Antrag angenommen und in ihren Augen hatte er den Beweis für ihre Liebe gefunden.
Von Dreea wusste er von der unsäglichen Trauer des Mädchens. Vesputo konnte sich vorstellen, wie sehr sie unter dem Tod Ancillas litt. Er verfluchte im Stillen den

unpassenden Zeitpunkt ihres Todes und hoffte, dass dadurch keine Verzögerung eintreten würde. Er wollte Torina endlich wieder sehen, denn seit seiner Rückkehr war sie für ihn unerreichbar gewesen. Das beabsichtigte Treffen bei der Beerdigung konnte nicht stattfinden, weil Kareed, um selbst an der Beerdigung teilnehmen zu können, ihm dringende Geschäfte übertragen hatte, denen er sich natürlich nicht hatte entziehen können.

Ein Klopfen kündigte Mirandae an. Ihre gerunzelte Stirn spiegelte Dreeas besorgten Gesichtsausdruck wieder.

„Gnädigste, wir haben überall gesucht. Im Schloss ist sie nicht."

„Armes Kind. Sie ist außer sich. Wer hat sie zuletzt gesehen?", fragte die Königin freundlich.

„Das war ich, glaube ich", antwortete Mirandae, „als ich zum Grab zurückgegangen bin."

Dreea wandte sich an Vesputo, der die schlimmsten Befürchtungen hegte.

„Ich hätte bei ihr bleiben sollen. Aber ich dachte, sie würde mit den anderen kommen. Während Eurer Abwesenheit, Vesputo, hat sie nur von Euch gesprochen. Aber seit dem Tod ihrer Großmutter ist sie vom Schmerz überwältigt."

Vesputo fragte Mirandae: „Ihr habt mit ihr am Grab gesprochen?"

„Ja, Herr."

„Was hat sie gesagt“, forschte er weiter und versuchte den Ton des besorgten Liebhabers zu treffen.
Mirandae erhob die Arme. „Sie sagte, die Hochzeit könne nicht stattfinden! Sie wollte bei ihrer Großmutter bleiben.“
Vesputo ballte die Fäuste und versteckte sie schnell hinter seinem Rücken. „Teuerste Königin“, sprach er, „gestattet, dass ich mich entferne und mich persönlich darum kümmere.“
„Ach, bitte, Vesputo. Ihr könnt ihr sicher am ehesten helfen. Bitte lasst uns sofort wissen, was Ihr erreicht habt.“
Vesputo verbeugte sich und ging sofort. Seine Handflächen waren kalt und schweißig, als er die Gänge entlang eilte.
*Und wenn Irene Recht hat? Ob Torina wirklich etwas gesehen hat …?*
Vesputo knirschte mit den Zähnen. Das war die einzige Erklärung, warum sie ihm auswich. Normalerweise wäre sie ihm entgegengerannt, vor allem nach dieser Reise. Unbedacht hatte er ihren Rückzug auf Ancillas Tod zurückgeführt.
Jetzt aber erinnerte er sich daran, dass sie auch schon viele Stunden vor dem Tod der Großmutter vermisst worden war.
Aufgeregt öffneten und schlossen sich seine Fäuste. Wenn sie gesehen hatte, was er beabsichtigte, dann durfte er nicht länger zögern. Sie hatte ihren eigenen Kopf.

Nicht einmal ihr Vater hätte sie zur Ehe mit ihm zwingen können.
Und wenn sie jetzt beim König war? Vesputo zweifelte, dass auch in den Privatgemächern des Königs nach ihr gesucht worden war.
Der Hauptmann zwang seine Gesichtszüge wieder in ihre gewohnte Beherrschtheit und ging durch das Schloss zum König.

König Kareed stand in dem Zimmer, welches seit Jahren sein Rückzugsort war. Die Wände waren mit glänzender Eichentäfelung aus heimischen Wäldern verkleidet, die Herdsteine stammten aus dem Steinbruch, wo er als Kind gespielt hatte.
Vor ihm an der Wand hingen drei Gobelins, alle von den geschickten Fingern seiner Frau gewirkt. Auf einem war ein Blumenkranz über zwei gefalteten Händen zu sehen, den hatte sie für ihre Hochzeit gemacht. Ein anderer zeigte die aufgehende Sonne hinter dem vertrauten Bergkamm des Cheldangebirges. Den dritten Gobelin hatte sie erst kürzlich fertig gestellt. Er zeigte ihre Tochter Torina in ihrem Garten mit offenem, rotem Haar, umgeben von Kaskaden von Blüten. Das Bild wirkte fast unheimlich lebendig, es hatte den Anschein, als folgten ihm ihre Augen und als setze ihr Mund gerade zum Sprechen an.
Der König hatte sich selbst ein wärmendes Feuer im Kamin gemacht und betrachtete jetzt das gewebte Porträt

seiner Tochter, während vor seinem inneren Auge die Erinnerungen vorbeizogen.
Er sah das Gesicht seiner Frau, das in Liebe erstrahlte, als das Baby ihr in die Arme gelegt wurde. Als das Neugeborene seinen Finger umklammerte, war er verzückt von der Kraft ihrer winzigen Hand. Damals dachten sie, es würden noch viele Kinder folgen.
Er dachte an das lebhafte kleine Kind mit feuerroten Haaren, das ihm überall hin folgen wollte. Und später das plappernde Kind, das ihm alles erzählen musste, was es gesehen und getan hatte, als wollte sie ihm die Welt neu zeigen. Dann das launische Mädchen mit seinen ständigen Eskapaden.
Sie hatte ihm so viel Liebe geschenkt. Starke, unschuldige Liebe. Ihr Gesicht strahlte auf wie ein hundertflammiger Leuchter, wenn sie ihn sah. Und dann ...
Sie war erwachsen geworden. Sie zog jetzt andere in ihr Vertrauen. Natürlich sahen sie sich oft und jedes Mal empfand er einen stechenden Stolz. Doch sie war zurückhaltender geworden, zögerlicher, begegnete ihm mit förmlich distanzierter Höflichkeit, die ihm schier das Herz zerriss.
Er sehnte sich danach, sie wieder hochzuheben und ihr Lachen zu hören, sie nach ihrem Tag zu fragen und alle ihre Gedanken zu teilen. Er wollte ihre trappelnden Füßchen hören, die ihm entgegenrannten, wollte ihr sein Leben vermitteln mit allem, was er getan und allem, was er ungeschehen machen wollte.

Doch er fühlte sich ihr gegenüber befangen. Er empfand seine häufige Abwesenheit und seine Untaten als schwere Belastung, wie Steine, die, vom Mörtel unerbittlicher Staatsgeschäfte gehalten, eine unüberwindliche Mauer darstellten.
Und Vesputo? Konnte er sie ihm anvertrauen?
Vesputo, der vielversprechende, junge Befehlshaber, war die starke rechte Hand des Königs geworden. Sein Ehrgeiz stachelte ihn zu immer größeren Taten an.
*Ehrgeiz! Wüsste ich nur mit Bestimmtheit, dass seine Beziehung zu Torina von Zuneigung geprägt ist. Er scheint sie zu mögen, aber wenn sie nun nicht die Tochter des Königs wäre? Könnte ich nur sicher sein, dass er sie liebt!*
Aber wenn er sie nicht liebte? Einen anderen Nachfolger heranzuziehen, wäre zu spät. Warum nur diese Zweifel? Sie hatten Seite an Seite gekämpft, er hatte ihm die größten Geheimnisse seines Reiches anvertraut und dieser Heirat freudig zugestimmt.
Die Tür wurde ohne Anklopfen aufgerissen. Verärgert drehte Kareed sich um.
Torina rannte auf ihn zu.
An ihrem Mantel hingen welke Blätter. Sie trat direkt vor ihn hin und legte schwer atmend und zitternd beide Hände auf seine Brust. Er fasste sie um die Handgelenke. Sie hob das bleiche Gesicht zu ihm empor, es war fleckig und ihre angstvoll aufgerissenen Augen waren rot gerändert.
Beunruhigt geleitete sie der König zu seinem Sessel. Sie

brach darauf zusammen. Er zog einen Stuhl heran und sie fasste nach seiner Hand.
Sie war zu ihm gekommen! Sie hatte Kummer und war zu ihm gekommen!
„Torina, was hast du, mein Liebling?"
„Oh, Papa ...!", sprach sie mit bleichen, bebenden Lippen.
„Was hast du, Torina? Was ist los?"
„Papa, Ihr müsst – Ihr müsst mir genau zuhören!"
„Sprich, was ist geschehen."
„Nicht, was ist geschehen, was wird geschehen!"
Er lächelte. „Angst vor der Hochzeit? Das macht dir Kummer? Torina, ich verspreche dir ..."
„NEIN!", stieß sie so heftig hervor, dass er erschrak.
„Was ist es dann?"
„Erinnert Ihr Euch an den Kristall, den Ihr mir aus Bellandra mitgebracht hattet?"
„Ein Kristall?", fragte er stirnrunzelnd. „Bellandra? Torina, es gibt Dinge, die ich bedaure ..." Er zog seine Hand fort. Sie ließ es nicht zu und hielt sie fest.
„Die Kristallkugel! Ihr habt sie mir geschenkt! Erinnert Ihr Euch?"
Ihre Stimme bebte.
„Ich ... kann mich dunkel erinnern."
„Papa, ich kann die Zukunft darin sehen!"
„Die Zukunft?"
„Glaubt mir, Papa, ich habe vieles darin gesehen und alles ist wahr geworden!" Die Gefühle schienen sie zu

übermannen, sie sah ihn mit entsetzten und flehenden Augen an. Sie zitterte, obwohl sie einen wollenen Umhang anhatte und am Feuer saß.

„Ach, hätte ich Euch nur früher davon erzählt! Jetzt müsst Ihr mir einfach glauben …"

„Dir glauben!"

„Papa, ich habe", sie schluckte. „Ich habe …"

„Ruhig, mein Kind. Wovon sprichst du?"

„Ich habe gesehen, wie Vesputo …", sie konnte kaum weitersprechen.

„Ja?" Der König rieb ihre Handgelenke.

„Papa, ich liebe dich."

„Und ich liebe dich auch, mein Liebling."

Wieder ging die Tür ohne Anklopfen auf. Auf der Schwelle stand Vesputo und ließ die Tür hinter sich ins Schloss fallen.

Der König erhob sich und befreite sich von Torinas hektischer Umklammerung. Sie versuchte etwas zu sagen, brachte aber kein Wort hervor.

„Vesputo."

„Mein König." Die Stimme des Mannes war ruhig und ehrerbietig. Er kam auf sie zu, den Blick auf Torina geheftet. Er war prächtig gekleidet und bewegte sich mit gewohnter, unbeirrbarer Leichtigkeit.

Der König räusperte sich. „Entschuldigt. Meine Tochter und ich haben etwas zu besprechen."

„Ach", antwortete Vesputo, änderte seine Schritte jedoch nicht. Seine Augen leuchteten dunkel, als er näher kam.

„Es dauert nur einen Moment. Ich wollte nicht stören. Ich muss Euch nur etwas fragen."
„Nun gut", gab der König nach. „Was ist es?"
Hinter sich hörte er Torinas Schrei. „Nein, Papa! Nein! Lasst ihn nicht in Eure Nähe!"
Vesputo war neben ihn getreten und schlug ihm auf die Schulter. Ein plötzlicher Schmerz durchzuckte ihn und explodierte. Er versuchte noch, sich zu dem Verräter umzudrehen, stolperte aber nur nach vorn. Ein scharfer, unerbittlicher Schmerz bemächtigte sich seines Herzens.
Der kampferprobte König suchte nach seinem Feind und konnte ihn nicht finden. Er setzte zu seiner Herrscherstimme an und brachte keinen Laut hervor. Seine starken Arme, die so viele geschlachtet hatten, verweigerten ihm den Gehorsam.
Die Welt um ihn verdunkelte sich und erlosch.

# 7. Kapitel

Torina war mit einem Stück Stoff geknebelt und an einen Stuhl gefesselt. Ihre Fußgelenke waren zusammengebunden, ihre Arme auf den Rücken geschnürt. Sie befand sich in ihrem eigenen Schlafgemach. Leuchter waren entzündet. Vor ihr stand ein großer Mann, den sie schon mit Vesputo zusammen gesehen zu haben glaubte. Sie hatte einen merkwürdigen Geschmack im Mund und ihr Kopf dröhnte. Neben ihr stand Vesputo und streichelte ihr Haar.

„Aufgewacht, meine Liebe?“

Sie sah ihn böse an.

„Danke, Toban. Ich möchte jetzt allein mit der Prinzessin sprechen.“

Der Wächter entfernte sich. Torina und Vesputo waren allein.

„Entschuldige, dass sie so grob waren, Liebling.“ Er hielt drohend den Finger hoch. „Ich werde jetzt deinen Knebel lösen. Du hast nie gelernt, deinen Mund zu halten. Das werde ich dir beibringen müssen. Von Stund an wird jedes gegen mich gerichtete Wort einen Menschen, den du liebst, ins Grab bringen. Also, nimm dich in Acht.“

Er durchschnitt den Knebel mit seinem Dolch. Die Stille im Zimmer kam ihr unerträglich laut vor.

„Erst die Großmutter, dann der Vater. Verständlich, dass du nach den zwei Trauerfällen niemanden sehen kannst. Ich habe mir die Freiheit genommen, die Gäste fortzuschicken"

„Zu spät", sagte sie traurig. „Liebster Papa, ich war zu spät."

„Das kann passieren. Wir alle machen Fehler."

Ihr schauderte unter seinem kalten Blick.

„Ihr, Ihr habt Euren König ermordet", sagte sie mit hasserfüllter Stimme."

„Nicht ich, liebste Torina. Ein Attentäter. Der Waisenjunge aus Bellandra, den man bedauerlicherweise die ganzen Jahre am Leben gelassen hat."

„Noch so eine Lüge?" Ihr Magen krampfte sich vor Angst und Ekel zusammen. „Ihr wollt Euer Verbrechen Landen anhängen? Mich könnt Ihr nicht betrügen, Vesputo! Ich weiß, was ich gesehen habe!"

„Du hast mit den Augen einer Wahnsinnigen gesehen. Ich hoffe, es geht dir bald wieder besser."

„Wahnsinn. Ja. Ich war wahnsinnig. Zu glauben, dass ich Euch liebte!"

„Du liebtest mich und du wirst mich wieder lieben."

„Ich nehme an Ihr wollt mich töten. Nur zu!"

„Aber nein, Prinzessin. Ganz im Gegenteil. Wenn die Trauerzeit vorüber ist, werden wir heiraten. Archeld braucht einen neuen König."

Er zerrte sich einen Stuhl vor sie. Sein Gesicht kam dicht an sie heran. Sie zuckte vor ihm zurück und wünschte, er möge ihr die Handfesseln lösen. Sie wollte nachsehen, ob der Kristall sich noch immer in ihrem Kleid befand.

„Die Krone werdet Ihr niemals durch mich erhalten", erwiderte sie bebend. „Ihr müsst sie Euch mit Gewalt holen, wenn Ihr sie wollt."

Er spitzte die Lippen, als fühlte er sich von einem kleinen Ärgernis belästigt. „Dein Leben opfern. Wie schrecklich. Nein, Torina. Alle wissen, wie innig wir uns lieben. Du liebst mich so sehr, dass du niemand anderen sehen willst. Selbst deine eigene Mutter nicht."

Ihr stockte der Atem. „Ihr seid nicht der König. Ihr könnt uns nicht trennen!"

„Natürlich kann ich das. Deine überspannte Art ist allgemein bekannt. Dein Geist ist vom Schmerz verwirrt. Du willst dich einschließen und niemanden mehr sehen. Ich weiß, du liebst unsere gute Königin zu sehr, um ihr Leben aufs Spiel zu setzen."

„Ihr wollt doch nicht etwa Dreea töten! Sie hat nie jemandem etwas zu Leide getan!"

„Ach, meine Liebe, langweile mich nicht mit deiner Naivität."

Torina schwieg. Vesputos ruhiges, markantes Gesicht machte sie unsicher.

Diesen Mann hatte sie geküsst!

„Nun gut", sagte sie angespannt, „ich werde sie nicht sehen. Wenn sie mich sprechen möchte, schicke ich sie fort."

„Gut! Du lernst schnell, meine Liebe, wenn du den richtigen Lehrer hast." Er langte in seine Tasche und hielt etwas in seiner geschlossenen Hand.

Er streckte die Hand aus und öffnete sie. Vor ihr lag der Kristall. Torina wollte ihn nehmen. Sie fürchtete, seine Reinheit würde in den Händen dieses gewissenlosen Verbrechers Schaden nehmen. Aber sie war gefesselt. Ihr Herz bäumte sich vergeblich auf.

„Nun Torina, beantworte mir einige Fragen. Du solltest keine Geheimnisse vor mir haben, meine Liebe. Warum hast du mir nichts von diesem hübschen Stein erzählt?"

Tränen stiegen ihr in die Augen. „Ich habe niemandem davon erzählt außer meiner Großmutter."

„Sonst niemandem?"

„Niemandem."

„Warum hast du ihn geheim gehalten?"

„Ich weiß nicht."

„Ach wirklich? Woher hast du ihn?"

„Mein Vater schenkte ihn mir."

„Und woher hatte ihn dein Vater?"

„Hättet Ihr ihn am Leben gelassen, könntet Ihr ihn fragen."

„Seit wann besitzt du ihn?"

„Seit meiner Kindheit."

„Und er zeigt dir die Zukunft?"

„Manchmal. Bitte! Löst meine Fesseln, Vesputo. Wohin sollte ich fliehen? Bestimmt lasst Ihr mich streng bewachen."
Vesputo wusste jetzt von ihrer Gabe. Würde er sie zwingen, ihm ihre Visionen zu verraten?
Er machte sie los. Sie rieb sich die tränennassen Augen.
„Besser?", fragte Vesputo und hielt den Kristall wieder hoch. „Und jetzt verrate mir, wie du die Zukunft daraus erkennst."
Eine winziger Hoffnungsspalt öffnete sich in Torinas Herzen. Vesputo dachte, sie müsste etwas tun, um den Kristall zum Reden zu bringen. Gut! Sie wollte ihn in diesem Glauben lassen. Sie wollte so tun, als ob sie nicht genau wüsste, wie der Zauber funktionierte.
„Ich weiß es nicht genau. Es funktioniert nicht, wenn ich müde bin." Torina hatte immer noch diesen bitteren Geschmack im Mund. Ihr Geist fühlte sich benebelt. Sie war sich sicher, dass nicht allein die Trauer Schuld daran war. Jemand hatte sie unter Drogen gesetzt. Jemand, der unter dem Befehl Vesputos stand. Sie wollte verhindern, dass sie ständig in diesem nebelhaften Zustand gehalten wurde.
„Aha. Dann ist jetzt nicht die richtige Zeit dafür." Er steckte die Kristallkugel ein und stand auf. „Zwei Monate hast du Zeit. Dann wird geheiratet wie geplant."
„Heiraten! Ich will Euch nie mehr sehen." *Wenigstens weiß er nicht, dass ich die Zukunft manchmal beeinflussen*

*kann, wenn ich schnell genug reagiere. Doch diesmal war ich zu langsam Oh, Papa, ich habe dich im Stich gelassen.*
Seine Augen verdunkelten sich. „Was du willst, spielt hier keine Rolle mehr, meine Liebe. Du musst lernen, genau das zu tun, was ich sage." Er ging zur Tür. „Ich zähle die Minuten, bis wir uns wiedersehen, meine wunderschöne Braut."
Torina wollte aus vollem Halse schreien, doch ihre Kehle war wie zugeschnürt. Er würde sogar meine Freunde töten, dachte sie schaudernd und starrte verzweifelt an die Wand.
Eine Frau in einem reich verzierten, zartgelben Seidenkleid betrat den Raum. Langes, geflochtenes Blondhaar floss unter einer bestickten Haube hervor und ein leichter Schleier bedeckte ihr Gesicht.
Sie lüftete den Schleier.
„Irene wird dir aufwarten", sagte Vesputo über die Schulter und ging.
Diese neue Ungeheuerlichkeit kränkte Torina besonders. Ihr Leben kam ihr wie ein Scherbenhaufen vor, der sich nie mehr zu einem Ganzen zusammenfügen lassen würde.
Irene befreite sie von ihren Fesseln und fragte, ob sie etwas essen und trinken wolle.
Torina verneinte bedrückt, sie hatte keinen Hunger. Sie legte sich nieder und betete im Stillen um den Schlaf des Vergessens.

Landen lenkte sein Pferd zum Missthpass im Cheldangebirge und war froh über die völlige Einsamkeit, die ihn umgab. Hier war selbst die Natur abweisend und kalt, überall Steine und durchdringender Wind. Er wollte nach Desante, dem östlichen Nachbarn von Archeld. Er wusste nicht viel mehr über dieses Land, als dass es tiefe Wälder und weite Weideflächen besaß. Und er kannte den Namen des Königs: Ardesen.

Das Cheldangebirge bildete die Grenze zu Desante und der Misshtpass galt als äußerst gefährlicher Übergang. Weiter im Süden waren die Berge weniger hoch. Der Angrerapass war viel bequemer, aber wahrscheinlich auch besser bewacht. Landen hatte den einsameren Weg gewählt, um die Grenzposten besser umgehen und seine Verfolger abschütteln zu können. Nur ein schmaler Pfad führte durch die abweisende Landschaft um den Missht-pass. Sie traf genau seinen Gemütszustand, als er weiterritt.

Jetzt kam es darauf an, keine Zeit zu verlieren. Er ritt ohne anzuhalten. In seinem Inneren herrschte ein Aufruhr von Gefühlen, denn es würde ihm unmöglich sein Torina beizustehen, wenn sie ihrem schlimmsten Feind gegenüberstand. Trauer und Sorge hielten ihn auf seinem langen Ritt wach.

Doch was brachte er für einen Neuanfang in einem anderen Land mit? Seine Geisteshaltung, sein wehes Herz und seine geschickten Hände. Das Pferd, das ihm zum Freund geworden war, musste er verkaufen und auch

den dicken Mantel, der ihn im Gebirge schützte, musste er loswerden
„Und alles, was sonst zu meinem Leben in Archeld gehörte“, bemerkte er zu einer krummen Fichte, die sich gegen die Felsen oberhalb der Baumgrenze krümmte.
Vom Pass aus blickte er voller Sorgen ein letztes Mal auf Archeld zurück. Er konnte weit in alle Richtungen sehen.
Im Norden lag Glavenrell. Dort herrschte Dahmis, ein mächtiger König, der sich für ein breites Friedensbündnis einsetzte. Die Könige im Norden schätzten ihn als Vermittler in Grenzkonflikten und bei Handelsstreitigkeiten. Diesem König wollte Landen dienen. Aber je nachdem wann Vesputo zuschlug, waren ihm seine Verfoger bereits auf den Fersen. Er wollte Dahmis nicht unter die Augen treten als einer, der nur ein Kopfgeld auf sich anzubieten hatte. Wenn Vesputo Kareed ermordete, wäre er, Landen, der willkommene Sündenbock.
Er dachte über sein seltsames Schicksal nach, das ihn hoffen machte, Kareed möge ein langes Leben leben. Tatsächlich wünschte er dem Mörder seines Vaters, dem Plünderer Bellandras, dem Zerstörer des Zauberschwerts, noch etwas Zeit, denn solange der König lebte, war auch Torina in Sicherheit.
Im Südwesten lag die Provinz von Archeld, die einst Bellandra gewesen war. Dorthin zog es Landen nicht. Nach allem, was er über seine frühere Heimat hatte in Erfahrung bringen können, wusste er, dass das Land sich seit

seiner Kindheit völlig verändert hatte. Sicher, es gab immer noch Kunsthandwerker. Die Töpferwaren Bellandras erzielten einen hohen Preis. Die Stoffe waren überall in Mode. Der wahre Herrscher aber hieß Gier. Er hatte gehört, dass die Menschen vor allem um die Sicherung ihres Reichtums kämpften. Die mystischen Heiler und Seher waren fort. Es hieß, sie seien unmittelbar nach dem Fall Bellandras verschwunden. Gerüchte behaupteten sogar, sie hätten niemals wirklich existiert.

Vor Landens innerem Auge erschien das Gesicht König Veldons. Seine letzten Worte hatten dem Schwert von Bellandra gegolten. *„Landen. Das Schwert von Bellandra. Nimm es und hüte es gut. Suche jemanden, der dich lehren kann ... zu kämpfen."*

Der junge Mann konnte sich jedoch kaum noch an die Züge seines Vaters erinnern. Das Zauberschwert leuchtete immer noch im Herzen des Prinzen, blickte er nur tief genug in sich hinein. Doch das geschah nur noch selten. Das Schwert hatte Bellandra nicht retten können. Alle sagten, es sei zerstört worden, seine geheimnisvolle Zauberkraft gehöre der Vergangenheit an.

Landen wendete sein Pferd. Er konnte genau die Position der Grenzgarnison ausmachen. Von seinem Versteck aus suchte er sich einen Weg, sie zu umgehen. Kalter Regen setzte ein.

Landen verscheuchte die Bilder von Torina und begann mit dem Abstieg nach Desante.

Vesputo saß in einem breiten, reich verzierten Stuhl in den Gemächern des Königs, zu seiner Seite seine Komplizen Beron und Toban. Toban war ein nützlicher Mann, unglaublich stark und bewandert in Pflanzenkunde. Dreea war vor Kummer und Erschöpfung eingeschlafen, allerdings nicht ohne die Hilfe eines starken Tranks, den Toban zusammengebraut hatte.

„Ja!", rief er, als es klopfte. Irene huschte mit geschürzten Röcken herein. Vesputo lächelte.

„Was gibt es Neues?"

Vesputo gab Toban ein Zeichen, worauf dieser den Raum verließ, um vor Torinas Tür zu wachen.

„Komm, Irene, ich will dir etwas zeigen", sagte Vesputo. Sie schmiegte sich lächelnd an ihn. Er küsste sie auf die Lippen.

„Was willst du mir zeigen?"

Aus einer Kommode holte er Torinas Kristallkugel und zeigte sie Irene. „Sieh hinein, meine Liebe. Kannst du etwas erkennen?"

Sie hielt die glänzende Kugel auf ihrem Schoß und starrte hinein. Dieser Stein hatte alle seine Pläne verändert. Vesputo wartete gespannt, ob der Zauber des Kristalls auch bei Irene funktionierte. Er selbst hatte es auch schon versucht, doch ohne Erfolg. Vielleicht funktionierte es nur bei Frauen.

Irene sah zu ihm auf. „Klar wie Glas, mein Herr."

Enttäuscht streckte Vesputo die Hand nach dem Kristall aus. Sie aber hielt ihn fest und lächelte.

„Lasst ihn mir. Vielleicht kann ich es lernen. Dann könnte ich Euch die Zukunft vorhersagen, mein Herr."
„Hm. Interessant. Ich werde deinen Vorschlag überdenken, meine Liebe. Versuche du, so viel wie möglich aus Torina herauszubekommen, wenn du ihr aufwartest."

Auf demselben kleinen Friedhof, auf dem wenige Tage zuvor Ancilla die letzte Ruhe gefunden hatte, versammelte sich nun eine große Trauergemeinde zur Beerdigung des Königs. Auf einem großen, marmornen Stein war der Grabspruch eingraviert – *Kareed Archelda, unser mächtiger König, geliebter Ehemann und Vater.*
Vesputo stand neben dem Priester, sein Kopf war feierlich geneigt. Neben ihm auf einem Stuhl saß Dreea und weinte. Torina fiel durch ihre Abwesenheit auf.
Der Priester sprach ausführlich über den siegreichen Kareed, über sein blühendes Königreich, seine weise Urteilskraft. Je länger er sprach, desto unruhiger wurde Vesputo, doch keine Regung verriet ihn. Endlich waren der Segensspruch und die Gebete gesprochen, die Blumen niedergelegt. Vesputo näherte sich Dreea und nahm ihre Hand.
„Torinas Tür ist mir immer noch verschlossen", schluchzte sie aufgelöst. Vesputo freute sich, denn die Umstehenden sahen zu. Die Nachricht würde sich wie ein Lauffeuer verbreiten. „Wenn ich klopfe, befielt sie mir zu gehen. Hätte ich sie nicht mit eigenen Ohren ge-

hört, würde ich es nicht glauben. Dass sie ihren Vater nicht auf den letzten Weg begleitet! Torina liebte ihn."
„Sie ist außer sich, edle Frau", sagte Vesputo.
Dreea weinte noch heftiger. „Doch Euch will sie sehen."
„Ich tröste sie so gut ich kann."
„Heute Abend werde ich ihre Tür aufbrechen lassen. Sie kann doch nicht allein bleiben."
„Edle Königin, ich weiß, Euer Herz ist voll Weh. Jedoch rate ich davon ab die Tür aufbrechen zu lassen. Ihr Geist ist zu zerbrechlich."
„Oh! Mein König! Mein einziges Kind!" Dreea barg das Gesicht in ihren Händen.

Torina litt unendlich. Sie machte sich Vorwürfe, nicht klüger gewesen zu sein, glaubte, sie habe sich selbst, ihr Königreich und letztendlich ihren Vater im Stich gelassen.
Irene plapperte ständig auf sie ein und berichtete ihr vom ganzen bösen Klatsch, der im Schloss umging. Ob sie wüsste, dass alle sie für verrückt hielten? Ob sie gehört hätte, dass Soldaten das ganze Land nach Landen durchkämmten und er bestimmt nicht weit käme?
Ihr Herz raste vor Zorn, wenn sie daran dachte, dass er des Mordes am König beschuldigt und gejagt wurde. Aber eine innere Stimme warf ihm vor, sie im Stich gelassen zu haben, als sie ihn am Nötigsten brauchte. Wa-

rum hatte er sie nicht früher gewarnt? Es war alles zu spät. Zu spät.
Verzweifelt sehnte sie sich nach der Großmutter, und ihr einziger Trost war, dass genug Zeit gewesen war, sich in Würde von ihr zu verabschieden. Das aber lenkte ihre Gedanken auf den Vater. Ständig sah sie ihn vor sich, wie er darauf wartete, dass sie sprach.
Wie furchtbar und unwiederbringlich der Tod doch war. Sie hatte ihn nicht einmal ein letztes Mal sehen können, bevor er fortgeschafft wurde.
Und ihre Mutter! Jeden Tag kam Dreea an ihre Tür und flehte um Einlass. Und jeden Tag zwang sich Torina sie fortzuschicken, hörte ihr verzweifeltes Schluchzen und hasste Vesputo umso mehr.
Er besuchte sie oft und fragte sie jedes Mal über den Kristall aus. Sie spielte die Rolle des verunsicherten, dummen Mädchens, das versuchte, einem widerspenstigen Stein Vorhersagen abzuringen. Sie tat alles, um ihn davon zu überzeugen, dass der Kristall ihr nur gelegentlich die Zukunft zeigte und dass das, was sie sah, sie meist nur verwirrte.
„Was hat er dir über deine eigene Zukunft gezeigt", fragte er eines Tages.
„Meine eigene Zukunft habe ich nie gesehen", sagte sie und hoffte, diese wahre Antwort würde den vielen Halbwahrheiten, die sie ihm erzählte, einen aufrichtigen Ton verleihen.
„Ach. Und was weißt du über meine Zukunft?"

„Ich habe Euch nur mit der Krone auf dem Haupt gesehen, mehr nicht.“
Ein triumphierendes Lächeln schlich sich in seine Augen. „So.“ Die Antwort hatte ihm offensichtlich gefallen.
„Warum warst du an jenem Tag bei Kareed in seinen Privatgemächern?“
*An jenem Tag. Dem Tag, als er starb. Dem Tag, als alles anders wurde.*
„Ich wollte ihm sagen, dass ich Euch nicht heiraten will.“
„Warum? Warum wolltest du mich nach meiner Rückkehr nicht sehen?“
„Ich hatte von Irene gehört.“
„Du hast nicht aus dem Kristall von ihr erfahren?“
„Nein.“
„Wer hat es dir dann gesagt?“
„Ich weiß nicht mehr.“
„Du lügst.“
„Und Ihr, Vesputo. Ihr wisst nicht einmal was Wahrheit ist.“
Sein Anblick erfüllte sie mit Abscheu.
Er sah sie halb belustigt und geringschätzig an. „So ist es vielleicht am besten, meine Liebe.“
Sie war froh, als er sich erhob. Also wollte er gehen. Lieber hörte sie sich Irenes Geschnatter an, als seine Gegenwart zu ertragen. „Deine Trauerzeit ist bald vorüber. Bald werden wir Mann und Frau sein. Dann bekommst du deinen Kristall wieder zurück. Du musst lernen, ihn

besser zu nutzen und mir alles sagen, was du darin siehst."

An diesem Abend gab sich Irene besondere Mühe mit Torina. Sie schwirrte um sie herum, lachte und schmeichelte.

„Ich bin müde, Irene. Ich gehe zu Bett."

„Aber ja. Soll ich Euch die Haare bürsten? So schönes Haar, wie es leuchtet im Schein des Feuers!"

„Nein, danke."

„Torina, würdet Ihr mir bitte eine kleine Frage beantworten?"

„Was denn?"

„Wie funktioniert der Kristall?"

Torina lächelte verstohlen. „Du darfst aber Vesputo nichts verraten. Nur eine Frau kann daraus die Zukunft lesen."

Irene nickte eifrig.

„Ich verrate bestimmt nichts."

„Du musst ihn erst bei Vollmond hinaus ins Freie nehmen und dann wieder bei Neumond. Du musst aber ganz allein sein. Das war für mich immer sehr schwierig. Und dann, Irene, zeigt er dir die Zukunft."

Landen umging ohne Schwierigkeiten die Wachposten an der Grenze. Als er nach Desante kam, ritt er einen halben Tag lang ohne Pause, um Archeld möglichst weit hinter sich zu lassen. Dann suchte er einen großen, einsam gelegenen Bauernhof auf, wo er seinen Hengst ge-

gen eine weniger wertvolle, desantische Stute und etwas Geld eintauschte.
Landen ritt bis zu einem geschäftigen Städtchen unweit von Desan, der Hauptstadt von Desante. Nachdem er sich die Menschen genau angesehen hatte, kaufte er eine warme, schwarze Hose, ein weites, dunkelrotes Hemd, kräftige Stiefel und eine gesteppte Daunenjacke. Die meisten Männer in Desante trugen gestutzte Bärte und Landen war froh, sich seit Archeld nicht mehr rasiert zu haben. In wenigen Tagen würde er als Einheimischer durchgehen können. Seine alte Kleidung, auch den dicken Mantel, schenkte er einem Bettler. Schmutz und Entbehrung würden ihr fremdländisches Aussehen schnell zunichte machen.
Als Nächstes verkaufte er seine sämtlichen Waffen, einschließlich eines selbst hergestellten, vorzüglichen Bogens.
Ein alter Händler gab ihm eine Handvoll Münzen dafür und versteckte den Bogen und das Schwert ganz hinten in seinem Lager.
„Schöne Handarbeit“, bemerkte er und sah Landen neugierig an.
„Hm. Ich hatte eine Pechsträhne, sonst würde ich ihn nicht verkaufen“, antwortete Landen.
„Könnt Ihr damit umgehen?“, fragte der Alte und deutete mit einem Kopfnicken auf eine Sammlung von Pfeilen und Schwertern an der Wand.
Landen nickte.

„So ein junger, kräftiger Mann wie Ihr, der sich dazu mit Waffen auskennt, sollte sich mustern lassen."
„Kann man sich hier als Soldat verpflichten?"
„Nun ja, unter Umständen. Der König braucht immer einsatzbereite Krieger."
„Unter Umständen?"
„Also, wenn Ihr Eure eigenen Waffen tragt und vom Geschäft etwas versteht, habt Ihr vielleicht eine Chance." Der Mann ließ seinen Blick wieder über sein Waffenarsenal wandern.
„Und wieviel verlangt Ihr für ein einfaches Schwert und einen Bogen?"
Der alte Mann strich sich übers Kinn. „Nun, ich hätte da einen Kunden, der mir alles, was Ihr mir verkauft habt, abnehmen würde. Ich kann Euch also einen fairen Preis machen."
„Wirklich?"
„Schwerter aus Archeld sind hierzulande selten. Und sie sind bekanntlich aus erstklassigem Material geschmiedet. Und dieser Bogen, der ist ein wahres Meisterstück."
Landen schluckte und widersprach nicht. Der Mann schien keinen Zweifel daran zu haben, woher das Schwert stammte.
Ausgerüstet mit desantischen Waffen ritt Landen nach der nahen Hauptstadt. Die Zufahrtsstraße war lehmig, obwohl sie mit Kieselsteinen befestigt war. Durch die Tore der Stadt strömten lärmende Männer mit Bärten,

Frauen mit bunten Kopftüchern und schwer beladene Lasttiere. Die Wachen beachteten Landen kaum, der auf einem gewöhnlichen Pferd und in der landesüblichen Kleidung daherkam. Eine abgerissene Gruppe von Spielleuten ein paar Meter vor ihm erregte dagegen ihre Aufmerksamkeit.
Also betrat der Flüchtling die Stadt und folgte neugierig um sich schauend dem Strom der Menschen. Die engen Straßen waren von einfachen, soliden Häusern aus Holz und Stein gesäumt. Die geschäftigen, lärmenden Menschen drängelten sich gutmütig aneinander vorbei. Landen blieb auf der Hauptstraße und lauschte auf die Wortfetzen, die an sein Ohr drangen.
„Desante und Archeld müssen die gleiche Mutter gehabt haben", murmelte er vor sich hin und war froh, dass Sprache und Akzent sich stark glichen. Die einfachen Leute hatten eine rauhe, merkwürdig abgehackte Sprechweise. Die vornehmeren Leute hingegen sprachen ähnlich wie er.
Er hielt da und dort an, um an einem Stand etwas zu Essen zu kaufen. Das Brot hier war würzig und derb. Am frühen Nachmittag erreichte er den Marktplatz, von dem mehrere Straßen mit überfüllten Gasthäusern und Schankstuben abgingen. Er mietete sich für die Nacht ein Zimmer und unterhielt sich mit dem Stallburschen.
„Ihr wollt sicher zum Wettkampf, oder?", fragte ihn der Mann beiläufig.

„Hm“, antwortete Landen, denn er wollte sich nicht durch Fragen als Fremdling zu erkennen geben.
„Dann solltet Ihr Euch beeilen. Die Stute ist bei mir in guten Händen.“
Der junge Mann trat rasch auf die Straße und ließ sich wieder von der Menge treiben. Direkt vor ihm eilte ein Junge an der Seite eines älteren Mannes. Landen belauschte ihre Unterhaltung.
„Ob Tamand wohl gewinnen wird?“, fragte der Junge.
„Vielleicht, denn als Krieger darf er eine Lederrüstung tragen, der Verbrecher aber nicht.“
„Sie kämpfen aber beide mit Schwertern?“
„Ja. Wenn Tamand den Schurken tötet, bekommt er zwanzig Raschus in Gold! Mehr als wir beide in zwanzig Jahren verdienen würden, ohne Abgaben. Kein Wunder, dass die Krieger sich auf so einen Kampf einlassen.“
„Tamand ist sehr stark, nicht wahr, Papa?“
„Angeblich. Und der Schurke soll ein Bär von einem Mann sein.“
„Und was bekommt er, wenn er gewinnt?“
„Das ist sehr unwahrscheinlich, denn er hat keine Rüstung. Nur wer tötet, hat gewonnen. Doch gelingt es ihm, wird er begnadigt und kann sich als Söldner verdingen.“
„Begnadigt, obwohl er einen unschuldigen Krieger getötet hat?“ Die verwunderte Frage des Jungen spiegelte Landens eigene Gedanken wider.
„Nun, hätten sie nichts zu gewinnen, würden sie sich auf

so einen Kampf niemals einlassen. Der Krieger tritt freiwillig an. Sieh doch die Leute – sie geben ihren ganzen Lohn für das Schauspiel her. Das bringt dem König Geld für seine Truppen ein. Es heißt, bald gäbe es wieder Krieg."

„Aber Jern hat mir erzählt, es gäbe eine andere Regel, nach der müsse niemand getötet werden."

„Ach was. Das ist schon lange her. Es gibt diese Regel, aber das ist nichts für Tamand. Wieso sollte er das Leben eines Verbrechers schonen und auf seinen Lohn verzichten?"

„Aber warum gibt es dann diese Regel?"

„Es heißt, früher hätten die Krieger ihre Gegner laufen lassen, wenn sie sich ehrenvoll geschlagen hatten. Mach dir darüber keine Gedanken, mein Sohn. So etwas gibt es heute nicht mehr."

Der Vater und der Junge beschleunigten ihre Schritte und Landen folgte ihnen. König Ardesen unterstützte also diese blutrünstigen Spiele als eine Art Vergnügungssteuer, um seine Grenztruppen zu finanzieren. Angewidert und gleichzeitig bewundernd schüttelte Landen den Kopf. Zweifellos förderte er diese Einnahmequelle auch noch. Was für eine grausige Erfindung! Ein armer Krieger konnte sich Reichtum erkämpfen, indem er einen Verbrecher tötete. Und der verzweifelte Gefangene konnte sich die Freiheit erkaufen, wenn er den Krieger besiegte! Egal wer von beiden umkam, der König verdiente immer dabei, denn die Männer, Frauen und Jungen von Desante eilten in Scharen herbei, trotz der Kühle des einsetzenden Herbstes.

Landen fragte sich, ob der König dem blutigen Spektakel persönlich beiwohnen würde. Überreichte er selbst die Preise? Und wie oft fanden solche Kämpfe statt?

Landen zahlte den Eintritt, obgleich er keine Neigung verspürte, dem Schaukampf zuzusehen. Er betrat ein großes, kreisförmig gebautes Amphitheater, in dem sich die Zuschauer auf stufenförmig angeordneten Sitzreihen drängten. Unten befand sich eine runde, von einer Mauer umgebene Arena, die vielleicht dreißig Schritt im Durchmesser maß. Sie war leer. Landen fand einen freien Platz und sah den hereinströmenden Menschenmassen zu, die einen unerhörten Lärm machten. Den König konnte er nicht entdecken.

Obgleich die Sonne schon weit im Westen stand, war es noch sehr hell. Dann betrat ein Mann die Arena. Sein Auftreten wirkte herrisch und als er die Arme ausbreitete, versank die Menge in Schweigen. Mit erhobener Hand gab er ein Zeichen und herein tänzelte ein Mann in Lederrüstung und einem funkelnden Schwert. Die Menge begrüßte ihn mit begeisterten Hurrarufen. Der Mann warf den Zuschauern Handküsse zu, lächelte und verbeugte sich, als hätte er eben eine großartige Tat vollbracht. Landen schüttelte den Kopf. Tamand war hübsch und trat großspurig auf. Landen begriff nicht, wie ein Mann so dumm sein konnte, freiwillig sein Leben aufs Spiel zu setzen.

Eine weitere Tür wurde geöffnet und ein dritter Mann stürmte in die Arena. Auch er hatte ein Schwert, trug jedoch nur einen Lendenschurz. Landen erkannte in der kräftigen, beweglichen Gestalt sofort den Ringer, dessen Armen und Beinen, obgleich er ein wenig kleiner als Tamand war, eine trügerische Kraft innewohnte.
Tamand hatte sein Augenmerk immer noch auf die Zuschauer gerichtet, als sein Gegner zum Angriff schritt. Ein warnender Aufschrei ging durch die Menge und im letzten Moment drehte er sich um und begegnete der ungeheuren Wucht des Schwertschlages. Tamand machte einen Satz zur Seite, wurde jedoch am Bein getroffen. Entsetzt starrte er auf sein Blut, das auf die glänzenden Steinplatten der Arena spritzte und schrie auf. Der Andere wartete nicht. Wieder schlug er zu, diesmal zielte er auf das Herz seines Gegners. Dann stand er lauernd da und beobachtete, wie der Krieger schnell verschied. Bevor die Zuschauer überhaupt begriffen hatten, was passiert war, kamen Wachen in die Arena und führten den Gefangenen ab, vermutlich in die Freiheit.
Benommen blickte Landen auf den toten Körper dort unten, der wie hingeschleudert in einer Blutlache lag, der eine Arm verdreht und immer noch das hübsche Schwert umfassend. Die Menschen saßen da wie vom Donner gerührt.
Dann erhob sich enttäuschtes Gemurmel auf den Zuschauerbänken. Sie hatten für einen Schaukampf gezahlt, und jetzt sollte alles schon vorbei und ihr Favorit

gestorben sein, ohne auch nur ein Mal das Schwert erhoben zu haben? Schimpflich gestorben im Angesicht seiner Wunden.

Mit einem Mal waren überall Soldaten zwischen den Zuschauerbänken, die die murrende Menge durch die Tore hinaus auf die Straße trieben. Unter ihnen Landen.

Er beobachtete, wie die Schankstuben sich mit unzufriedenen Bürgern füllten. Wahrscheinlich würden viele der Männer bald ihrer Enttäuschung Luft machen und in den schmalen Gassen aufeinander einschlagen und sich mit heißem Punsch und billigem Schnaps benebeln. An so einem Abend war es nicht ratsam, Bekanntschaften zu machen, wollte man nicht eine gespaltene Lippe, eine gebrochene Nase oder noch Schlimmeres in Kauf nehmen. Obgleich manche Freundschaften, die bei einer solchen Gelegenheit geschlossen wurden, ein Leben lang hielten. Landen zögerte und hörte das aufgebrachte Geschrei der Leute. Am liebsten hätte er selbst irgendetwas unternommen, um das Lachen des jungen Kriegers zu vergessen, der den Tod unterschätzt hatte. So schlenderte er bei Sonnenuntergang durch die Straßen und hätte sich gern einer der lärmenden Gruppen am Eingang einer Schankstube angeschlossen.

Nein, dafür war jetzt nicht die richtige Zeit. Morgen wollte er sich als Söldner beim König verdingen, wenn sie ihn überhaupt nehmen wollten. Da sollte er besser nicht mit blauen Flecken auftauchen. Er suchte seinen

Gasthof auf und verbrachte den Abend allein und überlegte sich einen passenden Namen für sein neues Leben in Desante.

Am Morgen suchte er den Stallburschen auf und erkundigte sich, wo er sich melden musste. Dann ritt er zwischen übermüdeten Menschen zum Truppenübungsplatz der königlichen Streitkräfte.

*Wieder bin ich ein Fremder in der Fremde. Ich möchte mich einem König verdingen, mit dem mich nichts verbindet.*

Da er im Besitz von Schwert und Bogen war, wurde er sofort zu einem Hauptmann vorgelassen. Dieser forderte ihn auf, seine Kenntnisse im Umgang mit allerlei Waffen vorzuführen. Mühelos demonstrierte er sein Können und antwortete, nach seinem Namen gefragt: „Bellanes." Dieser Name kam ihm so selbstverständlich über die Lippen, als sei er schon als Königssohn damit auf die Welt gekommen. Er behauptete, aus Guelhan, einer entlegenen Provinz Desantes zu stammen, die so weit entfernt war, dass seine Fremdheit in der Stadt glaubwürdig erschien.

Zur Zeit herrsche Frieden, erfuhr er. König Ardesen habe gerade ein umfassendes Friedensabkommen mit König Dahmis, dem mächtigen Herrscher Glavenrells, auch Oberkönig genannt, unterzeichnet.

Seine Waffenkünste dienten also der Erhaltung des Friedens, so lange kein Krieg ausbrach. Der Sold betrug einen Raschu jährlich und wurde in monatlichen Raten ausgezahlt, dazu kamen Unterkunft und Verpflegung.

Er erhielt eine lederne Rüstung und wurde einer Truppe zugewiesen, die von einem Hauptmann Hadnell befehligt wurde, der einen aufrechten Eindruck machte und Landen an Emid erinnerte. In dieser Truppe absolvierte er seine Ausbildung, die der Bekämpfung von Verbrechern und dem Schutz der Bürger diente.

Einige Tage später stand Landen im eisigen Wind beim Morgenappell vor Hauptmann Hadnell, der die Reihen seiner Krieger abschritt.

„Es gibt Neuigkeiten, die vielleicht unser Königreich betreffen", verkündete dieser.

Aufrecht standen die jungen Männer da und warteten gespannt. Ihr Hauptmann neigte nicht zu Übertreibungen.

„Ihr wisst, dass im Westen, hinter den Bergen, unser Nachbarland Archeld liegt", fuhr Hadnell fort. Landen horchte auf. „Vor zehn Tagen wurde König Kareed, Herrscher von Archeld, mit einem vergifteten Stilett ermordet."

*So bald!* Mit dem gequälten Frohlocken eines Kindes vernahm Landen die Kunde von dieser ausgleichenden Gerechtigkeit. Der Mörder seines Vaters endlich tot! Das Leben Kareeds war mit einem Schlag beendet worden, so wie er selbst viele Leben beendet hatte.

Doch dann dachte er daran, dass Kareed ihn hatte lernen lassen, in einer Welt wie dieser zu überleben. Ohne seine Ausbildung wäre er verloren. Und Kareed war ihr

Vater! Wenn Kareed tot war, musste Vesputo am Leben sein. Wie konnte sie das ertragen? Er erinnerte sich an ihr gramvolles Gesicht bei ihrer letzten Begegnung.
„Der Mörder ist entkommen, niemand weiß wohin", erzählte der Hauptmann weiter. „Seine Beschreibung würde auf viele unter euch passen!" Seine Augen verengten sich und er zuckte die Achseln. „Ein großer, junger Mann mit dunklem Haar, der sich mit Waffen und Pferden gut auskennt." Ein allgemeines Kichern war zu hören „Vermutlich wird der junge Mann versuchen, sich als Bogenmacher niederlassen." Landen dankte seiner Voraussicht, sich seiner selbst gefertigten Waffen entledigt zu haben.
„Sein Name ist Landen", fuhr der Hauptmann fort. „Es heißt, er sei der vertriebene Königssohn jenes sagenumwobenen Landes Bellandra, das vor sechs Jahren von Kareed erobert wurde." Landen rang um Beherrschung, als er seinen Namen hörte. Nichts anderes hatte er erwartet. Doch jetzt war es offiziell. Er war ein gejagter Mann.
„Jeder, der neu in die Stadt kommt, wird überprüft und verhört. Auch alle neuen Söldner werden strengstens überprüft werden. Er reitet einen grauen Hengst und trägt archeldische Waffen. Wer diesen Mann findet, hat ihn unverzüglich dem König zu übergeben, lebend."

# 8. Kapitel

Torina bat um heißes Wasser und wusch langsam und gründlich die Spuren ihres Kummers fort. Sie kämmte sich das Haar, flocht es zu einem langen, festen Zopf und kleidete sich sorgfältig an. Dann schickte sie nach Vesputo.

„Irene sagt, du willst mich sprechen, Prinzessin Torina?“, fragte er mit öliger Stimme.

„Ja.“

„Ist deine Trauerzeit vorüber?“

„Auch wenn ich den Rest meines Lebens in Trauer bin, Ihr werdet es nicht bemerken und ich werde nicht davon sprechen.“ Ihr Gesicht war ausdruckslos. „Ich bin bereit Euch zu heiraten.“

Er neigte den Kopf. „Eine weise Entscheidung. Das Volk wird jubeln.“

„Es hat wie ich erkannt, dass Ihr der Einzige seid, der das Reich meines Vaters regieren kann. Ihr befehligt die Armee und Ihr kennt die Gesetze. Für Archeld ist es so am besten.“

Vesputo ergriff ihre Hände und presste sie hart zwischen seinen großen Fäusten zusammen.

„Ich befehlige die Armee – das solltest du nie vergessen“, sagte er leise und drohend. „Als Königin wirst du in die Fußstapfen deiner Mutter treten. Du wirst ein häusliches, gottesfürchtiges Leben führen und die Angelegenheiten des Reiches meinem Urteil überlassen. Und du wirst jeden Tag deinen Kristall befragen und mir alles berichten, was du siehst.“

„Das ist auch mein Wunsch“, antwortete sie ruhig und neigte den Kopf.

Er ließ ihre Hände los. „So stimmen wir vollständig überein.“ Sein Lächeln erinnerte sie an das böse Grinsen eines Räubers, der sich seiner Beute sicher ist. „Morgen Abend wird die Hochzeit gefeiert werden. Morgen Nachmittag wirst du deine Mutter wiedersehen und ihr von deinem Glück berichten.“ Er umarmte sie und küsste sie heftig und einen Augenblick lang wurde Torina schwach.

„Denk daran, ein falsches Wort und …“

„Macht Euch keine Sorgen, mein Herr“, erwiderte sie, ohne ihre Angst zu verbergen. Er schien sich zu entspannen und ging zur Tür.

„Und jetzt müssen wir uns ausruhen, um frisch für das Fest zu sein.“

„Ja, mein Herr.“ Sie schwieg, dann streckte sie zaghaft die Hand nach ihm aus. Er zog die Augenbrauen hoch. „Wenn es nicht zu viel Mühe macht, würde ich gern um ein Schlafmittel bitten. Mein Schlaf war in letzter Zeit sehr unruhig.“

„Ja, natürlich. Irene wird es dir bringen."
Er ging, gefolgt von Irene. Torina hörte, wie der Schlüssel im Schloss umgedreht wurde.
Sie starrte auf die Tür und dachte an ihre Mutter und zum ersten Mal seit Wochen ließ sie ihren Tränen freien Lauf.

Irene huschte durch die Gänge des Schlosses und trug ein Tablett mit einem Kelch. Sie hatte eines ihrer Lieblingskleider an, das Grüne mit Spitzen an Kragen und Ärmeln. Ihr Haar fiel in einem dicken Zopf über ihren Rücken. Sie wusste, dass viele Frauen sie für diese lange, dicke, goldene Haarpracht beneideten.
Sie musste sich ermahnen, dass sie diesmal zur Prinzessin unterwegs war. Gewöhnlich war der Kelch der Königin zugedacht. Der allabendliche Trank aus dem Kelch ließ sie in einen langen, tiefen Schlaf fallen. Erst gegen Mittag fühlte sie sich in der Lage, aufzustehen und sich auf ihre tägliche Wallfahrt vor Torinas Tür zu begeben. Und jedes Mal schickte Torina ihre Mutter wieder fort. Dann wurde die Königin in ihre Gemächer zurückgebracht, wo sie bitterlich weinte und trauerte.
*Ob ich auch der Prinzessin jeden Abend einen Kelch bringen muss, wenn sie jetzt Königin wird?*, überlegte Irene.
Torina war immer so still, sie machte nie Probleme. Sie geisterte nur unruhig in ihrem Zimmer umher. Vesputo wollte sie immer noch heiraten. Sie sollte für ihn die Zukunft aus ihrem Kristall lesen. *Das werde ich verhindern.*

Irene betastete durch die Tasche ihres Seidengewands den schweren Kristall. Heute Nacht war Vollmond. Wenn sie herausbekäme, wie Torina die Zukunft aus der Kugel las, würde Vesputo ihr erlauben, den Stein über Nacht zu behalten. *Wenn ich erst die Zukunft daraus lesen kann, wird er mich immer bei sich behalten und ich werde für immer die Königin seines Herzens sein.*

Vor Torinas Zimmer wartete Toban. Er lehnte lässig an der Wand, denn er hatte den Befehl, niemals den Eindruck zu erwecken, als bewache er die Tür. Falls jemand fragte, sollte er sagen, er sei hier, um der verrückten Prinzessin zu Diensten zu sein. Irene lächelte ihn an, obgleich sie wusste, dass ihr verschleiertes Gesicht kaum zu erkennen war. Toban blickte den Gang hinauf und hinunter, dann schloss er die Tür auf. Mit einem Gähnen winkte er sie durch und kniff sie im Vorübergehen leicht in den Arm. Er kniff oder drückte sie jedes Mal und Irene ließ ihn gewähren. Sie könnte es Vesputo sagen, aber es war doch so harmlos. Außerdem sah Toban gut aus.

Sie betrat das Zimmer und hörte hinter sich den Riegel wieder zufallen. Torina lag in ein Nachtgewand gekleidet im Bett, das Haar fiel in einem roten Zopf über ihre Schulter, die Decke lag halb über ihr.

*Ihr Haar ist ebenso dick und lang wie meins. Ob Vesputo es mag? Doch sie sieht merkwürdig aus. Früher war sie eine Schönheit. Aber jetzt ist sie entschieden zu blass.*

Irene beugte sich vor, um das Tablett neben dem Bett abzustellen, und in diesem Augenblick warf Torina die

Decke von sich und sprang auf. In ihrer Hand blitzte ein Dolch. Irene spürte sich von hinten am Zopf gepackt, ihr Kopf wurde zurückgerissen, so dass ihr Hals frei lag. Ihr stockte der Atem, als sie den kalten Stahl an ihrer Haut spürte.

„Ein Laut und du bist tot“, zischte Torina.

Irene wimmerte und spürte, wie die Klinge sich in ihre Kehle drückte. Sie erstarrte zur Bewegungslosigkeit.

„Trink“, befahl Torina. Irene schossen die Gedanken durch den Kopf, der scharfe Stahl versetzte sie in Panik.

„Trink“, hörte sie wieder und begriff endlich, dass Torina den Kelch meinte. Unbeholfen setzte sie den Schlaftrunk an die Lippen und trank ihn in einem Zug aus, nur ein paar Tropfen rannen an ihrem Kinn herab.

„Gut. Setz dich hin.“ Torina zerrte sie am Zopf. Irenes Knie gaben nach und sie fiel auf das Bett. Torina ließ sie los und zog das Messer zurück. Aber sie blieb mit erhobenem Dolch und blitzenden Augen vor ihr stehen.

„Wa… was habt Ihr vor?“, stammelte Irene.

„In ein paar Minuten weißt du nicht mehr, was ich tue oder was dir geschieht, wenigstens nicht bis morgen früh.“

*Morgen!* Das hieß, sie würde sie nicht töten. Sie sollte nur betäubt werden. Bestimmt verfolgte Torina einen verzweifelten Plan, doch sie, Irene, würde unbeschadet davonkommen. Vesputo würde sicher wütend sein, aber was konnte sie dafür? Sie war überrumpelt worden. Wo-

her hätte sie wissen sollen, dass dieses zahme Mädchen gefährlich werden würde?
Torina stand bewegungslos über ihr und beobachtete jeden ihrer Atemzüge. Irene blickte an ihren Händen herab und ließ sich vom Muster der Spitzen an ihren Ärmeln einfangen. Sie merkte, wie ihr Atem langsamer und schwerer wurde. Sie konnte die Augen nicht mehr aufhalten. Die Spitze schimmerte eigenartig und sie sank auf das Kissen zurück.

Mit gezücktem Dolch untersuchte Torina das schlafende Mädchen. Sie hob Irenes Arme und ließ sie schwer zurückfallen. Die Droge, was auch immer es sein mochte, zeigte ihre Wirkung. Gut. Vor dem nächsten Tag würde Irene nicht in der Lage sein irgendetwas zu verraten.
Sie machte sich an die Arbeit, packte Irenes langen, blonden Zopf, trennte ihn mit dem Dolch ab und warf ihn aufs Bett. Dann langte sie hinter sich, schloss die Augen und schnitt ihren eigenen Zopf ab. Dann zog sie Irenes Spitzenhäubchen ab und befestigte den blonden Zopf sorgfältig an seiner Innenseite.
„Zum Glück trägst du immer diese dummen, kleinen Schleier“, sagte sie zu der schlafenden Gestalt auf dem Bett. Sie beugte sich herab und begann, Irene zu entkleiden.
Schwache Geräusche vom Flur hämmerten an ihr Herz. Aber bald war sie fertig und zog Irene ihre eigene, schlichte Nachthaube über, an der sie den roten Zopf

befestigt hatte. Nur die sanfte Wölbung ihrer Wange war noch zu sehen.

Rasch legte Torina sich das üppige Kleid der Anderen an und mühte sich mit tauben Fingern mit Knöpfen und Schleifen ab.

In einem der Unterröcke entdeckte sie eine Tasche, die von einem schweren Gegenstand heruntergezogen wurde. Ihre Finger erkannten die Kristallkugel. Sie zog sie hervor, umfing sie mit beiden Händen und ließ sie wieder zurückgleiten.

Dann band sie sich Irenes Haube um und bedeckte ihr Gesicht mit dem Schleier.

Sie ging zur Feuerstelle und zog einen Stein aus dem Kamin. Dahinter befand sich ein Hohlraum, den sie als Kind ausgehöhlt hatte, als Landen mit ihr heimliche Versteckspiele gespielt hatte. Und dort hatten sie vor langer Zeit den kleinen Dolch und ein mit Rubinen gefülltes Samtsäcklein verstaut. Sie erinnerte sich an seinen ernsten Blick, als er damals zu ihr sagte: „Du kannst nie wissen, wann du es einmal gebrauchen wirst.“ Sie hatte gelacht, da sie sich nicht hatte vorstellen können, dass irgendetwas ihre gesicherte Zukunft einmal würde stören können. Aber es hatte ihr Spaß gemacht, sich im Spiel auf finstere Zeiten vorzubereiten und heimlich Schätze für den Notfall zu verstecken.

Dieser Notfall war jetzt eingetreten. Sie zog das Säckchen mit den Juwelen hervor und ließ es in die Tasche zum Kristall gleiten. Dann zupfte sie noch einmal die

Decke über Irene zurecht, nahm das Tablett mit dem leeren Kelch und ging zur Tür.
Sie gab das ihr vertraute Klopfzeichen Irenes und die Tür wurde geöffnet.
Toban warf einen Blick in die Kammer, sah das Bett, nickte abwesend und knuffte sie in die Seite, als sie an ihm vorbeiging. Torinas Herz klopfte zum Zerspringen. Wie würde Irene reagieren? Unter dem Seidenkleid rann ihr der Schweiß über den Rücken. Doch die Berührung des Mannes war irgendwie vertraut gewesen, wie eine alte Gewohnheit. Sie tat, als ob sie nichts bemerkt hätte.
„Gute Nacht", sagte er leise und sie winkte ihm mit zwei erhobenen Finger zu und huschte davon. Sie kannte diese für Irene typischen Geste.

Eric Aldon ging langsam vor den großen Stallungen auf und ab und hielt Wache. Die Stallwache sagte ihm mehr zu als der Posten beim Schloss oder den Baracken. Als König Kareed noch lebte, hatte es weniger Wachen gegeben – der König hatte sich zu Hause immer sicher gefühlt. Doch jetzt wimmelte es hier von Kriegern.
Ja, die Ställe waren besser. Nachdem der zweite Wachmann sich für die Nacht verabschiedet hatte, war er wenigstens allein und konnte sich die langen Stunden mit Gehen vertreiben. Die Aussicht war angenehm und das leise Wiehern der Pferde war viel beruhigender als das Gespräch mit anderen Menschen. Er konnte ungestört

seinen Gedanken nachhängen, obgleich seine Gedanken ihm keinen Frieden verschafften.
Eigentlich sollte er sich mit seinen vierundzwanzig Jahren noch nicht alt fühlen. Doch er fühlte sich alt und traurig, wenn er bedachte, was in nur zwei Monaten aus dem Königreich geworden war.
Es war, als hätte sich eine Finsternis über Archeld gelegt, die Menschen lachten nicht mehr so viel, noch sprachen sie so laut wie früher.
Vesputo führte sich auf wie ein König, obwohl er doch gar nicht gekrönt war. Alle buckelten vor ihm, als sei es die größte Ehre, ihm zu dienen. Er würde Torina bald heiraten, das wussten alle, doch …"
Eric vermisste die Prinzessin. Sie war immer freundlich gewesen und hatte ihn zum Lachen gebracht. Jeder, der Wache schob, hielt damals nach ihr Ausschau. Wie schade, es hieß, sie sei halb wahnsinnig und ließe niemanden vor außer Vesputo.
Und die Königin? Auch sie bekam niemand mehr zu Gesicht. Sie hatte sich ganz in ihre Gemächer zurückgezogen und es kursierten eigenartige Gerüchte.
Seine Gedanken wurden plötzlich vom Geräusch leiser, hastiger Schritte unterbrochen. Eric kannte seine Befehle. Er musste die betreffende Person so laut anrufen, dass die anderen Wachen ihn hören konnten. Trotzdem verzog er sich erst einmal in den Schatten der Ställe und beobachtete, wer da kam.
Eine Frau. Sie trat unter den Bäumen hervor und näher-

te sich rasch den Ställen. Dieser Schleier, die Haare, das Kleid kamen Eric so bekannt vor. Nur Irene kleidete sich so und ging auf diese Art.
In Rüschen und Spitze gehüllt kam sie auf ihn zu. „Ich brauche ein Pferd. Befehl von Vesputo." Die Stimme klang angespannt.
Erich wurde zornig. „Ihr bekommt kein Pferd, nur weil Ihr Euch auf Vesputo beruft. Tragt Ihr etwa seinen Ring? Und außerdem", er verschränkte die Arme, „noch ist er nicht König. Und Ihr seid nicht die Prinzessin."
Schwer atmend stand sie vor ihm, Eric kam es fast vor als keuche sie. Er starrte sie an und ärgerte sich über den Schleier, der ihre Augen vor ihm verbarg, und wunderte sich, dass sie in der kühlen Nachluft keinen Mantel übergezogen hatte.
Da fasste sie mit der Hand den Schleier als sei er bleiern schwer, hob das zarte Gewebe langsam hoch und enthüllte ihr Gesicht.
Die Prinzessin! Es war die Prinzessin. Aber wie hatte sie sich verändert. Schmal und weiß war ihr Gesicht, das ihn immer an eine Rose erinnert hatte. So zart und rosig und voller Leben war es gewesen und immer von Freude erfüllt. Davon war nichts mehr zu sehen. Ihre Augen blickten gehetzt.
„Gebt Ihr mir jetzt das Pferd?", fragte sie.
„Prinzessin!"
„Ich brauche ein Pferd. Bitte. Wenn Ihr jemals den König oder mich geliebt habt, dann …"

„Wohin wollt Ihr?"
„Fort." Sie blickte ihn unbewegt an, zeigte nicht einmal ein Lächeln. Sonst hatte sie immer gelächelt, ein bisschen wenigstens.
„Dann stimmt es. Ihr seid wahnsinnig geworden!" Die Worte rutschten ihm einfach so heraus.
Einen Augenblick lang blitzte die vertraute Lebendigkeit in ihrem Gesicht auf. „Meine alten Freunde haben dieses Geschwätz auch noch geglaubt? Sehe ich denn so wahnsinnig aus?"
Eric lächelte. Er blickte sie an und wunderte sich, solchen Gerüchten Glauben geschenkt zu haben.
Sie war bei Verstand, aber trotzdem stimmte etwas nicht mit ihr. Er zog sie in den Schatten des Stalles und legte warnend einen Finger an seine Lippen.
„Wo seid Ihr die ganze Zeit gewesen, Prinzessin?", fragte er leise.
„Vesputo hat den König ermordet und möchte mich zur Heirat zwingen. Seit dem Tod meines Vaters war ich seine Gefangene in meinem eigenen Haus. Er sagt, meine Mutter würde getötet werden, wenn ich auch nur ein Wort mit ihr spräche." Die Worte stürzten wie ein Wasserfall aus ihrem Mund.
Eric Lächeln erstarb. „Ve- Vesputo, ein Mörder?"
„Ja, Eric. Bitte!", drängte sie. „Wir müssen uns beeilen! Ich bin gerade erst entkommen, ich brauche ein Pferd."
Eric sah ihr bleiches, flehendes Antlitz und ihre schma-

len, ineinander verkrampften Hände. War das also die Wahrheit, die er im tiefsten Innern geahnt hatte? Ein Mörder, der sich als König ausgab? Er spürte ein Rauschen in seinen Ohren. In seinen Armen und Beinen war ein taubes Kribbeln.

Er nickte, öffnete die Stalltür und nahm beim Eingang eine Laterne vom Haken. Torina folgte ihm. Das Licht der Laterne flackerte und tanzte. Die Pferde wurden unruhig. Torina ging zur Box von Amber.

„Das Pferd des Königs! Wie soll ich sein Verschwinden erklären?“

Sie blieb stehen und verharrte einen Moment ganz still, konnte ihr Zittern aber nicht verbergen. Sie drehte sich zu ihm um und blickte ihm gerade in die Augen.

„Ich habe einen langen Weg vor mir und muss schnell sein. Nur mit diesem Pferd habe ich eine Chance, Vesputo zu entkommen. Sobald er von meiner Flucht erfährt, wird er mich verfolgen. Und Ihr müsst sie glauben machen, Irene habe das Pferd des Königs verlangt. Würde Vesputo denn ein anderes Pferd wollen?“

„Wie seid Ihr geflohen? Wer hat Euch bewacht?“

Vielsagend blickte sie an ihrem Kleid hinunter. „Je weniger Ihr versteht, desto länger werdet Ihr leben. Ach Eric, kommt mit mir mit, damit ich nicht um Euch fürchten muss.“ Sie zitterte.

Eric schüttelte den Kopf. „Nein, Prinzessin. Ich habe Nassa ein Eheversprechen gegeben. Ich kann sie nicht verlassen.“

„Bitte, Eric. Ihr könnt sie doch nachkommen lassen. Wenn er je erfährt, dass Ihr mir geholfen habt …“ Ihre Augen weiteten sich vor Entsetzen.
„Nein. Das wäre zu riskant für sie. Ihr müsst schon viele Wachen überlistet haben, um so weit gekommen zu sein.“
Sie nickte verzweifelt.
„So viele würde Vesputo niemals aufknüpfen lassen. Und wenn er einen von uns verschont, muss er uns alle verschonen.“
Sie wandte sich wieder der Box zu und wischte sich wie ein Kind mit den Händen über das Gesicht. Eric half ihr, Amber zu satteln. Sie führte den goldenen Hengst ins Mondlicht hinaus und zog ihn in den Schatten der Bäume.
„Eins habe ich vergessen. Gibt es irgendeinen alten Reitanzug für mich? In diesem lächerlichen Kleid …“
Eric rannte in den Stall zurück und kam gleich darauf mit eine Bündel wieder, von dem er das Stroh abklopfte. Auch zwei dicke Satteldecken brachte er mit.
„Hier. Auf dass Ihr heil wiederkehrt.“
Torina war schon im Sattel. „Welchen Weg muss ich nehmen?“
„Nehmt den alten Pfad zum Fluss. Das ist der einzige unbewachte Weg.“
Sie nickte. „Und dann? Ich will nach Desante.“
„Dann haltet Euch nach Osten. Dort sind wenig Siedlungen, am Fuß der Berge wohnen kaum Menschen und an

der Grenze gibt es wenig Soldaten. Vielleicht eine Garnison. Aber über den Misshtpass ist es ein harter Weg."
„Danke. Bitte, Eric. Kommt doch mit."
Eric lächelte sie unsicher an. „Nein, Prinzessin. So weit bin ich noch nicht. Und Ihr müsste jetzt los."
Sie gaben sich die Hände.
„Danke, Eric, vielen Dank. Setzt nicht Euer Leben aufs Spiel, aber wenn es Euch irgend möglich ist, dann, bitte, lasst meine Mutter wissen, dass ich lebe."
Er nickte. „Lebt wohl, Prinzessin."
Sie warf ihm eine Kusshand zu, stieß Amber die Knie in die Seiten und trabte davon.

Vesputo stand neben dem leeren, hölzernen Bettkasten und hielt die Haube mit dem roten Zopf in der Hand. Irene saß benommen auf dem Bett, die Hände vor das Gesicht geschlagen, und weinte. Von ihrem Kopf staksten blonde Haarstoppeln ab. Neben ihr stand Toban, sein Kopf schwankte vor und zurück. Hinter ihm stand Beron.
„Sie hatte ihr Kleid an. Sie hatte ihre Frisur!", schrie Toban.
Irene schluchzte laut auf.
„Was genau hat sie zu dir gesagt?" Vesputos Stimme knirschte wie zersplitterndes Eis.
Toban dachte nach. „Wartet. Wartet." Er ging einige Male zur Tür zurück, dann nickte er, schwenkte zwei Finger durch die Luft und blieb stehen.

„Ich hab's. Sie hat mit zwei Fingern gewinkt. Genau wie Irene. Gesagt hat sie nichts."
Irene stöhnte auf und fuhr sich über den armseligen Haarschopf.
„Sei still!", fuhr Vesputo sie an, worauf sie ihr Schluchzen unterdrückte. „Toban, wer weiß sonst von dieser Sache?"
„Niemand außer uns."
Vesputo ging auf und ab, die Zeigefinger ineinander verhakt. Nach einer Weile blieb er vor Irene stehen und packte sie an den Schultern.
„Irene, das Hochzeitskleid ist fertig, hast du gesagt?"
Sie nickte und schniefte.
„Dann wirst du es eben tragen. Heute wird geheiratet wie geplant. Du nimmst die Stelle der Braut ein und trägst einen Schleier. Der rote Zopf wird die Gäste überzeugen."
Irene starrte ihn entgeistert an. „Heiraten?"
„Ja, meine Liebe."
„Und was ist mit der Prinzessin?"
„Man wird sie finden und zurückbringen. Sie wird die offizielle Königin sein, aber die eigentliche Königin bist du. Beron, schaff Mavell herbei, den alten Priester mit den schwachen Augen. Und dann komm zu den Ställen. Toban, du bringst der Königin einen starken Trank. Sie muss zu krank sein, um an der Zeremonie teilnehmen zu können, denn sie würde sich nicht täuschen lassen."

Die beiden Männer gingen. Vesputo setzte sich auf das Bett neben Irene. „Ich nehme an, meine Liebe, dass du gestern Nacht, als du bewusstlos warst, den Kristall nicht mit in den Mondschein hinausgenommen hast."
Irene jammerte. „Nein, mein Herr."
„Dann müssen wir bis zum nächsten Vollmond warten, bis dir im Traum die Zukunft erscheint?"
„N-nein, mein Herr." Ihre Zähne schlugen aufeinander.
„Warum nicht?"
„W-weil der Kristall in meinem Kleid war. Ich hatte ihn dabei. Und Torina hat mein Kleid genommen."
„Torina hat den Kristall?"
„J-ja."
„So." Seine Augen verfinsterten sich.
Er stand auf und ging. Irene blieb weinend zurück.

Während Eric seine Wachrunden drehte, gingen ihm ständig Torinas Worte durch den Kopf.
Solange sie neben ihm gestanden hatte, hatte er nur daran denken können ihr die Flucht zu erleichtern. Doch als sie fort war, überfiel ihn die ganze Konsequenz seines Tuns. Er hatte Angst. Wahrscheinlich war er der Einzige, der die Wahrheit kannte.
*Zu wem soll ich gehen? Wer wird mir glauben? Wer wird etwas tun, wenn ich es preisgebe? Vertraue ich mich dem Falschen an, werde ich getötet. Sage ich es dem Richtigen, wird ein Bürgerkrieg das Land spalten.*

Als der Morgen anbrach, wurde Eric von Ward, einem alten Soldaten, abgelöst. Ward hatte schon unter Kareed gedient, als dieser noch ein kleines Kind war. Eric war versucht, ihm von den Ereignissen der vergangenen Nacht zu erzählen und seinen Rat zu hören, bedachte sich aber eines Besseren.
Als er erwähnte, Irene habe Amber im Auftrag Vesputos geholt, schüttelte Ward erstaunt seinen grauen Kopf.
Eric ging in seine Unterkunft und legte sich schweißnass vor Angst nieder.

Weit fort, auf der anderen Seite der Ebene, trabte Amber. Sein bernsteinfarbenes Fell vermischte sich mit den hohen, goldenen Gräsern des Spätherbstes.
„Wenn wir Glück haben, sehen wir aus wie eine braune Staubwolke, die der Westwind vor sich herbläst", murmelte Torina.
Sie suchte die Landschaft nach einem Fluss ab. Sie war in Landschaftskunde unterrichtet worden und wusste, dass von den Bergen im Osten viele kleine Wasserläufe in Richtung Meer flossen.
Und hinter den Bergen lag Desante.
Die Nacht war lang und kalt gewesen. Torina zog die Satteldecken enger um ihre Schultern. Noch nie zuvor hatte sie Kälte oder Hunger ertragen müssen. Immer war sie von Feuern gewärmt worden, hatte warme, kuschelige Mäntel von der besten Machart getragen und immer reichlich zu Essen gehabt. Jetzt zogen sich am Himmel

drohend schwarze Wolken zusammen und obgleich sie wusste, dass der Regen ihre Spuren verwischen und ihrer Flucht nützlich sein würde, wollte sie lieber trocken bleiben. Sie war zu durchfroren, müde und hungrig.

Sie war dem alten, überwucherten Pfad gefolgt, den Eric ihr empfohlen hatte, hatte im Mondschein den Fluss überquert und am anderen Ufer den Schutz der Bäume gesucht. Dort hatte sie angehalten, war vom Pferd geglitten und hatte sich in der feuchtkalten Luft in fiebernder Hast umgezogen. Mit Hilfe des Dolches hatte sie ein Loch gebuddelt und Irenes Kleider vergraben. Als sie die bezopfte Haube abgesetzt hatte und das stoppelige, rote Haar schüttelte, musste sie weinen. Das befremdete sie, denn die Tränen, die in ihrer Seele für ihren ermordeten Vater vertrockneten, flossen angesichts der verlorenen Haarpracht in Strömen.

„Ich bin wahnsinnig, ich bin wirklich wahnsinnig!" Sie stampfte die Erde über Irenes gelbem Zopf fest. Die raue Stallkluft scheuerte auf ihrer Haut.

Sie blickte in die Kristallkugel. *Zeig mir meine Zukunft, nur dieses eine Mal.*

Im fahlen Mondlicht hoffte sie auf eine Vision. Doch das Auge der Seherin war verschlossen, wie sie befürchtet hatte. Sie bestieg das Pferd und ritt in scharfem Galopp hinaus auf die Ebene, immer den Sternen im Osten nach.

Weit erstreckte sich vor ihr das wogende Gras. Hier lebten Herden, keine Menschen. Dahinter, verlockend nah,

erhob sich das Cheldangebirge, das die Grenze von Archeld und Desante bildete.
Sie vermutete, dass die Berge näher erschienen, als sie in Wirklichkeit waren. Und sie wusste, wenn ihre Verfolger sie vor den Bergen einholten, würde sie ihr Leben lassen müssen.
Das Pferd war müde und sie führte es an ein Wasserloch, aus dem ein kleines Rinnsal entsprang.
„Trink“, sagte sie zu Amber und glitt von seinem Rücken. „Trink und friss.“
Die junge Frau und der Hengst standen Seite an Seite und neigten ihre Köpfe zu der matt schimmernden Wasserfläche.

Ein plötzliches, lautes Klopfen an der Tür ließ Eric gequält zusammenzucken. Er betete, er möge aussehen wie ein Mann, der gerade aus dem Schlaf gerissen wurde. Vor der Tür stand Beron, der Todfeind seiner Jugendzeit, und sah ihn aus zusammengekniffenen Augen finster an.
„Was gibt es?“
„Komm zum Stall. Der König möchte mit dir sprechen.“
„Wie spät ist es?“, fragte Eric gähnend.
„Ich habe gesagt, du sollst mitkommen“, knurrte Beron.
„Warum?“
„Seit deiner Wache ist ein Pferd verschwunden.“

Eric zwang sich zu einem Grinsen. „Ich habe das Pferd ausgegeben. Amber. Für Vesputo. Du willst doch nicht sagen, er habe ein Pferd gestohlen?“
„Zieh dich an.“
Beim Stall stand Vesputo unter dem bewölkten Himmel. Er wirkte schneidig und gelassen wie immer. Eric unterdrückte ein Schaudern. Unter den Kriegern hieß es manchmal, vor diesem Mann weiche sogar der Staub. Seine Ruhe während der Schlacht war sprichwörtlich, jetzt machte sie Eric Angst.
„Ein Pferd ist verschwunden“, sagte Vesputo.
Eric schluckte, sein Mund war wie ausgetrocknet. Fast hätte er alles ausgespuckt, die Prinzessin, der Mord …
„Was ist geschehen?“, befahl Vesputo.
„Also, Irene kam und sagte …“
„Wann?“, unterbrach ihn Vesputo.
Eric blinzelte und log: „Kurz vor der Wachablösung.“
„Bist du sicher?“
„Ja, mein Herr. Sie sagte, sie bräuchte das Pferd des Königs. Vesputo habe es befohlen.“
„Irene hat dich um mein Pferd gebeten und du hast ihr geglaubt?“
Am liebsten hätte Eric laut geschrien: Nicht Euer Pferd! Ihr seid nicht König! Ihr seid ein Verräter und der Hengst ist bei seiner rechtmäßigen Besitzerin!
„Äh, also, ich sah keinen Grund an ihr zu zweifeln.“
„Für den Dienst habenden Wachmann gibt es immer einen Grund zum Nachfragen. Ich möchte sogar behaup-

ten, dass Fragen stellen der eigentliche Sinn und Zweck der Wache ist. Warum hätte ich eine Frau schicken sollen?"

„Ich … ich habe mich auch gewundert, traute mich aber nicht sie zurückzuweisen, da ich Euch als König noch nicht kenne."

„Und du bist dir sicher, es war Irene?" Vesputo sah ihn prüfend an.

„Blondes Haar, Herr, und die Art der Kleidung." Eric hoffte, die Angst in seiner Stimme würde der ungewöhnlichen Situation zugeschrieben werden.

„Du hast dich wie ein Narr benommen. Du wirst keine Wache mehr halten und stehst bis auf Weiteres unter Stubenarrest."

Eric ließ den Kopf hängen. „Es tut mit Leid, Herr." Er bemerkte Berons schadenfrohes Grinsen. „Herr, darf ich fragen, was mit dem Pferd passiert ist?"

„Irene hat es nicht zurückgebracht."

Begleitet von Berons hämischen Blicken wurde Eric auf seine Stube zurückgeführt. Pech für ihn, wenn er die Hochzeitszeremonie am Nachmittag versäume, stichelte Beron.

„Hochzeit?"

„Vesputo heiratet heute Prinzessin Torina", spöttelte der.

Eric umklammerte den Türknauf. „Entschuldigung, ich muss schlafen."

Eric ging hinein und hörte das Knirschen sich entfer-

nender Schritte. Steif legte er sich aufs Bett und ließ seinen Gedanken freien Lauf.
War Torina gefangen worden? Aber wo war dann Amber? Vielleicht konnte er im Trubel der Feierlichkeiten mit jemandem sprechen. *Emid! Ich muss mit Emid sprechen. Er kennt mich und er liebt Torina. Er wird wissen, was zu tun ist. Aber wie komme ich an ihn heran?*
Eric erhob sich, kroch zum Fenster und spähte hinaus. Er sah eine vier Mann starke Wache einer anderen Abteilung, die ganz in seiner Nähe Aufstellung bezog.

Vesputo kniete hinter dem Stall und betrachtete die deutlichen Spuren eines großen Hengstes. Neben ihm stand Beron und kratzte sich nervös am Kinn.
„Das Mädchen ist schlauer als ich angenommen habe", sagte Vesputo und fluchte leise. „Kannst du Ambers Spur verfolgen?"
„Ja, Herr. Ich denke nicht, dass sie weiß, wie Spuren verwischt werden."
„Und wenn doch?"
„Ich erwische sie, Herr."
„Ich kann niemand anderen schicken. Toban brauche ich hier für die Königin. Niemand sonst darf davon erfahren."
„Ich verstehe, Herr."
„Dann mach dich sofort auf den Weg und kehre erst wieder, wenn du sie gefunden oder ihre Spur verloren hast."

„Und wenn ich sie finde?“
„Bring sie zurück, lebend. Aber niemand außer mir darf sie sehen. Nimm dir Engan. Sie ist unsere schnellste Stute und leicht zu führen. Torina hat mehrere Stunden Vorsprung, aber irgendwann muss auch sie schlafen. Hier ist ein Aufputschmittel, das Toban für dich gebraut hat. Gebrauche es sparsam.“ Vesputo reichte dem jungen Hauptmann ein Fläschchen.

Die Ehrengäste drängten sich auf den abgewetzten Steinbänken der alten Schlosskapelle von Archeld, um der Trauungszeremonie ihrer Prinzessin beizuwohnen.
Emid drängte sich nach vorn und verneigte sich ehrfurchtsvoll vor dem Altar, bevor er seinen Platz am Gang einnahm. Die Kapelle war mit viel Mühe festlich ausgeschmückt worden. Entlang der Wände standen große Vasen mit Trockenblumen. Bunte Blättergirlanden durchzogen den Raum. Aber für Emid klangen die Flöten der Musikanten unpassend wie ein fröhliches Pfeifen auf einer Beerdigung.
Mavell, der älteste Priester des Landes, schlurfte zum Altar. Seine stumpfen Augen waren nach innen gerichtet. Um seine mageren Schultern fiel die dunkelgrüne Robe in tiefen Falten. Er erhob seine Hände und seufzte.
„Die Königin ist zu krank, um der Feier beizuwohnen. Sie sendet ihren Segen“, verkündete er mit zittriger Stimme.

Emid runzelte die Stirn. *Zu krank! Hätte man die Zeremonie denn nicht verschieben können?*
Der Ausbilder war von bösen Vorahnungen erfüllt. Unruhig rutschte er auf seinem harten Sitz hin und her.
In einem Seiteneingang erschien Vesputo im traditionellen grünen Hochzeitsstaat. Eine ungewöhnlich blendende, starke Gestalt. Zu stark. Der Mann war ein Stein, den Gefühlen der Menschen gegenüber völlig gleichgültig. Das Zepter war ihm in den Schoß gelegt worden, ohne dass er mit der Wimper zuckte.
*Wenn Landen wirklich König Kareed getötet hat, habe ich einen Fehler gemacht.* Emid saß aufrecht da und erinnerte sich. *Habe ich damals bei der Wiese die falsche Entscheidung getroffen?*
Er sah die beiden Königskinder vor sich, wie sie freundschaftlich vertraut mit Pfeil und Bogen spielten. Was war mit dieser heimlichen Verbindung geschehen?
Emid seufzte. Er wusste es nicht und hatte auch nie sein Wissen und seine Stellung genutzt, um mehr zu erfahren. Und nun war der König tot.
*Hat Landen unseren König getötet? Ich kann das nicht glauben. Landens Seele ist hell und rein wie eine scharfe Klinge, nicht stumpf wie die Seele eines Mörders.*
*Aber wenn er es nicht gewesen war, wer dann?*
Emids Blick fiel auf Vesputo und ein kalter Schauer rann über seinen Rücken. Er schüttelte ihn ab und wandte wie die anderen Gäste den Blick auf Torina, die gerade zum Altar schritt.

Sie hatte ein blassgrünes Hochzeitskleid an, ihr Gesicht war von einem undurchsichtigen Schleier bedeckt. Sie setzte langsam Fuß vor Fuß. Nur der dicke rote Zopf, der unter einer grünen Haube aus Satin hervorquoll, erinnerte an das einst lebhafte Mädchen. Die von Handschuhen bedeckten Hände waren ineinander verschränkt.

Als ihre leise raschelnden Röcke an ihm vorbeistrichen, überfiel den Ausbilder ein lauerndes Unbehagen. Die gesichtlose Gestalt des Mädchens hatte etwas Fremdartiges an sich. Während der kurzen Zeremonie lüftete sie nicht einmal den Schleier. Er starrte sie an und versuchte angestrengt das tonlose Flüstern zu verstehen, das ihre Ehe mit Vesputo besiegelte. Schmerzhaft erinnerte er sich an die einstmals ausgelassene junge Frau, die mit ihrem Vater gestorben zu sein schien. Der alte Krieger saß aufrecht und steif auf seinem Platz und kämpfte mit den Tränen.

Zum Abschluss der Trauung ließ der Priester die Gemeinde zum Gebet niederknien, und als Emid wieder aufschaute, sah er nur noch, wie Vesputo seine Braut zum Seitenausgang führte und sich die Tür hinter ihnen schloss.

Emid ging rasch zu Mavell und fasste den alten Priester am Arm.

„Mavell!"

Die trüben Augen des Priesters blickten in die Ferne. „Emid?"

„Ja, ich bin's, Emid. Mavell, Ihr habt mit der Prinzessin gesprochen?"
„Ja, ich habe mit der jungen Dame gesprochen."
Still löste sich Mavell aus Emids Griff, schritt zum Altar und stimmte eine endlose Litanei an.
Emid verließ die Kapelle.

Torina vermutete, es war früher Abend, obwohl die Sonne immer noch hinter tief hängenden Wolken versteckt war. Es war wieder kälter geworden und das graue Licht wurde immer düsterer. Sie befand sich im Vorgebirge. Den ganzen Tag war sie geritten, hatte nichts gegessen und nur gelegentlich angehalten, damit das Pferd trinken und grasen konnte. Amber hatte seinen Schritt verlangsamt und ließ müde den Kopf hängen. Die Prinzessin biss sich auf die Lippe und haderte mit ihrer eigenen Müdigkeit. Bald würde der Schlaf sie übermannen, noch länger dagegen anzukämpfen war zwecklos.
Sie kamen an ein breites, plätscherndes Bächlein. Amber blieb stehen und neigte sich zum Trinken. Torina ließ sich erschöpft zu Boden gleiten. Dann kroch sie ans Ufer und trank das Wasser in langen Zügen. Danach legte sie sich ins feuchte Gras und wäre am liebsten nie mehr aufgestanden. Nachdem der wunderschöne Hengst getrunken hatte, stupste er seine Herrin mit dem Maul an. Mit letzter Kraft zog sie sich wieder auf seinen Rücken und lenkte ihn durch das Wasser auf die an-

dere Seite des Baches, wo die Bäume bis ans Ufer reichten.
Sie konnte nicht weiter. Unter einer ausladenden Weide breitete sie ihre Decken aus.
Im Zwielicht kuschelten sich das Mädchen und das Pferd aneinander und schliefen ein.

Verwirrt wachte sie auf, glaubte sich in ihrem Bett als Gefangene Vesputos. Überall Nebel. Wie kam der Nebel in ihre Kammer?
Neben ihr bewegte sich das Pferd und da fiel es ihr wieder ein, die Flucht, der Ritt über die Ebene. Sie war frei, sie war hungrig und sie befand sich am Fuß des Cheldangebirges. Ihr Kopf ruhte auf dem Hengst, der sie wärmte. Mit steifen Gliedern stand sie auf und blickte in den neuen Tag.
Der wabernde Nebel würde sich bald in feinen Regen verwandeln. Leicht benommen ging Torina zum Bach, um zu trinken. Und dort, in der feuchten Ufererde sah sie die unverwechselbaren Hufspuren von Amber. Sie blickte über das rauschende Wasser und seufzte.
„Amber, mein guter Freund. Unsere Wege trennen sich."
Sie trank so viel sie konnte und Amber stellte sich neben sie und löschte ebenfalls seinen Durst. Als er fertig war, streichelte sie seine tropfende Nase.
„Nur du konntest mich so weit tragen. Und jetzt musst du wieder nach Hause."

Das Pferd sah sie aufmerksam an und stellte die Ohren auf.
„Ja. Deine Kraft hat mich vielleicht gerettet, aber sie darf mich nicht verraten." Unter Tränen streichelte sie seine Flanken und wuschelte durch seine Mähne. „Geh, Amber. Geh jetzt nach Hause."
Sie gab ihm einen sanften Klaps. Er neigte seinen großen Kopf, rieb seine Schnauze an ihr und setzte über den Bach auf die gegenüberliegende Wiese. Dort blieb er kurz stehen und kaute ein wenig Gras, dann sah sie ihn gemächlich westwärts gehen, und mit ihm ging das letzte Verbindungsglied zu ihrem früheren Leben.
Sie zog die klobigen, viel zu großen Schuhe und die Strümpfe aus, die Eric ihr gegeben hatte, und packte sie in eine Decke. Dann krempelte sie die Hosenbeine auf und stakste ins eisige Wasser. Die Kälte verschlug ihr den Atem und ihre Beine liefen sogleich krebsrot an. Doch irgendwo in ihrem Inneren erwachte das kriegerische Blut derer von Archeld und tapfer watete sie ostwärts durch das steinige Bachbett. Es musste einfach sein. Jetzt wollte sie nicht mehr aufgeben. Im Vergleich zu Vesputo war die Kälte nichts.

Bei Einbruch der Nacht musste Beron anhalten, denn in der Dunkelheit konnte er unmöglich weiter den Spuren folgen, die am Tag deutlich zu erkennen waren. Im dürren Gras der Ebene schlug er sein Zelt auf und rollte sich in seine Decken.

Er erwachte erst am spät am Morgen, vom grauen Himmel fiel leichter Nieselregen. Rasch stärkte er sich an Käse und Brot, bestieg seine Stute Engan und ritt los. Am Nachmittag sah er schon die Ausläufer des Gebirges, die in der Ferne aus dem Nebel ragten. Die ganze Zeit über war er keinem Menschen begegnet.
Dann entdeckte er die Abdrücke von Torina und dem Hengst an einer Wasserstelle. Er musste kichern. Das dumme Mädchen verstand es wirklich nicht, ihre Spuren zu verwischen. Wahrscheinlich hatte sie auch nichts zu Essen dabei. Es war nur eine Frage der Zeit, bis er sie eingeholt hatte. Er machte Rast und streckte sich aus.
Dann ritt er im Galopp weiter, immer der Spur Ambers nach, die sich wie ein roter Faden vor ihm ausstreckte. Ständig suchte er den Horizont nach Anzeichen von Torina ab und wurde zwei Stunden später belohnt, als er vor sich im Gras eine breit ausgetretene Spur entdeckte, bald darauf den Schlag von Hufen vernahm und auf Amber stieß, der die Stute mit einem Wiehern begrüßte und sein goldenes Haupt schüttelte.
Beron runzelte die Stirn. Warum hatte sie Amber entkommen lassen? War sie eingeschlafen und vom Pferd gefallen? Eric hatte erzählt, sie sei bei Tagesanbruch aufgebrochen. Sie musste pausenlos geritten sein, um so weit zu kommen.
Beron versuchte das Pferd am Zügel zu packen, doch Amber wich ihm aus. Er war bekannt dafür, dass er mit seinen Reitern wählerisch war. Nach zahlreichen vergeb-

lichen Versuchen beschloss er, keine Zeit mehr zu velieren. Das Pferd war fast so wertvoll wie die Prinzessin, aber es würde sicher seinen Weg allein nach Hause finden.

Stunden vergingen und der Tag neigte sich zum Abend. Beron wunderte sich, denn Ambers Spur war klar zu erkennen. Wie konnte die Prinzessin in so kurzer Zeit so weit gekommen sein?
Außer Eric hatte gelogen! Vielleicht hatte er sie erkannt! Sie waren immer gut miteinander ausgekommen. Und wenn sie sich ihm zu erkennen gegeben hatte? Das würde Einiges erklären.
Beron gab seinem Pferd die Sporen, denn er wollte sie bis zum Abend gefunden haben. Sonst würde sie ihm womöglich entwischen.
Durchnässt und übellaunig erreichte er im grauen Zwielicht des Abends einen Fluß im Vorgebirge. Der Regen verwischte Ambers Hufspuren, aber am Ufer konnte er sie immer noch ausmachen. Hier jedoch endeten sie und führten wieder zurück. In der einbrechenden Dunkelheit suchte er das Ufer ab. Regen troff ihm von der Mütze. Nichts.
Frustriert watete er durch das Wasser und entdeckte am anderen Ufer eine Vielzahl von Spuren im lehmigen Untergrund und eine Mulde, dort, wo das Pferd gelegen hatte. Aufgeregt rannte er am Ufer auf und ab und fluchte, die Spuren waren verschwunden. Als es Nacht

geworden war, entzündete er ein Feuer, schlug sein Zelt auf und schwor Eric bittere Rache.

Torina lag in einer Astgabel über dem Wasser. Sie hatte eine qualvolle Wanderung hinter sich. Sie war durch das kalte Wasser gewatet bis ihre Füße taub und aufgerissen waren, war dann auf einen herabhängenden Ast geklettert und hatte ihre Zehen angehaucht, massiert und eingewickelt und sie wiederbelebt. Dann war sie wieder ins kalte Wasser hineingeglitten und mit zusammengebissenen Zähnen weitergegangen, das Kinn gereckt, die Decken schwer vom Regen. Dann wieder ein Baum, wo sie zitternd und mit klappernden Zähnen die Zehen anhauchte, rubbelte und einwickelte. Auf diese Weise war der Tag verstrichen und schließlich konnte sie nicht mehr.

Sie kletterte leise schluchzend auf eine große Weide. Der Baum musste seit Jahrhunderten dort gestanden haben, seine ausladenden, verkrümmten Äste hielten die hungrige und bis auf die Haut durchnässte Prinzessin geborgen.

Den ganzen Tag lang war sie so gegangen und hatte kein einziges Mal den Fuß auf den Boden gesetzt. Sie war sich sicher, dass sie keine Spur hinterlassen hatte, aber sie konnte sich nicht einmal mehr darüber freuen.

Drei Tage später stand Beron wieder vor Vesputo. Seine Kleider waren lehmverschmiert, sein Gesicht schweiß-

überströmt. Vesputo erwartete seinen Bericht mit finsterer Miene. „Nun, Hauptmann?“
Beron befeuchtete seine Lippen. „Herr, ihre Spur verschwindet an einem Fluß hinter der Ebene, kurz vor dem Gebirge.“
„Bist du dem Fluß gefolgt?“
„Ich habe das Ufer in beide Richtungen über zehn Meilen abgesucht und nichts gefunden. Keine Fußspuren. Nicht einmal ein Haar von ihr.“
„Keine Kampfspuren?“
„Nein, Herr. Kein Blut, keine Knochen, keine Schleifspuren, kein geknickter Grashalm. Allerdings hat es die ganze Zeit geregnet.“
Vesputo runzelte die Stirn. „Glaubst du, sie lebt?“
„Herr, hätte ich es nicht mit eigenen Augen gesehen, würde ich es nicht für möglich halten. Käme ein Mann mit dieser Geschichte zu mir, würde ich ihn fortjagen und verfluchen.“
Vesputo setzte sein eiskaltes Lächeln auf. „Hauptmann, ich halte dich weder für einen Narren noch für einen Lügner. Sie ist eben schlauer, als wir dachten“
„Danke, Herr.“
„Ohne Hilfe wird sie bald verhungern oder erfrieren. Bist du sicher, dass sie allein war?“
„Ja, Herr, ganz bestimmt. Aber ich traf Amber am zweiten Tag meiner Suche. Und Herr, ich folgte seinen Hufspuren und sie endeten im Vorgebirge. Eric muss gelogen haben, was die Zeit anbetrifft.“

Vesputo stand auf dem auf einer felsigen Erhebung angelegten Beobachtungsstand und ließ die unendliche Weite der Ebene auf sich wirken. Weit in der Ferne zeichneten sich imposant die Umrisse des Cheldangebirges ab. Vesputo war noch nie auf der anderen Seite der Berge gewesen.
Seine Feldzüge hatten ihn immer nach Norden oder nach Süden geführt.
Der Herrscher von Desante, König Ardesen, hatte mit Kareed wohl oder übel einen Waffenstillstand geschlossen, und als Kareed gestorben war, hatte Vesputo einen Boten nach Desante geschickt. Dieser kehrte mit Ardesens Beileidsgrüßen zurück und berichtete von der mühsamen Überquerung des Gebirges.
Konnte Torina um diese Jahreszeit lebend übers Gebirge gekommen sein? Was sollte sie den Grenzposten sagen?
Sie gab bestimmt eine merkwürdige Figur ab, mit ihren geschorenen, roten Haaren und dem Seidenkleid. Wahrscheinlich war sie auch noch in Pferdedecken gehüllt. Vesputo biss sich wütend auf die Lippen. Beron hatte sich zu eng an seinen Befehl gehalten und war zurückgekehrt, sobald er die Spur verloren hatte. Jetzt musste er darauf hoffen, dass Kälte, Feuchtigkeit und Hunger ihr den Rest geben würden.
Hinter ihm knirschten Steine, es war Beron, der Eric zu ihm brachte. Die Hände des jungen Mannes waren auf den Rücken gebunden, trotzdem war sein Gang fest und

aufrecht, als weigerten sich seine Beine, die Demütigung anzuerkennen. Die klaren, dunklen Augen hatten Ringe vor Erschöpfung.

Als die beiden nahe genug waren, sagte Vesputo: „Schaut einmal über diese Ebene, Eric. Und dann verratet mir, wie ein Pferd vom Morgen des einen Tages bis zum Abend des nächsten Tages bis zum Fuß des Gebirges und wieder zurück kommen kann."

In Erics Gesicht zuckte es und er fragte: „So weit?"

„Ihr habt gelogen, was den Zeitpunkt anbetrifft, an dem das Pferd geholt worden war. Warum?"

„Ich … ich …"

„Seit wann kennt Ihr Prinzessin Torina?"

Eric reckte das Kinn. „Ihr ganzes Leben schon", antwortete er stolz.

„Wahrscheinlich steht sie auf der Schwelle des Todes", sagte Vesputo und sah Eric lauernd mit einem schmalen Lächeln an.

„Eure Frau ist erkrankt?"

„Meine Frau ist kerngesund." Vesputo machte eine weit ausholende Geste über die Ebene. „Torina jedoch, ganz allein dort draußen, ohne Nahrung, ohne warme Kleidung …"

Der junge Mann erbleichte.

„Ja, sie ist nach Osten geritten. Und nun, Eric, redet. Ihr seid ein kluger Krieger, Ihr würdet niemals mein kostbarstes Pferd im Morgengrauen einer Edelfrau geben, selbst wenn sie sich auf den König beriefe. Aber eine aufgeregte Prinzessin spät am Abend, das ist etwas anderes …"

Überrascht bemerkte Vesputo, wie Farbe in Erics Gesicht zurückkehrte und er sich aufrichtete. „So habt Ihr sie nicht gefangen!", frohlockte er und fügte verwirrt hinzu: „Aber wen habt Ihr dann geheiratet?"

Vesputo überging die Frage. „Sie hat Euch tatsächlich beschwätzt und Euch vergessen lassen, dass Ihr zuerst dem König dient?"

Eric atmete tief ein und blickte über die Ebene.

„Der König, dem ich diente, ist tot." Die Worte kamen ernst und sicher über seine Lippen. Dann beugte er den Kopf und sagte: „Ihr seid nicht mein König. Und all Eure Macht konnte Torina nicht aufhalten. Sie ist es, der ich diene."

Vesputo zog sein Schwert und mit einem Zischen brachte es Eric zum Schweigen. Der junge Mann wurde herumgeschleudert, sackte in sich zusammen und stürzte zu Boden. Beron stand mit offenem Mund da, Tränen schossen ihm in die Augen. Vesputo beobachtete ihn und ahnte, was er empfand. Es war nicht immer leicht, den Tod eines alten Erzfeindes zu erleben. Waren Beron und Eric nicht seit ihrer Kindheit schon Gegner gewesen? Das konnte näher gehen als der Tod irgendeines Unbekannten in der Schlacht.

Vesputo reinigte das Schwert. „Sorge dafür, dass er ein ehrenvolles Begräbnis bekommt. In Erfüllung seiner Pflicht gestorben."

Irene machte es sich bequem und bewunderte die erlesene, feine Spitze an ihrem Kleid. Wie zart sie sich anfühlte! Sie drehte eine Haarsträhne um ihren Finger und seufzte. Wie lange würde es dauern, bis es wieder gewachsen war? Sie lächelte Vesputo an und machte einen Schmollmund.

„Wann kommt Torina endlich, damit ich hier wieder herauskomme?

Er sah sie mit einem langen Blick an. Ihre Kopfhaut prickelte.

„Wo ist die Haube mit Torinas Haaren?“, fragte er.

„Im Schrank. Ich kann sie nicht mehr sehen. Sie erinnert mich ständig daran, dass sie mir das Haar abgeschnitten hat.“

„Setz sie auf, meine Liebe.“ Wie kalt seine Stimme manchmal klang!

„Darf ich hinaus?“

„Setz sie auf und dann sage ich es dir.“

Irene öffnete den Schrank. Dort lag die Haube mit Torinas sorgfältig befestigtem Zopf. Am liebsten hätte Irene ihn verbrannt. Widerwillig zog sie ihn mit spitzen Fingern hervor.

„Öffne den Zopf, meine Liebe.“

Irene knüpfte die Schleife auf, das üppige Haar einer anderen Frau ergoss sich über ihren Schoß.

„Setzt es auf.“

Sie stülpte das verhasste Ding über ihren Kopf und nestelte an dem Band, bis es richtig saß. Vesputo half ihr die blonden Haarstoppeln unter der Haube zu verbergen, ließ den Schleier jedoch oben.

„Gehen wir aus?“, fragte sie wieder.

Da umfasste er sie mit seinen starken Armen.

„Es tut mir Leid, mein Liebling. Ich brauche nur einen Körper.“

Sie hatte sich ihm ganz hingegeben, doch bei diesen Worten versteifte sie sich.

„Einen Körper?“

„Psst.“

Sie spürte einen reißenden Schmerz, als der Dolch sich zwischen ihre Rippen bohrte. Er ließ sie los und sie fiel nach hinten aufs Bett, dabei stellte sie sich vor, wie das rote Blut ihr schönes Kleid befleckte. Vom Schmerz überwältigt wollte sie ihm weh tun, Angst auf seinem ruhigen Gesicht erkennen. Aus der Ferne drang ein Rauschen heran. Sie musste etwas sagen, bevor das Rauschen sie endgültig verstummen ließ.

Sie versuchte, sein Gesicht zu sehen, doch es verschwamm vor ihren Augen, dann ein Aufblitzen und alles war dunkel.

# 9. Kapitel

Königin Dreea saß in einem Stuhl an der Wand ihres Schlafgemachs. Vor den Fenstern hingen dicke, dunkle Vorhänge, die das Zimmer in düsteres Licht tauchten. Mit leeren Augen starrte sie vor sich hin und versuchte, die Nebelwand in ihrem Kopf zu durchstoßen.

Jemand hatte zu ihr gesprochen. Sie wusste, wer es war, konnte sich aber nicht an den Namen erinnern. Ein gutaussehender, dunkelhaariger Mann, der ihr sehr bekannt vorkam. Sie rieb sich die müden Augen. Ihre Arme fühlten sich schrecklich schwer, als seien Bleibänder in die Ärmel genäht worden.

„Entschuldigt, Herr. Was habt Ihr gesagt?"

„Meine Königin, ich bin untröstlich, Euch schlechte Nachrichten überbringen zu müssen."

„Was ist los mit mir? Schickt nach einem Arzt", sagte sie mit einer Stimme wie von weit her.

„Gewiss, Königin. Bald."

„Irgendetwas stimmt nicht mit mir … wer seid Ihr? … Dieser Raum ist so dunkel …"

„Edle Frau, ich habe schlimme Nachrichten für Euch."

„Wo ist meine Tochter? Warum will sie mich nicht sehen? Ich liebe sie."
„Torina ist tot. Sie ist gestern gestorben."
„Ich verstehe Euch nicht. Was habt Ihr gesagt?"
Der Mann drehte sich um und murmelte etwas zu einem hinter ihm stehenden Schatten. Der Schatten murmelte zurück.
Ihr fehlte etwas, etwas, das ihr Frieden spendete.
„Habt Ihr den Kelch ... meinen Kelch ..." Sie hatte kaum Kraft zu sprechen.
Die Männer murmelten immer noch. Sie verstand das Wort ‚Arzt'. Der Schatten schüttelte den Kopf. Der Dunkelhaarige erhob sich.
„Morgen ist die Beerdigung. Richte sie dafür her. Sie muss unbedingt daran teilnehmen." Er verschwand.
Der Schatten näherte sich, packte ihr Gesicht und untersuchte ihre Augen und ihren Mund.
Dann ging auch er.
Dreea war allein.
Sie versuchte aufzustehen und zum Bett zu gehen. Das Zimmer drehte sich und sie hielt sich krampfhaft am Stuhl fest und wartete, bis die Welt sich wieder gerade gerückt hatte. Sie musste lange warten.
Schließlich stand sie mit zitternden Beinen auf. Sie lehnte sich gegen die Wand. Ihre Hände verfingen sich in weichem Stoff. Um nicht umzufallen, klammerte sie sich verzweifelt daran fest. Ein gleißender Lichtstrahl schoss hervor und stach ihr in die Augen. Ein Fenster. Dreea

verbarg das Gesicht im Vorhang, um dem quälenden Licht zu entgehen.

„Warte“, sagte sie zu sich selbst, „warte, bis deine Augen so weit sind.“

Nach und nach gewöhnten sich ihre Augen an das Tageslicht. Sie zog die Vorhänge etwas weiter auf und stützte sich auf das Fenstersims. Sie schwitzte vor Anstrengung.

Am ganzen Leibe zitternd schwankte sie zum Bett und verkroch sich voller Angst unter die Decken.

Der Schatten kehrte zurück und brachte den Kelch mit. Der Mann beugte sich über sie und zwang ihre aufeinander schlagenden Zähne auseinander und hielt sie fest, um ihr das Getränk einzuflößen. Aber was war das? Es schmeckte bitter … nein, dunkel und bitter, das war falsch. Süß und kirschrot war es immer gewesen. Dreea stieß ihm den Kelch aus der Hand und warf sich aufbäumend hin und her. Ihr Gewand war von Schweiß durchtränkt.

Dann versuchte sie sich aufzusetzen, doch ihr Körper wollte ihr nicht gehorchen. Der Schatten richtete sie auf und reichte ihr ein Glas Wasser. Sie stürzte es herunter, der Schweiß strömte, sie verlangte nach mehr und trank wieder. Ihr Magen verkrampfte sich und entledigte sich seines Inhalts. Als der Anfall vorüber war, setzte der Mann sie in einen gepolsterten Stuhl und reinigte das Bett.

Dreea fühlte sich unvorstellbar schwach, trotzdem begann sich der Nebel in ihrem Kopf zu lichten. Irgendetwas in ihr ermahnte sie, dies vor dem Mann zu verbergen, der sie jetzt hochhob und wieder ins Bett trug. Sie hatte pochende Kopfschmerzen und schloss die Augen und zwang sich gleichmäßig zu atmen. Der Mann ging eine Weile vor ihrem Bett auf und ab, dann fühlte sie seine Hand auf ihrer feuchten Stirn. Endlich hörte sie ihn gehen.

Was war das für eine Krankheit? War sie vergiftet worden? Ihr geliebter Kareed war auch vergiftet worden.

Sie versuchte sich zu erinnern, doch ihre Gedanken verschwammen hinter dichten Nebelschleiern. Kareed war ermordet worden. Sie hatte ihre Tochter nicht mehr zu Gesicht bekommen. Torina hatte sich in ihrem Gemach eingeschlossen und Vesputo … Vesputo hatte gesagt, man dürfe sie nicht stören …?

Warum nur hatte sie auf ihn gehört? Sie war Torinas Mutter, sie kannte ihr Kind. Torina brauchte sie.

*Ich muss zu ihr.*

Dreea setzte sich auf, war aber zu schwach, um aufzustehen. Wo war Mirandae? Die Königin rief sie mit matter Stimme. Warum war niemand hier? Wer war der Mann, der nach ihr sah? Wo hatte sie ihn schon gesehen? Er kam ihr irgendwie bekannt vor. Er kam oft in ihr Gemach, fühlte ihren Puls und prüfte ihre Augen. Manchmal gab er ihr einen Trank, damit sie schlafen konnte. War er ein Arzt?

„Ein Schlaftrunk“, sagte sie laut. Sie sah ein Bild vor

sich, ein Bild von einem Silberkelch auf einem silbernen Tablett, eine hübsche Frau, die sich über sie beugte.
Er hatte den Wasserkrug dagelassen.
Mühsam goss sie sich ein und weinte angesichts ihrer Schwäche.
Sie versuchte sich zu erinnern, wann alles begonnen und wie alles begonnen hatte.

Torina beugte sich gegen den scharfen Wind, ihre durchfrorenen Hände hatte sie unter die Decke geschoben, die sie sich umgehängt hatte. Sie lauschte auf jedes Lebenszeichen in sich, auf ihren keuchenden Atem, auf ihre schlurfenden Schritte, doch der Wind übertönte alles. Ihre aufgesprungenen Lippen waren zum eisigen Schnee erhoben und flehten in endlosen Gebeten um die Kraft, den Pass zu erreichen. Er konnte nicht mehr fern sein, denn hier gab es nichts außer Felsen, Schnee und Wind.
In dieser wilden Einöde war alle Angst vor Verfolgern von ihr abgefallen. Sie wanderte über einen offenen Trampelpfad, dem einzigen, den sie gefunden hatte. Er führte über abgelaufene Steine, die einen Weg andeuteten. Er gab ihr die Gewissheit, dass das Gebirge überwindbar war und schon andere vor ihr hier gegangen waren.
Die Müdigkeit nagte an ihr, sie war eine aufdringliche, gebieterische Begleiterin, die sie am liebsten fortgejagt hätte, die aber immer wieder versuchte, ihre innere

Stimme zum Schweigen zu bringen, ihren Willen zu brechen. Die ihr Ruhe und Frieden versprach, wenn sie nur anhielte. Der Wind war Vesputo, der versuchte sie zurückzudrängen.
Mit aller Willenskraft kämpfte sie gegen ihn an und hörte nicht auf die Müdigkeit.
Und dann hatte sie es geschafft. Der unendliche Weitblick verkündete ihren Sieg. Sie hatte den Pass erreicht. Unter ihr die ersehnte Baumgrenze, gar nicht weit. In der Nähe ein Grenzposten, halb versteckt zwischen den Bäumen. Dahinter die Bergtäler. In der Ferne erkannte sie sogar Felder und einen Streifen blauen Himmels.
Torina begann mit dem Abstieg, froh, dass in Archeld die Schuhe der Stallburschen warm und robust waren, denn nun war es an der Zeit, den Pfand zu verlassen, um nicht entdeckt zu werden. Sie kletterte über Felsen, rutschte Geröllhänge hinab und hielt immer auf die Baumgrenze zu, denn wenn sie endlich Schutz vor dem Wind hätte, würde sie auch die fernen Felder erreichen.

Es war Abend geworden. Noch dreimal hatte Dreeas Körper revoltiert und sie mit Krämpfen, Zittern und Erbrechen durch die Hölle geschickt. Der Mann gab ihr immer wieder zu trinken und versuchte, ihr das bittere Gebräu einzuflößen. Sie konnte es nicht bei sich behalten. Wortlos reinigte er das Bett.
Ihr Körper verlangte nach etwas Anderem.

Als Vesputo mit dem anderen Mann eintrat, konnte sie sich an seinen Namen erinnern. Ihr Gedächtnis wurde klarer.
Sie zitterte vor Verlangen, als sie den Kelch auf dem silbernen Tablett sah. Ihre Nerven schrien vor schierer Gier, als der Mann ihr den Kelch reichte. Diesmal hatte das Getränk den richtigen Duft, es roch nicht mehr so bitter. Der Mann lächelte sie an.
„Besser, meine Königin?", fragte er ehrerbietig und ohne Falsch.
Wahrscheinlich dachte er, sie könnte sich an nichts erinnern. Und wieder gehorchte sie ihrer inneren Stimme und verstellte sich. „Danke, viel besser. Was ist mit mir geschehen?"
„Eine Unpässlichkeit."
„Ach. Ich danke Euch für den Stärkungstrank." Ihre Hände bebten vor Verlangen. „Vesputo, wo ist Mirandae?"
Eine leichtes Runzeln machte sich auf Vesputos Stirn breit, um gleich wieder zu verschwinden, wie eine Stofffalte, die vom heißen Eisen geglättet wird.
„Mirandae wacht seit zwei Monaten bei ihrer sterbenden Mutter, meine Königin."
„Warum weiß ich das nicht mehr?" Dreea rieb sich die Augen. „So müde. Ich muss schlafen."
„Edle Frau, ich habe schlimme Nachrichten für Euch."
„Bitte, Vesputo, kann das nicht bis morgen warten?"

„Meine Königin, erinnert Ihr Euch daran, dass Torina und ich vor einigen Tagen verheiratet wurden?“
„Ver- verheiratet?“ Benommen schüttelte sie den Kopf. „Nein, Vesputo. Wie sollte ich mich daran erinnern ... wo ich doch nichts davon gewusst habe?“
„Ach, meine Königin, Eure Krankheit ist Schuld daran. Natürlich wurdet Ihr davon unterrichtet. Torina hat so gewünscht, Ihr möget dabei sein.“
„So geht es ihr besser? Möchte sie mich endlich sehen?“ Dreeas Herz machte einen Sprung.
Vesputo seufzte. „Nein, meine Königin. Sie wird niemanden mehr sehen.“
„Niemanden mehr sehen ...?“
Vesputo nahm auf einem Stuhl neben ihrem Lager Platz und ergriff ihre bebenden Hände.
„Sie ist gestern verschieden, durch ihre eigene Hand. Sie hat sich nie von ihrem Schmerz erholen können.“
„Ver- verschieden? Unmöglich! Das würde sie niemals tun!“ Dreeas Stimme wurde schrill.
„Leider ist es die Wahrheit.“
„Es ist nicht wahr! Ich kenne meine Tochter! Sie würde niemals ... niemals gehen ohne ein Wort des Abschieds.“ Dreea stieß seine Hand fort.
Sie starrte Vesputo an. Sie blickte in seine vertrauten Züge und ihr war, als sehe sie ihn zum ersten Mal. Er war ein Monster, kein Mensch. Er log, log, log. Torina war nicht tot.
Tief in ihrem Herzen spürte sie eine Kraft, die ihr sagte,

was sie tun musste. Sie durfte sich vor diesen Männern nichts anmerken lassen. Sie waren Feinde. Dreea zwang sich, sie aus glasigen Augen anzusehen.
„Ich weiß, wie schwer dies für Euch ist“, sagte Vesputo.
Sie schwieg.
„Die Beerdigung ist morgen Nachmittag. Ihr wollt sicher daran teilnehmen.“
Dreea überhörte nicht den Befehl, der in seinen glatten Worten mitschwang. Sie nickte.
„Lasst mich allein“, sagte sie matt. „Und schickt mir morgen eine Frau, damit ich mich baden und ankleiden kann. Ich muss mehr Wasser trinken. Ich bin schrecklich durstig.“
Er verneigte sich.
Die Männer verschwanden. Dreea starrte verstört auf den Kelch neben ihrem Bett, der sie zum Trinken aufforderte. Sie presste ihre Hände zusammen, bis Blut unter den Nägeln hervorquoll. Das süße, köstliche Gebräu an ihrer Seite zog sie unerbittlich an. „Nein“, flüsterte sie, „nein.“
Schweißgebadet schwang sie ihre Beine aus dem Bett und stand auf. Das Zimmer begann sich zu drehen, sie ließ sich aufs Bett sinken und wartete, bis der Anfall vorüber war. Dann nahm sie den Kelch.
„Nur ein Tropfen. Nur ein Schlückchen“, flehte sie sich an. „Ein Schlückchen wird mir nichts schaden.“
Keuchend und schwankend stakste sie zum Kamin und mit übermenschlicher Anstrengung goss sie den Inhalt

des Kelches ins Feuer, wo er sich zischend in Dampf auflöste.
„Das ist vorbei“, stöhnte sie und wankte zum Bett. Sie stellte den Kelch auf das Tablett zurück.
Der Schattenmann kam mit einem Krug Wasser wieder.
Sie bemerkte wie er zu dem leeren Kelch blickte.
„Habt Ihr noch einen Wunsch, meine Königin?“, fragte er, als sei es ein ganz normaler Abend im Schloss des Königs.
„Danke. Ich muss jetzt schlafen.“

Die Dunkelheit schien mit Leben erfüllt und bedrängte sie. Kobolde sausten um ihr Bett, zischten und schnatterten boshaft. Ihr Kreischen hallte endlos durch den Raum. Die einsame Königin fürchtete um ihren Verstand. Und als ein Dämon sich auf ihre Brust setzte und das Leben aus ihr herausquetschte, sehnte sie den Tod herbei.
Ein schrecklicher Gedanke durchfuhr sie. Wenn Torina auch unter Drogen gesetzt worden war? Wenn ihre Tochter auch von diesen höllischen Visionen heimgesucht worden war? Hätten sie ausgereicht, das Kind in den Selbstmord zu treiben? Vielleicht hatte Vesputo doch die Wahrheit gesagt!
„Nein“, flüsterte Dreea. Der Dämon grinste und schien allen Atem aus ihr herauszupressen.
Die ganze Nacht über wurde sie von bizarren Gestalten

gequält und verspottet, als risse eine jede ein Stück ihrer Seele heraus und renne damit kreischend durch den Raum. Sie versuchte, die verstreuten Teile ihrer selbst zurückzurufen. Doch alles schien wie zerrissen, entstellt und ohne Hoffnung.

Und ein lähmender Zweifel ließ sie nicht mehr los, Torina könnte wirklich tot sein.

Gegen Morgen war Dreea schweißgebadet. Der Wasserkrug war leer und ihr Herz pochte von immerwährender Hoffnungslosigkeit, Furcht und Erschöpfung. Sie erwartete den nahen Tod, glaubte, ihr Herz würde einfach aufhören zu schlagen. Das Beten hatte sie schon längst aufgegeben. Ihr Körper lag dem verhangenen Fenster zugewandt.

Ein zartrosa Licht drang durch die Vorhänge. Die gemarterte Königin fing den Sonnenstrahl ein und klammerte sich daran fest wie ein furchtsames Kind an die Hand der Mutter. Eine Gestalt kam auf dem Strahl auf sie zu. Torina. Die leuchtenden Augen des Mädchens hielten ihre Mutter umfangen. Majestätisch erhob sie den Arm und die hüpfenden Dämonen schrumpften zu einem wilden Knäuel grauenvoller Grimassen zusammen und verschwanden.

„Lebe“, sagte die Erscheinung, „du musst leben!“

„Ja“, gelobte Dreea, „ja. Ich werde nie mehr davon trinken.“

Die Erscheinung verflüchtigte sich. Dreea warf ihre Decken fort und kroch zum Fenster. Sie zog die Vorhänge

beiseite und streckte ihre bebenden Hände dem Morgenrot entgegen.
„Ich lebe", sprach sie zur Sonne, „und auch Torina lebt."
Später kam eine Dienerin, die sie kannte. Es war Amile, eine freundliche, schlichte Frau. Als die Königin ihr gestand hungrig zu sein, servierte sie ihr mit Freuden ein stärkendes Mahl. Beim Essen ließ das Zittern ihrer Hände etwas nach. Sie trank noch einen ganzen Krug voll Wasser und ließ sich dann von Amile beim Baden und Ankleiden helfen. Sie bat um einen Spiegel.
Erschreckt fuhr sie vor ihrem Spiegelbild zurück. Ihr Haar war vollständig weiß, ihre Augen von dunklen Ringen umschattet. Amile flocht ihre Haare zu einem Zopf und legte ihn zu einem Kranz um ihren Kopf, dann befestigte sie die schlichte Krone im Haar, die Dreea am liebsten trug. Die ganze Zeit über saß die Königin gedankenverloren da.
In einer Sänfte wurde sie zum Friedhof gebracht. Der geschlossene Sarg, geschmückt mit getrockneten Blumen, stand direkt vor ihr. Sie war unter den ersten Trauergästen. Vesputo, Kareeds Krone auf dem Kopf, war bereits da. Mit vorbildlicher Höflichkeit geleitete er sie zu ihrem Platz. Unter den anderen Trauergästen entdeckte sie Emid.
Der Ausbilder beugte sich tief über ihre Hand. Sie ergriff seine rauen, vernarbten Finger. Auch er war in diesen letzten Monaten um Jahre gealtert.

„Bleibt bei mir, bitte, Emid“, sagte sie. „Es tut mir gut, Euch an diesem finsteren Tag an meiner Seite zu haben.“ Sie sah ihm in die Augen und suchte nach der Bereitschaft, sie zu verstehen. Ihr wundes Herz lebte auf, als er ihren Blick erwiderte und dann neben ihr Platz nahm.

„Vesputo“, hob sie ruhig an.

„Meine Königin.“

„Vesputo, ich konnte mich von meiner Tochter nicht mehr verabschieden. Bitte öffnet den Sarg, bevor die anderen Trauergäste eintreffen. Ich möchte ihr Gesicht ein letztes Mal sehen.“

Über das glatte, markante Gesicht Vesputos blitzte kaum merklich eine Spur Besorgnis. „Das ist ausgeschlossen, edle Frau. Der Anblick ist zu schrecklich und Ihr seid noch zu geschwächt.“

Aus den Augenwinkeln beobachtete Dreea Emids starr aufgerichtete Gestalt, die kaum zu atmen wagte. Dreea schloss die Augen, um die rasende Hoffnung zu verbergen, die ihr Herz aufwühlte. Seine Antwort gab ihr die Gewissheit, dass nicht der Leichnam ihrer Tochter in dem Sarg lag.

Aber wer dann? Und wo war Torina?

Dreea schien es, als seien innerhalb weniger Augenblicke Tausenden von Soldaten aufmarschiert. Sie waren überall, ein dunkles Heer grüner, archeldischer Uniformen. So viel Macht hatte Vesputo also? Es waren alles junge Männer, deren Gesichter sie nicht kannte.

„Mein Herr, Ihr mögt Recht haben." Sie sah, wie er sich entspannte. „So muss ich mich Eurem Rat unterwerfen."

Er ergriff ihre Hand. „Edle Frau, Eure Weisheit ist göttlich."

„Vesputo", fuhr sie mit gesenkter Stimme fort, doch laut genug, dass Emid es hören konnte, „ich brauche Euren Schutz."

„Meinen Schutz?"

„Man hat mich unter Drogen gesetzt."

Überrascht fuhr er auf. „Euch unter Drogen gesetzt? Im Schloss des Königs? Unmöglich."

Sie beugte sich zu ihm. „Ich glaube, es ist diese Frau. Irene. Die mir abends immer den Stärkungstrank bringt."

„Sollte so etwas möglich sein?"

„Glaubt mir, Herr, das ist die einzige Erklärung. Mein Geist war von Trauer getrübt, aber ich hätte doch niemals vergessen, dass ... oh mein Gott." Sie sprach für Emid und hoffte, er möge sie hören.

„Edle Frau, ich werde alles tun, was in meiner Macht liegt."

„Ich danke Euch, Vesputo. Ich wusste, dass ich Euch vertrauen kann. Bitte schickt nach Mirandae, damit sie mich pflegt. Und lasst Euch von Emid eine zuverlässige Wache empfehlen. Ich brauche auch einen Arzt."

„Gewiss, Königin. Euer Wunsch ist mir Befehl." Sein Gesicht war zu einer kalten, gefährlichen Maske erstarrt.

Dreea sprach schnell weiter. „Jetzt, da meine Familie tot ist, möchte ich mich vom öffentlichen Leben zurückziehen. Ihr wisst, es hat mich nie sonderlich interessiert. Ich möchte weben und die Armen besuchen. Das Königreich ist in Euren Händen gut aufgehoben. Es ist zu schrecklich, was geschehen ist. Ihr könnt nicht vorsichtig genug sein. Ich rate Euch, einen Vorkoster einzustellen."

„Ich werde es mir überlegen." Der gefährliche Ausdruck in seinem Gesicht verschwand.

Vesputo erhob sich, um wichtige Gäste zu begrüßen. Sie drehte sich zu Emid um und wünschte nichts sehnlicher, als seinen starken Arm zu fassen. Der Ausbilder nickte ihr kaum merklich zu.

Zitternd sog sie die Luft ein und ließ sich auf die Kissen zurücksinken. Tränen der Erleichterung glänzten in ihren Augen.

Dreea lauschte der Trauerfeier für ihre Tochter. Die Trauergemeinde war riesengroß und die meisten zeigten aufrichtigen Schmerz. Truell, der Priester, der den Nachruf hielt, wurde einige Male vom Schmerz fast überwältigt. Der arme Mann. Er dachte, sie sei tot. Alle glaubten, sie sei tot.

Dreea verkroch sich in ihrem heimlichen Glauben, dass ihre Tochter am Leben sei. Im Verlauf der Trauerfeier wurde ihr Verlangen nach dem Silberkelch jedoch immer stärker. Sie begann zu schwitzen. Als der Sarg schließlich in das Grab hinabgelassen wurde, waren ihre

Kräfte aufgezehrt. Sie sah die Gäste auf sich zukommen, die sie umarmen oder ihr die Hand geben wollten.
„Emid“, sagte sie mit zitternden Lippen und zupfte ihn am Ärmel, „ich muss gehen … bitte, bringt mich … nach Hause …“
Sie sah sein erschrockenes Gesicht, spürte seine starken Arme und hörte seine kräftige Stimme, die Helfer herbeirief. Ein paar Jungen scharten sich um sie, ein freundlicher Mann fühlte ihren Puls und klopfte ihr auf den Rücken. Sie wurde in die Sänfte gehoben.
Vesputo befahl, ihr jede Sorgfalt angedeihen zu lassen, und forderte die Menschen auf nach Hause zu gehen, die Königin sei krank.

Zurück in den Gemächern des Königs ging Vesputo nachdenklich auf und ab.
Toban hatte Dreea zu viel Gift verabreicht, sie beinahe umgebracht. Er sollte ihr nur so viel geben, dass sie nicht zur Hochzeit kommen konnte. Ihre öffentlich ausgesprochene Behauptung, sie würde unter Drogen gesetzt (und Vesputo war sicher, dass nicht nur er ihre Worte gehört hatte), machte es unmöglich, weiter so zu tun, als würde sie langsam dahinsiechen.
Vesputo fluchte.
Noch ein paar Monate und sie wäre still verschieden. Was sollte er tun? Das Volk liebte seine sanfte Königin. Wenn sie jetzt stürbe, würden Gerüchte wach und Fragen gestellt werden. Zu viele Fragen könnten einen Bür-

gerkrieg auslösen, ein schlechter Start für einen neuen König. Jetzt war nicht der Zeitpunkt, seine Macht zu verteidigen, erst musste sie gefestigt werden.

Wusste Dreea, welchen Einfluss sie besaß? Was wäre geschehen, wenn sie darauf bestanden hätte, den Sarg öffnen zu lassen? „Am liebsten würde ich sie töten", sprach er zum Feuer.

Diese Königin hatte nie nach Macht gestrebt, selbst als sie Macht hatte. Im großen Spiel des Lebens war sie die Königin, aber das war ihr nicht bewusst. Sie verhielt sich, als sei sie nur ein Bauer.

Er ließ Toban rufen.

„Du hast ihr zu viel gegeben! Ich wollte keinen öffentlichen Skandal!"

„Verzeihung, mein Herr. Ihre Natur ist zarter als ich dachte."

„Und? Wird sie leben? Ohne deine Verabreichungen? Denn du darfst nie mehr in ihre Nähe kommen. Niemand darf unsere Spur zurückverfolgen, wer immer sie behandelt."

„Ja. Ohne Drogen wird sie noch eine Zeit lang krank sein, aber sie wird sich bald wieder erholen. Faben, der Arzt, hat einen guten Ruf. Habt Ihr beschlossen, sie am Leben zu lassen, Herr?"

„Sei nicht so roh, Toban. Ja, sie soll leben. Sie ist nur eine Frau, die Gebete herunterleiert und Wandbehänge webt. Nach dem, was heute geschehen ist, könnte ihr Tod mich in Schwierigkeiten bringen. So, wie die Dinge stehen, muss ich mir überlegen, wie ich auf den Vergiftungsvorwurf reagieren soll." Vesputo starrte nachdenklich ins Feuer. Dann lächelte er.

„Ich werde überall erzählen, wir hätten Irene als Komplizin von Landen überführt. Die beiden hätten geplant, die ganze königliche Familie umzubringen. Auch Torina hätte wahrscheinlich Betäubungsmittel von ihr bekommen, die ihren Geist verwirrt und sie in den Selbstmord getrieben haben."

Toban sah Vesputo bewundernd an.

„Ich habe Irene in einem Anfall von Wut und Schmerz getötet", fuhr Vesputo fort. Er zog die Augenbrauen hoch. „Das wird ihr Verschwinden erklären."

# 10. Kapitel

Die sechzehnjährige Lindsa streute Futter für die Hühner aus. Gierig pickten die gackernden Vögel die Körner auf und scharrten im frostigen Boden.
Ihr Blick schweifte über die Bäume am Hang und wohl zum tausendsten Mal fragte sie sich, warum ihre Eltern ausgerechnet direkt am Fuß der Berge hatten bauen wollen. Sicher, zu diesem abgelegenen Ort verirrten sich keine unerwünschten Besucher, wie sie sagten. Hierher kam sowieso kaum jemals Besuch.
Lindsa lebte auf die Markttage hin, wenn sie den langen Weg ins Städtchen ging, um Obst und Gemüse zu verkaufen oder gegen das Notwendigste einzutauschen. Dann blieb sie den ganzen Nachmittag und scherzte und plauderte mit den anderen jungen Frauen. Manchmal begegneten ihr auch Soldaten aus dem Heer von König Ardesen, an denen sie ihr Lächeln erprobte. Aber zu Hause war nichts los. Hier gab es nichts als Bohnen, Kürbisse und Bäume.
Mit dem Sonnenuntergang war es empfindlich kalt geworden. Lindsa verstreute den Rest des Futters.
Zwischen den Bäumen nahm sie eine leichte Bewegung

wahr. Sie schirmte die Augen ab und spähte durch das Abendlicht. Manchmal kamen Tiere bis hierher und Lindsa liebte Tiere. Sie setzte den Korb wieder ab und ging zum Wald.

Aus den Bäumen stolperte eine abgerissenen Gestalt auf sie zu. Ein Junge in merkwürdigen Schuhen und Hosen, die irgendwie fremdländisch aussahen. Über seinen Schultern lagen alte Decken. Seine Augen leuchteten glasig im goldenen Licht der untergehenden Sonne, seine Haut war hektisch gerötet. Er schien etwas sagen zu wollen, brachte jedoch nur einen krächzenden Ton über seine aufgesprungenen Lippen. Dann sackte er direkt vor ihren Füßen zusammen.

Lindsa rannte zum Haus und rief nach der Mutter. Anna kam eilig heraus und lief mit ihr zu dem Fremden zurück, der mit dem Gesicht zum Boden dalag. Anna kniete neben ihm nieder und drehte ihn vorsichtig um und legte ihre Hand auf seine Stirn.

„Gnade Gott! Der arme Kerl verglüht fast vor Fieber!“, rief sie und verzog mitleidig ihr freundliches Gesicht.

„Woher er nur kommt?“, fragte Lindsa.

Anna untersuchte die schmale Gestalt. „Das ist kein Junge“, sagte sie.

„Kein Junge?“

„Hilf mir, sie ins Haus zu schaffen. Sie stirbt uns noch, die Arme.“

Mutter und Tochter hoben die federleichte Fremde hoch und brachten sie in ein Schlafzimmer. Dort zogen sie ihr die feuchten Kleider vom Leib und fanden bestätigt, dass sie kein Junge war. Dann zogen sie ihr ein sauberes Hemd von Lindsa über und wickelten sie in dicke Decken. Anna heizte ein und bereitete eine heiße Brühe. Dann hob sie die sieche Wanderin auf ihren ausladenden Schoß und flößte ihr löffelweise Brühe ein.

„Nur ruhig, nur ruhig“, summte sie leise, „jetzt wird alles wieder gut.“

Lindsa saß auf dem Bett und bestaunte das stoppelige, widerspenstige rote Haar des Mädchens. Das Gesicht war zart und streng, die Wangen eingefallen.

„Mir scheint, sie sieht uns gar nicht, Mama.“

„Aber nein, das arme Kind. Das Fieber hat sie weit fortgetragen.“

„Wird sie überleben“, fragte Lindsa ängstlich.

„Niemand kennt Gottes Wege. Doch ich bin sicher, sie ist nicht zum Sterben zu uns gekommen. Aber wir müssen alles tun, um sie zu retten, denn sie selbst hat nicht mehr die Kraft dazu, das ist klar. Schau nur, wie abgemagert sie ist. Das ist nicht die Arbeit eines Tages. Wir müssen ihr heute Nacht stündlich Brühe einflößen und sie warm halten. Das Fieber ist hoch, aber sie hat keine eigene Körperwärme mehr.“

„Woher mag sie nur kommen, Mama? Ihre Kleider – warum ist sie wie ein Junge angezogen und hat so komische Haare?“

„Man sieht, dass es erst vor kurzem abgeschnitten wurde. Es muss wunderschön ausgesehen haben, als es noch länger war. Sie ist auf der Flucht, ganz bestimmt. Und vor wem sollte sie wohl fliehen, wenn nicht vor einem Mann?"

Lindsa ergriff eine Hand des Mädchens. „Meinst du wirklich? Wie romantisch!"

„Hm. Ein Glück, dass sie uns getroffen hat."

„Wie schmal und lang ihre Finger sind." Lindsa rieb sie sanft und betrachtete das brennende Gesicht.

„Das ist kein gewöhnliches Mädchen. Sie ist etwas Besonderes." Anna tupfte die heiße Stirn mit einem Tuch ab.

Lindsa nahm die fremde Kleidung auf. „Soll ich sie waschen, Mama?"

„Ja, bitte."

Lindsa legte die grobe Hose zusammen. Sie bemerkte eine kleine Ausbuchtung, fuhr mit der Hand in die Tasche und zog einen kleinen Beutel aus feinstem Samt hervor.

„Schau nur, Mama!", rief sie.

Anna sah von ihrer Patientin auf und schnalzte mit der Zunge. „Was habe ich dir gesagt? Da ist uns keine gewöhnliche Streunerin ins Haus gekommen! Mach doch auf, vielleicht erfahren wir, wer sie ist."

Lindsa langte in den Beutel. Sie zog eine große Kristallkugel hervor, die von Innen heraus glitzerte wie ein Diamant. Sie legte sie der Fremden in die Hand. Das Mädchen schloss ihre Finger darum und seufzte.

„Siehst du, ich habe meinen Kristall wieder ..." Ihre Aussprache war vornehm wie die eines Edelfräuleins.

Lindsa zog eine Hand voll geschliffener, roter Steine hervor.
„Mama?“, rief sie und schüttete sie in Annas geöffnete Hand.
Die Mutter starrte auf die Edelsteine und strich mit dem Daumen über ihre schillernde Oberfläche. „Rubine?“, rief sie atemlos. „Lindsa, nur ein einziger dieser Steine könnte uns für Jahre versorgen.“ Sie sah ihre Tochter streng an. Verwirrt saß Lindsa da und starrte abwechselnd auf die Steine und auf das Mädchen im Bett.

Der Morgen war bitterkalt als Kapitän Hadnell seine Krieger im Versammlungszelt des Lagers antreten ließ. Als Landen über den Platz ging, peitschte ihm eiskalter Wind ins Gesicht. Schnell stellten sich die jungen Männer in Reihen auf.
„Es gibt Neuigkeiten“, verkündete er. „Schon wieder eine Tragödie in Archeld, unserem Nachbarn im Westen.“
Landen heftete seine Augen starr auf den Hauptmann, sein Herz pochte rasend.
„Ihr wisst, dass König Kareed von Archeld vor über zwei Monaten ermordet wurde“, sagte Hadnell mit lauter Stimme. „Kareed hinterließ ein Kind, seine Tochter Torina, die seinem Oberbefehlshaber Vesputo versprochen war. Nach dem Ende der Trauerzeit heiratete sie ihn.“
Landen rang nach Luft. Er versuchte, seine Erregung zu verbergen. Torina verheiratet mit Vesputo? Wie konnte das geschehen?

Der Kapitän fuhr fort: „Tragischerweise starb sie kurz nach der Hochzeit durch ihre eigene Hand. Sie ist nach dem Tod ihres Vaters nie wieder bei Sinnen gewesen. Vesputo ist nun alleiniger König von Archeld."
Landen klammerte sich an den Griff seines Schwertes, als könnte es ihn stützen. *Gestorben. Durch ihre eigene Hand? Nie wieder bei Sinnen?*
Kapitän Hadnell sprach weiter, doch der junge Mann in der zweiten Reihe hörte ihn nicht. *Gestorben. Tot? Sie ist tot?* Die Nachricht hämmerte sich mit jedem Schlag tiefer in sein Herz und doch wollte er sie nicht wahr haben.
Nein, sie hätte niemals selbst Hand an sich gelegt. Niemals den Mörder ihres Vaters geheiratet. Das konnte nicht wahr sein. Das war alles erfunden. Eine politische Lüge. Vesputo hat sie wahrscheinlich gezwungen ihn zu heiraten und sie dann getötet.
Aber das hieß, sie war wirklich tot. *Sie ist tot!* Landen zitterte am ganzen Leib und rang nach Luft. Nie zuvor hatte er mit solcher Gewissheit gespürt, dass er Torina liebte. Und er gestand sich nun ein, was er schon lange ersehnt und erhofft hatte, dass sich ihrer beider Zukunft eines Tages zusammenschließen möge.
Er versuchte sich einzureden, sie sei noch am Leben, sei gefangen oder entflohen. Die Torina, die er kannte, hätte die Kraft gehabt Vesputo zu überlisten. Doch dann dachte er an ihren glanzlosen, verlorenen Blick bei ihrer letzten Begegnung. Seit damals hatte sie die Ermordung

ihres Vaters und eine erzwungene Heirat erleiden müssen … Landen schauderte bei dem Gedanken. Aber wenn sie keinen Ausweg mehr gesehen hat, würde es zu ihr passen, sich selbst das Leben zu nehmen?
Seine Arme erstarrten und er verspürte den übermächtigen Drang, nach Archeld zu reiten, Vesputo zu suchen und die Wahrheit aus ihm herauszupressen. Er musste wissen, was geschehen war. Unbedingt.
„… die mit dem neuen König aufgetretenen Wirren und die Unruhe in der Bevölkerung haben unsere Beziehungen zu Archeld verändert", sagte der Kapitän gerade. „Die Grenzen werden ab sofort strengstens überwacht."
Zum ersten Mal in seinem Leben hätte Landen am liebsten auf irgendjemanden eingeschlagen. Er blickte starr geradeaus, denn er wusste, jeder Blickkontakt mit einem Kameraden würde ihn sinnlos losschlagen lassen.
*Tot.* Er kannte die Gebräuche des Landes. Mindestens tausend Menschen mussten bei ihrer Hochzeit dabei gewesen sein, noch mehr bei ihrer Beerdigung. Auch ein gerissener Betrüger wie Vesputo konnte so etwas ohne ihren Leichnam nicht inszenieren. Sie musste tot sein.
Seine Atemzüge quälten sich durch seine Lungen und in seinen Ohren war ein merkwürdiges, helles Sirren. Er konzentrierte sich ganz aufs Atmen und sah sich selbst wie von fern, wie er mühsam versuchte sich aufrecht zu halten.

Irgendwie schaffte er es, Haltung zu bewahren, bis die Krieger abtreten durften, und irgendwie schaffte er es auch, wie durch eine eisige Nebelwand ferngesteuert, seinen täglichen Pflichten nachzugehen. Wenn er angesprochen wurde, flossen die Worte der anderen ihm auf einer leblosen Welle entgegen und seine Antwort schwappte mit derselben trägen Strömung zurück. Er war sich nicht sicher, ob seine Kameraden seinen Zustand durchschauten, aber es kümmerte ihn auch nicht. Am Abend fühlten sich seine Arme und Beine unerträglich schwer an. Sobald es gestattet war, legte er sich erschöpft auf sein Lager.

Nachts wachte er tränenüberströmt auf und stolperte ohne Mantel nach draußen. Er schaute nach oben und meinte, die Sterne müssten auf ihn herabstürtzen. Doch sie blieben wo sie waren, ruhig und ernst, leuchtende Punkte am dunkeln Himmelszelt.

*„Niemals mehr wandeln wir über die Fluren,*
*niemals mehr lauschen wir dem Morgenlied der Vögel.*
*Oh, du warst mein und ich liebte dich so,*
*nun bist du fort, an einem fremden Ort,*
*Ich folge dir, wenn meine Tage sich neigen.“*

Lange blieb er draußen, bis die Tränen an seinen Wangen gefroren.

Am nächsten Tag ging er zu Hadnell und erkundigte sich nach den Bedingungen für jenes desantische Kampfspiel, in dem Krieger und Verbrecher sich auf den Tod bekämpften.

Torina hörte leise Stimmen und öffnete die Augen. Sie merkte sofort, dass sie eine Erinnerungslücke hatte. Wo war sie?

Wie war sie vom kalten Gebirge an diesen warmen Ort gekommen?

Sie bemerkte zwei Frauen, die sich leise unterhielten. Torina hob ihre Hand, die kaum mehr als Haut und Knochen war.

„Wo bin ich?“, fragte sie mit matter Stimme.

Die ältere der Frauen, deren Gesicht so wärmend war wie die Decken, die Torinas Körper einhüllten, warf ihr einen erwartungsvollen Blick zu.

„Du bist wach? Hast du etwas gesagt?“, fragte sie.

Torina stützte sich in den Kissen auf und versuchte sich zu setzen.

„Wo bin ich?“

„Lindsa, sie kommt zu sich!“, rief die mütterliche Frau aus. Die Jüngere setzte sich neben das Bett.

„Du bist hier auf unserem Hof“, sagte das hübsche Mädchen mit den dunklen Haaren und nahm Torinas schmale Hand.

„Ist hier … Desante?“

Die Frauen sahen sich an, dann lächelten sie und nickten. Torina seufzte erleichtert.

„Ich heiße Anna Dirkson und das ist meine Tochter Lindsa.“

Torina versuchte zu lächeln und merkte erstaunt, wieviel Anstrengung sie das kostete.

„Kannst du jetzt etwas essen?“, fragte Anna.
Die Prinzessin schob ihre Hand unter die Decke und legte sie auf ihren Bauch. Knochen. Sie war nur noch Haut und Knochen! Beunruhigt rang sie die Hände.
„Seit wann bin ich hier?“
„Seit eineinhalb Tagen“, antwortete Anna.
Sie erinnerte sich nur noch daran, die Baumgrenze im Gebirge erreicht zu haben.
„Aber wer … wie …?“
„Du Arme. Wir haben dich gepflegt und dir Brühe eingeflößt.“
„Ich kann mich an nichts erinnern.“
„Du warst krank und hattest hohes Fieber.“
„Aber wie bin ich hierher gekommen?“
„Du bist abends vom Wald heruntergekommen.“ Die Stimme der Frau hatte einen eigenartigen, angenehmen Singsang.
„Ist mir jemand gefolgt?“
„Nein, meine Liebe. Außer uns und meinem Mann Tesh weiß niemand von dir, und er wird nichts verraten.“
Torina blickte auf ihre knochigen Hände und die zerbrechlichen Gelenke. Die Frau sah sie still und mitleidig an.
„Warum?“, fragte sie schließlich, „warum habt ihr mir geholfen?“
„Du warst in einer Notlage. Wer sonst außer uns hätte dir helfen können?“
„Ich fühle mich so schwach.“

„Natürlich, aber du wirst wieder gesund. Du hast einen starken Körper, das kann man sehen. Hast dich ein bisschen überanstrengt, aber das wird schon wieder."

„Dann habt ihr mir das Leben gerettet. Ich danke euch."

Lindsa strich ihr übers Haar. Anna brachte eine Scheibe Brot, die noch ofenwarm war.

„Versuch zu essen."

Gehorsam wurde das Brot genommen und in kleine Stücke gebrochen.

Lindsa brachte einen Krug Apfelmost.

„Wie kann ich euch nur danken?"

„Das brauchst du nicht. Wir alle müssen einander helfen. Und jetzt erzähle, wer du bist und woher du kommst."

„Das kann ich nicht. Ich würde euch in Gefahr bringen."

Lindsas Augen leuchteten auf.

„Gefahr?"

„In schreckliche Gefahr. Ihr dürft mich niemals gesehen haben."

„Das ist ja unglaublich!"

Torina lächelte traurig. „Sobald ich wieder wohlauf bin, werde ich gehen."

Anna legte ihren Arm um Torina. „Wohin willst du gehen? Können wir dir nicht helfen, deine Familie wieder zu finden?"

Torina spürte wieder Tränen aufsteigen. „Ich habe keine

Familie", hörte sie sich sagen und sah Landens Gesicht vor sich auftauchen. Sie scheuchte das Bild beiseite. „Bitte glaubt mir. Ich habe nichts verbrochen, aber ich kann nicht zurück."

„Zurück? Wohin?"

„Nein, ich darf es nicht sagen."

Anna wiegte den Kopf sorgenvoll hin und her. „Meine Liebe, vielleicht bin ich nur eine einfache Bäuerin, aber ich habe Augen im Kopf und bin nicht von gestern. Meine Lindsa hat sicher ihre Fehler, aber sie kann den Mund halten, wenn es gilt, ein Geheimnis zu wahren. Wir haben deine Kleider untersucht und das Säckchen mit Edelsteinen gefunden."

Sie schwieg und holte tief Luft.

„Vor mir und meiner Tochter musst du keine Angst haben. Wir haben dich gepflegt und gehört, was du im Fieber gesprochen hast."

Torina meinte, das Herz müsse ihr stehen bleiben. „Ich habe gesprochen?"

„Ja. Du kommst aus Archeld. Und nur der liebe Gott weiß, wie du allein über das Cheldangebirge gekommen bist und überlebt hast. Und es gibt einen Mann, der dich verfolgt."

„Habe ich seinen Namen genannt?"

„Nein, Mädchen." Annas unschuldiges Gesicht zeigte Enttäuschung „Und dein Geheimnis kannst du für dich behalten. Du kannst bleiben solange du willst."

„Ich kann euch bezahlen."

„Das wissen wir. Wir haben dir nicht für Geld geholfen. Du bist müde. Ruh dich jetzt aus." Anna deckte sie zu und Lindsa sagte leise Gute Nacht. Dann nahmen sie die Kerze und gingen hinaus.
Torina lag still im Bett und sah in die tanzenden Flammen im Kamin.
Sie versuchte zu denken, aber sie fühlte sich zu benebelt und erschöpft. Die Augen fielen ihr zu.

Strahlende Sonne weckte Torina. Das Feuer war niedergebrannt, doch die kalte Morgenluft drang nicht bis unter die warmen Decken. Torina richtete sich auf und setzte sich mühsam hin. Sie schob ihre Beine über die Bettkante. Unter ihren Füßen lag ein dicker Flickenteppich. Sie versuchte aufzustehen und schwankte unsicher wie ein Kleinkind.
Das Zimmer war gemütlich eingerichtet. Die Möbel waren selbst getischlert. Sie hatte ein zerknittertes Baumwollhemd an. Der Saum war fein bestickt.
„Arbeitsame Leute", murmelte sie und stakste zum Fenster. Draußen sah sie ein schmales, gerodetes Stück Land, das bis zum Waldrand reichte. Ehrfürchtig starrte sie auf die mächtigen Bäume, dann sah sie auf ihre Füße hinunter.
„Du hast es geschafft", sagte sie zu sich selbst.
Auf der Kommode lag ein Kamm. Als Anna und Lindsa hereinkamen, kämmte Torina ihr kurzes, schmutziges Haar.

Die Frauen gaben ihr zu essen und halfen ihr beim Baden, das hatte sie sich am sehnlichsten gewünscht.
Sie brachten sie in das Zimmer, in dem sie webten. Beim Anblick der Webstühle ächzte Torinas Herz, denn sie dachte an ihre Mutter, die sich immer noch in Vesputos Gewalt befand.
Anna machte sich an die Arbeit. „Meine Liebe, wenigstens deinen Namen solltest du uns verraten, wie sollen wir dich denn nennen?“
Torina dachte kurz nach. „Vineda. Nennt mich einfach Vineda.“
„Lindsa, erzähle Vineda, was du gehört hast.“ Anna lächelte. „Die Neuigkeiten aus Archeld.“
Lindsa beugte sich vor. „Gerade als du das Land verlassen hast, gab es dort große Veränderungen. Du hast sicher von der Ermordung des Königs gehört? Das war, bevor du geflohen bist.“ Lindsa wartete bis Torina nickte. „Dieser König hatte eine Tochter, die dem Oberbefehlshaber seines Heeres versprochen war. Sie heiratete ihn und er wurde gekrönt, aber kurz darauf tötete sie sich von eigener Hand. Es heißt, sie sei wahnsinnig gewesen.“
„Psst, Lindsa!“ Anna ließ die Arbeit fallen und eilte zu ihrem Schützling. „Wir wollten dir doch nur etwas aus der Heimat erzählen.“
Torina spürte, wie ihr Herz zu Eis erstarrte. Vesputo! Irgendwie war es ihm gelungen, ihr Volk zu täuschen. Erst die Heirat! Und jetzt tot!

„Lindsa, schnell, hol Wasser. Sie hat die arme Jungfrau wohl gekannt. Nicht wahr, Vineda? Du hast sie gekannt?“
Torina schloss die brennenden Augen. Das Zimmer schien weit weg zu rücken. Sie ließ sich auf ihren Gedanken treiben. Sie war nach Desante gekommen, weil sie sich irgendwie vorgestellt hatte, sie könnte König Ardesen um Schutz bitten. Doch nun, wo alle Welt sie für tot hielt, wo Vesputo König war und ein Heer befehligte …
Wenn sie sich Ardesen zu erkennen gab, krank, schwach und mittellos, wie sollte er sie wiedererkennen? Er kannte sie als kleines Mädchen. Warum sollte er sich ihrer annehmen? Entweder er ließ sie als Hochstaplerin hinauswerfen oder er übergäbe sie Vesputo. Und selbst wenn er sie da behielte, würde sich die Nachricht wie ein Lauffeuer bis Archeld verbreiten. Vesputo hatte bewiesen, dass er zur Durchsetzung seiner Interessen auch Gift einsetzte.
*Ich kann doch nicht gegen meine eigenen Landsleute kämpfen, gegen die Krieger von Archeld?*
Hatte Eric der Mutter von ihrer Flucht berichtet? Wusste Dreea, dass ihr Tod nur vorgetäuscht war? Konnte sie ihr eine Botschaft überbringen lassen? Nein, Briefe würden bestimmt abgefangen werden.
Mit Königen und Königreichen wollte sie nichts mehr zu tun haben. Das gewaltsame Streben nach Macht war ihr verhasst.
*Ich bin keine Prinzessin mehr. Ich muss mir ein Auskommen*

*unter den gemeinen Menschen dieses Landes suchen. Die königliche Herkunft gehört der Vergangenheit an, ebenso wie mein Name.*

Sie kehrte in die Gegenwart zurück. Ihr war, als hätte sie in den vergangenen Minuten ein ganzes Leben hinter sich gelassen.

„Verzeiht mir, ich muss mich wieder hinlegen."

# 11. Kapitel

Ardesen, König von Desante, saß aufrecht auf seinem Thron im Ratsaal, zwei Wachen zu beiden Seiten. Sein ergrautes Haupt war hoch erhoben, seine alten Augen blickten wachsam und streng. Draußen herrschte eisiger Winter und der König war dankbar für das warme Feuer im Kamin.

Hadnell, einer seiner Hauptmänner, wurde vorgelassen und verbeugte sich. Ardesen bot ihm einen Stuhl an.

„Ich wisst, warum ich Euch rufen ließ?", fragte der König.

„Ich vermute, es betrifft einen meiner Krieger, mein König?"

„Ja. Bellanes." Der König runzelte die Stirn. „Er nimmt an den Wettkämpfen teil und hält sich nicht an die Regeln."

„So ist es, er kämpft bis zum Sieg und dann schenkt er den Schurken das Leben."

„Und geht arm wie er gekommen ist."

„Ja, mein Herr."

„Die Menschen strömen wieder in Massen, selbst im

Winter. Meine Truhen füllen sich mit einer ansehnlichen Menge Münzen."
„Sie beten ihn an. Sie versammeln sich vor seinem Quartier, nur um einen Blick auf ihn werfen zu können, obgleich ihnen verboten ist, unser Gelände zu betreten."
„Hm. Heldenverehrung? Wie reagiert er?"
„Es hat den Anschein, als verabscheue er es. Er verrichtet seinen Dienst wie immer."
„Sagt, wie ist er im Dienst?"
„Sehr gewissenhaft."
Ardesen grinste verhalten, weil Hadnell das ‚Herr' vergessen hatte. Dieser sah aus, als habe sich ein einfacher Tonkrug, aus dem er täglich trank, plötzlich in einen heiligen Kelch verwandelt.
„Wie viele Verbrecher hat er besiegt und verschont?"
„Vierzehn, mein Herr."
Ardesen schürzte die Lippen. „Vierzehn Männer. Dieser Bellanes könnte reich sein. Und die Gefangenen werden, wie es das Gesetz will, zu verkürzter Haft in den Kerker zurückgebracht?"
„Ja, mein Herr."
„Dieser Bellanes – ist er unbesiegbar?"
„Ein ausgezeichneter Kämpfer, mein Herr."
Ardesen legte die Fingerspitzen zusammen. „Warum macht er das?"
Hadnell zuckte die Achseln. „Das sagt er nicht, mein Herr."
„Wisst Ihr, woher der junge Mann kommt?"

„Aus Guelhan, mein Herr."
„Aha. Eltern?"
„Beide tot, Herr."
„Freunde?"
„Die Kameraden mögen ihn, Herr."
„Wer lehrte ihn kämpfen?"
Hadnell wagte ein Lächeln. „Er sagt, er sei bei einem rohen Kerl in die Schule gegangen, Herr."
Ardesen gestattete sich ein Lächeln. „Was sagt er sonst?"
„Nicht viel, Herr. Er ist ein stiller Mann."
Der König streckte seine Füße zum Feuer aus. „Morgen gibt es einen Kampf zwischen Bellanes und Andris dem Dieb."
„Ja, Herr. Andris ist ein berüchtigter Schurke. Er stahl viele Pferde, bis er endlich geschnappt wurde."
„Und ist er auch ein guter Kämpfer?"
„Ja, Herr."
„Ich werde in der Königsloge sein. Danke, Hauptmann." Er bedeutete ihm zu gehen.
Ardesen liebte das Ungewöhnliche und regierte sein Reich mit viel Sinn für Neues. Von den Menschen seiner Umgebung erwartete er Einfallsreichtum, doch meist traf er nur auf Unterwürfigkeit, die ihn erzürnte. Manchmal fand er Männer und Frauen, die ihm jahrelang treue Dienste geleistet hatten. Das wurde stets von ihm belohnt. Aber oft bedauerte er den Mangel an ungewöhnlichen Ideen.
Dieser Bellanes war ein Mann von anderem Schlag. Sich

auf den Tod schlagen und dann das Siegergold zu Gunsten eines Gnadenaktes verschmähen, war ein kühnes Stück. Sein Leben für Nichts aufs Spiel setzen? Das roch nach Verzweiflungstat.

*Ich frage mich, was er beabsichtigt.*

König Ardesen war sicher, dass Bellanes etwas beabsichtigte.

In Lederrüstung, das blanke Schwert in der Hand, stand Bellanes in der runden Arena. Rings um ihn zogen sich die Zuschauerreihen wie die Wände einer Schüssel nach oben. Ein kalter, grauer Himmel wölbte sich über den Schaulustigen, die in warmen Mänteln dasaßen und ihm zujubelten.

Ardesen hatte von der Königsloge aus eine gute Sicht über den Kampfplatz. Mit verschränkten Armen beobachtete er konzentriert den Kämpfer.

Bellanes hatte ein fremdartiges Gesicht, sein schwarzes Haar war dicht und lockig, sein durchtrainierter Körper wirkte locker, seine Hand am Schwertgriff beinahe entspannt. Doch sein Blick war aufmerksam. Einen Augenblick lang trafen sich Bellanes' Blick und der des Königs. Ardesens Neugier bekam Nahrung, denn die Augen des Mannes waren entschieden zu alt und zu traurig für seine offensichtliche Jugend.

Andris der Dieb erschien. Er trug nur einen Lendenschurz wie alle Gefangenen. Er war ein Bulle von einem Mann, einen halben Kopf größer als Bellanes und einige

Jahre älter. Er maß seinen Gegner mit wütenden Blicken und sprang in die Arena.
Der Gefangene erhob sein Schwert und stürmte vor. Bellanes duckte sich zur Seite und wich dem Schlag aus, der für ihn tödlich gewesen wäre. Blitzschnell wirbelte Andris herum und holte brüllend zu einem neuen Schlag aus. Bellanes sprang vor. Auf der nackten Haut des Diebes zeichnete sich eine rote Linie ab. Die Menge brach in aufgeregtes Rufen aus.
In dieser Art ging der Kampf weiter. Der Größere schlug mit schierer Kraft um sich, während Bellanes sich auf seine Behendigkeit und sein Geschick verließ. Die Zuschauer waren außer sich vor Begeisterung und begleiteten jeden blinden Schlag und jedes gewagte Ausweichen mit fanatischem Geschrei. Die Kämpfer stießen kalte Atemwolken aus und ihre verschwitzten Körper glänzten in der kühlen Luft. König Ardesen beugte sich über die Brüstung. Jedes Mal, wenn Andris das Schwert schwang, spürte der König die Gewalt, die auf den Gegner niedersauste. Doch Bellanes wich den Schlägen immer wieder mit einer Geschicklichkeit aus, die den geschulten Kämpfer verriet.
Schließlich parierte Bellanes einen wütenden Schlag seines Gegners mit einer Drehung und einem Gegenschlag, worauf das Schwert des anderen etwa zwanzig Meter weiter klirrend zu Boden fiel. Bellanes nutzte seinen Vorteil und Augenblicke später lag Andris am Boden, eine Schwertspitze an der Kehle.

Andris schloss die Augen. Bellanes fing an zu sprechen.
„Schau in den Himmel“, sagte er ruhig. Der König konnte ihn kaum verstehen.
In Erwartung seines Todes öffnete der Schurke die Augen.
„Sag mir, wie du heißt“, befahl Bellanes.
Von seinem Platz aus sah Ardesen, dass sich die Augen des Diebes mit Tränen füllten. „Andris“, stammelte der Mann.
„Andris, du hast dich gut geschlagen. Und weil du zum Himmel schautest, will ich dich verschonen. Der Kampf ist vorbei.“
Bellanes erhob die klare Stimme und verkündete: „Der Kampf ist vorbei. Der Mann bleibt am Leben!“
Er zog sein Schwert zurück. Wachen eilten herbei und führten Andris ab, der über seine Schulter zu Bellanes schaute. Der Sieger erwiderte seinen Blick, in seinen entschlossenen Zügen zeichnete sich Barmherzigkeit ab.
König Ardesen sah Bellanes entgegen, der schweißüberströmt die Stufen des Rundbaus erklomm.
„Er ist also Bellanes“, sagte Ardesen und sah ihn prüfend an.
„Herr.“
Ardesen fiel auf, dass der junge Krieger nicht den Blick senkte. Der Mann sah ihn an wie einen Gleichen. Er musste innerlich lächeln, nach außen jedoch behielt er seine strenge Miene.

„Sagt, wusstet Ihr, dass Andris der Dieb ungeheuer stark ist?“, wollte der König wissen.
„Ja. Ich bin doch kein Narr.“
„Kein Narr! Ist es nicht närrisch, sein Leben für nichts als den sportlichen Sieg aufs Spiel zu setzen?“
„Er ist sehr stark. Aber er kann nichts, außer mit dem Schwert klotzen.“
„Heißt das, er war kein ebenbürtiger Gegner für Euch? Ich habe genau zugeschaut, Bellanes. Hätte ein Streich Euch getroffen, wärt Ihr ein toter Mann. Und töten wollte er Euch.“
„Sicher.“
„Ihr habt großes Vertrauen in Euer Können.“
„Und viele Gelegenheiten es zu erproben.“
„In den Todeskämpfen? Ihr habt den Schurken nicht getötet, Bellanes. Warum?“
Der Kämpfer wirkte verlegen. „Es sind Männer Eures Reiches. Sie tragen keine Rüstung.“ Seine Stimme klang eindringlich und klar. Ardesen versuchte, die Aussprache zu lokalisieren und war sich sicher, dass sie nicht von Guelhan stammte.
„Meines Reiches!“, murrte Ardesen. „Ist es nicht auch das Eure?“
„Sicher, auch mein Land. Aber noch mehr Euer Land.“
Ardesens Augen verengten sich zu Schlitzen. „Wirklich?“, erwiderte er trocken. „Ihr wisst, welcher Preis für den Tod dieser Schurken ausgesetzt ist. Ihr könntet ein reicher Mann sein, so viele habt Ihr schon besiegt. Und

doch verschont Ihr sie und überlasst sie ihrer Fronarbeit in den Gefängnissen. Warum tötet Ihr sie nicht und kassiert Eure Belohnung?“
„Ich erbitte eine andere Art von Belohnung“, sagte Bellanes.
*Ha! Jetzt kommen wir zur Sache.* „Sprecht.“ Der König verbarg seine Neugier hinter einer Maske finsterer Strenge.
„Gebt mir die Männer, die ich besiegt habe, und ich mache aus ihnen treue Gefolgsleute.“
Ardesen schnaubte: „Unmöglich! Diese Männer sind Ausgestoßene, Verbrecher! Diebe und Mörder.“
„Jeder Mensch kann sich ändern.“
„Ihr bittet um Befehlsgewalt? Über Verbrecher? Woher kommt Ihr, Bellanes?“
„Und erteilt Ihr mir Befehlsgewalt, Herr, werden meine Männer und ich von großem Wert für Euch sein.“
Der König vermutete, Bellanes würde ihm nicht verraten, woher er wirklich kam. Nicht jetzt – und selbst nicht, wenn sie zwanzig Jahre Seite an Seite gekämpft hätten – niemals. Dieser Krieger nannte sich wertvoll und Ardesen glaubte ihm. Und es war nicht des Königs Art, unbedingt nach der Herkunft zu fragen, wenn ihm ein Edelstein ins Schatzkästlein fiel.
„Wärt Ihr nicht ein so guter Kämpfer, würde ich Euch Träumer nennen.“
„Würdet Ihr nie ein Risiko eingehen, gäbe es keine Desantischen Spiele.“
Der König neigte den Kopf, um seine Gedanken nicht

zu verraten. So verharrte er lange genug, um Bellanes jegliche Hoffnung auszutreiben. Doch als er wieder hochschaute, sah ihn der Krieger höflich wartend an.
„Eure Bitte macht mich neugierig, Bellanes. Kommt morgen zu mir, damit wir darüber reden können."
„Zu welcher Stunde?", fragte Bellanes mit leuchtenden Augen.
„Zur richtigen Stunde", erwiderte Ardesen grinsend und entließ ihn. Bellanes sollte ihm beweisen, dass er nicht auf den Kopf gefallen war. Wenn er den Befehl über eine Bande von Taugenichtsen erbat, wollte es der König ihm nicht zu leicht machen.

Landen stand in voller Rüstung auf einem abgelegenen Feld, ein Schwert in der Hand. Vor ihm ein bunter Haufen von fünfzehn starken, unbewaffneten Männern, unter ihnen Andris. Über der Versammlung wölbte sich der blaue Himmel. An den umliegenden Bäumen schossen junge Triebe hervor.
Landen schrie: „Ihr alle seid Verbrecher und nach dem Gesetz habt ihr Euer Leben verwirkt!"
Einige der Männer schielten verstohlen zu den Bäumen hinüber. Wachen waren nirgends zu sehen.
„Aber ihr seid auch Kämpfer. Das weiß ich, denn ich habe jeden Einzelnen von euch im Kampf erlebt."
Die Gefangenen sahen einander an.
„König Ardesen hat mir Befehlsgewalt über eine Gruppe von Kriegern meiner Wahl versprochen." Fünfzehn Au-

genpaare waren auf Landen geheftet. „Ich habe euch gewählt."
Er bemerkte, wie sie langsam begriffen. „Ich habe euch einmal verschont. Doch wenn irgendeiner von euch zu seinen Verbrechen zurückkehrt, kenne ich keine Gnade. Jeder, der nicht unter mir dienen will, kehre zum Kerker zurück."
Keiner rührte sich.
„Und nun tretet einer nach dem anderen vor. Sagt eure Namen und eure Vergehen."
Andris trat vor und reckte seine breite Brust.
„Andris. Pferdedieb."
Landen nickte. „Andris. Ab heute stiehlst du nur noch Pferde, wenn ich es befehle." Andris grobe Gesichtszüge verzogen sich zu einem Grinsen.
Ein großer, muskulöser Mann trat nach vorn, dessen linke Gesichtshälfte von einer bläulichen Narbe entstellt war, wogegen die rechte Seite beinahe engelsgleiche Züge zeigte. Er stellte sich neben Andris.
„Bangor", sagte er mit heller Stimme. „Ich stehle alles."
Vereinzeltes raues Lachen ertönte. Landen sah in das entstellte Gesicht. „Und wer hat dir das hübsche Gesicht gestohlen?"
Diesmal lachten noch mehr und bald standen vierzehn Männer in loser Reihe nebeneinander. Alle waren wegen Diebstahls verurteilt worden.
Der letzte Mann trat vor. Herausfordernd sah er die anderen an.

„Ich heiße Sakor. Mörder."
„Warum hast du getötet?"
Sakor zuckte die Achseln. „Der Mann, für den ich arbeitete, schlug mich. Da schnappte ich mir seinen Sohn und stach ihn nieder."
„Wie alt war der Sohn?"
„Ungefähr zwölf."
Landen reichte sein Schwert Andris, der am nächsten neben ihm stand.
„Töte ihn", befahl er.
Andris holte aus. Sakor versuchte zu fliehen, war aber nicht schnell genug. Mit einem Streich trennte Andris ihm den Kopf ab. Er rollte zu Boden, dann folgte der Körper. Andris stieß einen Siegesschrei aus und hielt triumphierend das Schwert hoch.
Der neue Anführer nahm es zurück, wischte sorgfältig die Klinge ab und ließ sich seine düsteren Gefühle mit keinem Wort anmerken. Ardesens erste Bedingung war erfüllt – der Mörder war gerichtet. Sakor hatte den Tod verdient, aber Landen wäre es lieber gewesen, ein anderer Richter hätte das Urteil gesprochen. Er sprach ein stilles Gebet, das Sakors Seele begleiten sollte, bat ihn um Verzeihung und dankte ihm dafür, dass er mit seinem Tod den anderen die Freiheit geschenkt hatte.
*Achtung wird in dieser Welt nur zu oft mit Blut erkauft. Wie leicht hätte Andris mich mit meinem eigenen Schwert töten können. Doch er gab es an mich zurück, und nun sind die Männer zu einer Gemeinschaft verschweißt.*

Sie scharten sich um ihn, bereit ihm mit leidenschaftlicher Treue zu dienen, denn sie, die Verlorenen, hatten durch ihn eine neue Chance erhalten.

Mit der Hacke in der Hand stand Torina auf einem Ackerstreifen hinter dem Dirksonschen Bauernhof. Ein Stückchen weiter, hinter Bäumen versteckt, baute Tesh eine Hütte für sie. Sie konnte die Melodie seiner Hammerschläge hören.

Sie hatte der Familie einen Rubin gegeben, den Annas verschlossener Mann irgendwo verkauft hatte. Wo, das hatte er nicht verraten, nur, dass er dafür ziemlich weit gereist war. Den Winter über hatten Anna, Lindsa und Tesh in relativem Wohlstand verbracht und immer genug Geld für die notwendigen Dinge des Alltags gehabt. Torina bewohnte ein freies Zimmer im Bauernhaus, half beim Weben und Nähen und lernte Backen und Kochen.

Bald schon erzielten ihre Stoffe Höchstpreise auf dem Markt in der Stadt. Torina war stolz, sich ihren Lebensunterhalt selbst verdienen zu können. Sie selbst trug nur gedeckte Farben und versteckte ihr Haar immer unter einem einfachen Kopftuch. Sie lächelte selten. Die Dirksons gaben sie als eine entfernte Verwandte aus, die einer feinen Dame gedient habe.

„Es muss eine feine Dame gewesen sein, das erklärt deine ungewöhnliche Sprache", meinte Anna.

Torina nähte sich eine gefütterte Jacke und als sie fertig

war, unternahm sie oft Spaziergänge. Sie sehnte sich nach Einsamkeit.
Als das Frühjahr die Erde erwärmte, begann Tesh mit ihrer Hütte. Er war ein sorgfältiger, gewissenhafter Handwerker. Bald schon würde sie ein eigenes Haus haben, in dem sie ungestört wohnen konnte.
Die Frühlingssonne schien warm. Torina ruhte sich von der Arbeit aus.
Es war April, ihr Geburtsmonat. Sie war sechzehn Jahre alt. Doch es gab keine Feier in festlichem Staat, keine Spieler und Musikanten, keine Eltern, die ihr lächelnd gratulierten. Stattdessen wollte sie einen Gemüsegarten anlegen.
Torina ließ die Hacke sinken und streckte ihre Arme aus. Aus ganzem Herzen sehnte sie sich nach dem einfachen Leben, nach einer normalen, alltäglichen Existenz. Hier, im milden Sonnenschein, ließ sich leicht vergessen, dass sie nachts oft aus Albträumen erwachte. Sie wollte die Vergangenheit einfach abhaken und redete sich ein, ihr früheres Leben in Archeld gehöre zu einer fernen Welt, deren Ufer sie längst verlassen hatte.
Sie dankte dem Himmel für Lindsa. Deren ausgeglichenes, offenes Wesen war Balsam für Torina. Die beiden hatten rasch Freundschaft geschlossen. Nur wenn Lindsa auf die Vergangenheit zu sprechen kam, verfiel Torina in Schweigen.
Jetzt aber war Lindsa in Anton verliebt, einen hübschen und fröhlichen jungen Soldaten.

„Hat er nicht die schönsten Augen auf der ganzen Welt?“, fragte Lindsa. Sie sprach von Anton.
Da blitzten im Geist Landens Augen vor Torina auf, glühendes Sonnenfeuer gepaart mit der kühlen Tiefe stillen Wassers.
Nun bückte sie sich und griff mit ihren Händen in die fruchtbare Erde, verzweifelt auf der Suche nach innerem Frieden. Im Sommer sollte Hochzeit sein, dann würde Lindsa zu ihrem Mann ziehen und mit den tausenderlei Dingen einer Ehefrau beschäftigt sein.
Torina nahm die Hacke auf und begann die grobe Erde zu bearbeiten.

# Teil 2

# 1. Kapitel

Der Wind wirbelte tote Blätter durch die Luft. Torina hängte sich den leeren Korb über den Arm und zog ihren Schal fester um den Kopf. Dann bog sie auf den Pfad zum Anwesen der Dirksons ein. Als sie ums Haus ging, traf sie Anna über die Bohnen gebeugt. Sie schnippte Hülsen in einen halb vollen Korb. Torina machte sich daran ihr zu helfen.

„Ach, danke, Vineda. In dieser Jahreszeit fehlt mir Lindsa besonders."

Torina lächelte. „Sie fehlt dir zu jeder Jahreszeit, Anna."

Die Frau lachte kurz auf. „In einem Jahr hätte ich mich wirklich daran gewöhnen können. Hast du sie heute in der Stadt getroffen?"

„Ja. Ich war dort und habe mit dem Baby gespielt, damit Lindsa ein paar Bohnen auslesen konnte."

„Ach, ich weiß noch wie gestern, als Lindsa selbst noch ein Baby war", sagte Anna lächelnd.

„Sie wirkt sehr glücklich."

„Hm. Ein wonniges Kind. Sie hat den rechten Mann geheiratet. Das solltest du auch endlich!" Anna wühlte in den vertrockneten Ranken. „Ach, immer wenn ich das Thema Heiraten anspreche, bekommst du diesen traurigen Gesichtsausdruck. Nicht alle Männer sind gleich, meine Liebe! Warum heiratest du nicht? Es gibt genug junge Männer, die um dich werben."

„Ich will nicht heiraten." Sie klopfte sich die Erde vom Rock. „Ich muss jetzt an meine Weberei." Sie warf Anna ein schmales Lächeln zu und wandte sich zum Gehen.

Aufatmend betrat sie ihre Hütte, ihren Zufluchtsort. Die gemütliche Einrichtung war eine Wohltat für ihr frierendes Herz. Auf dem reinlichen Boden lag ein dicker Vorleger und die Wände schmückten farbenfrohe Teppiche. Torina hockte sich vor den Kamin und begann, ein Feuer zu entfachen. Sie zog den Schal vom Kopf und schlang den roten Haarzopf, der längst wieder gewachsen war, zu einem Kranz. Dann setzte sie sich in den robusten Stuhl, den Tesh für sie gezimmert hatte, und sah ins Feuer.

Ihre Gedanken flackerten ziellos hin und her, wie die Flämmchen über den Holzscheiten. Sie versuchte, ihre Tränen hinunterzuschlucken, aber ihre Kehle war wie zugeschnürt. Zwei Jahre war es her, seit sie ihre Mutter, ihre Heimat und ihre Freunde zuletzt gesehen hatte. Zwei Jahre im Exil, eingeschlossen in ein Dorf, das zu klein für einen eigenen Namen war. Ihr feuriges Temperament war auf ein mattes Schwelen geschrumpft.

Sie hatte versucht, die Vergangenheit beiseite zu schieben und sich mit ganzer Kraft ihren neuen Aufgaben zu widmen. Aber in letzter Zeit wurde sie immer häufiger von den Geistern der Vergangenheit bedrängt.

Sie steckte die Hand in die Tasche und berührte schaudernd den Kristall. Sie bewahrte ihn immer in ihrer Nähe auf, obwohl sie ihn fast wieder weggeworfen hätte, als sie das letzte Mal hineingesehen hatte. Das war vor Lindsas Hochzeit gewesen. Der Kristall hatte ihr das Grab von Eric gezeigt. Der Gedanke an seinen Tod quälte sie, denn sie war überzeugt, dass Vesputo ihn umgebracht hatte, weil er ihr Amber überlassen hatte. Mit seinem Tod gab es niemanden mehr in Archeld, der wusste, dass sie am Leben war.

Unter ihrem Bett befand sich eine Schachtel mit Schreibutensilien und Papier. Manchmal schrieb sie Briefe an ihre Mutter, die sie dann unter ihrer Matratze verbarg. Aus versprengten Nachrichten wusste sie, dass Dreea lebte. Sie sehnte sich nach der sanften, liebevollen Stimme der Mutter. Besonders nachts, wenn sie schweißgebadet aus Albträumen erwachte und ihr Herz wie rasend hämmerte. Aber das Leben ihrer Mutter würde sie niemals aufs Spiel setzen, also blieben die Briefe, wo sie waren.

Sie erhob sich und ging ruhelos auf und ab. Es erschien ihr unerträglich, auch nur einen Tag länger in dieser bedrückenden Abgeschiedenheit zu leben. Sie fragte sich, was die Menschen, die sie von früher kannten, sagen würden, wenn sie sie hier sahen. Was würde ihre Mutter sagen oder die Großmutter?

*Großmutter würde mir raten, einen Ausweg zu suchen. Und sie würde mich verstehen. Und meine liebe, sanfte Mutter? Sie würde mich lieben, immer lieben, aber verstehen würde sie mich nicht. Und Vater? Er würde kämpfen und auf Sieg setzen. Und Landen? Was soll's! Er ist fort.*

Torina öffnete die Tür und blickte hinaus in den dunklen Wald, den sie auf ihrer wagemutigen Flucht vor Vesputo durchquert hatte.

Flucht! Ja, das war es. Sie war aus Archeld geflohen, aber im Herzen hatte sie es nie hinter sich gelassen. Sie musste sich ihre eigene Zukunft schaffen und wieder neu anfangen zu leben.

Der Kristall fühlte sich kalt und gefährlich an. Sie schloss fest ihre Finger darum. „Bitte", flüsterte sie. „Bitte zeige mir die Zukunft."

Er spiegelte jedoch nur ihr eigens müdes Antlitz wider, das verkleinert in den herabtropfenden Tränen verschwamm. Sie wartete und flehte sehnsüchtig die Zukunft herbei.

Da rührte sich etwas in der Tiefe des Steins und ein gleißendes Licht erhellte ein wunderschönes Schwert. Verwirrt runzelte Torina die Stirn. An seinem Griff schimmerten kunstvoll getriebene Monde und Sterne. Ratlos sah sie es an.

Das Bild verwandelte sich in das Gesicht eines Königs. Sie wusste, dass es ein König war, obgleich seine Kleidung schlicht war und er an einem Lagerfeuer stand. Er war ungefähr dreißig Jahre alt, seine Gesichtszüge wirkten stark und klug. Ein dichter, brauner Haarschopf fiel in wilden Locken über seine Schultern. Im Hintergrund war eine Festung zu sehen. Er las in einer Schriftrolle. Als er fertig war, übergab er sie einem Mann neben ihm, einem schlanken, hochgewachsenen, schwarzhaarigen Kerl.

Der König sprach, und hinter dem leisen Raunen des Kristalls hörte Torina seine tiefe, kräftige Stimme.

„Unser Bündnis ist gefordert. Wir werden die Küste so befestigen, dass niemand es wagen wird uns anzugreifen. Diese marodierenden Sliviiter müssen sich ein anderes Land für ihre Raubzüge aussuchen."

„Ihr habt vollbracht, was sonst keinem gelungen wäre. Ihr habt die zerstrittenen Parteien zu einem Verteidigungsbündnis vereint", sagte der Schwarzhaarige.

Torina hielt den Atem an und starrte auf das Gesicht des Königs in ihrer Zauberkugel und wusste mit einem Mal wer er war.

„Dahmis!", rief sie leise. „Der Oberkönig."

Er sprach weiter. „Noch müssen wir viele überzeugen. Mlaven im Norden, Endak fern im Osten, Vesputo im Süden. Was gäbe ich darum zu wissen, was jeder dieser Könige im Schilde führt!"

Es hatte den Anschein, als blickten sie seine braunen, energischen Augen direkt an. Sie spürte eine Welle von Wärme durch ihr Herz strömen.

„Was würdet Ihr dafür wohl geben, Oberkönig?"

Der Oberkönig! Dahmis, der junge König von Glavenrell, der Einiger der Königreiche, jener Mann, dessen Name in aller Munde war. Sie hatte sein Gesicht gesehen. Sie wollte teilhaben an der Zukunft, die er schuf.

In der darauffolgenden Woche erfuhr Torina von Anton, dass Dahmis, König von Glavenrell, zu Besuch bei seinem Verbündeten, König Ardesen von Desante, erwartet wurde. Das Treffen sollte in der Hauptstadt Desan stattfinden. Die beiden Könige wollten Einzelheiten des gemeinsamen Grenzschutzes besprechen, den Dahmis mit den Nachbarländern plante.

Torina beschloss, nach Desan zu reisen und dem Oberkönig irgendwie eine Botschaft zukommen zu lassen.

Anna und Tesh besaßen nur ein Pferd. Torina war daran gewöhnt, die meisten Wege zu Fuß zu erledigen. Das Pferd wurde auf dem Hof gebraucht, sie konnte es unmöglich für mehrere Tage ausleihen. Aber Desan war weit entfernt.

Sie ging zu Tesh und bat ihn, ein Pferd für sie zu mieten.

„Eine anständige Stute. Ich will den alten, abgetragenen Sattel benutzen.

Er besorgte ihr eine kräftige Stute und beschrieb ihr den Weg nach Desan. Torina war froh über das herbstliche Wetter und flocht ihr flammendes Haar zu einem langen Zopf, den sie unter einem unscheinbaren Tuch zusammensteckte. Sie hatte eins ihrer üblichen schlichten Kleider an und legte zusätzlich noch einen dunklen Umhang um

Früh am Morgen ritt sie los.
Leichter Nebel bedeckte den Boden, der Himmel war grau und kalt. Torina spürte eine freudige Erregung, endlich zu einem selbst gewählten Abenteuer aufzubrechen. Sie ließ das Dorf hinter sich und ritt zur Hauptstraße.
Um die Mittagszeit erreichte sie die breite Straße nach Desan. Massen von Menschen schoben sich vor ihr her und sie verzagte bei dem Gedanken, dass sie alle gekommen waren, einen Blick auf den hohen Besucher zu werfen. Wie sollte sie unter so Vielen an ihr Ziel kommen?
Vor den Toren der Stadt kam der Menschenstrom fast zum Erliegen. Einige Reisende wurden angehalten und von den Wachen verhört. Mit klopfendem Herzen näherte sie sich dem Schlagbaum. Nach zwei Jahren würde doch niemand mehr nach ihr suchen? Aber sie kannte Vesputos Hartnäckigkeit. Was immer er die anderen glauben gemacht hatte, er musste wissen, dass sie die Flucht auch überlebt haben konnte.
Am Stadttor stand ein junger Wächter und sah sie neugierig an. Sie schenkte ihm ein schüchternes Lächeln und er winkte sie durch. Torina folgte der Menge durch die Hauptstraße.
Sie war Menschenansammlungen nicht gewohnt, ihrer Stute schienen sie aber nichts auszumachen. Das gute Tier gehorchte ihren Befehlen und setzte Schritt vor Schritt, selbst wenn es von Vorübergehenden angerempelt wurde. Wie ein zäher Strom wälzte sich die Masse

auf den Hauptplatz der Stadt zu, an dessen Ende die Festung von König Ardesen emporragte.
Auf dem Platz standen Männer, Frauen und Kinder so dicht gedrängt beieinander, dass Torina sich an den Rand flüchtete und überlegte, was zu tun sei. Alle außer ihr schienen Bescheid zu wissen. Vergeblich versuchte sie, aus dem allgemeinen Lärm einzelne Stimmen herauszuhören. Sie konnte kaum noch denken.
Sie lenkte ihr Pferd in eine Seitengasse und ritt ziellos weiter, bis sie in eine ruhige Straße kam. Verzagt ließ sie ihren Kopf auf den Pferdehals sinken.
Wie hatte sie jemals glauben können, dem Oberkönig persönlich eine Botschaft übergeben zu können?
Die durstige Stute hatte einen Trog am Straßenrand entdeckt, sie neigte den Kopf und trank, während Torina sich die Beine vertrat.
Neben ihr reckte ein außergewöhnlich schöner Hengst seine Nase vor, um ebenfalls an die Wasserstelle zu kommen. Torina lächelte, als das edle Tier sie zur Seite schubste.
„Entschuldigt", sagte der dazugehörige Reiter und schwang sich vom Pferd. Er hatte dunkles Haar und trug eine braune Uniform.
*Braun. Ardesens Krieger tragen rote Uniformen. Dieser Mann dient bestimmt Glavenrell und dem Oberkönig.*
Torina sah ihn an und erschrak. Es war der Mann, den sie in ihrem Kristall gesehen hatte. Der, der mit König Dahmis gesprochen hatte. Sie starrte ihn an.

„Ich muss mich entschuldigen“, sagte er, „mein Pferd hat bessere Manieren, wenn es weniger durstig ist. Die Menschenmenge …“ Er unterbrach sich. „Alles in Ordnung, junge Frau?“

„Ja. Ach, Ihr Pferd hat mir ja nichts getan. Es ist nur, dass …“

„Ja?“, warf er ein und sah sie ernst und höflich an.

„Ach, verzeiht mir, Ihr müsst mich für dumm halten. Meine Herrin hat mir aufgetragen, dem Oberkönig eine Botschaft zu überbringen, aber das scheint mir heute unmöglich zu sein. Aber Ihr – Ihr dient König Dahmis?“

„Ja.“

„Oh, Herr, wäre es möglich, Euch die Botschaft mitzugeben?“

„Selbstverständlich.“ Er lächelte.

„Aber seid Ihr sicher, dass er sie lesen wird, solange er hier ist?“

Sie schien sein Interesse geweckt zu haben. „Ich werde tun, was ich kann.“

Der Mann hatte etwas Beruhigendes an sich. Bestimmt würde er die Botschaft überbringen. Sie langte in ihren Umhang und zog eine Papierrolle hervor.

Er nahm sie und verstaute sie in einer Innentasche seines Mantels.

„Darf ich Euren Namen erfahren, Herr?“

„Ich heiße Larseld.“

Sie sah, dass er darauf wartete auch ihren Namen zu erfahren. Doch sie wandte sich um und bestieg hastig ihre Stute.

„Ich danke Euch vielmals. Lebt wohl."

Sie trabte durch die Gassen davon, benommen vor Hoffnung. Einen der Männer aus dem Umkreis von König Dahmis getroffen zu haben, grenzte an ein Wunder. Glücklich überließ Torina dem Pferd die Führung und achtete nicht auf den Weg.

Als sie sich einige Zeit später umschaute, wunderte sie sich, wohin sie geraten war. Kleine Läden säumten die Straße, aber alle hatten geschlossen, um den großen König zu sehen. Gleichgültig betrachtete sie die vergitterten Fenster. Aus den sorgfältig beschrifteten Schildern schloss sie, dass viele Städter lesen konnten.

An einer mit Anschlägen übersäten Hauswand entdeckte sie plötzlich das Wort Belohnung. Schaudernd blieb sie stehen und las:

*GESUCHT!*

DER MÖRDER VON KÖNIG KAREED VON ARCHELD

*Name: LANDEN.*

*BESCHREIBUNG: groß, dunkles Haar,*
*ausgezeichneter Bogenschütze und Schwertkämpfer,*
*guter Reiter, stellt selbst Bogen her.*
*Belohnung: 20 Raschus für Hinweise,*
*50 Raschus für Festnahme.*
*Nähere Auskünfte hier.*

Torinas Herz klopfte wild. Sie jagten ihn! Wie versteinert saß sie im Sattel, Bilder von Landen schwirrten ihr durch den Kopf. Sie sah ihn bei ihrer ersten Begegnung, wie er gefesselt und geschunden vor ihr auf die Knie fiel. Wie er an der steilen Felswand hing, wie er ihr einen selbst gemachten Bogen schenkte, sie sich heimlich trafen, er sie vor Vesputo warnte.

Sie hatte versucht, nicht an ihn zu denken, ihn aus ihrem Herzen zu verbannen. Sie hatte sich eingeredet, er sei zu früh gegangen, habe ihr zu wenig gesagt, hätte mehr für sie tun müssen. Doch jetzt, vor dem im Wind flatternden Steckbrief, sah sie die Dinge von einer anderen Seite. Aus der Sicht eines Flüchtlings sah die Welt anders aus. Mit beißender Schärfe erinnerte sie sich ihrer anmaßenden Frage. „Und Ihr wollt wirklich in der Fremde leben?“ Und seiner trockenen Erwiderung. „Ich lebe seit meiner Kindheit in der Fremde.“

Torina ließ den Kopf hängen. Herzlos und unbedacht kamen ihr ihre Worte jetzt vor. Obwohl sie gewusst hatte, dass ihr Vater Landens Vater getötet, sein friedvolles Land gemeuchelt, seine Kultur zerstört hatte, hatte sie nicht Recht für den Jungen gefordert, der ihr Freund geworden war. Sie war mit dieser kostbaren, raren Freundschaft gleichgültig und unachtsam umgegangen, hatte ihn sogar monatelang vergessen, während sie sich dem Werben eines Mannes wie Vesputo hingegeben hatte. Landen hatte sie erwählt, hatte sein Leben aufs Spiel gesetzt, um sie zu warnen, hatte ihr und keinem anderen anvertraut, dass er Archeld verlassen wollte. Und was hatte sie ihm geantwortet? „Ihr wollt wirklich in der Fremde leben?“ Der Gedanke an diese Frage quälte sie.

Und als dann ihr Vater von seinem engsten Vertrauten getötet worden war, hatte sie Landen gegrollt, weil er sie zu früh verlassen hatte. Zu früh? Eher hatte er zu lang gewartet.

Aber der Steckbrief bewies, dass er lebte! Vesputo hätte bestimmt keine Belohnung ausgesetzt, wenn er ihn schon gefunden hätte. Womöglich war Landen ständig auf der Flucht, hielt sich irgendwo versteckt, vielleicht sogar in Desante? Doch wie konnte sie ihn finden? Torina vergaß alles um sich herum und holte die Kristallkugel hervor.

Sie sah hinein und betete um ein Bild ihres einstigen Spielkameraden.

Nichts. Nur ihre eigenen Augen, die Augen einer Seherin, blickten ernst und klar auf sie zurück. Wie sehr sie sich auch anstrengte, die Kugel blieb klar. Mit bebenden Lippen flehte sie um ein Zeichen, irgendein Zeichen, das ihr seinen Aufenthaltsort verriet. Doch der Kristall lag kühl und leblos in ihrer Hand. Erschöpft und enttäuscht steckte sie ihn wieder ein.

Ein schrecklicher Gedanke durchfuhr sie. Wenn Vesputo immer noch Landen suchen ließ, vielleicht suchte er dann auch nach ihr. Natürlich konnte er für sie keine Belohnung aussetzen. Fast musste sie bei der Vorstellung lachen: *Gesucht. Der Geist der toten Prinzessin Torina von Archeld.* Doch Vesputo hatte auch andere Mittel und Wege.

Sie griff in die Zügeln und folgte dem fernen Grollen der Menge. Als sie sie erreicht hatte, ritt sie gegen den Strom, bis sie zum Stadttor kam. Ein anderer Wächter als zuvor winkte sie gähnend durch und Torina machte sich müde und traurig auf den Weg nach Hause.

# 2. Kapitel

Dahmis, König von Glavenrell und Oberkönig, genoss den einsamen Ritt durch den stillen Wald. Er war wie ein gewöhnlicher Krieger gekleidet und ritt auf einem einfachen Pferd. Viel zu lange schon hatte er die Natur entbehren müssen. Er lauschte dem sanften Hufschlag auf dem von Laub und Nadeln bedeckten Waldboden und machte sich klar, wie sehr seine Staatsgeschäfte ihn vereinnahmten.

Hinter ihm lagen Jahre ununterbrochener Verhandlungen mit feindseligen, misstrauischen Königen, die nur schwer davon zu überzeugen waren, dass ein Bündnis Schutz und Wohlstand für alle versprach.

Er war am Ende einer Reise, auf der er eine Wahrsagerin treffen sollte. Der König schüttelte den Kopf und lachte. Er glaubte nicht, ein altes Weib würde seinen Kampf um die Einigung der Königreiche voranbringen können. Aber seine Neugier hatte wieder einmal gesiegt. General Larseld hatte ihn gedrängt den Brief zu lesen. Der Mann war von der Überbringerin der Botschaft wie verhext gewesen.

Nach seiner Karte musste die Hütte ganz in der Nähe

sein. Der König spähte nach links und nach rechts durch die Bäume und entdeckte ein fest gezimmertes Holzhäuschen. Dahmis schwang sich vom Pferd und klopfte an.

Eine junge Frau öffnete ihm. Ihr Haar war unter einem Tuch versteckt, ihr braunes Kleid von einfacher Machart. Das Gesicht entsprach genau Larselds Beschreibung. Ihre lebhaften, zarten Züge fesselten den König sofort, vor allem ihre Augen, die von ungewöhnlicher, meergrüner Tiefe waren.

„Guten Tag", sagte er und ermahnte sich, wie ein gewöhnlicher Krieger aufzutreten. Die junge Frau im Türrahmen berührte ihn seltsam. Er wollte bei ihr bleiben, mit ihr sprechen, mit ihr spazieren gehen und sie näher kennen lernen. Kein Wunder, dass Larseld so verwirrt gewesen war.

„Guten Tag", antwortete sie. Ihre Stimme hatte einen vollen, lebhaften Klang, ihre Aussprache war gewählt.

„Ich möchte zu Vineda."

„Das bin ich."

„Ihr seid Vineda?"

„Ja.".

Er wühlte in seiner Tasche. „Ich bin ein Abgesandter von König Dahmis. Er schickt Euch diesen Ring als Zeichen seines Vertrauens in mich."

Er streckte die Hand aus und zeigte ihr einen reich verzierten Ring. Vineda trat beiseite und ließ ihn eintreten. Er folgte ihr, den Ring immer noch in der ausgestreckten Hand. Sie ignorierte das Geschenk und schloss die Tür.

„Ich verstehe, dass Ihr unerkannt reisen musstet, König Dahmis“, sagte sie und verschränkte ihre Arme, „aber dachtet Ihr wirklich, Ihr könntet mich mit dieser Verkleidung hinters Licht führen?“

Er breitete die Arme aus. „Ich erwartete, eine mümmelnde Greisin anzutreffen. Statt dessen habe ich …“, er unterbrach sich und presste die Lippen zusammen.

Sie sah ihn an, als kenne sie weder Furcht noch Ehrfurcht vor seiner Position. Und doch hatte sie ihn gerade König Dahmis genannt. Also wusste sie, dass er der Oberkönig war.

„Warum seid Ihr gekommen?“ Eine so direkte Frage hatte der König nicht erwartet.

„Ich bin gekommen, weil ich eine Botschaft erhalten habe, nach der Ihr die Zukunft voraussagen könnt. Wenn das stimmt, seid Ihr für mich von unschätzbarem Wert.“

*Auch wenn es nicht stimmt, schön seid Ihr allemal.*

„Nehmt Platz.“ Sie zeigte auf einen Stuhl. Sie setzte sich ihm gegenüber und nahm wie selbstverständlich eine Stickerei auf, als seien sie von gleichem Stand. Sie stickte an einem Blumenmuster.

Dahmis beugte sich vor.

„Ihr könnt in die Zukunft sehen?“

„Ja. Doch nur, was mir gezeigt wird. Ich kann nicht alles sehen.“

Der König war immer mehr beeindruckt von dieser un-

gewöhnlichen jungen Frau. Fast wollte er ihr glauben. Zumindest gab sie nicht vor allwissend zu sein.
„Und was seht Ihr in Bezug auf mein Reich?"
Sie ließ die Arbeit ruhen und sah ihn prüfend an. „Wenn ich es Euch sage, werdet Ihr auch handeln?"
„Wenn es dem Wohl des Königreiches dient, ja. Wenn es vernünftig klingt."
„Ist die Wahrheit immer vernünftig?", fragte sie mit tonloser Stimme, in der Trauer und Kälte mitschwangen.
Überrascht sagte der König: „Ich glaube kaum."
„Gerade die unvernünftigen Dinge müssen vorhergesagt werden. Denn man erkennt nur, was man weiß. Sonst ist man ihnen unvorbereitet ausgeliefert."
Ihm fiel auf, dass sie ihn nicht mit ‚Sire' oder ‚mein Herr' anredete. Doch aus ihrem Mund klang es seltsam erfrischend und ganz natürlich.
„Ich kenne Eure Künste noch nicht."
„Das heißt, Ihr wollt nicht zu einer unvernünftigen Tat verleitet werden?"
Er nickte, warum hätte er es auch leugnen sollen.
„Das ist vernünftig. Ihr kennt mich nicht. Ich könnte auch eine Lügnerin sein. Eine Prophezeiung sollt Ihr umsonst bekommen. Missachtet Ihr sie, wird es die letzte gewesen sein."
„Einverstanden."
Sie legte ihre Stickerei beiseite. „König Vesputo trachtet nach Eurem Reich und Eurem Leben."
Dahmis lehnte sich zurück. „Vesputo hat mich seiner

Freundschaft versichert und noch nie die Grenzen meines Reichs verletzt."
„Es ist nicht seine Art, Pläne offen zu legen."
Dahmis gestand sich, dass Vesputo als unberechenbar galt. „Was also ist seine Art?"
Vinedas Blick richtete sich nach Innen und mit leiser Stimme sprach sie: „Er zielt auf das Herz, denn er weiß, wenn das Herz stirbt, sterben bald darauf auch Hände und Füße."
Dahmis spürte eine plötzliche Beklemmung in der Brust. Er versuchte, der Wahrsagerin in die Augen zu schauen, die auf einen unbestimmten Punkt in der Ferne gerichtet waren.
„Was habt Ihr gesehen? Bitte sprecht."

König Dahmis saß in seinem Ratszimmer auf Burg Glavenrell. Durch die dicken Mauern und geschlossenen Türen drang kein Ton nach außen. Bei ihm waren seine zwei engsten Vertrauten, Larseld, sein bester General, und Michal, sein ältester Freund.
Dahmis spürte die Anspannung in Schultern und Stirn. Er hatte Vineda schwören müssen, niemandem etwas von ihr zu verraten, außer dass sie existierte. Seinen Freunden erzählte er deshalb nur, er hätte eine Seherin um Rat gefragt.
Michal, ein kräftiger Mann mit schelmischen Augen, saß dem König gegenüber auf einem Stuhl. Sie waren zusammen aufgewachsen und immer noch eng befreun-

det. Larseld, ein großer, hagerer Mann mit ernsten, dunklen Augen und schwarzen Haaren, die hinten am Kopf zusammengebunden waren, saß zur Linken des Königs.

Die drei Männer trafen sich oft und legten auf Förmlichkeiten keinen Wert, wenn sie allein waren.

„Ein Attentäter im Auftrag König Vesputos soll morgen Abend hier ankommen?", fragte Michal ungläubig.

Larseld legte seine Fingerspitzen aufeinander. „Hat sie ihn beschrieben? Können wir ihn erkennen?"

„Oh ja. Die Beschreibung war sehr genau."

„Also, wenn sie Recht hätte."

„Wenn."

„Glaubst du, sie hat die Wahrheit gesagt?", warf Michal ein.

„Wer weiß?"

„Aber glaubst du daran?"

Dahmis dachte an die junge Seherin mit dem schlichten Kleid und den bezaubernden Augen. „Ich möchte nicht daran glauben", sagte er barsch, „aber ich tue es."

Larseld strich sich übers Kinn. „Dann sollten wir unser Vorgehen besprechen. Wir müssen damit umgehen, als sei es eine Tatsache."

„Ich kann einen Abgesandten Vesputos doch nicht einfach festnehmen lassen! Vesputo würde mir das nie verzeihen. Wenn alles nur ein Schwindel ist, riskieren wir einen Krieg!"

Michal grinste. „Das ist wirklich ein Problem."

Larseld rieb sich die Stirn. „Wir müssen Wachen aufstellen. Sobald er dieses Stilett zieht, müssen sie eingreifen."
„Nein. Schon ein winziger Kratzer wäre tödlich. Gift."
„Wir müssen uns etwas anderes ausdenken", meinte Larseld nachdenklich.
„Ich hab's", rief Michal lächelnd und breitete die Arme aus. „Ich spiele den König! Vorgewarnt ist halb gewonnen! Ich bin stärker als du und kann ihn überwältigen, sobald er auch nur einen Finger rührt. Du und Larseld bleibt in der Nähe mit einem Trupp ausgewählter Krieger. Wir finden heraus, was er vorhat und niemand geht ein Risiko ein."
Dahmis schüttelte den Kopf. „Nein. Das würde dich in Gefahr bringen. Wir können den gleichen Plan auch mit mir ausführen, dem echten König."
Michal lachte. „Nein. Wenn du getötet wirst, brechen alle Länder auseinander und das Bündnis war für die Katz. Außerdem bin ich stärker." Michal schwenkte seinen Arm.
„Der Stärkste von allen", bestätigte Dahmis lächelnd.
Larseld beugte sich vor. „Der Oberkönig ist als stattlicher Mann mit braunem Haar bekannt." Er zeigte auf Michal. „Für einen Fremden, der den König noch nie gesehen hat, könnte Michal gut als König durchgehen. Das braune Haar stimmt, Herr, und Eure Kleider könnten ihm auch passen."
Dahmis sagte streng: „Ich werde niemals zulassen, dass

du dich für ein Amt in Gefahr begibst, das nicht das deine ist, Michal."
„Ich bin hartnäckiger als du, König Dickkopf", antwortete Michal.
„Hier geht es nicht um irgendeine Kinderei!", brüllte Dahmis.
Ihre lauten Stimmen tönten noch bis tief in die Nacht. Schließlich stimmte Dahmis zu, dass Michal die Kleider des Königs tragen und mit dem vermeintlichen Abgesandten sprechen durfte – falls wirklich ein Abgesandter käme.
Denn Vesputo hatte keine Nachricht vorausgeschickt.

König Dahmis in der Uniform eines Soldaten von niederem Rang und Michal in königlichem Ornat standen unweit des Schlosses auf einem freien, an einen Wald angrenzenden Feld. Michals stattliche Gestalt war wie geschaffen für diese Rolle. Dahmis lächelte über die Ähnlichkeit. Nervös trat er von einem Fuß auf den anderen.
Die Sonne stand tief. Um diese Zeit sollte es geschehen, hatte sie gesagt.
„Wenn sich das alles als großer Schwindel herausstellen sollte …", sagte er und beugte sich zu Michal vor.
„Halt! Komm mir mit deinem gewöhnlichen Kopf nicht so nah!", rief Michal verschmitzt und verzog scheinbar angewidert das Gesicht.
Dahmis lachte. „Du Schuft!"

„Wenn diese Wahrsagerin noch mehr zu prophezeien hat, möchte ich meine Zukunft auch erfahren."

„Vergiss nicht, mein Freund, wenn sie Recht hatte, ist diese Verkleidung sehr gefährlich für dich."

„So ist es, aber sieh doch! Da kommt Larseld mit einem Fremden, der genau auf die Beschreibung passt."

Die beiden Männer sahen Larseld gespannt entgegen, der neben einem großen, breitschultrigen Mann in der Kleidung Archelds ging.

„Nun, Michal. Sei ein König." Dahmis trat schnell einen Schritt zurück

Larseld kam näher, sein Gesicht glänzte vor Schweiß. Die zwei Männer blieben wenige Schritte vor Michal stehen.

„König Dahmis, dieser Mann ist ein Abgesandter König Vesputos", verkündete Larseld.

Michal trat einen Schritt vor. „Ich begrüße Euch. Welch unerwartete Ehre."

„Ich begrüße Euch, mein Herr. Ich habe eine dringende Botschaft von König Vesputo zu überbringen, die nur für Eure Ohren bestimmt ist. Vielleicht könnt Ihr mich am Abend noch empfangen."

„Schade, dass Euer Besuch nicht angekündigt wurde", sagte Michal. „Heute Abend ist es mir leider nicht möglich Euch zu empfangen." Er runzelte die Stirn, als dächte er nach, dann deutete er zum nahen Wald. „Doch jetzt hätte ich einen Augenblick Zeit, wenn Ihr von der Reise nicht zu müde seid."

Der Besucher aus Archeld lächelte unheilvoll. Dahmis Herzschlag beschleunigte sich. Der Bursche sah gefährlich aus. Als Michal auf diesem Plan bestand, hatte er wohl nicht mit einer ernsthaften Bedrohung gerechnet.

Die beiden Männer gingen auf den Wald zu und verschwanden zwischen den Bäumen. Dahmis und Larseld folgten in einigem Abstand. Alles war still, nur das leise Rauschen des Windes und gedämpfte, ruhige Stimmen drangen durch das Blattwerk der Bäume. Dahmis und Larseld blieben stehen und warteten.

Ein Schrei – sie stürzten vorwärts und brachen durch das dichte Laub. Michal und der Archelder kämpften um ein langes Stilett. Vesputos Mann hielt es nur wenige Zentimeter von Michals Hals entfernt, doch Michal drückte die Hand fort. Beide Männer zitterten vor Anspannung.

Als der Fremde sie sah, riss er sich von Michal los und rannte davon. In diesem Augenblick stürmten fünf von Dahmis' treuesten Kriegern hinter den Bäumen hervor und überwältigten den Mann mitten im Lauf. Er ging zu Boden und wurde vorsichtig entwaffnet. König Dahmis gab ihnen ein anerkennendes Zeichen, dann eilte er zu Michal.

Heftig atmend streifte sich sein Freund den Königsmantel ab und warf ihn Dahmis zu. „Hier, da hast du deine Königswürde wieder, danke schön", fluchte er laut.

„Hat er dich verletzt?", fragte Dahmis besorgt.

„Nicht einen Kratzer."
Dahmis griff sich an die Brust, sein Herz raste, als wolle es davongaloppieren.
„Mein Herr, wer auch immer dich gewarnt hat, diese Person ist von unschätzbarem Wert."
„Ja, ein unwiderlegbarer Beweis."
„Der dir das Leben gerettet hat."
„Ja, und dir auch, Gott sei Dank." Dahmis blickte zum Himmel. „Noch ist es nicht überstanden. Ich muss entscheiden, was weiter zu tun ist."
„O ja. Die Bürde des Oberkönigs." Michals Augen sprühten wieder, doch dann fragte er ernst: „Wirst du Vesputo angreifen?"
„Nein. Das wäre eine unnötige Verschwendung und könnte das Gleichgewicht unserer Bündnisse zerstören. Wer würde einem Friedensfürsten trauen, der seinen nächsten Nachbarn bekriegt?"
„Willst du ihm nicht einmal eine Warnung zukommen lassen oder wenigstens deine Bündnisverhandlungen unterbrechen?"
„Doch." Dahmis zog die Königsrobe um seine breiten Schultern. „Doch. Eine Warnung muss sein."

Dort stand der schwer bewachte Archelder. Seine Arme waren auf den Rücken gefesselt und seine Füße zusammengebunden. Larseld übergab seinem König das beschlagnahmte Stilett.
„Die Spitze ist vergiftet, wenn ich mich nicht irre." Er

richtete die Waffe auf den Gefangenen. „Ein seltsames Geschenk von einem friedlichen Nachbarn."
Der Mann starrte von ihm auf Michal. „Ihr seid der König?"
„So ist es." Dahmis wandte sich an seinen General. „Larseld, habt Ihr ihn durchsucht?"
„Er hat Papiere bei sich, die ihn tatsächlich als Gesandten Vesputos ausweisen. Sein Name ist Toban Avula."
„Toban." Dahmis untersuchte das Stilett, wobei er sorgsam die Spitze von seinem Körper abgewandt hielt. Toban sah ihn argwöhnisch an. „König Vesputo hat dich geschickt mich zu töten?"
„Nein, mein König. Dieser Schwindler hat mich angegriffen."
Dahmis erhob eine Hand. „Warum hast du diese vergiftete Waffe nach Glavenrell gebracht?"
„Als allein Reisender weiß man nie, wann man sich schützen muss. Eure Straßen sind für einen Fremden nicht sicher."
„Meine Straßen sind nicht sicher? Warum hast du versucht, den König zu töten?", fragte Dahmis streng.
„Das war nicht gegen Euch gerichtet, mein Herr."
Dahmis sah den Mann forschend an. Harte, intelligente Augen in einem hübschen Gesicht. Vineda hatte gesagt, diesem Mann dürfe er keine Sekunde trauen. Dahmis glaubte ihr, denn seine Augen erzählten eine lange Geschichte von Verderbtheit und Grausamkeit.
Der König fühlte sich wie ausgelaugt. Ihn schwindelte

bei dem Gedanken, dass er gerade einer tödlichen Begegnung entkommen war, und die Erleichterung war groß, dass das Leben seines besten Freundes verschont geblieben war. Nun war sein ganzes diplomatisches Geschick erfordert.

Zeugen dieses seltsamen Geschehens waren eine Hand voll ausgesuchter Vertrauter. Den Vorfall öffentlich zu machen, war unklug. Toban gefangen zu setzen, konnte schwer wiegende Folgen für sein neues Bündnis haben. Vesputo käme dieser Anlass sicher gelegen, um einen Keil zwischen die verbündeten Königreiche zu treiben.

*Alles muss genau zusammenpassen. Ich kann ihn unmöglich zu Vesputo zurückschicken. Ihn einzusperren wäre politisch zu riskant.*

Der spitze Dolch wog schwer in seiner Hand. Wie er das Problem auch anfasste, schien es falsch zu sein. Dieser Mann konnte das Ende seiner vielen Pläne bedeuten. Was sollte er tun?

„Du hältst mich wohl für einen Narren?", sagte der König leise.

„Nein, Herr. Ich werde zu Unrecht festgehalten. Ich verlange, nach diplomatischen Regeln behandelt zu werden."

Dahmis tobte innerlich vor Wut. Dieser Mann spekulierte auf seine sprichwörtliche Gerechtigkeit.

„Das galt also nicht mir?", fragte Dahmis und hob das Stilett ein wenig höher.

„Nein, mein König."
Dahmis trat näher. „Nein?"
„Nein, Herr."
„So gilt es auch nicht dir", sagte der König und mit einem Ausfallschritt trieb er die scharfe Spitze des Dolchs in Tobans Schulter.
„Dein König muss eine Botschaft erhalten und du bist der richtige Mann sie zu überbringen", rief er und zog die Klinge heraus.
Augenblicke später begann der Mann sich zu winden und vor Schmerz und Empörung zu schreien. Der König und seine Krieger traten zurück und beobachteten sein Sterben.
„Als allein Reisender weiß man nie, wann man sich schützen muss", murmelte der König.

Torina kauerte am Kamin und versuchte, ihre trüben Gedanken zu verscheuchen. Wie jeden Tag flehte sie ihre Zauberkugel an, ihr ein Zeichen von Landen zu geben. Doch der Kristall blieb stumm.
Von der Tür kam ein schwaches Klopfen. Ein ihr unbekanntes Klopfen. Das Klopfen von Tesh, Anna und Lindsa, den einzigen regelmäßigen Besuchern, konnte sie unterscheiden. Sie ging zum Fenster, stellte sich auf die Zehenspitzen und lugte hinaus. Draußen stand ein stattlicher Mann in der armseligen Kleidung der Ziegenhirten. Sie öffnete König Dahmis die Tür. Er lächelte, seine Augen blickten sie freundlich an.

„Ich danke Euch, Vineda. Eure Vision hat sich bewahrheitet“, sagte er mit tiefer, freundlicher Stimme.
Mit einer spontanen Geste der Freude streckte sie die Hand nach ihm aus.
„So habt Ihr ihn gefangen?“
Er drückte ihr die Hand fest und männlich. „Ja. Wir haben ihn gefangen zurück zu seinem König geschickt.“
„Zurückgeschickt?“ Alle Farbe wich aus ihrem Gesicht und sie ließ seine Hand los.
König Dahmis lachte. „Ihr hattet Recht, Ihr könnt nicht alles sehen.“ Er sah sie durchdringend an. „Er wird uns keine Probleme mehr bereiten.“
„Ist er – ist er tot?“
„Er ist tot.“
„Oh!“ Toban, ihr Gefängniswärter und der Komplize Vesputos, tot!
„Und nun zu angenehmeren Dingen. Kommt.“ Er nahm sie am Arm und führte sie hinaus.
Dort standen zwei edle Pferde, ein weißes und ein graues. Ihre Zügel waren um einen Ast geschlungen. Dahmis band das weiße Pferd los und legte die Zügel in Torinas Hände.
„Es gehört Euch, mit Dank.“
Einen Augenblick lang verwandelte Torina sich wieder in ein Kind, ein Kind, das sich in ein wunderschönes Tier verliebt hat. Sie legte ihre Arme um den seidig weißen Hals der Stute. Mit feuchten Augen rieb sie ihr Gesicht an dem weichen Fell.

„Sie ist viel zu edel für ein Mädchen vom Dorf", sagte sie.
Der König sah sie aufmerksam an. „Ihr seid ganz sicher nicht auf einem Bauernhof erzogen worden. Eines Tages vielleicht erzählt Ihr mir, woher Ihr kommt."
„Nein."
„Nun gut", sagte der König und bohrte nicht weiter.
„Es tut mir Leid."
„Bitte behaltet das Pferd. Es gehört Euch. Die Dorfbewohner werden sich daran gewöhnen. Ihr könnt ihnen ja etwas von reichen Verwandten erzählen. Vielleicht von einem Cousin, der einen desantischen Schaukampf gewonnen hat."
Torina versenkte ihre schlanken Finger in die Mähne der Stute und schüttelte den Kopf.
„Bitte. Tut es dem König zuliebe."
Torina seufzte und die Stute stupste sie an der Schulter. Damit war die Entscheidung gefallen.
„Ja, meine Schöne", flüsterte sie und lächelte.
Dahmis fragte zufrieden: „Dann nehmt Ihr sie an?"
„Ja. Ich danke Euch. Ich werde sie Justina nennen."
„Justina."
Sie schwiegen. Torina streichelte die Stute und dachte an Amber.
„Vineda, was habt Ihr mir noch zu sagen?"
Ihr Herz schnürte sich zusammen. „Zuerst, vergesst nicht, Ihr habt mich nie gesehen. Ihr wisst nicht, wie ich aussehe."

Der König nahm ihren Arm und drehte sie sanft zu sich. Dann ergriff er ihre Hände. Instinktiv drehte sie sich zur Seite. Er steckte die Hände in die Taschen seines alten, geflickten Mantels.
„Fürchtet mich nicht, Vineda."

Vesputo stand im Schlosshof, neben ihm Beron. Sie schauten auf die von Emid geleiteten Turnierübungen hinunter. Vesputos Gedanken waren weit weg in Glavenrell. Wo blieb Toban? Er hätte längst zurück sein müssen.
Hinter ihm entstand eine Unruhe und er drehte sich um. Er hörte Rufen, dann das Schlagen von Hufen. Einige seiner Soldaten scharten sich um eine Gruppe Männer in der braunen Uniform des Oberkönigs. Ein Offizier trat vor und verbeugte sich.
„Mein Herr."
Vesputo neigte seinen Kopf gerade soweit, wie es die Höflichkeit gebot. Obwohl der Tag warm und mild war, war ihm, als bliese ihm ein kalter Wind ins Gesicht. Mit eiskalten Händen nahm er eine Schriftrolle von Dahmis entgegen.
„Der Oberkönig schickt Euch diese Botschaft und drückt sein Bedauern aus."
*Der Oberkönig schickt … so lebt er?*
Der Offizier nickte seinen Männern zu. Vier braun gekleidete Soldaten hoben einen Sarg von einem Pferdekarren und trugen ihn zu Vesputo. Sie setzten ihn vor

ihm auf dem glatten Steinboden ab. Der Offizier verbeugte sich wieder und deutete einen höflichen Abschiedsgruß an.
„Wartet!“, sagte Vesputo plötzlich. „Wollt Ihr nicht eine Erfrischung zu Euch nehmen und die Nacht über ruhen?“
Wieder bekam er eine Verbeugung zur Antwort. „Nein, mein Herr. Wir danken Euch. Doch unser König erwartet unsere unverzügliche Rückkehr.“
Der Mann bestieg schwungvoll sein Pferd und ritt an der Spitze seines Trupps von dannen. Nach kurzer Zeit war nur noch eine Staubwolke von ihr zu sehen.
Langsam löste Vesputo die Schnur von der Schriftrolle und las.

*Mit Bedauern muss ich Euch vom frühzeitigen Tod Eures Gesandten unterrichten, den das Unglück ereilte, innerhalb der Grenzen meines Reichs von Banditen überfallen zu werden. Leider gibt es in meinem Königreich immer noch Gebiete, in denen Gefahr und Gesetzlosigkeit herrschen. Mein Beileid.*
*Dahmis. Oberkönig.*

Vesputo befahl Beron, den Sarg zu öffnen. Tobans aufgeschwemmtes Gesicht zeigte unleugbar, dass er tot war.
„Er soll mit allen Ehren bestattet werden“, sagte Vesputo. Seine Stimme krächzte, aber das war ihm sogar lieb. Sollten die Leute ruhig denken, er trauere um sie, wenn sie

starben. „Ich werde der Beerdigung beiwohnen. Beron, du kommst mit mir."

Er verließ den Hof so schnell, dass Beron ihm kaum folgen konnte. Im Privatgemach des Königs schloss er sorgfältig die Tür hinter sich, dann warf er den Brief zu Boden und trampelte darauf herum.

„Es gibt nur eine Person, die den König gewarnt haben kann", wütete er.

Verwirrt sah Beron ihn an

„Dahmis ist gewöhnlich nicht misstrauisch!", fuhr Vesputo fort. Vor Zorn traten seine Nackenmusklen hervor.

„Aber wer?", fragte Beron und kräuselte seine dichten Augenbrauen.

„Sie lebt!" Vesputo schrie es fast hinaus. „Und Dahmis hört auf sie. Sie muss an seinem Hof leben. Mit diesem verfluchten Stein."

„Prinzessin Torina?", fragte Beron stockend.

„Sprich diesen Namen niemals laut aus! Ja!" Vesputo verschränkte die Arme vor der Brust und fasste sich wieder. „Du musst sie finden. Und ihren Kristall." Seine Stimme war kalt wie der Wind, den er im Schlosshof verspürt hatte.

# 3. Kapitel

In leichtem Galopp ritt Torina über die kleine Wiese vor ihrer Hütte. Unter Justinas Hufen klebte nasses, schmutziges Laub. Feine Regentropfen benetzten das Gesicht der jungen Frau. Ihr Haar war wie immer vollständig verhüllt. Das Pferd war ihr zum liebsten Kameraden geworden. Täglich ritt sie auf ihm aus, und oft suchte sie in unbewohnten Gegenden versteckte, unberührte Winkel, wo große Bäume standen. Wenn sie sich dann an einen mächtigen Stamm lehnte, konnte sie manchmal dem vergessenen Frohsinn ihrer Seele nachspüren. Meist aber spürte sie nur eine Welle der Verbitterung und stellte sich vor, wie ihr Leben verlaufen wäre, wäre sie nur klüger gewesen. Ein weiteres Jahr ging zur Neige und noch immer musste sie in der Fremde leben.

Häufig besuchte sie Lindsa, das Glück ihrer Freundin war ihr ein kleiner Trost. Die kleine Antonia entzückte Torina mit ihrer Anhänglichkeit, sie tapste auf sie zu, streckte ihr die runden Ärmchen entgegen. Manchmal ritt Torina mit ihr gemächlich durch das Dorf. Torina wusste, dass die Dorfbewohner sich über sie wunderten, und konnte sich genau vorstellen, was für ein Bild sie abgab: ein wunderschönes Pferd, ein mausgraues Kopftuch, ein braunes Kleid und ein freudloses Gesicht. Trotzdem akzeptierten die Menschen sie, vielleicht, weil sie schon fast drei Jahre lang unter ihnen wohnte. Immer noch kamen junge Männer und warben um sie, doch ihre Antwort lautete immer gleich. Nein.

Und der Oberkönig? Dahmis hatte nicht viel Zeit für einsame Ritte in Verkleidung. Als er sie bat, ihre Voraussagen einigen seiner engen Vertrauten mitzuteilen, weigerte sie sich hartnäckig. Eines Abends im Frühling einigten sie sich darauf, fortan ihre Botschaften verschlüsselt auszutauschen. Sie schrieb ihm nun jede Woche und versteckte die sorgfältig formulierten Briefe in einem hohlen Baum tief drinnen im Wald, wo sie von Dahmis Männern abgeholt wurden. Die Soldaten bekamen sie nie zu Gesicht, ebenso wenig wie sie die Soldaten.

Dank ihrer Weissagungen ersparte sie König Dahmis manches Problem, wie sie aus seinen verschlüsselten Antworten erfuhr, die nie unterzeichnet waren. Das Bündnis wurde größer, denn immer mehr Könige ließen sich vom Wert gegenseitiger Unterstützung und offener Handelsbeziehungen überzeugen. Erst vor kurzem waren die mächtigen Herrscher Mlaven und Endak dem Bündnis beigetreten und hatten dem Oberkönig die geforderte Treue geschworen.

Dahmis belohnte sie großzügig. Torina war reich, doch ihr Reichtum lag stumm und vergessen in einem Korb hinter dem Kamin. Geld konnte das Eis ihres einsamen Herzens nicht schmelzen. Seit dem Treffen im Frühjahr hatte sie Dahmis nicht mehr gesehen und jetzt lag schon wieder der Herbst in der Luft. Mutlos glitt sie vom Pferd.

„Komm, meine Schöne, ich reibe dich trocken", sagte sie und führte das Pferd zum Stall, den Tesh für sie gebaut hatte.

In diesem Augenblick trat König Dahmis hervor, wieder in der Uniform eines einfachen Soldaten.

„Oh!", rief Torina.

Der König sah blendend aus. Sein Zuwachs an Macht stand ihm wie ein maßgeschneiderter Mantel.

„Entschuldigt. Ich wollte Euch nicht erschrecken." Er lächelte.

Die Freude ihn wiederzusehen überwältigte sie.

„Ich muss Euch sprechen", sagte er, „seid Ihr allein?"

„Immer", sagte sie ohne nachzudenken.

Der König fasste sie unters Kinn und hob ihr Gesicht zu sich empor. „Ihr seid einsam."

Sie wandte sich ab, um ihre verräterischen Tränen zu verbergen. Justina drängte sich an sie und der König trat einen Schritt zur Seite.

„Versorgt erst das Pferd. Ich kann warten."

Torina rieb das stattliche Tier ab, bis ihre Augen wieder klar sehen konnten.

„Sollen wir hineingehen?", fragte sie.

Sie bot ihm Wasser und Essen an, doch er lehnte ab und

setzte sich auf den Stuhl, auf dem er bei ihrer ersten Begegnung gesessen hatte. Sie entfachte ein kleines Feuer.

„Vineda, dieser Besuch hält mich von dringenden Staatsgeschäften ab."

„Was wollt Ihr wissen?" Sie holte die Kristallkugel hervor.

„Keine Staatskrise. Aber mir ist zu Ohren gekommen, dass ein Mann Nachforschungen über eine Wahrsagerin anstellt."

Torina richtete sich auf und atmete aufgeregt. „Und?"

„Er beschreibt sie sehr genau. Eine junge Frau mit roten Haaren."

Instinktiv fasste Torina an ihr Kopftuch und vergewisserte sich, dass kein Haar hervorlugte. Da sprang Dahmis mit einer raschen Bewegung auf, beugte sich vor und zog ihr mit einem Ruck das Tuch vom Kopf. Vor seinen Augen ergoss sich die rote Haarpracht in üppigen Wellen.

Torina sah den König wütend an und wand die verräterischen, roten Strähnen wieder zusammen.

„Wer seid Ihr?", rief er. „Ihr seid wunderschön."

„Wer ist dieser Mann?"

Er schüttelte den Kopf. „Das habe ich noch nicht herausgefunden. Wenn Ihr Euch mir anvertrauen könntet, wäre es leichter für mich. Sagt mir wenigstens, aus welchem Königreich er kommt."

Sie dachte nach. „Ich kann Euch nur so viel sagen, dass

ich niemals in meine eigene Zukunft sehen kann. Ich weiß also nicht, woher sie kommen."

Der König sah sie überrascht an. „So kann Euch Eure Gabe nicht helfe?"

Torina wrang die Hände und bereute ihre Offenheit. „Nein."

„Aber habt Ihr denn keine Vermutung? Jemand aus Eurer Vergangenheit? Woher kommt Ihr?"

„Nein, das kann ich Euch nicht sagen."

„Warum nicht, Vineda? Ich vertraue Euch mit ganzem Herzen. Könnt Ihr mir nicht ebenso vertrauen?" Seine Worte klangen ehrlich, wenn auch eine Spur ungehalten.

Am liebsten hätten sie ihm alles offenbart, ihm die ganze Last ihres Daseins zu Füßen gelegt. Warum auch nicht? Das Schicksal hatte ihr das Vertrauen des mächtigsten Mannes aller Königreiche in die Hände gelegt. Er würde ihr mit Sicherheit glauben, wenn sie ihm die Wahrheit sagte.

Aber was würde dann aus ihrem geliebten Heimatland werden? Sie hatte in Erfahrung gebracht, dass Vesputos Armee immer noch so stark wie zur Zeit ihres Vaters war. Von den politischen Vorkommnissen in Archeld wusste sie so gut wie nichts. Ihr Anspruch auf den Thron konnte einen verheerenden Bürgerkrieg zur Folge haben. Für ihr Volk war sie längst gestorben.

„Oh ja, auch ich vertraue Euch von ganzem Herzen. Aber wenn Ihr wüsstet ..."

„Würde es Krieg bedeuten?“, fragte er leise. Beim Blick in sein Gesicht schreckte sie noch mehr davor zurück, mit seiner Hilfe gegen Vesputo zu kämpfen. Nie mehr sollte jemand um ihretwillen sterben müssen, nie mehr.

Sie nickte widerstrebend.

„Ich verstehe“, sagte der König.

Sie schwiegen. Dahmis sah zu, wie Torina nervös ihr Haar flocht. Dann ließ sich der König zu ihrer Überraschung vor ihr auf die Knie nieder. Sie spürte die Kraft, die von seiner Persönlichkeit ausging.

„Vineda. Ihr müsst in meine Festung kommen. Dort werdet Ihr sicher sein.“

Torina warf abwehrend die Hände nach oben, ihre widerspenstigen Haare fielen herab. „Dort wird man mich töten! Dort werden sie mich suchen!“

„Wer wird Euch suchen, Vineda? Ihr dürft die Gefahr hier nicht unterschätzen!“ Dahmis nahm ihre bebenden Hände.

Sie schüttelte ihn ab. „Ich kann nicht wie eine Gefangene in einem Schloss leben.“

Ein plötzlicher Regenguss trommelte auf das Dach. Das Feuer flackerte und zischte, als Tropfen durch den offenen Kamin fielen.

„Ich möchte Euch beschützen“, drängte der König. „Wenn Ihr nicht in mein Schloss kommen wollt, erlaubt, dass ich Euch bewachen lasse.“

„Soldaten an diesem Ort würden nur die Aufmerksamkeit auf mich lenken. Ich werde nicht mit Euch gehen", entgegnete sie.

„Ihr wisst, dass ich Oberkönig bin. Empfindet Ihr denn gar keine Ehrfurcht vor mir?"

Sie sah ihm in die Augen. „Ehrfurcht habe ich wohl, Dahmis. Aber nicht vor Königen."

„Vineda, auf Knien flehe ich Euch an. Bitte lasst Euch helfen."

„Ich habe Euch nicht gebeten vor mir zu knien. Ich werde hier bleiben. Wollt Ihr mir wirklich helfen, so findet den Mann, bevor er mich findet und wieder zurückbringt nach …"

„Nach wo?"

„Dahin wo er hergekommen ist", entgegnete sie scharf.

Dahmis schmunzelte. Das Schmunzeln wurde zum Lachen und er erhob sich und beugte sich über sie.

„Vergebt mir. Bewahrt Eure Einsamkeit. Ich werde diesen Gerüchten weiter nachgehen."

„Ich danke Euch." Sie lächelte.

„Solltet Ihr Eure Meinung ändern, reicht ein Wort von Euch und Ihr bekommt jeglichen Schutz, den Ihr erbittet." Dahmis langte in seine Tasche und zog einen glasartigen schwarzen Stein an einer roten Kordel hervor, in dem sein Wappen eingraviert war.

„Dieser Stein wird Euch durch alle Wachposten führen und alle Türen zu mir öffnen. In allen Königreichen gibt es nur fünf seiner Art. Bitte nehmt ihn an und tragt

ihn immer bei euch. Überall sind die Wachen angewiesen, den Besitzer eines solchen Steins passieren zu lassen, gleichgültig, wer es ist."
Sie nahm den Stein, wohl wissend welche Ehre ihr damit zuteil wurde.
„Danke, mein König."
Etwas verlegen verneigte er sich. Torina sah ihm nach, als er durch den Regen davonritt, dann ging sie hinein und lauschte dem wilden Klopfen ihres Herzens.

Im Königsschloss von Archeld empfing Vesputo Beron, der eben von einer mehrmonatigen Reise zurückgekehrt war.
Beron kräuselte seine buschigen Augenbrauen. „Mein Herr, ich habe den Menschen auf alle erdenkliche Weise die Zungen gelöst, niemand weiß von einem Kristall, der die Zukunft voraussagt. Ich bin auch den Spuren einiger rothaariger Mädchen in der Umgebung der Festung von Glavenrell nachgegangen. Sie aber war nicht dabei."
„Lebt sie, werden wir sie auch finden", erklärte Vesputo. „Du hast auch in den benachbarten Königreichen gesucht?"
„Ja, mein Herr. Ich bin bis in das Land Mlavens im Norden gereist und durch ganz Desante bis nach Osten."
„So, und wie war es in Desante?", fragte Vesputo neugierig. „Was hast du über die Bellanesbande erfahren?"
„Nicht viel, Herr. Bellanes ist beinahe genauso unsicht-

bar wie die Prinzessin, obgleich sein Ruhm ständig wächst."

„Ich frage mich, wer dieser Bellanes ist", sagte Vesputo und streckte seine Füße zum Feuer aus.

„Er führt eine Verbrecherbande an, Herr, soweit ich erfahren konnte. König Ardesen erlaubte es ihm versuchsweise und ist mit dem Ergebnis so zufrieden, dass er Bellanes die geheimsten Aufträge anvertraut."

„So? Und was hat dieser Bellanes ausgefressen?"

„Es heißt, sie seien Diebe, auch Bellanes. Ardesen beauftragt sie mit Diebstählen – Waffen, Schätze, Geheimnisse. Angeblich ist nichts vor ihm sicher, er finde alles und bringe es zurück, bevor es vermisst wird."

„Hm." Vesputos Augen verengten sich zu Schlitzen und eine Weile saß er bewegungslos da.

„König Ardesen lässt Bellanes völlig freie Hand", fuhr Beron fort.

„Ich frage mich, ob er auch eine Wahrsagerin aufspüren und entführen könnte. Oder den Stein einer Wahrsagerin?"

Beron sah ihn erstaunt an. „Natürlich. Er kann alles stehlen, warum nicht auch sie?"

„Wie können wir dem Mann eine Nachricht zukommen lassen? Vielleicht über König Ardesen." Vesputo schlug die Fingerspitzen gegeneinander.

„Ja, mein Herr."

„Lebt sie, hat sie sich irgendwo versteckt, sehr gut versteckt. Hast du Informanten beauftragt?"

„Ja, und ihnen ein Vermögen versprochen, wenn sie uns zu ihr führen. Und ich habe Siegel ausgegeben, damit jeder Brief unverzüglich an Euch weitergeleitet wird."
„Danke, Hauptmann. Du hast gute Arbeit geleistet."
Beron schwoll vor Stolz sichtbar an.

König Dahmis beobachtete seine Truppen beim Bogenschießen. Alle Anzeichen sprachen dafür, dass die Sliviiter einen Angriff vorbereiteten. Unbekannt war nur der Ort, wo sie angreifen wollten. Vineda bestätigte die Informationen seiner Späher. Massen von Söldnern und sliviitischen Kriegern führten gemeinsam Truppenübungen durch und ein Vermögen wurde für den Bau neuer Schiffe investiert. Die Flotte der Sliviiter galt schon jetzt als außerordentlich stark. Die neuen Schiffe aber waren unvergleichlich viel größer, jedes einzelne fasste siebenhundert Mann! Dahmis neigte zu der Ansicht, dass seine Späher übertrieben. Ein Schiff dieser Größe musste eigentlich untergehen. Doch die Besorgnis erregenden Nachrichten häuften sich. Bereits seit Hunderten von Jahren plünderten Sliviiter die Küstenregionen, sie waren verhasste und gefürchtete Piraten. Aber das. Das bedeutete einen regelrechten Einmarsch.
Fast alle Königreiche des Nordens waren dem Bündnis beigetreten.
Dahmis war überzeugt davon, dass diejenigen, die sich noch nicht angeschlossen hatten, sich bald unter den

Schutz des Bündnisses begeben würden. Die Kriegsvorbereitungen der Sliviiter waren allen bekannt, kein König wollte sich ihnen allein entgegenstellen. Selbst Vesputo hatte Dahmis versöhnliche Noten zukommen lassen und sich nach seinen Plänen erkundigt.

Dahmis seufzte. Konnte er das Vergangene ruhen lassen und Vesputo in das Bündnis aufnehmen? Die Armee Archelds war nicht leicht zu übergehen.

Mit einer ausreichenden Anzahl von Truppen und entsprechenden Befestigungen konnten Angreifer von See durchaus abgewehrt werden. Die Frage war nur, wo die Sliviiter landen wollten. In welcher Bucht würden sie angreifen? Das hatten Dahmis' Späher trotz aller Bemühungen nicht herausgefunden. Solange darüber Unklarheit herrschte, waren seine Truppen und die seiner Verbündeten ohne Schlagkraft.

Vineda hatte immer wieder in ihre Kristallkugel geschaut, um ihm zu helfen, hatte aber nur ein schreckliches Aufgebot von Schiffen gesehen. Sie konnte nicht sagen, wohin sie segelten, und war der Meinung, sie seien noch unentschieden.

Der König biss sich auf die Lippen. Er wünschte, er hätte genug Zeit, um allein nach Desante zu reisen. Vielleicht konnten er und Vineda gemeinsam herausfinden, welche Fragen sie dem Kristall stellen musste.

Schon liebäugelte der Herbst mit dem Winter und bescherte manchen Frost. Dahmis glaubte, bis zum Frühjahr Zeit zu haben, denn gewöhnlich warteten die Sliviiter bis zur Eisschmelze, bevor sie zu ihren Raubzügen aufbrachen.

Larseld trat neben ihn und händigte ihm eine Nachricht aus. Obwohl die Schriftrolle unversiegelt war, war sie ungeöffnet.

„Was ist das?“ Gleichgültig drehte er sie um.

„Schaut genau hin, mein Herr.“

Dahmis untersuchte die kleine, fest verschnürte Rolle und erkannte überrascht in der sorgfältigen Bindung einen fast vergessenen Geheimcode. Seine Wachen waren auf diesen Code hingewiesen worden, doch niemand außer ihm kannte seine Bedeutung.

Gott sei gedankt für solche umsichtigen Männer!

Die Rolle enthielt eine Nachricht von Dreea, der Witwe von König Kareed.

Der Code war eine Idee von ihr. Die Königin hatte ihm als Geschenk eine wunderschöne Webarbeit und eine kleine Fanfare geschickt, die ihm zusammen mit ein paar Höflichkeitsgeschenken von Vesputo überbracht worden waren. Eingedenk des vergifteten Stiletts hatte Dahmis die Geschenke genau untersuchen lassen, doch sie erwiesen sich alle als harmlos. Ein Soldat aus der Delegation Archelds hatte durch Larseld ein kurzes Treffen unter vier Augen mit dem König arrangiert. Bei diesem Treffen hatte Dahmis den Code mit den Knoten gelernt – auf diese Weise konnte die Königin heimlich Kontakt zu ihm aufnehmen.

Und nun dies. Dahmis stieg zum Königshügel hinauf, ei-

nem kleinen, hoch gelegenen Brachfeld in der Nähe des Übungsplatzes. Dorthin zog der König sich zurück, wenn er allein sein wollte.
Von dort aus konnte er schon von weitem jeden sehen, der sich näherte.
Oben angelangt lehnte er sich gegen einen Felsen und las.

*Lieber König Dahmis.*
*Ich schreibe Euch, weil Ihr mir als tapferer und ehrbarer Mann bekannt seid. Ihr sollt wissen, dass das Schwert von Bellandra nicht zerstört wurde, sondern sich in Archeld befindet. Vesputo darf sich seiner nicht bemächtigen. Ich kann nichts tun, außer Euch wissen zu lassen, wo es sich befindet, was mir mein Mann vor seinem Tod offenbarte.*

Die Botschaft war nicht unterzeichnet, aber Dahmis bewunderte ihren Mut, denn wäre der Brief abgefangen worden, hätte alles auf Dreea hingedeutet.
„Das Schwert von Bellandra", flüsterte er und zog mit bebenden Händen einen sorgfältig gezeichneten Plan des Königsschlosses von Archeld hervor. „Dann wurde es also wirklich gestohlen, als Kareed Bellandra eroberte." Kareed hatte alle Gerüchte um das Schwert unterdrückt und behauptet, es sei zerstört worden.
Dahmis wischte sich den Schweiß von der Stirn, als er daran dachte, was Dreea aufs Spiel gesetzt hatte. Sie hatte außergewöhnlichen Mut bewiesen. Dahmis rollte den

Brief fest zusammen und steckte ihn ein. Zum Himmel gewandt sprach er laut:

„Es wird nicht leicht sein, ihm das Schwert von Bellandra abzujagen.“

Mit versteinertem Gesicht ging der König zum Übungsplatz zurück. Dort nahm er Larseld beiseite und beriet sich mit ihm. Eine Stunde später ritt ein Botschafter des Königs in scharfem Galopp in Richtung Desante.

# 4. Kapitel

König Ardesen wartete auf Bellanes. Er freute sich auf die Begegnung wie auf eine gelungene Unterhaltung. Bellanes hatte alle seine Erwartungen erfüllt, er hatte Ideen, war unkonventionell und erfolgreich.

Der junge Mann trat ein, sein schneller Schritt verriet die ihm eigene Kraft und Anmut. Er verneigte sich und setzte sich dem König gegenüber auf einen Stuhl. Sein ruheloses, fremdartiges Gesicht mit dem eigenartigen Blick aus Kälte und Feuer verzog sich zu einem flüchtigen Lächeln.

„Ihr habt nach mir gesandt, Herr."

„Ja, Bellanes." Der König reichte seinem Gast eine Schriftrolle. Bellanes überflog den Text. Ardesen glaubte zu bemerken, wie sich seine Schultern plötzlich anspannten, als wollte der junge Mann das Blatt zerknüllen.

„Nein, Herr." Bellanes reichte ihm das Blatt zurück.

„Nein?" Der König blinzelte ungläubig.

„Nein. Dieser Brief ist von König Vesputo."

„Er will dich kennen lernen. Er lädt dich in sein Reich ein. Er hat einen Auftrag, den seiner Meinung nach nur du erledigen kannst. Er verspricht, dich reichlich zu entlohnen."

„Nein, Herr."

„Doch, so steht es in dem Brief."

„Ich weiß, was in dem Brief steht, Herr", sagte Bellanes ruhig. Ardesen fühlte den sengenden Blick des Kriegers auf sich.

„Nun? Willst du nicht wissen, was König Vesputo von dir will?"

Bellanes zuckte mit den Schultern. „Nein, Herr, das möchte ich durchaus nicht wissen."

„Was soll ich Vesputo sagen?"

„Was Ihr wollt, Herr."

Ardesen starrte grimmig vor sich hin, denn er wollte nicht zeigen, wie sehr ihn der Gedanke an Vesputos Missbehagen amüsierte. „Du überrascht mich."

„War das alles, Herr?"

„Nein. Nein, ich habe noch einen Brief für dich."

Mit Genugtuung griff Ardesen in seinen Umhang und zog eine weitere Schriftrolle hervor. Bellanes überflog auch diesen Brief. Diesmal jedoch war seine Reaktion ganz anders. Der junge Mann schien von einer kraftvollen Welle gepackt.

„Ich kann sofort aufbrechen!"

„So, so, dem Oberkönig zu dienen ist dir nicht egal?"

„Ja, Herr. Wisst Ihr, was er von mir will?"

„Nein."

„Ich werde noch heute abreisen." Bellanes sprang auf.

„Danke, Herr. Setzt Euch mit Andris in Verbindung, wenn Ihr während meiner Abwesenheit unsere Dienste benötigt."
Der junge Mann verneigte sich und ging. Ardesen schlug sich still vergnügt mit der Faust aufs Knie, dann fasste er sich an die Stirn, weil er versäumt hatte Bellanes zu fragen, warum er Vesputo nicht treffen wollte.
„Das hätte er mir sowieso nicht verraten, selbst wenn ich ihn gefragt hätte", sagte er sich.

Dahmis' Atem bildete Wolken, als er von seinem Ausguck Larseld näher kommen sah, dem ein groß gewachsenen Mann in einer Steppjacke folgte. Der Fremde stieg leichtfüßig den steilen Weg hinan.
„Das ist Bellanes, Herr", sagte Larseld.
Dahmis streckte die Hand aus. Bellanes schüttelte sie mit festem Händedruck.
„Ich danke Euch, Larseld", sagte Dahmis lächelnd. Larseld nickte und machte sich wieder an den Abstieg.
„Endlich lerne ich Euch kennen, Bellanes."
Der Mann erwiderte seinen Blick mit ganz ungewöhnlichen Augen, die den Eindruck erweckten, als glühten sie und seien gleichzeitig zu Eis erstarrt.
„Ich hoffe, Eure Begleiter sind zum Essen gebeten worden?", fragte Dahmis.
„Ich bin allein gekommen, wie Ihr zweifellos wisst."
Dahmis versuchte, den klaren, sanft schwingenden Tonfall zu lokalisieren. Obgleich er weit gereist war, wusste

er nicht genau, wo er ihn schon einmal gehört hatte, doch er wollte ihm nicht aus dem Gedächtnis, wie eine Erinnerung an einen lang zurückliegenden Traum.
Dahmis schmunzelte. „Vielleicht sind einige der Gerüchte wahr, die über Euch kursieren." Bellanes lockiges Haar flatterte im Wind. „Ja", fuhr der König fort, „es gibt viele Geschichten über Euch."
„Wie über Euch."
„Es heißt, Ihr seid der fähigste Krieger aller Königreiche, doch scheut Ihr Euch zu töten." Fragend zog er die Augenbrauen hoch, Bellanes aber schwieg.
Dahmis setzte sich auf einen Felsvorsprung und sah zu seiner Festung hinüber „Es heißt, Ihr führt jeden Auftrag mit ganzem Herzen aus, doch schwört keinem König die Treue. Angeblich führt Ihr eine Bande Krimineller an, die Euch fanatisch ergeben sind."
Bellanes nickte unmerklich.
„Es heißt sogar, Eure Truppe sei unschlagbar", fuhr Dahmis fort, „was beweist, dass Ihr ein fähiger Anführer seid. Und doch wahrt Ihr Euer Eigenleben. Ihr sollt stolz sein, aber keine Diener halten, ein Freund der Frauen sein, doch kein Weib und kein Zuhause haben." Er bemerkte ein leichtes Zucken auf Bellanes Wangen.
„Alle haben von Euch gehört, aber keiner hat Euch je gesehen." Der König zögerte etwas. „Leugnet Ihr diese Dinge?"
Bellanes verschränkte seine Arme. „Ihr habt mich nicht kommen lassen, um meine Geschichte zu erfahren", er-

widerte er. „Wenn doch, hättet Ihr lieber weiter den Geschichtenerzählern zuhören sollen. Ihr Geschwätz ist viel unterhaltsamer als die Wirklichkeit."

Dahmis bemerkte, dass Bellanes ihn nicht mit „Herr" anredete und musste an Vineda denken. Er lachte.

„Es heißt auch, Ihr brächtet alles fertig und kein Geheimnis käme jemals über Eure Lippen."

Bellanes grinste. „Und was wird von Euch, dem Oberkönig, erzählt? Dass Ihr das Unmögliche vollbringt und die verfeindeten Königreiche vereint. Dass Ihr mehr wisst, als man je ahnen würde."

„Und das stimmt auch. Nun, Bellanes, wollt Ihr mir dienen?"

Der junge Mann verneigte sich. „In welche Festung soll ich eindringen?"

„In Vesputos."

Bellanes blinzelte, als sei er plötzlich geblendet. Er ballte die Fäuste. „Vesputo? Warum?"

„Er besitzt etwas, das ich haben muss, und das er mir nicht freiwillig geben wird."

„Nehmt Ihr für solche Dinge immer einen Dieb in Eure Dienste?"

„Nein, bestimmt nicht."

Nachdenklich sah Dahmis den verschlossenen Krieger an. Dieser Mann versuchte, seine starke Erregung zu unterdrücken. Wieder dachte der König an Vineda. Sein Vertrauen in die unbekannte Wahrsagerin hatte ihm das Leben gerettet. Konnte er diesem Fremden mit dem halb besessenen Blick trauen? Nicht nur sein Leben hing von dieser Entscheidung ab. Wenn das Schwert für einen bösen Zweck missbraucht werden konnte, konnte dies das Ende aller Königreiche bedeuten. Wenn dieser Mann ihn hinterginge, konnte er nur noch auf ein Wunder hoffen.

Dahmis seufzte. „Dieser Gegenstand darf nicht länger in Vesputos Besitz bleiben."

„Er gehört Euch?"

„Stehlt Ihr nur für den rechtmäßigen Eigentümer?", fragte Dahmis. „Er gehört weder mir noch Vesputo. Er gehört jemandem, der nicht da ist."

„Und was ist es und wo befindet es sich?"

„Es handelt sich um eine Pyramide aus Stahl, die einen Schatz enthält. Sie lagert in einem Verlies unter dem Königsschloss von Archeld."

„Aha."

„Ich habe einen Plan, auf dem eine Geheimtür zum Schloss eingezeichnet ist."

Bellanes sah ihn überrascht an. „Eine Geheimtür? Aber woher wisst Ihr davon"

„Das kann ich Euch wirklich nicht sagen."

„Ich werde mir den Plan genau einprägen", sagte Bellanes ruhig. „Es wäre unklug, so ein Papier bei sich zu tragen."

„Dann wollt Ihr den Auftrag tatsächlich übernehmen?"

„Darf ich wissen, was in der Pyramide ist?"

„Nein. Und Ihr müsst Euch verpflichten, sie nicht zu öffnen.“

„Nun gut. Nennt mir die Zeit und den Ort, wann wir uns wieder treffen. Ich werde Euch den Schatz bringen.“

Die Männer gaben sich die Hand. Dahmis nannte einen Treffpunkt drei Wochen später.

„Willkommen, Bellanes“, sprach der König, froh über seinen neuen, starken Verbündeten. „Wie wollt Ihr ins Schloss hineinkommen? Es heißt, Vesputo ließe den Schatz rund um die Uhr bewachen.“

Bellanes lächelte grimmig. „Das weiß ich noch nicht. Aber ich werde es schaffen.“

Auf dem Rückweg nach Desante kämpfte Landen mit sich, entwarf und verwarf verschiedene Pläne für den Raub der Pyramide. Einerseits erschien es ihm unerträglich, Archeld wiederzusehen und möglicherweise an Torinas Grab vorbeizukommen. Andererseits war dieser Auftrag eine einmalige Gelegenheit und Herausforderung. Ihn auszuschlagen, würde das Ende seines kühnsten Traums bedeuten, der Kampf für den Frieden unter den Völkern an der Seite des Oberkönigs.

Unbemerkt kam er zum Lager, die Wachposten hatte er umgangen. Am Lagerfeuer saßen seine Männer und unterhielten sich laut. Andris stellte Pfeile her.

„Ha!“, rief Landen und trat in den Schein des Feuers. „Kaum bin ich weg, tut ihr nicht einmal so, als ob ihr arbeiten würdet, außer diesem Flegel hier." Er zeigte auf Andris.

Schuldbewusst begrüßten sie ihn, klopften ihm auf die Schulter und schimpften, weil er sich so angeschlichen hatte.

„Für eine Diebesbande seid ihr leicht zu überraschen."

„Wohin gehen wir als Nächstes, Bellanes?", fragte Bangor. Sein vernarbtes Gesicht glühte vor Eifer.

„Nicht wir. Ich. Und du, Andris."

„Und wir?" Die anderen Männer lärmten wie die Kinder, die ihren Teil abhaben wollen.

„Ich kann nur einen mitnehmen, und Andris war so dumm zu arbeiten, als ich mich anschlich. Also kommt er mit." Landens Ton ließ keinen Widerspruch zu. Die Männer verstummten und hörten zu.

„Andris und ich werden einige Wochen fortbleiben. In dieser Zeit wird Bangor das Kommando übernehmen."

Er warf einen Blick in die Runde und suchte nach Widerspruch. Keiner muckte auf. Die Männer nannten Bangor den Teufel mit dem Engelsgesicht und achteten ihn wegen seiner pfiffigen Ideen.

„Gut", fuhr ihr Anführer fort, „und sollten wir nicht zurückkehren, bitte ich euch unbedingt zusammenzubleiben."

Mit einem Schlag schien das Feuer an Kraft verloren zu haben, als habe sich die Nacht über sie gesenkt. Die Ge-

sichter der Männer sahen ernst und entschlossen aus. Sie wussten, Bellanes würde so etwas niemals im Spaß sagen.
„Andris, die Entscheidung, ob du mitkommen möchtest, liegt ganz bei dir."
Andris legte sein Werkzeug auf den Boden und reckte seine Fäuste. „Die gehen mit dir", polterte er los, „der Rest von mir muss eben auch mit."
Über das Feuer hinweg sah Landen den riesigen Mann an. „Gott sei Dank. Wir brechen im Morgengrauen auf."
Er verbrachte noch ein paar Stunden im Kreis seiner Männer und übergab Bangor einen Brief an König Ardesen.

Mit dem ersten Licht des jungen Morgens ritten sie los. Nach einigen Kilometern machte Landen auf einer kleinen Lichtung Halt und stieg vom Pferd.
„Andris", sprach Landen, „ich möchte das nicht, aber ich muss es tun."
Sein riesiger Gefährte lächelte. „Ach, um mich zu töten ist es ein bisschen zu spät."
Landen grinste. „Das hatte ich auch nicht vor, aber es könnte passieren, wenn du irgendjemandem verrätst, was ich dir jetzt sage."
Andris sah ihn ernst an. „Wirklich?"
„Andris, niemand darf etwas davon wissen. Nicht einmal die Bande."

„Ich schwöre. Noch bevor ich es gehört habe."
„Danke." Landen holte aus seiner Satteltasche ein scharfes Messer hervor. Dann drehte er Andris den Rücken zu und begann sich den dunklen Bart abzurasieren.
Andris lachte laut. „So, gibst du endlich zu, dass du unter dem Bart ein hässlicher Vogel bist? Ist das dein großes Geheimnis?"
Doch als Landen sich glatt rasiert zu ihm umdrehte, rief er verblüfft: „Mein Gott, Mann, du siehst richtig hübsch aus!" Er erhob seine rechte Hand. „Aber ich schwöre, ich verrate es niemandem." Er brach in haltloses Kichern aus.
Landen sah den Gesichtsausdruck seines Freundes und prustete los. Schließlich beruhigten sie sich wieder und wischten sich die Tränen vom Gesicht.
„Und nun", sagte Landen, „das richtige Geheimnis."
„Aha."
„Ich bin nicht der, für den du mich hältst. Ich bin als Königssohn in Bellandra aufgewachsen und wurde vom Mörder meines Vaters, König Kareed, gefangen genommen und in Archeld zum Krieger erzogen. König Kareed fand einen schlimmen Tod. Obwohl nicht ich ihn tötete, wird mein Name mit seinem Tod in Verbindung gebracht. Ich bin jener Landen, auf den ein Kopfgeld ausgesetzt ist."
Andris stand stocksteif mit halb geöffnetem Mund da. Als er sich von seiner Überraschung erholt hatte, legte er Landen eine Hand auf die Schulter.

„Landen. Du? Ach, Bellanes … das ist aus Landen geworden und …“
„Für dich immer noch Bellanes. Für alle.“
„Der verschwundene Prinz von Bellandra! Aber warum verrätst du mir das, Mann?“
„Weil es uns helfen wird, in Vesputos Verlies einzudringen.“

Beron lungerte im Schlosshof herum und schimpfte vor sich hin. Der Winter stand vor der Tür und er hasste die kurzen Tage und die Kälte. Nichts war in dieser Woche passiert. Nur von König Ardesen war die Nachricht gekommen, Bellanes und seine Bande seien wegen wichtiger Aufträge unabkömmlich und Bellanes deshalb nicht in der Lage, nach Archeld zu kommen. Diese Antwort auf seine Einladung hatte Vesputo sehr verstimmt.
Beron stand mit dem Rücken zum Hof und sah auf die kahle Landschaft hinaus. Die Langeweile war nicht auszuhalten. Am liebsten hätte er auf irgendjemanden eingeschlagen.
Hinter ihm waren Rufe zu hören. Verärgert drehte Beron sich um. Diese neuen Wachen waren wirklich Grünschnäbel. Sahen aus, als seien sie gerade erst den Kinderschuhen entwachsen. Wie sie mit ihrem „Halt“ und „Wer da?“ herumstolzierten!
Beron vergaß, dass er sich in ihrem Alter schon als ganzer Mann gefühlt hatte.
Auf der Treppe zum Hof stand ein riesiger Mann in de-

santischer Kleidung und Lederrüstung. In der Hand hielt er ein Seil, das um den Hals eines zerlumpten Mannes gebunden war.

„He, ihr Wachen, aufgepasst!“, brüllte der große Mann. „Ruft den König heraus!“

Beron drängte sich vor die Wachen. „Der König ist heute zu beschäftigt, um sich mit solchem Gesindel abzugeben“, schimpfte er.

Die Soldaten lachten.

„Zahlt er nun ein Kopfgeld oder nicht?“, schrie der Fremde.

„Kopfgeld? Ha!“, spottete Beron. „Was für ein Kopfgeld? Das einzige Kopfgeld, das König Vesputo ausgesetzt hat ist …“

Der ungeschlachte Kerl ruckte an seiner Leine. Der abgerissene Gefangene stolperte nach vorn. Seine Stiefel waren voller Löcher, seine Hände auf den Rücken gebunden. Sein stämmiger Wächter riss ihm die Kapuze vom Kopf. Beron glotzte ungläubig, als Landens Gesicht darunter zum Vorschein kam. Landen. Tatsächlich. Der Dreitagebart und der Schmutz konnten ihn nicht täuschen. Die Augen hatten immer noch diesen beunruhigenden, feurig kalten Glanz wie damals, als sie noch Jungen waren.

„Landen.“ Er starrte den Gefangenen an und dachte an die vielen Demütigungen, die er hatte erdulden müssen. Landen blickte ihn an, als sei Beron nichts weiter als eine lästige Fliege.

„Also“, wollte der Kopfgeldjäger wissen, „was ist jetzt mit der Belohnung?“
Aufgekratzt schlug Beron dem Kerl auf die Schulter. Diese Neuigkeit würde Vesputo aufmuntern!
„Mein Freund, deine Belohnung soll dir mit Zinsen gezahlt werden!“ Er ergriff Landens Halfter.
Der Riese reckte die Faust.
„Stopp!“, drohte er. „Ich habe ihn gefangen. Ich werde ihn auch abliefern.“
Beron zuckte die Achseln. „Wie du willst. He du, Soldat. Lauf zum König.“

Vesputo ging auf den Kopfgeldjäger zu. Ein finsteres Lächeln spielte um seinen Mund.
„Ihr seid also der Held, der diesen Mörder gefangen hat?“
„So ist es, Herr.“
„Willkommen. Willkommen auf meinem Schloss! Nennt mir Euren Namen, guter Freund.“
„Corbin. Aus Desante.“
„Desante. Das hatte ich vermutet, da hat er sich also die ganze Zeit vor uns versteckt.“ Zufrieden ließ er seinen Blick auf Landen ruhen. „Während ich feiere, Landen, wirst du ein hartes Lager haben.“
Landen schwieg.
„Heute Abend werden wir feiern, Corbin. Ihr werdet doch dabei sein?“
Corbin schien hocherfreut. „Aber gibt es auch Wein?“,

fragte er in seinem abgehackten, ausländischen Tonfall.
Vesputo lächelte freundlich. „Bei einem Fest? Ein Mann Eures Kalibers sollte niemals Durst leiden müssen. Alles was Ihr wünscht, und dann sprechen wir über weitere Kopfgelder, die sich ein Mann mit Euren Talenten verdienen könnte.“ Vesputo warf Beron einen freundlichen Blick zu. „Bring ihn in die Westzelle“, befahl er.
Beron langte wieder nach der Leine des Gefangenen, aber Corbin schlang sie sich fest um die Hand und sagte zu Vesputo: „Herr, ich kümmere mich immer selbst darum, dass meine Beute sicher eingesperrt wird.“
Der König lachte steif. „Wie Ihr wollt, Corbin. Hauptmann, zeig ihm die Zelle.“
Corbin riss am Halfter und zog Landen mit sich.

Im Festsaal des Schlosses von Archeld nahm Andris den Platz gegenüber dem König ein. Zu seiner Linken saß Hauptmann Beron, der trotz reichlichen Weingenusses finster vor sich hinschaute. Auch andere Männer waren da, alle betranken sich. Zwei Mägde huschten hin und her, trugen Essensreste ab und schenkten Wein aus. Andris hielt seinen großen Kelch hoch, damit ihm nachgeschenkt werde. Als er zum Trinken ansetzte, schwappte Wein über. König Vesputo hatte schon vier Kelche ausgetrunken. Beron und seine Kameraden grölten betrunken, doch dem König war nichts anzumerken.
Andris dachte an Bellanes Anweisungen. Er war sich si-

cher gewesen, dass der vermeintliche Kopfgeldjäger zu einem Fest eingeladen werden würde, wenn er seine Beute abgeliefert hatte.

*„Andris, du musst so wenig wie möglich trinken ohne Aufmerksamkeit zu erregen. Spuk den Wein in deine Serviette, kleckere wie ein Hornochse. Nur sieh zu, dass Vesputo dich nicht unter den Tisch trinkt. Davon hängt alles ab."*

*„Bellanes, ich kann jeden unter den Tisch saufen."*

*„Nicht Vesputo. Andris, schwöre mir, dass du nüchtern bleibst. Ich brauche deinen ganzen Verstand. Du darfst nur so tun, als seist du betrunken."*

*„Aber du weißt doch, wie gern ich Wein trinke."*

*„Ja. Und ich weiß, du hast mich so gern, dass du auf ein paar Gläser verzichten kannst, um für diese Schlacht gerüstet zu sein!"*

*„Schlacht? Du hast doch gesagt, niemand würde dabei umkommen! Was für eine Schlacht? In einer Schlacht wäre mir wohler."*

*„Das wird deine größte Schlacht werden, Andris. Und nun schwöre."*

Und Andris schwor.

Während des Festmahls war es ganz einfach. Immer wenn der König aufschaute, hob Andris sein Glas und trank. Sobald der König sich wieder seinem Teller zuwandte, spuckte Andris den Wein in seine Serviette, die bald durch und durch nass war. Andris stieß das durchweichte Tuch unter den Tisch und stahl sich ein neues von seinem Nachbarn zur Linken, der nichts bemerkte. Trotzdem musste er hin und wieder einen Schluck nehmen, denn Vesputo ließ sich nicht leicht etwas entgehen. Die Mägde geizten nicht mit dem Nachschenken und die Kelche waren groß wie Schüsseln. Andris fühlte sich allmählich ziemlich beschwipst.

Die anderen Männer an der Tafel prosteten einander lautstark zu.

Als das Essen abgeräumt war, heftete Vesputo seine Augen auf Andris, der ein Schaudern unterdrücken musste. „Nun, mein Freund“, fragte der König, „erzählt, wie Ihr den Mörder erwischt habt.“

Andris tat einen kräftigen Zug aus dem Kelch und schluckte. Köstlich, wie das schmeckte! Aber es machte ihn wütend, wie über Bellanes gelästert wurde.

Mörder?

Bellanes hatte noch nie jemanden umgebracht. Tat alles, nur um nicht töten zu müssen. Ein paar seiner Leute hatten ihn deswegen geneckt. Einer, Eban, hatte ihm sogar Schwäche vorgeworfen.

*„War es Schwäche, dass ich dich habe leben lassen, Eban? Lass dir eins gesagt sein! Den Starken töten, um deine eigene Stärke zu beweisen ist kindische Schwäche. Den Narren töten ist lächerliche Schwäche. Einen Schwächeren töten ist teuflische Schwäche. Aber dein Ziel erreichen ohne zu töten, deinen Geist bezwingen, wenn du töten willst – das ist Stärke!“*

Alle waren daran erinnert worden, wem sie ihr Leben zu verdanken hatten, und Eban entschuldigte sich.

*Der verschwundene Prinz von Bellandra. Kein Wunder, dass er nie getötet hat.*

Andris kehrte in die Gegenwart und zu Vesputos kaltem Blick zurück.

„Ach, Herr, zum Teil war es einfach Glück. Zufällig hörte ich, wie er es jemandem sagte, dem er meinte vertrauen zu können.“ Andris sprach absichtlich mit schleppender Stimme, und es fiel ihm leicht, allzu leicht.

*Ach Bellanes. Ich spüre den Wein. Aber der Mann hier ist wie aus Stein.*

„Habt Ihr nach ihm gesucht?“, fragte Vesputo.

„Jaaa, Herr“, nuschelte er, „fünfzig Raschus sind keine Kleinigkeit. Ich habe ihn gejagt.“

Der König nahm einen ordentlichen Schluck. Als er den leeren Kelch absetzte, waren seine Augen glasig. *So ist er doch aus Fleisch und Blut.*

„Ich musste den Kerl eiskalt zusammenschlagen“, erzählte Andris.

„Eiskalt wird er spätestens morgen Abend sein“, antwortete der König und stieß ein wenig mit der Zunge an.

Andris zitterte innerlich vor Aufregung. Also morgen sollte der Gefangene hingerichtet werden. Er erhob seinen Kelch und prostete Vesputo zu.

„Auf das Kopfgeld!“

Er trank den Kelch in einem Zug aus und knallte ihn auf den Tisch. Vesputo befahl den Mägden nachzuschenken. Schnell wurden ihre Kelche wieder gefüllt.

„Auf Euch, Corbin. Morgen erzähle ich Euch von den anderen Kopfgeldern. Könnt Ihr auch Frauen jagen?"
Der König legte den Kopf in den Nacken und stürzte den guten Wein hinunter wie Wasser. Beron erhob sich unsicher und fiel schwer zu Boden.
Andris brüllte vor Lachen.
„Je mehr, je lieber! Auf die Weiber!", schrie er, nahm einen Schluck Wein und spürte ihn wohlig die Kehle hinunterrinnen.
Wieder leerte Vesputo sein Glas und sogleich wurde ihm nachgeschenkt.
„Auf die Weiberjagd!" Der König erhob seinen Kelch.
Andris trank und Vesputo sah ihm dabei zu.
„Auf den Wein!", brüllte der Riese. Er stieß mit Vesputo an und verschüttete dabei seinen Wein über den Tisch.
Der König trank. Andris schaute sich um. Die übrigen Männer waren sinnlos betrunken und lagen ausgestreckt am Boden. Endlich rutschte Vesputo vom Stuhl und sackte unter den Tisch. Andris ließ seinen Kopf auf die Tischplatte sinken und tat, als ob er schnarche.
Er hörte das Kichern der Mägde, die die Kerzen ausbliesen und im Hinausgehen tuschelten, dass sie erst selbst noch feiern wollten, bevor sie wiederkämen.

Landen stand in einer stockdunklen Zelle und lehnte sich gegen die Wand. Das war kein gewöhnliches Gefängnis, es war ein unterirdisches Gewölbe, stumm wie ein Grab. Er konnte nichts hören und nichts sehen.

„Ich bin dem Tode geweiht", flüsterte er und fragte sich, ob das Schicksal sich gegen ihn verschwor und er sein Leben in Archeld lassen musste.

Die Dunkelheit und völlige Stille erdrückten ihn. Die Vergangenheit war so nahe gerückt, er meinte sie mit Händen greifen zu können wie die Mauer, gegen die er sich stützte. Als er über den vertrauten Schlosshof geführt worden war, hatten seine Nerven bloß gelegen. Er erinnerte sich ganz deutlich des Tages seiner Ankunft, als Vesputo ihn vor der Prinzessin in den Staub geworfen hatte. Und er erinnerte sich ihres freundlichen Mitgefühls, als sie ihm auf die Füße half. Und ihrer kindlichen Stimme.

*„Ich kann mit ihm machen, was ich will? … Ich schenke ihm die Freiheit."*

Torina. Er liebte sie noch immer. Liebte sie über den Tod hinaus. Tot. Dort, im Schlosshof, hatte es ihn unermessliche Kraft gekostet, nicht auf Vesputo loszugehen. Er wusste, dass Andris ihm geholfen hätte, wenn er seine Pläne geändert hätte.

Landen zitterte immer noch bei der Vorstellung, Vesputo zu würgen, die Wahrheit aus ihm herauszuschütteln.

„Auf, zurück in die Gegenwart", befahl Landen sich laut, löste seine Hände von der Wand und schlug sich auf Schultern und Wangen.

*Auch in Finsternis und Unglück währt der Augenblick ewig,* hallten die alten Lehren in seinem Kopf wider.
Warum war er hier? Für Dahmis, den Oberkönig. Warum setzte er so viel für ihn aufs Spiel? Weil Dahmis ein Mann des Friedens war.
*Was ist mir im Leben geblieben als das Vermächtnis Bellandras? Mein Vater lebte für den Frieden und starb durch das Schwert. Soll das alles umsonst gewesen sein? Wo bleibt die Gerechtigkeit?*
„Nein, nein", sprach er zu sich selbst, „solche Fragen führen in den Wahnsinn. Frage nicht nach Gerechtigkeit, frage, wo Andris bleibt. Wo ist Andris? Wie lange bin ich schon in diesem Grab?"
Er tastete sich an der Wand entlang bis zu der vergitterten Tür und hielt sich daran fest. Er meinte Schritte zu hören. Ja. Da kam jemand.
Unruhig lauschte Landen auf die heranpolternden Schritte. Dann hörte er heftiges Atmen.
„Kommst du endlich, du Trunkenbold?", zischte er.
„Psst, Bellanes. Ja, ich bin's", ertönte die schleppende Stimme von Andris. „Tut mir Leid. Es hat lange gedauert, bis ich ihn unter den Tisch getrunken habe."
„Die Wache?", flüsterte Landen.
„Die wird morgen einen Brummschädel haben."
„Kerze?"
„Hier", grunzte Andris. Ein Licht flammte auf und eine Kerze wurde durch die Gitterstäbe geschoben. „Halt mal, ich muss den verdammten Schlüssel finden."

Andris hielt einen großen Schlüsselbund empor. Landen lächelte erleichtert.

„Die Schlüssel des Königs? Hast du auch seinen Siegelring?“

„Das war nicht schwer, nachdem er endlich umgefallen war.“

Die Tür quietschte in den Angeln. Landen umarmte seinen Befreier.

„Du verdienst den Tod durch den Strang! Musstest du unbedingt so stark an der Leine ziehen? Du hast mir beinahe den Kopf abgerissen!“

„Ich habe doch nur versucht, Schlimmeres zu verhindern, Bellanes. Der Hauptmann Beron hasst dich, das hast du selbst gesagt.“

„Ich weiß, was ich dir gesagt habe.“ Landen grinste. „Vielen Dank. Der Behälter, den wir stehlen sollen, muss sich ganz in der Nähe befinden, wenn ich den Plan richtig im Kopf habe.“

Emid hatte sich angewöhnt, nachts, wenn es in den Baracken ruhig geworden war, noch ein paar Schritte zu gehen. Der vom Mondlicht versilberte Himmel und die Erde spendeten ihm Kraft, so wie ihm einst die Pflichterfüllung Kraft gespendet hatte. Er wusste nicht mehr, wofür er junge Männer zu Kriegern ausbildete. Der Gedanke an König Vesputo erfüllte ihn mit Abscheu. Emid konnte die seltsame, rothaarige Gestalt in der Kapelle nicht vergessen, die Frau, die unmöglich Torina gewesen sein konnte. Ständig dachte er darüber nach, wo Vesputo die wahre Prinzessin gefangen hielt. Immer wieder schlich er sich in die Nähe der Ratszimmer, um nach Hinweisen zu suchen. So oft er konnte, erzählte er seinen Jungen Geschichten über die Prinzessin und hielt so ihr Andenken lebendig. Aber nicht von der verwirrten, geistesschwachen Torina erzählte er, die Vesputo entworfen hatte, sondern von dem lebenslustigen, ungestümen Feuerkopf, den er gekannt hatte.

Und Königin Dreea? Er sah sie selten, doch wenn, dann bemerkte er ihren traurigen Blick, und er glaubte, dass auch sie heimlich hoffte, ihre Tochter läge nicht in dem Grab, das ihren Namen trug. Sie sprachen nie darüber. Nachdem Dreea genesen war, geisterte sie still und bleich durch das Schloss, sie webte und stickte und kümmerte sich um die Hauswirtschaft. Bei offiziellen Anlässen, wenn ihre Anwesenheit erwünscht war, stützte sie sich am liebsten auf Emids Arm.

Vor einigen Wochen, als Vesputo fort war, hatte die Königin Emid gebeten, bei den täglichen Übungsstunden zuschauen zu dürfen. Sie kam in Begleitung Mirandaes und sah, in warme Decken gehüllt, von einer Bank aus den Jungen zu. Irgendwann fand die Königin einen Grund, Mirandae zurück ins Haus zu schicken. Dann lächelte sie den Jungen zu und bat Emid, sie zurück zu ihrem Webstuhl zu begleiten. Als sie zum Schloss gingen, ließ sie eine Schriftrolle in seinen Ärmel gleiten.

„Was ich Euch hier übergebe, kann unser beider Todesurteil sein, falls irgendjemand dies findet", sprach sie, den Blick ernst nach vorn gerichtet. „Ich vertraue Euch eine Botschaft an den Oberkönig an, Emid. Ihr dürft sie lesen, wenn Ihr mir anders nicht vertraut. Doch achtet auf die Knoten, Ihr müsst sie genau gleich binden, denn sie sind mein persönliches Erkennungszeichen für König Dahmis."

„Liebe Königin, es ist eine große Ehre für mich. Ihr könnt mir alles anvertrauen, solange ich lebe. Sagt mir, was in dem Brief steht. Mit Knoten kenne ich mich nicht aus."

„Der Brief bezeichnet die Stelle, wo das Schwert von Bellandra versteckt ist, und fordert den König auf, es vor Vesputo zu schützen."

Und dann sprach sie vom Wetter. Emid schwirrte der Kopf. Seine Gedanken kreisten nur noch um das sagenumwobene Schwert von Bellandra. Dreea wusste, wo es sich befand! Und sie benötigte seine Hilfe, um es vor Vesputo zu schützen!

Die Schriftrolle wurde durch einen geheimen Kundschafter weitergeleitet.

Als Emid in dieser Nacht bei den Wachen vorbeikam, winkte er ihnen wie immer gleichgültig zu und stapfte weiter über das Gelände. Wie schon so oft wünschte er, er hätte mehr politischen Verstand. Er durchschaute Vesputos listenreiche Herrschaft einfach nicht.

*Wenn ich mit Sicherheit wüsste, dass Torina am Leben ist, würde ich es jedem erzählen, der es wissen will. Aber ich weiß nichts.*

*Ich kann die Menschen nicht hinter einem Geist herjagen lassen. Selbst wenn sie lebt, kommt sie vielleicht nie mehr zurück.*

Noch hatte es nicht geschneit, aber die Luft roch nach einem herannahenden Schneesturm. Der Mond schien auf die von Bäumen abgeschirmten Mauern auf der Südseite des Schlosses, wo die Türen schon winterfest gemacht worden waren.

Im Weitergehen fiel Emids Blick auf eine der Mauern. Es hatte den Anschein als bewege sie sich, wenn auch nur ganz leicht. Er sah sich um, keine Wachen weit und breit. Der Ausbilder verschmolz mit dem Schatten der Bäume.

Die Mauer bewegte sich wirklich! Eine versteckte Tür quietschte und öffnete sich. Dann sah Emid einen von einer Kapuze bedeckten Kopf, der sich rasch hin- und herbewegte, offensichtlich, um das Gelände zu sichern. Der Mann, wer auch immer es sein mochte, machte nach hinten ein Zeichen und trat ins Freie. Unter dem Arm trug er eine große Kiste in der Form einer Pyramide. Jetzt schlich ein riesiger Kerl heraus, der die Tür sorgfältig hinter sich schloss. Der Mond schien wieder auf eine unversehrte Mauer.

Emid stand wie angewurzelt da, als die beiden Männer geduckt zu den Bäumen hasteten. Er öffnete den Mund, um die Wachen herbeizurufen. Aber dann rief er doch nicht. Etwas an dem Kapuzenmann – seine Beweglichkeit, seine Anmut – kam ihm schrecklich vertraut vor.

Die Männer huschten keine drei Meter entfernt an ihm vorbei, er konnte sogar ihr Atmen hören.
„Du beschaffst die Pferde. Mit Hilfe seines Rings“, sprach der Kapuzenmann leise. „Graue Hengste, die gibt es hier überall. Wir treffen uns im Wald hinter den Ställen.“
„Warum holst du denn nicht die Pferde?“, flüsterte der andere.
„Weil man mich hier kennt, hast du das vergessen?“
„Wo sind die Ställe?“, fragte der große Mann.
Sein Kamerad sagte es ihm und unterstrich seine geflüsterten Worte mit Gesten. „Und nicht vergessen!“
„Ich weiß. Keine Toten.“ Der Große verschwand in Richtung der Ställe.
Emid war nun allein mit dem Dieb, nur wenige Bäume trennten sie voneinander.
Er atmete ganz verhalten, um sich nicht zu verraten, denn er fürchtete, der Mann könnte seine Gegenwart spüren.
*Wer ist das? Was ist in der Kiste?*
Der Mann kniete neben der Kiste. Er blickte zum Schloss zurück und legte seine Hände aufs Herz, als verspürte er tiefes Leid. Er hob die Hand und streifte die Kapuze vom Kopf. Hell schien der Mond auf sein Gesicht.
*Landen! Landen ist es! Was will er hier? Erst gestern hieß es, er sei gefangen genommen!*
Der Ausbilder sah sich das vom Mondlicht gezeichnete,

feine Profil genau an. Das Gesicht war schmutzig und voller Bartstoppeln, er sah älter aus als er war.

*Hat er König Kareed ermordet?* Emid konnte nicht glauben, dass dieses traurige, entschlossene, junge Gesicht das Gesicht eines Mörders war. Was hatte der andere Mann gesagt? „*Keine Toten.*" Würde ein Mörder den Befehl geben nicht zu töten?

Emid wollte zu ihm, ihm tausend Fragen stellen. Wohin war er geflohen? Was hatte er gesehen? Wem galt seine Trauer? Vielleicht der Prinzessin? Um wen sonst sollte Landen trauern?

Doch Emid blieb, wo er war.

Landen schulterte die Kiste und verschwand, ohne eine Spur zu hinterlassen.

Dann kam Leben in den alten Krieger. Als er sich auf den Weg machte, stieß er mit dem Fuß an einen klirrenden Gegenstand. Er bückte sich und hob einen großen Schlüsselbund hoch.

Die Schlüssel des Königs? Wie kam Landen zu Vesputos Schlüsseln?

Verdutzt drehte Emid die Schlüssel hin und her. Er steckte sie in seinen Umhang und ging gemessenen Schrittes weiter auf seiner üblichen Runde, als sei nichts geschehen.

Im Vorübergehen nickte er den Wachen zu.

Er berechnete seine Schritte so, dass er die Hintertreppe zum Schlosshof in dem Augenblick erreichte, als die Wachen ihm den Rücken zuwandten. Dann legte er den

Schlüsselbund in eine dunkle Ecke der Brüstung, wo er mit dem ersten Tageslicht entdeckt werden würde.
Sollte Vesputo ihn morgen fragen, ob er etwas gesehen hätte, wusste er, was er antworten würde. Nichts als den Mond über der winterlichen Erde.

Kurz nach Sonnenaufgang ritten Landen und Andris auf ihren grauen Hengsten an Archelds felsiger Küste entlang.
Die Tiere waren durstig und hielten an einem kleinen Wasserlauf. Die beiden Reiter stiegen ab.
„Es ist mir ein Rätsel, wie du im Dunkeln den Weg zur Küste finden und so weit kommen konntest", sagte Andris.
„Ich habe dir doch gesagt, ich kenne dieses Land." Landen blickte über das Meer. „Wir werden den ganzen Tag reiten. Gefangene Diebe leben nicht besonders lang." Er grinste. „Wahrscheinlich halten sie sich jetzt ihre Brummschädel."
„Jawohl." Andris kicherte. „Die Festgesellschaft erwacht." Er hielt Landen die Faust vor die Augen. An seinem Finger blitzte Vesputos Ring. „Zwei Pferde, Mann, aber schnell", befahl Andris und parodierte die Szene der vergangenen Nacht. „So leicht war das Pferdestehlen noch nie!"
„Vesputo wird sterben vor Scham."
„Einen Tod, den er verdient hat." Jetzt lachte Andris.
Aus dem bedeckten Himmel kamen die ersten Schnee-

flocken. Landen fing eine mit der Zunge auf. „Andris, wir sind gerettet.“

„Gerettet? Jetzt kommen wir langsamer voran und kalt wird es auch, Bellanes.“

„Das gilt auch für unsere Verfolger. Der Schnee wird unsere Spuren verdecken.“ Landen schwang sich in den Sattel. „Wir reiten nach Nordosten.“

„Liegt das nicht etwas abseits?“

„Ein bisschen. Bis hierher können sie unseren Spuren folgen. Aber dann wissen sie nicht mehr weiter. Komm, Mann! Vesputo steckt so eine Schlappe nicht einfach weg. Er wird das ganze Land nach Landen, dem teuflischen Mörder, durchkämmen lassen.“

Als es Abend wurde, waren die beiden Reisenden so erschöpft und durchfroren, dass sie kaum noch ihr Zelt aufschlagen konnten. Sie suchten zwischen den schneebedeckten Büschen und Gräsern ein paar trockene Äste und entfachten ein armseliges Feuerchen. Sie wollten abwechselnd wachen, um das Feuer nicht ausgehen zu lassen.

Andris übernahm die erste Wache und setzte sich an die schwelende Glut.

Irgendwann in der Nacht wachte Landen frierend auf. Er brauchte einen Augenblick, bis er wusste, wo er war. Im Zelt war es stockdunkel. Er steckte den Kopf hinaus und sah Andris, von Kopf bis Fuß in Decken gehüllt, vor den von Schnee bedeckten Überresten des Feuers liegen und schnarchen. Zitternd vor Kälte kroch Landen aus dem Zelt und stand auf. Eine dichte Schneedecke lag auf dem Boden und es schneite immer noch. In der Luft lag das eigenartige, flüchtige Leuchten von nächtlichem Schneefall. Die Temperatur war gefallen. Landen kroch zu Andris, klopfte Schnee von seinen Decken und versuchte ihn zu wecken. Vergeblich. Landen gab es auf und bedeckte den Schläfer mit einer seiner eigenen Decken.

Er begann nach trockenem Holz zu suchen, schob Steine beiseite und suchte den Boden darunter ab. Der Wind hatte den Schnee in jede Ritze getrieben. Seine Zähne klapperten, er schlug sich auf den Leib, um warm zu werden. Er sah sich um und versuchte zu erkennen, wo zwischen den gespenstischen Erhebungen und formlosen Vertiefungen der Ebene ein trockenes Plätzchen zu finden wäre. Die Kälte erdrückte ihn fast.

Er stolperte und fiel der Länge nach hin, rappelte sich wieder auf und rieb sich das Schienbein. Er war über etwas Scharfkantiges gefallen. Er bückte sich und ertastete durch seine Handschuhe hindurch die Kiste, die er für den Oberkönig gestohlen hatte.

Seine Handflächen begannen schmerzhaft zu brennen, als ströme die Kiste eine Art Hitze aus. Landen ließ sich nieder und lehnte sich an die Pyramide. Es bestand kein Zweifel, der Schatz gab Wärme ab und schenkte ihm ein seltsames Wohlgefühl. Er wollte aufstehen und Andris zu wecken, blieb aber einfach ruhig sitzen.

In jener Nacht, inmitten der eisigen Ebene von Archeld, war ihm, als schleiche sich ein tröstendes Feuer in sein Leben und schmelze allen Kummer, alle Angst und alle Trauer aus ihm heraus. Er fühlte sich leicht und frei ums Herz wie in seiner Kindheit. Wie im Traum wurde er auf sanften Schwingen emporgehoben und in eine andere Welt getragen, wo die Luft von Liebe vibrierte. Auf einer Welle zeitloser Verzückung glitt Landen in den Schlaf.

Sonnenlicht blendete ihn und er sah Andris vor Kälte rotes Gesicht über sich gebeugt.
„Was machst du denn da auf dieser harten, kalten Kiste?", fragte er mit krächzender Stimme.
„Nicht kalt", widersprach Landen und merkte gleichzeitig, dass die Kiste tatsächlich kalt war. Er fuhr mit den Fingern an den Rändern entlang. Kalt. Verwundert schüttelte er den Kopf.
„Ich habe so schön geträumt."
„Du bist ein merkwürdiger Kerl, Bellanes. Ich habe noch nie einen Mann gesehen, der nach einer Nacht im Schnee so gut ausgesehen hat. Steh auf, Mann. Ich will wissen, ob dich deine Füße noch tragen."
Der helle Tag passte zu Landens Stimmung. Er fühlte sich stark und wie neu geboren. Er lachte seinen Kameraden an und erhob sich leichtfüßig. Dann kniete er neben der Kiste nieder, wischte den Schnee fort und untersuchte die Schlösser.

„Ach, Andris“, sagte er, „ich wünschte, ich hätte nicht mein Wort gegeben.“

„Du willst den Schatz sehen?“

„Ja.“ Er klopfte auf die Pyramide. „Nun, mein Freund, wir müssen zusammenpacken und losreiten. Wenn wir in den Wald kommen, können wir Brennholz suchen.“

# 5. Kapitel

„Bellanes!“, rief der Oberkönig und schüttelte Landen die Hand. „Ich gestehe, ich bin überrascht, Euch hier zu sehen. Ich hatte erwartet, Ihr würdet Euch verspäten oder raten, mir den Schatz aus dem Kopf zu schlagen. Und jetzt seid Ihr hier, mit der Pyramidenkiste! Was Ihr vollbracht habt, ist nahezu unmöglich.“
Andris und Bellanes hatten den stählernen Behälter über die Ebene von Archeld bis in die Wälder von Glavenrell gebracht. Dort hatten sie an einem verfallenen, alten Schuppen Halt gemacht, dem vereinbarten Treffpunkt mit dem Oberkönig. Bis der König und General Larseld als Bauern verkleidet eintrafen, hatte Andris gezweifelt, ob dieser Ort wirklich der richtige Treffpunkt sein konnte. Doch als der Bauer seine Handschuhe abgestreift hatte und das Gold an seinen Fingern aufblitzte, wusste Andris, dass er den echten König vor sich hatte. Das Pferd des Königs entpuppte sich unter seinen schäbigen Decken als das edelste Pferd, das Andris je gesehen hatte.
General Larseld fuhr ein klapperiges, mit Stroh beladenes Fuhrwerk, das von zwei weiteren Pferden gezogen

wurde. König Dahmis führte einen edlen, braunen Hengst hinter sich her.
Stumm vor Ehrfurcht stand Andris da. Die Gegenwart des Oberkönigs im geflickten Bauernmantel überwältigte ihn.
Die Männer trafen sich im Freien, umgeben von Schneeverwehungen, denn der halb verfallene Schuppen bot wenig Schutz.
Es hatte aufgehört zu schneien.
Bellanes lachte, es war ein unbeschwertes Lachen, wie Andris es noch nie von ihm gehört hatte. „Ich würde eher sage, was Ihr vollbracht habt, ist nahezu unmöglich. Das Bündnis zwischen den Königreichen, die freien Handelsbeziehungen ..."
Dahmis lächelte. „Ich bin froh Euch wiederzusehen."
Bellanes verbeugte sich und überreichte den Siegelring von Archeld dem Oberkönig.
„Vesputos Ring."
„Wie habt Ihr das fertig gebracht?", wollte Dahmis wissen und nahm den Ring entgegen.
Wieder erklang das leichte, freie Lachen. „Mein Herr, wir haben nicht vereinbart, meine Geheimnisse zu offenbaren. Ich überbringe den Schatz ungeöffnet, das reicht."
Erstaunt sah Andris, dass der König sich respektvoll vor dem Mann verbeugte, der ihm gerade widersprochen hatte.
Bellanes drehte sich zu einem Schneehaufen um und

befreite mit schnellen Bewegungen den stählernen Kasten. Dahmis beugte sich vor und berührte ihn.
„Das ist die Kiste", sagte er ehrfürchtig und erhob sich. „Nennt Euren Preis."
Andris beobachtete, wie sein Anführer verlegen von einem Fuß auf den anderen trat. „Wir haben schon einen Betrag vereinbart."
„Ja, doch damals habe ich nicht geglaubt, dass Ihr es wirklich schaffen würdet."
Bellanes starrte auf seine Stiefel.
„Los, Mann", sprach jetzt General Larseld, „Ihr habt uns einen unbezahlbaren Dienst erwiesen. Ihr habt das Recht, eine Belohnung zu fordern."
„Auch die Belohnung, die ich mir wünsche, ist unbezahlbar."
„Nennt sie."
Bellanes schluckte und Andris sah, wie seine Augen feucht wurden. „Eure Freundschaft."
Der König legte Bellanes eine Hand auf die Schulter. „Bellanes, ich bin Oberkönig über Tausende. Die Menschen kommen zu mir, weil sie um meine Gunst werben, meinen Schutz suchen oder einen Schlichter für ihre Streitigkeiten brauchen. Meine Freunde kann ich an zwei Händen abzählen. Jeder von ihnen ist mir mehr wert als alle Königreiche." Er machte eine Pause. „Es ist mir eine Ehre, Euch Freund zu nennen."
Andris sah die glitzernden Augen seines Anführers, das zustimmende Nicken des Generals und das strahlende

Lächeln des Königs. Er sah, mit welcher Selbstverständlichkeit sich sein Herr zwischen diesen großen Männern bewegte.
Und er hatte das Gefühl, Zeuge eines bedeutenden Ereignisses zu sein.
Die Pyramide wurde zum Karren geschafft und mit Stroh zugedeckt. Der Oberkönig erklärte sich bereit, Vesputos graue Hengste zu verstecken, da sie sicherlich vermisst und gesucht würden.
„Und nun zu Eurer Bezahlung“, sagte Dahmis und überreichte Bellanes die Zügel der beiden braunen Hengste. „Kein anderer in meinem Königreich hat mich bisher bewegen können, mich von diesen edlen Tieren zu trennen, Bellanes.“
Als Andris hörte, dass er ein eigenes, hochklassiges Pferd bekommen sollte, dachte er voll Dankbarkeit an den Tag, als er den Schaukampf in Desante verloren hatte.

Schweigend starrte König Dahmis in das lodernde Feuer. Neben ihm saßen Larseld und Michal und spielten Schach.
„Ha!“, rief Michal triumphierend. „Jetzt habe ich dich, General.“
„Wirklich?“, entgegnete Larseld. „Immer zu Diensten, lieber Michal. Aber diesmal habe ich dich geschlagen. Schachmatt.“
Michal gaffte auf das Schachbrett und protestierte, Lar-

seld sei im Vorteil, weil er General sei. „Noch ein Zug und ich hätte dich geschlagen!"
Dahmis lachte.
„Aus diesem Grund befehligt Larseld meine Truppen. Sein letzter Zug kommt immer vor dem letzten Zug des Feindes."
„Halt du dich da heraus, Dahmis", sagte Michal verärgert. „Du bist so verdrießlich. Der Platz am Kamin ist gerade Recht für dich."
„Verdrießlich nennst du mich? Ich möchte nur in Ruhe nachdenken."
„Nachdenken? Worüber denkst du denn nach?"
„Ich kann es mir denken", sagte Larseld.
„Der General hat gesprochen! Er kennt die Gedanken seiner Gegner wie seiner Freunde! Und er besiegt sie, wenn sie es am wenigsten erwarten."
„Larseld kennt meine Gedanken nicht", erwiderte Dahmis verärgert.
„Er denkt an das Schwert von Bellandra", sagte Larseld.
Überrascht richtete Dahmis sich auf. „Beeindruckend, General."
„Er überlegt, ob er es im Kampf gegen die Sliviiter einsetzen kann."
Dahmis seufzte. „Du hast es fast erraten, Larseld, aber nicht ganz."
Michal lachte. „Ein Fehler in der unfehlbaren Strategie unseres Generals?"

„Es tut mir nur Leid, dass das Schwert von Bellandra nicht mir gehört."
„Es heißt, es sei eine mächtige Waffe", sagte Larseld.
„Vielleicht stimmen die sagenhaften Mythen um das Schwert", erwiderte Dahmis. „aber dadurch gehört es doch nicht mir. Würde ich es in der Schlacht einsetzten, wäre das der Beginn von Unredlichkeit."
„Aber wer außer Euch hätte ein Recht darauf?", fragte Michal.
„Der Prinz von Bellandra, wo immer er auch sein mag."
„Aber er wird des Mordes an König Kareed beschuldigt", wandt Larseld ein.
„Von Vesputo beschuldigt, der dadurch die Königskrone gewonnen hat", sagte Michal.
„Seit Vesputo versucht hat, mich umbringen zu lassen, habe ich oft an der Schuld des Prinzen von Bellandra gezweifelt", sagte Dahmis. „Der Prinz ist aus Archeld geflohen. Niemand hat je gehört, dass er gestorben ist."
„Aber wenn er doch tot ist?", fragte Larseld.
„Auch dann hätte ich kein Anrecht auf das Schwert. Das sagt mir mein Herz. Nein, meine Freunde, das Schwert bleibt, wo es ist, verschlossen in einer hässlichen Kiste."

# 6. Kapitel

Draußen heulte ein Wintersturm, aber drinnen, in Torinas Hütte, war es gemütlich warm. Die junge Frau kochte sich ihr einfaches Abendessen und aß geistesabwesend. Vom vielen Reiten war sie gesund und stark geworden. Gesund, aber nicht glücklich. Die Briefe im hohlen Baum waren kein Ersatz für Freundschaft. Ihre Kristallkugel gab ihr Einblicke in alle Königreiche, nie jedoch einen Hinweis auf Landen.

Sie lauschte auf das Heulen des Windes. Gedankenverloren blickte sie in die züngelnden Flammen und dachte an früher. *Einst war ich leuchtend und lebhaft wie diese Flammen. Jetzt bin ich einsamer als eine Betschwester und in mir ist eine Kälte, als sei das ganze Jahr Winter.*

Sie starrte auf ihr Schreibpapier. Ein Wort, hatte Dahmis gesagt. Ein Wort und er würde sie holen und unter seinen Schutz stellen.

Torina liebte es, allein auszureiten, ohne Begleitung oder Wachen an ihrer Seite. Justina zu satteln, wann immer sie Lust hatte, so weit zu reiten, wie sie wollte, nach Hause zu kommen, wann es ihr passte, all das war ihr viel wert.

*Doch was nützt mir meine Unabhängigkeit, wenn ich nicht frei bin, mein Haar offen zu tragen?* Sie krallte die Finger in die Armlehnen ihres Stuhls. Sie hatte sich entschieden. Sie würde das eine Wort schreiben und in Glavenrell leben. Und wenn sie das nächste Mal Dahmis traf, wollte sie ihn bitten, ihr bei der Suche nach Landen zu helfen. Gemeinsam würden sie sicher herausfinden, ob und wo er lebte.
Sogleich begann sie den Brief aufzusetzen.

*Lieber Cousin,*
*wie steht es in deinem Dorf? Mir geht es gut, aber das Wetter macht mir zu schaffen und ich würde gern bei dir ein warmes Plätzchen finden.*
*Vineda*

Sie rollte den Brief zusammen und verschnürte ihn mit geübten Fingern. Dann nahm sie ihre abgetragene Jacke und öffnete die Tür.
Ein orkanartiger Sturm begrüßte sie und peitschte eisige Nadeln in ihr Gesicht. Torina lachte und machte die Tür wieder zu. Natürlich, sie musste warten, bis der Sturm vorbei war.
Sie hängte die Jacke auf, ihr war warm und sie war glücklich. Morgen würde sie mit Justina durch das Schneetreiben zum hohlen Baum finden. Selbst wenn es bis zum Umzug nach Glavenrell noch ein paar Wochen dauern sollte, es würde geschehen. Leben! Sie hat-

te Lust zu tanzen. Voller Tatendrang beschloss sie das Beste aus dem schlechten Wetter zu machen und ihre Kristallkugel zu befragen. Vielleicht konnte sie ihrem Brief an den Oberkönig noch eine wichtige Information anfügen.

Torina flocht den langen, feuerroten Zopf auf. Sie genoss es, das Haar offen zu tragen. Dann legte sie einen neuen Scheit ins Feuer.

Sie holte die Kristallkugel hervor und versenkte ihren Blick in ihrer Tiefe. Als Erstes bat sie wieder um ein Bild von Landen. Der eigensinnige Stein zeigte ihr eine Gruppe Männer, die um ein Lagerfeuer saß. Sie spürte, dass es sich um eine Verbrecherbande handelte. Einer der Männer hatte eine riesige Narbe quer über seiner linken Gesichtshälfte, ein anderer war groß wie ein Riese. Sie schauderte. Sollte sich Landen in Gesellschaft solcher Gestalten aufhalten? Ängstlich suchte sie nach ihm, aber er schien nicht dabei zu sein. Dann verblasste das Bild wieder.

Aber das machte nichts. Bald würde der Oberkönig nach ihm suchen.

Sie sah weiter in die Zauberkugel. Diesmal erschienen Vesputo und Dahmis. Der Oberkönig schüttelte Vesputo die Hand. Seine Stimme rauschte in Torinas Kopf wie ein Orkan. *„So sind wir jetzt Verbündete.“* Und die verhasste Stimme ihres ehemaligen Verlobten: *„Ich werde die Bedingungen des Bündnisses achten.“*

Ungläubig starrte Torina in die Kugel, doch die ab-

scheuliche Vision war keine Täuschung, die beiden Könige nickten einander lächelnd zu.
„Das kann nicht sein, bitte, das darf nicht sein", rief sie und hätte die Kugel am liebsten ins Feuer geworfen und zugeschaut, wie sie in der Hitze zersprang. „Nein, nein, bitte", stöhnte sie, während der Oberkönig und der Mörder ihres Vaters lächelnd einander zutranken.
Torina sprang auf und warf den Kristall auf den Stuhl, als hätte sie sich daran verbrannt. Mit zitternden Fingern nahm sie die Schriftrolle, löste die Bänder, zerknüllte den Brief und warf ihn ins Feuer. Als die Flammen sich seiner bemächtigten, sank sie auf ihrem Stuhl zusammen, verzweifelt vor Zorn und Einsamkeit. Während draußen der Winter um ihre Hütte heulte, war ihr, als häufe sich alles Eis der Welt auf ihr armes Herz.

Dahmis beobachtete den Aufmarsch seiner Soldaten, seine Stirn war von Sorgen zerfurcht. Seine Späher brachten ihm jeden Tag neue Nachricht über die Aufrüstung der Sliviiter.
Tausende und Abertausende von Söldnern standen unter sliviitischem Kommando und schärften ihre Klingen. Heerscharen von Sklaven lernten riesige Schiffe zu steuern, hochnäsige Hauptleute drillten ihre Männer von früh bis spät.
Doch immer noch war nicht bekannt, wo sie zuschlagen wollten. Sorgen machte ihm auch, dass Vineda seit drei Wochen keine Nachricht mehr geschickt hatte. Das war

nicht ihre Art. Hatten die Männer, die nach ihr suchten, sie gefunden und entführt oder gar getötet?
Dahmis gestand sich nicht gerne ein, wie sehr die liebliche Wahrsagerin seine Gedanken beherrschte. Er musste jetzt an seine Truppen denken, an die Verbündeten, an Kriegslisten, anstatt kostbare Zeit mit Gedanken an Vineda zu vergeuden. Am liebsten hätte er einen zuverlässigen Kundschafter ausgeschickt, um herauszufinden, ob sie noch immer im Wald von Desante lebte, und er ärgerte sich, dass er ihr versprochen hatte, niemandem zu verraten, wo sie wohnte oder wer sie war.
Als ob er wüsste, wer sie wirklich war. Wer wusste es überhaupt? Warum machte sie ein solches Geheimnis daraus? Mit ihren Gaben wäre sie auf jedem Schloss ein willkommener und gefeierter Gast. Sie aber lebte im Verborgenen, als hätte sie ein schreckliches Verbrechen begangen und fürchtete entdeckt zu werden.
*Sie ist viel zu jung, um auf all die Pracht verzichten zu wollen, die ihr ihre Schönheit bescheren könnte. Aber auch ihre Schönheit verbirgt sie unter hässlichen Kleidern und Tüchern. Warum ist ihr öffentliche Bewunderung so verhasst?*
Er dachte an ihre zornigen Worte: „*Ich kann nicht wie eine Gefangene in einem Schloss leben!*“ *Welche junge Frau würde das Leben im Schloss des Oberkönigs, umringt von ehrfürchtigen Dienern, als Gefangenschaft bezeichnen?* Und dann dieser Satz, den sie mit kühler Verachtung und Trauer ausgesprochen hatte: „*Ehrfurcht habe ich wohl. Aber nicht vor Königen!*“

Dahmis schüttelte ratlos den Kopf und schickte nach Larseld. Als der General gekommen war, eröffnete ihm der König, dass er für einige Tage fortmüsse.
„Aber Herr, der Rat der Könige!"
„Bis dahin werde ich wieder hier sein."
„Ich dachte, wir könnten ihn schon vorbereiten."
„Das werden wir auch. Nur nicht am selben Ort. Verzeiht, mein Freund. Aber diese Reise ist sehr wichtig, auch wenn sie für alle ungelegen kommt."
„Entschuldigt, Herr, aber kann nicht ein anderer diese Aufgabe übernehmen?"
„Nein, Larseld, keiner außer mir. Kommt, lasst uns mit Michal sprechen und die dringendsten Angelegenheiten vor meiner Abreise morgen früh gemeinsam besprechen."

Dahmis nahm ein schnelles Pferd aus seinem Stall und ritt in der Verkleidung eines Gesandten nach Desante. Seine Verkleidung sollte erklären, warum er eines der besten Pferde des Königreichs ritt. Er galoppierte über die Hauptstraßen, ohne von irgendjemandem angehalten zu werden. Eilige Botschaften zwischen den verbündeten Königen waren in dieser Zeit nichts Ungewöhnliches.
Todmüde kam der König zu Vinedas Hütte. Halb erwartete er, die Hütte verlassen vorzufinden. Die Gedanken, die ihn auf diese lange Reise geschickt hatten, schwirrten ihm durch den Kopf. War sie in Sicherheit?

Auf der Lichtung vor der dunklen, stillen Hütte stieg er ab. Er spähte durch ein Fenster und sah glühende Kohlen in der Feuerstelle. Im Stall fand er Justina, die zufrieden am Stroh knabberte. Dahmis entschloss sich zu warten.

Wenn Vineda nicht bald zurückkam, wollte er im Bauernhaus nach ihr fragen.

Dann rieb er trotz seiner Müdigkeit sein Pferd ab und gab ihm Futter.

Gerade als er aus dem Stall trat, kam ihm Torina über die Lichtung entgegen. Es war dunkel geworden, aber das Mondlicht erhellte den Schnee, fast als wäre es Tag. Das Tuch hatte sie wie immer um den Kopf gebunden, eine fadenscheinige Jacke bedeckte ihre schlanke Gestalt. Erleichtert sie zu sehen, fragte sich Dahmis wieder, warum sie ihre Schönheit verbergen musste.

„Vineda", sagte er und vergaß einen Augenblick seine Müdigkeit. Freundschaftlich berührte er ihre Schulter, doch er schreckte zurück, als er die Kälte in ihrem Gesicht gewahrte.

„Vineda, was ist los?"

Ihre Augen sahen im Mondlicht undurchdringlich aus.

„Ihr habt Euch mit Vesputo verbündet", verkündete sie, als habe er ihr etwas Unverzeihliches angetan.

Dahmis biss die Zähne zusammen. „Ja. Es war notwendig, Vineda. Manchmal ist Eure Hellsichtigkeit ein Fluch. Ich wollte es Euch selbst erzählen."

„Er wird das Bündnis verraten."

„Seine Soldaten sind hervorragende Krieger. Auch seine Küste ist den Angriffen der Sliviiter ausgesetzt!"
Mit verschlossener Miene ging sie zur Hütte. „Er wird Euch verraten", sagte sie über die Schulter.
Dahmis folgte ihr. „Habt Ihr das gesehen? Warum habt Ihr mich denn nicht benachrichtigt?"
Sie drehte sich abrupt nach ihm um. „Ich muss nicht in die Zukunft sehen, wenn es um Vesputo geht!"
„Dann habt Ihr es also nicht gesehen." Er starrte auf ihr Gesicht, das vom Mondlicht weiß erhellt war. Wieder streckte er die Hand nach ihr aus. Sie zuckte zurück.
„Vesputo kennt seine Interessen, Vineda", argumentierte er. „Die Sliviiter sind für ihn die größte Bedrohung, die sein Land je erlebt hat. Und für mich eine größere Bedrohung, als ein einzelner, machthungriger König. Nur ein geschlossenes Bündnis kann uns vor den sliviitischen Truppen schützen. Alle Berichte bestätigen, dass sie zum größten Angriff aller Zeiten rüsten. Das wisst Ihr selbst."
Die schöne junge Frau ballte ihre Fäuste. „Warum seid Ihr hier?"
„Aus zwei Gründen, Vineda. Erstens wollte ich sehen, ob Euch etwas zugestoßen ist. Zweitens brauche ich gerade jetzt Eure Hilfe."
Sie zitterte. „Die werdet Ihr nicht bekommen."
„Bitte, Vineda. Das Bündnis ist sehr wichtig. Vesputo befehligt eine starke Armee. Sobald das Eis geschmolzen ist, befinden wir alle uns in großer Gefahr, auch er."

„Habt Ihr denn schon vergessen?“, fragte sie. „Er hat Euch nach dem Leben getrachtet!“
„Der Oberkönig kann es sich nicht leisten, alte Schulden aufzurechnen. Ich brauche Vesputo. Er hält eine Schlüsselposition. Ihn zu bekämpfen, würde meine Truppen jetzt zu sehr schwächen. Das Bündnis ist unsere einzige Chance!“ Seine Stimme war laut geworden, kleine Atemwolken stiegen in die eisige Luft.
„Dann möge es Euch von Nutzen sein“, antwortete sie.
„Wollt Ihr mir nicht helfen?“
Sie reckte ihr Kinn, ihre Lippen bebten. Entschlossen drehte sie ihm den Rücken zu.
„Vineda! Bitte, helft uns!“
Sie ging in die Hütte und schloss die Tür. Der Oberkönig war allein. Er hob seine Augen zum Sternenhimmel empor. Er wollte ihre Tür einschlagen, sie zwingen ihm zu helfen. Wann und wo hatte sie einen so leidenschaftlichen Hass auf Vesputo entwickelt? Von Königen schien sie nicht viel zu wissen, sonst würde sie die taktischen Züge verstehen, die diese oft gegeneinander führten. Vesputo war nicht der Einzige, der versucht hatte, Dahmis Platz einzunehmen. Zu Beginn seiner Herrschaft hatten ihn viele auf alle erdenkliche Weise herausgefordert, manche offen, manche im Geheimen.
Vesputo hatte jetzt das fehlende Glied in seinem Bündnis geschlossen. Seine Kundschafter hatten herausgefunden, wo die Invasion der Sliviiter stattfinden sollte.

Er hatte Dahmis ermöglicht, mit mehreren Männern und einer Frau zu sprechen, die die gefährliche Reise nach Sliviia gewagt hatten. Alle hatten ihm das Gleiche berichtet: Die Sliviiter wollten zur Bellanbucht segeln, eine der größten Buchten an der Küste. Es erschien wahrscheinlich, dass eine so riesige Flotte einen Ort wie die Bellanbucht aufsuchen würde.
Dahmis merkte, wie unverzichtbar Vinedas Vorhersagen für ihn geworden waren. Ohne ihren Rat wollte er nicht entscheiden. Er war weit gereist, um ihr nahe zu sein. Und nun war ihre Hütte für ihn verschlossen. Als lebte sie auf der anderen Seite des Ozeans.
„Gott helfe uns“, betete er. Über ihm schien der Mond und antwortete nicht.

Vesputo kam frühzeitig zum Rat der Könige. Er wollte die anderen Herrscher beim Eintreten beobachten. Der Raum, der für diese historische Versammlung gewählt worden war, war groß und gediegen. Alle Oberflächen waren poliert, die dicken Teppiche aus Glavenrell gebürstet.
Nachdem er Dahmis ehrerbietig begrüßt hatte, stellte Vesputo sich nach hinten, sein Gesicht zu königlicher Würde erstarrt. Er fürchtete, Torina könnte den Oberkönig gewarnt haben. Er musste vorsichtig sein und jeden seiner Schritte genau abwägen.
Ardesen, der König von Desante, stürmte grimmig herein und ließ sich vor Dahmis zu einer höflichen Verbeu-

gung herab, grauhaarig überragte er den Oberkönig um Haupteslänge. Der wilde Mlaven, Herrscher über Emmendae, dem rauen Land im Norden von Glavenrell, begrüßte Dahmis mit einer Umarmung.

„Nun, mein Freund", hörte Vesputo Mlaven sagen, „was rät Euch Eure Wahrsagerin?"

Im Gesicht des Oberkönigs zuckte ein Muskel. „Sie hat ihre Hilfe eingestellt", antwortete er leise.

„Keine Prophezeiungen mehr! Das sind schlechte Nachrichten! Ihr müsst herausfinden, wie hoch ihr Preis ist, Herr!"

„Solche Anreize sind bei ihr zwecklos", antwortete Dahmis.

Vesputo biss die Zähne zusammen, um nicht in triumphierendes Gelächter auszubrechen. *Torina hat mit dem Oberkönig gebrochen! Jetzt muss sich der Narr auf seine eigenen, hochfliegenden Visionen verlassen.*

Als der Rat zusammengetreten war, forderte Dahmis Vesputo auf, den anderen zu berichten, was seine Späher herausgefunden hatten: Der Hauptangriff der Sliviiter sei in Archeld auf dem Gebiet des ehemaligen Bellandra geplant.

„Die Bellanbucht ist besser zugänglich als alle übrigen Küstenabschnitte südlich von Emmendae", sagte Vesputo, „und in einer Woche wird das Wasser wieder warm sein. Von dort können sie ungehindert Archeld plündern und weiter nach Glavenrell oder Desante ziehen."

„Genau das würde ich auch tun mit so einer Flotte“, tönte König Mlaven.
„Wie stark sind unsere vereinten Truppen?“, fragte Ardesen von Desante.
„Wir haben fünfzigtausend Mann“, antwortete Dahmis, „und wir schätzen die Sliviiter auf dreißigtausend, Söldner eingeschlossen.“
„Wie sollen wir unsere Soldaten aufteilen?“ Diese Frage kam von Endak, dem stillen König von Davia.
„Wir können unsere Länder natürlich nicht ganz schutzlos lassen“, erklärte Dahmis.
„Wenn wir davon ausgehen, dass der Hauptangriff auf die Bellanbucht gerichtet ist, sollten wir unsere Truppen dort konzentrieren und die Nachrichtenübermittlung so beschleunigen, dass wir im Fall unvorhergesehener Ereignisse Verstärkung schicken können.“

Der Rat war zu Ende und die Könige kehrten in ihre Länder zurück. Alle hatten sich bereit erklärt, ihre tapfersten Krieger unter der Führung eines vertrauenswürdigen Generals zur Küste von Archeld zu schicken. Larseld sollte mit den Generälen eine gemeinsame Verteidigungslinie aufbauen. In einer Woche würden die Truppen aufbrechen. Dahmis war stolz auf die gute Zusammenarbeit der Bündnispartner. Ein historischer Wendepunkt war erreicht. Die Könige trafen und berieten sich, es gab kaum noch Feindseligkeiten und jeder stellte sein Interesse unter die gemeinsame Sache. Das war ein Sieg, wie der Oberkönig ihn sich wünschte. Vor Glück hätte sich der Himmel vor ihm auftun können, allein der Gedanke an Vineda verlieh dem Ganzen einen Misston.

Über Ardesen ließ Dahmis eine Einladung an Bellanes schicken, und schon nach wenigen Tagen erhielt er die Nachricht, die Männer hätten unweit der Stadt Glaven ihr Lager aufgeschlagen. Bellanes, der seinem wachsenden Ruhm scheu auswich, wollte sich nicht in der Öffentlichkeit mit dem König treffen. Er ließ Dahmis den Standort seines Lagers mitteilen und dieser ritt mit Larseld zu ihm hinaus.

Abends kamen sie an und wurden von einem Mann mit einem blaurot vernarbten Gesicht angehalten.

„Die Losung", forderte dieser streng.

„Der Frieden kommt."

Der Mann führte sie an ein Lagerfeuer. Bellanes kam ihnen lächelnd entgegen.

„Mein Herr." Er zeigte in die Runde am Feuer. „Das ist meine Bande. Männer! Der Oberkönig und General Larseld." Dahmis lächelte im Stillen über die plötzliche Unruhe unter den Männern. Offenbar hatte Bellanes sie nicht vorbereitet. Sie standen stocksteif da und der Mann, der nach der Losung gefragt hatte, schien einer Ohnmacht nahe.

„Ich … ich, mein Herr …"

„Bangor, der Oberkönig weiß, wie wichtig eine Losung sein kann", sagte Bellanes beruhigend. Und zu Dahmis gewandt: „Mein Herr, ich weiß, Eure Zeit ist kostbar. Sagt, was Ihr von uns wollt."

Dahmis richtete seine Worte an die ganze Bande. „Der Rat der Könige hat sich getroffen und geht davon aus, dass die Sliviiter zuerst die Küste von Archeld angreifen werden, dort wo früher Bellandra lag. Alle Verbündeten haben sich verpflichtet, Truppen dorthin zu entsenden und sich unter das Kommando von Larseld zu stellen. Larseld bricht morgen früh auf. Ich bitte Euch ebenfalls hinzugehen. Eure Künste könnten dort von unschätzbarem Wert sein. Vor allem König Vesputo hat um Eure Teilnahme gebeten."

Bellanes runzelte die Stirn. „So gehört Vesputo jetzt auch zu Eurem Bündnis?" Seine Stimme hatte einen harten Tonfall angenommen.

„Ja. Er hat sich uns angeschlossen."

„So spät?", fragte Bellanes und verschränkte seine muskulösen Arme.

Dahmis seufzte. „Vielleicht ist er nur aus Eigennutz dabei, weil er glaubt, seine Küste sei besonders gefährdet. Seine Späher berichten, die Bellanbucht sei das Hauptangriffsziel der Sliviiter."

Bellanes stand angespannt wie eine Bogensehne. „Mein Herr, verzeiht mir, was ich jetzt sagen werde."

„Bitte, sprecht frei."

„Ich und meine Bande werden nicht nach Archeld gehen und Vesputo verteidigen. Und ich bitte Euch, Eure Truppen nicht aus Glavenrell abzuziehen. Die Sliviiter sind kluge Krieger. Die Bellanbucht mag ein mögliches Angriffsziel sein, doch wissen sie bestimmt, dass Glavenrell und Emmedae ebenfalls zahlreiche Buchten haben. Wenn sie herausfänden, dass sie hier den Oberkönig zerschlagen können, ohne auf wesentlichen Widerstand zu treffen, was dann?“

Dahmis trat näher ans Feuer. „Ihr glaubt, die Sliviiter wollen zuerst Glavenrell erobern?“

„Ihr seid die entscheidende Macht unter den Königreichen. Das wird auch ihnen nicht entgangen sein“, sagte Bellanes.

„Und die Informationen von Vesputos Spähern? Wenn wir den ersten Angriff gemeinsam abwehren, wird das Bündnis gestärkt daraus hervorgehen.“

„Sind die Informationen aus anderen Quellen bestätigt worden? Haben Eure Späher dasselbe gesagt?“, fragte Bellanes zurück.

„Nein, doch alle sind sich einig, dass die Sliviiter für einen Krieg gerüstet sind und bereits in See stechen.“

„Falls die Sliviiter doch an Eurer Küste landen, wie wollt Ihr Euch verteidigen, wenn Eure besten Truppen in Archeld stehen?“ Bellanes ließ nicht locker.

„Ich kann das Bündnis jetzt unmöglich aufgeben! Ich habe mein Wort gegeben! Es spräche gegen alles, wofür ich gekämpft habe.“

„Dann, mein Herr, werden meine Männer und ich in Glavenrell bleiben und Euch zur Hilfe kommen, wenn es nötig ist.“

Dahmis sah in die stummen, aufmerksamen Gesichter und spürte, dass diese Männer geschlossen hinter ihrem Anführer standen.
Der Oberkönig neigte seinen Kopf und sagte: „Ich danke Euch, Bellanes. Haltet mich über Euer Lager auf dem Laufenden.“

# 7. Kapitel

Torina arbeitete in ihrem Garten und mühte sich mit den harten, kalten Erdklumpen ab. Kalter Wind blies ihr in das erhitzte Gesicht. Unter dem lästigen Kopftuch war ihr unangenehm heiß geworden. Sie schwitzte unter den matten Strahlen der Frühlingssonne und schlug auf den widerspenstigen Boden ein, als fände sie darin einen Trost für ihre angestauten Gefühle.

Seit Wochen hatte sie die Zauberkugel nicht mehr angerührt. Wenn sie sich im Innersten vorwarf, das Bündnis im Stich gelassen zu haben, erschien ihr das Bild von Dahmis und Vesputo, die einander zuprosteten.

Heute aber rief der Kristall nach ihr. Ihr Arm prickelte und pochte. Schließlich warf die junge Frau die Schaufel beiseite und rannte in ihre Hütte. Das Auge der Seherin lag in ein Tuch gehüllt auf dem Regal und ihr war, als sehe es durch den Stoff hindurch direkt in ihren Kopf. Schweißtriefend streckte Torina die pochende Hand danach aus. Doch bevor sie den Stein berührte, zuckte sie zurück und ballte ihre Hände.

„Nein, nein, nein!“, schrie sie und rannte zur Tür.

Sie stürzte hinaus und sattelte Justina. Die Stute schien

die Stimmung ihrer Herrin aufzufangen und galoppierte in scharfem Galopp über die Wiesen. Torina achtete nicht auf den Weg, aber die schnelle, fließende Bewegung half ihr, sich zu vergessen.
Erst am Spätnachmittag kamen Pferd und Reiterin wieder zum Dorf zurück. Torina war erschöpft und merkte, wie kalt es geworden und wie dünn sie angezogen war. Als sie sah, dass Justina auf Lindsas Haus zusteuerte, brachte sie ihr Pferd zum Stehen.
Zwei Bauern, die sie kaum kannte, kamen ihr entgegen. Sie lenkte Justina an die Seite, um sie vorbeizulassen. Aber als sie auf ihrer Höhe waren, blieben sie stehen und starrten sie an. Torina wartete, dass sie weitergingen, eine böse Vorahnung dämmerte in ihr auf.
„Vineda?“, fragte der eine.
Die Sonne stand schon tief, aber nicht so tief, dass sie sie nicht hätten erkennen können. Torina sah in das zerfurchte Gesicht des Bauern.
„Was gibt's?“
„Bist du's, Vineda?“, fragte er wieder.
„Ja, natürlich.“
„Also, Mädchen, du bist ja eine Schönheit. Ich glaube, ich habe dich noch nie ohne Kopftuch gesehen.“
Torina hob den Arm und fasste sich an die verschwitzten Haarsträhnen. Das Kopftuch war fort. Wann hatte sie es verloren? Wahrscheinlich bei dem Ritt. Jetzt hatten sie sie gesehen. Wenn jemand nach einer rothaarigen Frau fragte, könnten sie antworten. Sie um Stillschweigen zu

bitten, hatte keinen Zweck. Das würde im Dorf nur noch mehr Gerede geben.
„Danke“, sagte sie stockend und lenkte Justina von der Straße weg. „Ich muss jetzt weiter.“ Ohne sich noch einmal umzusehen, trabte sie zwischen den Bäumen von dannen.
Jahrelang hatte sie ihre Haare versteckt. Und in einem einzigen, unvorsichtigen Augenblick war alle Heimlichtuerei umsonst gewesen. *Aber was soll's! Nach so langer Zeit werden Vesputo und auch alle anderen denken, ich sei tot.*
Eine schwere, unheilvollen Wolke ballte sich über ihr zusammen. Nervös schaute sie sich um. Dann prasselten Regentropfen auf ihr unbedecktes Haupt, Blitze zerschnitten die Luft und wütend brüllte der Donner. Justina stemmte sich gegen den peitschenden Wind und Torina war bald bis auf die Haut durchnässt.
Aber auch als sie nach Hause kamen, fand Torina keinen Trost. Im dunklen Stall rieb sie Justina ab. Alles, was sie sah, alles was sie tat, kam ihr tot und verlassen vor.
„Wir müssen von hier fort“, sagte Torina plötzlich entschlossen. „Wir können hier nicht länger bleiben, hier, zwischen den Welten. Wir werden nach Desan ziehen.“
Torina taumelte durch den heulenden Sturm zu ihrer Hütte. Drinnen entfachte sie mit bebenden Händen ein Feuer, während Wind und Regen das ganze Haus erschütterten. Dann sank sie von Fieber geschüttelt auf ihrem Stuhl zusammen.

Vesputo hielt die Zeit für gekommen, das Schwert von Bellandra endlich einzusetzen. Dank seiner Machenschaften sammelten sich die mächtigsten Streitkräfte der verbündeten Königreiche alle an einem Ort, auf seinem Territorium. Das war der günstigste Zeitpunkt, sie zu zerschlagen.

*Kareed hat das Schwert nie benutzt. Er belächelte den Zauber von Bellandra und bot ihm die Stirn, aber er fürchtete trotzdem, den Fluch auf sich zu ziehen.*

Damals, als sie das Schwert im Verlies versteckt hatten, hatte ihn Kareeds Warnung, das Schwert bringe Unheil über jeden, der es zum Kampf benutze, tief beeindruckt. Doch der bloße Anblick der Zauberwaffe hatte gereicht, seinen Ehrgeiz fast ein Jahrzehnt lang anzustacheln. Der Legende nach war der Benutzer des Schwertes unbesiegbar. Der Gedanke an seinen Fluch hatte allmählich seinen Schrecken für Vesputo verloren. Das Schwert hatte die ganze Zeit über unberührt in seinem Versteck gelegen, seine Macht konnte sich nur in der Hand eines Menschen entfalten.

*Kareed fehlte der Mut, das Schwert hervorzuholen und zu nutzen. Aber ich habe die Kraft dazu. Mir hat das Schicksal diese Waffe in die Hand gelegt.*

Vesputo war überzeugt, dass König Veldon, dieser alte Friedensnarr, nur besiegt worden war, weil er niemals das Schwert zur Verteidigung seines Landes gezogen hatte. Er hatte allein auf den Ruf des Schwertes vertraut, um die Feinde zu vertreiben. Das Schwert war zum letzten Mal vom Ururgroßvater Veldons, König Landen dem Ersten, in einer Schlacht benutzt worden. Dass dessen Nachkomme und Namensvetter noch als Kind aus seinem Land vertrieben worden war, war eine Ironie der Geschichte.

Landen. Der Gedanke an ihn gärte in Vesputo immer weiter. Der Mann war im tiefsten Verlies des Schlosses eingesperrt gewesen und entflohen. Und mit ihm war der Kopfgeldjäger verschwunden. Vesputo fragte sich oft, welche Rolle der geheimnisvolle Corbin dabei gespielt hatte. Steckte er mit Landen unter einer Decke? Eine andere Erklärung gab es nicht. Aber warum sollte Landen sich freiwillig in Gefangenschaft begeben? Außer Vesputos Ring war nichts entwendet worden, nur ein paar graue Hengste, bestimmt kein Grund, Freiheit und Leben aufs Spiel zu setzen.

*Ist Landen nur aus seinem Versteck gekommen, um mich zu verspotten? An seiner Stelle hätte ich getötet.*

Ja, die Zeit war reif. Das Schicksal wollte es so. Er würde das Schwert nehmen und sich seinen rechtmäßigen Platz in der Geschichte erobern.

Mit unterdrückter Erregung entließ Vesputo seine Wachen und stieg allein die Stufen zu der geheimen Kammer hinab. Seine Fackel warf flackernde Schatten an die dunklen Wände. Erwartungsvoll betrat er das Verlies.

Er hielt die Fackel vor sich her und sein erster Gedanke war, die Kiste sei weggerückt worden, denn sie stand nicht in seinem Sichtfeld. Seine Hände wurden eiskalt, er suchte alle vier Wände ab. Aber er sah nur die Umrisse zugedeckter Kisten, die für das Schwert zu klein waren. Vesputo unterdrückte seine panische Wut, schwenkte das qualmende Licht hin und her und sah sich in dem modrigen Raum um. Nichts.

Es musste da sein. Er steckte das Licht in eine Wandhalterung und deckte jede einzelne Kiste ab. Viele waren es nicht und er war bald fertig damit. Das Schwert von Bellandra war verschwunden. Alles, was von ihm übrig geblieben war, war ein wenig Staub. Er setzte sich auf eine modrige Holzkiste und schlug die Fäuste gegeneinander.

Wie? Vesputo war nicht abergläubisch, er hatte sich immer als Herr über sein Schicksal gefühlt. Das Verschwinden des Schwerts hätte er niemals mit Zauberkräften in Verbindung gebracht. Nein, das war das Werk eines Menschen.

Wer?

Gedankenverloren spielte er mit seinem Schlüsselbund und zählte die Schlüssel ab, bis er den Schlüssel zum Geheimverlies berührte.

*Nur der König ist im Besitz dieses Schlüssels.*

Plötzlich schloss er den kantigen Metallschlüssel so fest in seine Hand, dass der in seine Haut schnitt. Blut tropfte auf den Boden, doch er achtete nicht darauf.

Er erinnerte sich, wie er seine verlorenen Schlüssel wiederbekommen hatte. Ein Häufchen verängstigter, junger Soldaten hatten sich ihm wie ein Mann genähert.

Ihm allein gegenüberzutreten hatte keiner sich getraut. Sie schworen, die Schlüssel des Königs seien auf den Stufen zum Schlosshof gefunden worden. Am selben Morgen, als Landen verschwunden war.

*Landen. Die Schlüssel. Er hat seine Zelle wieder abgeschlossen, als er ging. Die Leute sollten denken, der Geist von Bellandra hätte ihm zur Flucht verholfen. Aber ich weiß, dass er die Schlüssel hatte. Das würde alles erklären. Deshalb hat er sich in meine Gewalt begeben. Er wollte das Schwert von Bellandra stehlen.*

Vesputo griff nach der Fackel. Er hielt sie dicht an den Boden und untersuchte den Staub. Seine eigenen Fußabdrücke waren deutlich zu sehen, sie waren über den ganzen Raum verteilt. Aber sonst war der Boden sorgfältig gekehrt und zeigte keine Spur der Eindringlinge.

*Aber sie waren hier. Ich weiß es. Landen und Corbin. Aber wenn er es genommen hat, warum hat er es dann nicht benutzt? Und woher wusste er, wo es ist? Das bestgehütete Geheimnis meines Königreichs. Ich habe niemandem etwas davon erzählt, niemandem. Kareed muss das Versteck jemandem verraten haben.*

*Aber wem?*

War wieder Torina im Spiel? Hatte sie sich mit Landen verbündet? Hatte sie das Schwert in ihrem Stein gesehen und ihm verraten, wo es ist?

Der König setzte seine offizielle Miene auf, um seine Wut nicht zu zeigen und verlies das Gewölbe. Keine lebende Seele sollte je erfahren, was er über das Schwert von Bellandra wusste. Es sollte ein Geheimnis bleiben, das ihm Macht verlieh.

*Wenn Landen es hat, werde ich Mittel und Wege finden, es mir wiederzuholen.*

Oben ging Vesputo mit schweren Schritten durch die Gänge und suchte nach einem Opfer, an dem er seinen Zorn auslassen konnte.

Beron rannte ihm entgegen und schwenkte ein paar Briefe in seinen mächtigen Pranken.

„Mein Herr!"

Vesputo hätte ihn am liebsten getreten wie einen lästigen Köter. „Was gibt es?"

Beron sah sich vorsichtig um. „Privatpost, mein Herr."

Sie gingen in die Ratsstube und dort übergab Beron ihm zwei Botschaften. Vesputo las sie, dann setzte er sich hin, verschränkte die Arme hinter dem Kopf und legte die Füße hoch.

Er ließ Beron ein paar Minuten warten, bis er spürte, dass dieser vor Neugier fast platzte.

„Sie ist gefunden worden."

„Die Prin..."

„Ja. Auf der anderen Seite der Berge, in Desante. Beide Berichte stimmen überein. Ein ruhiges, abgelegenes Dorf auf dem Land", gab Vesputo zufrieden in knappen Worten bekannt.

„Warum haben wir nicht schon früher davon erfahren?" Berons buschige Augenbrauen zogen sich zu einer einzigen, dicken Linie zusammen.

„Sie hat ihre Haare immer versteckt gehalten, bis jetzt. Wahrscheinlich glaubt sie sich außer Gefahr."

Vesputo schloss die Augen und ließ die Nachricht wie Balsam über die Wunde fließen, die der Verlust des Schwertes ihm beigefügt hatte.

„Soll ich nach Desante aufbrechen?" Beron war wie ein Jagdhund, der auf den Befehl zum Angriff wartet.

Vesputo lächelte. „Noch nicht, Hauptmann. Du wirst hier gebraucht, bis der Krieg vorbei ist. Ich will den Kristall und ich will die Frau, aber beides zu seiner Zeit und nach meiner Art."

Berons runzelte verständnislos die Stirn. „Wie meint Ihr das, Herr?"

„Den Königen ist bekannt, dass Dahmis sich von einer Wahrsagerin beraten lässt. Auch ihnen hat sie dadurch oft geholfen. Wir verbreiten das Gerücht, sie habe sich vom Oberkönig abgewandt. Dann können wir ihr die Schuld geben, wenn im Kampf mit den Sliviitern Todesopfer zu beklagen sind. Wir werden unter den Soldaten das Gerücht ausstreuen, Dahmis' Seherin hätte den Sliviitern Informationen zugespielt. Dabei kannst du mir helfen, Hauptmann."

Torina sollte Vesputo helfen, ohne jemals davon zu erfahren. Der einzige Haken in seinem Plan, mit den sliviitischen Fürsten zusammenzuarbeiten, war, dass auf ihn ein Verdacht fallen könnte. Niemand durfte auch nur ahnen, dass er es war, der den Sliviitern veriet, welche Bucht am wenigsten geschützt war. Torinas seherische

Gabe machte sie zu einem glaubwürdigen Ziel für den Zorn und die Trauer der besiegten Verbündeten. *Sie soll von einem Bannfluch belegt und von niemandem mehr geachtet werden.*
Vesputo streckte Beron die Briefe entgegen. „Sorge dafür, dass die Späher ihren versprochenen Lohn bekommen."

König Dahmis sah Michal an, der auf einem Stuhl am Feuer saß, dann blickte er durch die offene Tür.
„Komm, Dahmis, Herumlaufen und Brüten verleiht den Spähern auch keine Flügel."
„Ich brauche Vineda", sagte Dahmis beunruhigt. „Wir müssen zu viele Buchten bewachen!"
„Warum hilft sie dir nicht mehr?", fragte der Freund geradeheraus.
„Sie hat mit mir gebrochen, als ich mich mit Vesputo verbündete. Sie hasst den König."
„Ich mag ihn auch nicht besonders." Michal lächelte finster.
Von der Tür kam ein Geräusch, laute Schritte näherten sich. Der König eilte hinaus, atemlos kam ihm ein Wächter entgegen.
„Mein Herr, ein Bote!" Der Soldat ließ einen lehmverspritzten Mann in brauner Uniform eintreten.
„Mein Herr." Der Bote zitterte vor Erschöpfung.
Dahmis führte ihn zu einem Stuhl und ließ ihn Platz nehmen. „Etwas zu trinken?"

„Nein, Herr."
Der Mann fasste sich an die Brust und versuchte zu Atem zu kommen.
Seine lehmige Kleidung verschmutzte die königlichen Möbel.
„Hier, trink", sagte Dahmis und reichte dem erschöpften Soldaten einen Becher. Dieser nahm ihn und trank gierig.
„Nun, die Nachricht. Wer schickt dich?"
„Hauptmann Medron. Er hat eine Nachricht von einem Spähboot erhalten."
„Medron? Aber der ist doch in …"
„In der Bucht von Schlossburg."
„Schlossburg?" Dahmis Knie gaben nach. „Was ist passiert?"
„Das Spähboot hat die sliviitische Flotte entdeckt. Wenn der Wind sich nicht dreht, werden sie übermorgen massenweise an Land kommen!"
„Die Sliviiter steuern die Bucht von Schlossburg an?" Dahmis konnte kaum begreifen, was er da hörte.
„Ja, mein König. Es muss der Hauptangriff sein. Es sind so viele!"
„Aber diese Bucht ist so klein und abgelegen." Dahmis vergegenwärtigte sich die Aufstellung seiner Truppen. Einige waren in der Bellanbucht in Archeld, andere schützten die Nordküste von Glavenrell und Emmendae, wo es viele größere Buchten gab.
„Ja, Herr, klein. Sie werden in Langbooten an Land

kommen – ihre großen Schiffen können dort kaum landen."
„Wie viele Schiffe sind es?"
„Der Späher hat vierzig gezählt, Herr."
„Vierzig Schiffe! Soweit ich informiert bin, haben siebenhundert Mann Platz auf einem sliviitischen Schiff."
„So groß", sagte der Mann und nickte unglücklich.
„Also fast dreißigtausend Mann! Selbst wenn sie auf jedem Schiff eine Mannschaft zurücklassen, können wir sie niemals übertreffen." Dahmis rechnete, dass selbst bei schnellstem Marschtempo nicht einmal tausend Soldaten die Bucht von Schlossburg bis zum übernächsten Tag erreicht haben würden. Er selbst hatte die Generäle davon überzeugen wollen, dass diese felsige Bucht in Glavenrell der denkbar unwahrscheinlichste Ort für eine Invasion war. Die Schiffe der Sliviiter würden eine große Bucht ansteuern, um ihre Kanonen möglichst effektiv einsetzen zu können und leichten Zugang zum Land zu haben. Das war seine Überzeugung gewesen und das hatte er seinen Generälen gesagt.
„Die Männer von Hauptmann Medron?", fragte der König gepresst.
„Ihr Lager liegt im Süden der Bucht, sie erwarten Eure Befehle, Herr."
„Wie viele?"
„Einhundert, Herr."
Dahmis drehte sich nach Michal um. „Wie konnte der

Feind die Bucht von Schlossburg als Angriffsziel auswählen? Nirgendwo sind unsere Truppen schwächer und der Nachschub weiter entfernt! Als ob sie es wüssten."
Er schwieg und dachte nach. Nur wenige kannten die Standorte sämtlicher Truppen. Die Könige. Und die Generäle. Undenkbar, dass irgendeiner von ihnen den Sliviitern Informationen zuspielen würde. Zuviel stand für jeden auf dem Spiel. Verwüstungen in Glavenrell oder Desante hätten eine Hungersnot zur Folge, die auch die anderen Königreiche betreffen würde. Wenn es eine Gemeinsamkeit gab, so war es der Wille, die Sliviiter zu besiegen.
„Herr", warf der Soldat ein, „es heißt, Eure Wahrsagerin habe sich von Euch abgekehrt und helfe jetzt den Sliviitern."
Dahmis wirbelte auf dem Absatz herum. „Unmöglich!"
„Ich wiederhole nur, was ich gehört habe", sagte der Mann kleinlaut.
Bilder von Vineda schossen dem König durch den Kopf. „Das wiederholst du nie wieder, verstanden? Und nun sag, wie lange wird es dauern, bis die Nachricht die anderen Truppen erreicht haben wird?"
„Es wird alles getan, um sie zu informieren, mein Herr, aber sie sind von dieser Bucht sehr weit entfernt."
Der König ging hastig zur Tür. „Michal, wir reiten zur Bucht von Schlossburg. Ich danke dir für das Überbringen der Nachricht, Soldat. Wenn du dich ausgeruht

hast, folge uns. Wir brauchen jeden verfügbaren Mann."

Der König und sein Freund hasteten durch die Gänge der Burg und teilten Befehle aus. In alle Winkel der Königreiche wurden Boten geschickt, um Truppen zu mobilisieren, die verbliebenen Wachen in der Burg mussten sich zum Abmarsch bereithalten und auch Bellanes wurde benachrichtigt.

„Wir brauchen bei Gott mehr als Bellanes' fünfzehn Männer, um gegen diese Flut anzukämpfen", sagte der König.

Als der Oberkönig das Lager von Medron erreichte, war es früh am Abend und schon recht kühl. Er befahl seinen Soldaten sich auszuruhen. Er selbst setzte sich mit Michal ans Feuer und hörte sich an, was Medron zu berichten hatte.

Der Hauptmann bestätigte, dass die sliviitische Flotte draußen vor der Küste lag.

Den Kopf auf die Hände gestützt dachte der König nach. Wie sollten die paar hundert Männer, die er hatte mobilisieren können, eine Armee von Tausenden in Schach halten? Er war so tief in Gedanken versunken, dass er erschrak, als Bellanes und Andris zum Feuer traten.

„Bellanes. Gut, dass Ihr gekommen seid, mein Freund. Und auch Ihr, Andris." Bellanes hageres Antlitz sah aus, als habe er seit Tagen mit einem schrecklichen Feind gerungen. Er sah um Jahre gealtert aus und war von Trauer erfüllt.

„Bellanes, wie Ihr seht, hat sich Eure Vorahnung bewahrheitet. Ihr wisst, was uns bevorsteht. Wie sollen wir eine Armee umzingeln, die vom Meer her angreift? Der Wind hat sich gelegt. Wahrscheinlich werden sie morgen angreifen, noch bevor unsere Verstärkung eintrifft. Diese Nacht, so fürchte ich, wird unser Schicksal besiegeln."

„Die einzige Möglichkeit ist ein Überraschungsangriff", sagte Bellanes ruhig.

„Allein unsere Schwäche scheint niemanden zu überraschen – eine kleine Einheit, vom Nachschub weit abgeschlagen, steht der größten Piratenflotte aller Zeiten gegenüber." Die Stimme des Königs hatte jeglichen Glanz verloren.

„Man muss ihre Schiffe zerstören, die so viele Soldaten transportieren können", sagte Bellanes ernst.

„Aber meine Flotte liegt im Süden. Sie kann frühestens in zwei Tagen da sein und ist den sliviitischen Schiffen niemals gewachsen."

„Schlossburg ist doch berühmt für seinen Teer?", fragte Bellanes ohne auf den König einzugehen.

Verwirrt wandte sich Dahmis an Medron. Dieser nickte.

„Ja. Die Menschen hier stellen Teer her und verkaufen ihn als Herdanzünder bis nach Archeld."

„Wie viele Männer kann ich bekommen?", fragte Bellanes den König.

„Morgen früh vielleicht eintausend."

„Ich brauche vierunddreißig zu den Männern meiner Bande. Ausdauernde, tapfere Männer. Und starke Schwimmer müssen sie sein."
„Wann braucht Ihr sie?"
„Jetzt."
Die Fischer und Köhler von Schlossburg wurden aus ihren Betten geholt und mussten Korbboote und eimerweise flüssigen Teer herbeischaffen. Die Zimmerleute stellten Bohrleiern und Bohrer zur Verfügung und die Frauen sammelten Lumpen und tränkten sie mit Wachs.

Während alle geschäftig hin- und herliefen, stand Landen allein am südlichen Ausläufer der Bucht und starrte auf die dunkeln Wogen hinaus.
*Vater, du hast mich gelehrt, dass einen Menschen zu töten ein unsühnbares Verbrechen ist. Ich bin Krieger geworden, weil dein Friede einem Krieg geopfert wurde, den du nicht verhindern konntest. Bis zum heutigen Tag habe ich nie getötet. Nun aber trachte ich nach dem Leben von Tausenden. Mein Plan ist gefährlich und wird mit Sicherheit vielen meiner Freunde das Leben kosten.*
Landen hörte den Oberkönig nicht kommen. Als Dahmis ihn an der Schulter berührte, drehte er sich verzweifelt um.
„Mein Freund", sprach der König, „Ihr müsst nicht selbst dort hinaus. Euch kann niemand ersetzen, wenn Ihr getötet werdet."

„Keiner dieser Männer kann ersetzt werden“, antwortete Landen. „Ich habe wenigstens keine Familie.“

Dahmis schwieg, am liebsten hätte Landen sich an ihn gelehnt. „Bellanes“, sprach der König leise, „es heißt, Ihr hättet noch nie getötet.“

Landens Herz wollte schier zerspringen. „Das Gerücht ist wahr.“

„Dann lasst die Soldaten Eure Kriegslist allein ausführen.“

„Ich kann nicht einfach zusehen, wie andere meine Befehle erfüllen und ihr Leben riskieren.“

Der König legte einen Arm um den jungen Mann und führte ihn den schmalen Strand entlang. „Ihr habt mir nie erzählt, wer Eure Eltern waren.“

„Sie sind tot“, murmelte Landen.

Das mitfühlende Gesicht des Königs war vom Mondlicht erhellt. „Aber einst lebten sie. Wer seid Ihr?“

Landen war, als würde die Frage vom rastlosen Ozean erfasst und in Wellen auf ihn zurückgeworfen, als rolle sie von einem unbekannten Ort weit hinter dem Horizont auf ihn zu. *Wer bist du? Wer bist du?*

„Ich bin der, den Ihr vor Euch seht“, sagte Landen stockend.

Der König seufzte und ging langsam weiter. „Bellanes, diese Männer auf den sliviitischen Schiffen – Ihr seid nicht schuld, dass sie Piraten geworden sind. Nicht Ihr habt ihnen beigebracht zu meucheln und zu morden.“

Landen wartete, dass der König weiterspräche. Dort, im Lichtstreifen des Mondes, sah er sein Leben liegen.

„Wir befinden uns an einer Weggabelung der Geschichte, wir wollen den Frieden und ziehen in den Krieg", fuhr Dahmis fort. „Diese Invasion zuzulassen, hieße unsere Kultur zu zerstören, und selbst wenn wir mit dem Leben davonkämen, würden viele unschuldige, unbewaffnete Menschen verletzt werden oder sterben."

Landen ließ den Kopf hängen. *Oh, mein König. Das weiß ich besser als Ihr.*

„Auf den Schiffen sind auch Sklaven, mein Herr."

„Und das ist wirklich schlimm. Dass auch die Unschuldigen getötet werden."

„Es ist unerträglich!", schrie Landen,

„Ja", antwortete Dahmis, „es ist unerträglich. Jeder Krieg ist unerträglich. Davor können wir nicht die Augen verschließen."

Sie standen auf dem sandigen Boden nahe dem Wasser. Landen sah die Silberspur des Mondlichts auf den Wellen. *Ich war ein Sklave, Dahmis, bis ein Kind mir die Freiheit schenkte.*

Dahmis hob die Augen zum Himmel empor. Wolken zogen auf. „Mein Freund, wir können diesen Krieg nicht wegzaubern, auch wenn wir wünschten, wir hätten die Macht dazu."

Landen blickte in das verbitterte Gesicht des Oberkönigs und verstand, dass auch Dahmis nichts sehnlicher wünschte als den Frieden.

Mitten in der Nacht kamen Landen und die Männer mit ihrer Ausrüstung zusammen. Eine kleine Gruppe von Soldaten und einige Männer aus seiner Bande drängten sich in einem Bootshaus in der Nähe eines alten, halb versunkenen Landungsstegs. Das Licht der Fackeln fiel auf entschlossene Gesichter, die trotz der späten Stunde hellwach waren. Die Gegenwart des Oberkönigs, der schweigend an der Wand lehnte, verlieh dem Treffen etwas Erhabenes.

Landen fragte zuerst jeden Einzelnen, ob er wirklich gut schwimmen konnte, dann erläuterte er seinen Plan.

„Ihr habt euch für eine gefährliche Aufgabe gemeldet. Viel steht auf dem Spiel und einige von euch werden ihr Leben lassen müssen. Wenn wir nicht alle perfekt und in absoluter Stille zusammenarbeiten, ist unser Leben so gut wie verwirkt."

Er sah in die Runde.

„Wir werden gemeinsam aufbrechen, alle in einem großen Boot mitsamt den vierzig Korbbooten und der übrigen Ausrüstung. Wir rudern in einem Halbkreis nach Süden bis hinter die Flotte, die etwa fünf Kilometer draußen in zwei Reihen vor Anker liegt.

Dann muss jeder von euch allein weiter. Jeder nimmt ein Korbboot mit Bohrleier, Bohrer, Teereimer, Feuerstein, Zunder und den mit Wachs getränkten Tüchern."

Er machte eine Pause und schluckte. „Jeder von euch

übernimmt ein Schiff und paddelt auf der dem Land abgewandten Seite bis dicht unter den Rumpf. Wenn die Wolken bleiben, wird der Mond bedeckt sein. Wir werden keine Lichter dabei haben. Stille und Dunkelheit sind unsere einzige Chance, den sliviitischen Wachposten zu entgehen."

Gebannt hörten die Männer zu.

„Sobald ihr euer Schiff erreicht habt, müsst ihr dicht über dem Wasser mithilfe von Bohrleier und Bohrer zwei Löcher bohren. Bestreicht den Rumpf mit Teer so weit eure Hände reichen und gießt auch Teer durch die Löcher in den Schiffsbauch. Dann stopft ihr sie mit den Wachstüchern aus.

Während ich hier zu euch spreche, sammeln andere Holz für ein großes Freudenfeuer am Strand. Etwa zwei Stunden nach unserem Aufbruch wird das Feuer entfacht werden. Ihr werdet auf der Westseite eures Schiffes sein, zum offenen Meer hin, und könnt das Feuer vielleicht nicht sehen. Achtet jedoch auf die Geräusche von Deck, die euch sagen werden, wann die Sliviiter das Feuer entdeckt haben. Dann schlagt den Feuerstein und entzündet den Docht."

Ein allgemeines Ausatmen war zu hören.

„Jetzt kommt der gefährlichste Teil. Das Freudenfeuer wird ihre Aufmerksamkeit einen Augenblick ablenken, aber, wenn sie nicht ganz unachtsam sind, werden sie das Feuer an den Nachbarschiffen entdecken, selbst wenn sie es am eigenen Schiff noch nicht bemerkt ha-

ben. Sobald sie sich gegenseitig alarmieren, werden sie mit Pfeil und Bogen nach uns Ausschau halten."
Die Männer sahen ihn mit großen Augen an. „Sobald ihr sicher seid, dass euer Schiff Feuer gefangen hat, verlasst eure Korbboote und schwimmt an Land."
Unbehagliche Stille breitete sich aus. „Es ist ziemlich weit, aber es ist zu schaffen. Das große Boot wird zum Ufer zurückkehren, sobald wir draußen sind. Zunächst dachte ich, es sei besser zum Boot zurückzuschwimmen, aber wenn wir gesichtet würden, wären wir ein einfaches Ziel."
Landen versuchte, seiner klaren Stimme einen Ton von Zuversicht zu verleihen. „Die hiesigen Fischer sagen, in den frühen Morgenstunde gäbe es oft eine kabbelige Strömung von der Bucht ins offene Meer hinaus, die weiter südlich jedoch schwächer werde. Wir werden also nach Süden schwimmen bis die Strömung nachlässt. Damit ihr unterwegs ausruhen könnt, bekommt jeder von euch einen Balken mit, an dem ihr euch festhalten könnt. Vergesst nicht ihn mitzunehmen. Schwimmt mit aller Kraft mit der Strömung, sobald ihr das Kabbelwasser hinter euch habt, lasst euch nach Süden treiben zu einem Strand hier in der Nähe."
Er bemerkte, wie die Männer versuchten einzuschätzen, ob sie der Strömung, der Dunkelheit und der Gefahr standhalten konnten. Er sprach weiter.
„Das Wasser wird kalt sein, aber ihr werdet euch daran gewöhnen. Wenn ihr die Korbboote besteigt, zieht die

Stiefel aus. Und bevor ihr das Feuer legt, befreit euch von euren schweren Kleidungsstücken. Dann taucht und schwimmt um euer Leben."

Er wartete.

„Äh, Bellanes", warf Andris ein.

„Andris, du wirst nicht mitkommen. Wir wissen alle, dass du im Wasser hilflos wie ein Baby bist."

Krampfhaftes Lachen ertönte.

„Wollt Ihr denn mitkommen, Herr?", fragte einer von Dahmis' Soldaten.

Landen biss die Zähne zusammen. „Ja, ich komme mit."

Verhaltene Seufzer der Erleichterung waren zu hören.

„Ich wollte nur fragen, ob die Schiffe auch wirklich Feuer fangen werden." Andris klang beleidigt. „Werden sie untergehen?"

Schweiß trat auf Landens Stirn. „Ja. Der Teer wird lichterloh brennen und die Planken entzünden. Wenn die Decks brennen, bekommen die Schiffe mehr Tiefgang und dann dringt Wasser durch die Löcher in den Schiffsbauch."

„Also", meinte Andris, „dann ertrinken die Sliviiter."

Landen blickte in die Runde.

„Wenn die Schiffe schnell Feuer fangen und sinken, ja, dann werden sie ertrinken. Aber wenn die Soldaten schnell reagieren, können sie in ihren Langbooten zur Küste rudern. Wir vermuten, dass sie ihren Angriff schon für heute Nacht planen."

*Es hängt alles von Dingen ab, die wir nicht kennen. Was, wenn sie uns entgegenkommen, solange wir zu ihnen hinausrudern?*

„Ich glaube, wenn es uns gelingt, die Schiffe in Brand zu stecken, werden die Sliviiter erst einmal versuchen sie zu retten“, sagte er. „Ohne ihre Schiffe können sie nicht in ihre Heimat zurück. Vielleicht können manche von ihnen auch besser schwimmen als wir. Aber wenn sie bewaffnet ins Wasser gehen, werden sie es nicht leicht haben. Und vielleicht wissen sie auch nichts von der Strömung, die selbst den stärksten Schwimmer schwächen und den fähigsten Ruderer aufhalten kann.“

„Herr“, fragte Bangor. Seine sanfte, hohe Stimme stand in merkwürdigem Kontrast zu seinem vernarbten Gesicht. „Die Sliviiter, die in Booten zu Küste rudern, was geschieht mit denen?“

Bangor war mit Landen einer von sechs Schwimmern aus seiner Bande.

„Da wir erst nach Süden schwimmen anstatt direkt zum Ufer, werden wir ihnen nicht begegnen.“

„Aber die Bucht von Schlossburg?“

„Vielleicht greifen sie sie an“, antwortete Landen.

„Wenn die Sliviiter also wegen uns die Boote zu Wasser lassen …“

„Könnte das ihren Angriff vorziehen“, beendete Landen den Satz. „Aber wenn wir heute Nacht nicht handeln, geht uns der Überraschungseffekt verloren und unsere Streitkräfte werden niedergemetzelt.“

„Wie sollen wir denn den Strand verteidigen, wenn wir nach Süden schwimmen?“, fragte Bangor.
Landen sah den ihn voller Zuneigung an. „Gar nicht.“
Der Oberkönig trat vor. „Eure Arbeit ist getan, wenn die Schiffe brennen. Meine Soldaten stehen am Strand in Bereitschaft. Wenn ihr das Ufer erreicht habt, geht zum Südlager und wärmt euch auf. Für euch ist der Kampf dann vorbei.“
„Und wenn ihr im Wasser seid, kümmert euch nur um euch selbst. Schwimmt niemals direkt gegen die Strömung, auch wenn ihr meint, einen Kameraden retten zu müssen. Sonst seid ihr zu erschöpft und schafft es nicht bis zum Ufer.“
Er faltete die Hände und fragte sich, wie viele von ihnen heil zurückkommen würden. Dann sagte er, nachdem sie gehört hätten, was sie erwarte, könne jeder noch einmal entscheiden, ob er mitmachen wolle. Niemand meldete sich. Landen zog eine Karte hervor, auf der die feindliche Flotte eingezeichnet war, und begann, die Schiffe zuzuweisen. Dann ging er den ganzen Plan noch einmal durch.
Als die Männer sich erhoben, ergriff der Oberkönig noch einmal das Wort. „Alles hängt von eurem Mut ab. Bevor ihr geht, möchte ich euch meine Hochachtung und meinen Dank aussprechen. Die Zukunft der Königreiche liegt in euren Händen.“

# 8. Kapitel

Als Landen mit den Männern aufbrach, war der Mond hinter Wolken versteckt. Lautlos glitten die Ruder durch das schwarze Wasser. Schweigend beobachteten die Männer den Bootsführer, der an Stelle einer Trommel seinen Arm rhythmisch auf und niederbewegte, um die Ruderschläge aufeinander abzustimmen.

Schon bald kamen die sliviitischen Schiffe in Sicht, als dunkle Umrisse vor dem Nachthimmel ragten sie aus der glänzenden Schwärze des Ozeans auf. Schwarz auf schwarz.

Die in zwei langen Reihen ankernden Schiffe türmten sich massiv vor dem Horizont auf. Landen sah nach oben und versuchte, sich der Weite des Himmels und der Unendlichkeit zu öffnen. Sliviitische Stimmen drangen durch die Nacht, als sie näher kamen. Landen erstarrte. Wurden die Boote bereits für den Angriff fertig gemacht? Um diese Zeit, zwei Stunden vor Morgengrauen, hätten eigentlich nur die Wachposten auf den Beinen sein dürfen.

Wenn er doch nur die Zeit anhalten, die Minuten dehnen könnte, damit er und seine Kameraden die großen

Schiffe erreichten, bevor es zu spät war. Als einziger Ausweg aus seiner Angst blieb ihm nur, kräftig weiterzurudern.

Sie hatten die Schiffe hinter sich gelassen und beeilten sich. Als sie im Westen der Flotte angekommen waren, zogen sie die Ruder ein. Das angespannte Schweigen hatte die Männer erschöpft. Alle blickten auf Landen, als er das Zeichen gab. Einer nach dem anderen ließ sich mit seinem Korbboot zu Wasser und paddelte davon.

Dann war er an der Reihe. Er hob seinen Korb über Bord und ließ sich hineinfallen. Das leichte Boot war aus Häuten und Weidengeflecht gefertigt und mit Lederriemen verschnürt. Es hüpfte auf den Wellen auf und nieder. Landen salutierte dem Bootsführer und paddelte los. Er lenkte das Boot zum nächstgelegenen Schiff, da er als Letzter aufgebrochen war. Es kostete ihn alle Kraft, das Boot mithilfe des Paddels ruhig zu halten.

In dem behelfsmäßigen Boot fühlte er sich nackt und ausgeliefert. Er näherte sich dem riesigen Schiffsleib und es kam ihm vor, als müssten die Soldaten an Deck sein Herz klopfen hören. Ob sie ihn sehen konnten, wenn sie hinuntersahen? Sah er aus wie ein schwimmender Tintenfleck oder wie das, was er war, ein junger Mann, entschlossen sie zu zerstören?

*Tu niemandem etwas zuleide.* Der Lehrsatz seiner Kindheit hallte in seinem Kopf wider. Landen wandte seine Gedanken den Kameraden zu. Er stellte sich vor, wie sie gleich ihm in ihren Korbbooten knieten, gegen die Strömung auf die Schiffe zusteuerten und die schwere, mit Teergeruch vermischte Salzluft einatmeten.

Sein Herz trommelte im Takt seiner Paddelschläge. Als er in den Schatten des Schiffs eintauchte, begann sein Korb sich wild zu drehen, und obwohl er versuchte ihn anzuhalten, schlug er gegen den Rumpf. Landen suchte nach irgendeinem Halt, fand aber nur glattes Holz. Aufgeregt überlegte er, dass auch die anderen Kurbel und Bohrer vom Wasser aus würden benutzen müssen.

Er zerrte an seinen Stiefeln, während das Korbboot sich im Kreis drehte und gegen das Schiff schlug. Da zog er ein Schuhband heraus und band das eine Ende um sein Handgelenk und das andere an eine Verstrebung seines Bootes. Schon war er draußen im kalten Wasser, doch achtete er kaum auf die Temperatur, sondern konzentrierte sich darauf, das Werkzeug am Rumpf anzusetzen und zu bohren. Er betete, dass niemand ihn hörte, dass nicht zufällig jemand auf der anderen Seite der Wand im Schiffsbauch war. Während er mit aller Kraft den Bohrer führte, zerrte das angeseilte Boot an seinem Handgelenk und schlug hin und her.

Die Bretter waren aus dicker, starker Eiche und gaben lange nicht nach. Aber schließlich war ein Loch geschafft und Landen machte sich an das nächste. Als auch das fertig war, führte er das Schuhband durch beide Löcher und befestigte das Korbboot am Schiffsrumpf. Dann wuchtete er sich hinein, wobei er es beinahe zum Kentern brachte, und tunkte die dicke Bürste in den Teereimer und bestrich in rasender Eile das Holz um und in den Löchern mit dem Teer. Als aller Teer verbraucht war, stopfte er die mit Wachs getränkten Lumpen in die Löcher.

Dann hockte er sich im Boot nieder und wartete. Er zitterte am ganzen Leib und versuchte, seinen keuchenden Atem unter Kontrolle zu bringen. Das leise Geräusch des gegen den Schiffsbauch schlagenden Korbes dröhnte wie Donner in seinen Ohren, der die Sliviiter herbeirufen wollte.

Wie mochte es den anderen ergehen? Hatten sie es geschafft, die Bohrer anzusetzen, ohne das Boot zu verlieren? Würden sie genug Zeit haben?

Landen schälte sich aus seiner nassen Kleidung und verstaute sie am Boden des Korbes. Angestrengt lauschte er in die Dunkelheit und versuchte, aus dem Stimmengewirr vom Schiff etwas zu verstehen. Manche Stimmen klangen so nah, als stünden die Soldaten direkt über ihm auf Deck. Er kauerte sich zusammen und sehnte mit jeder Faser seines Körpers das Ende der Aktion herbei. Das Feuer am Strand sollte die Aufmerksamkeit der Sliviiter ablenken. Ob es schon brannte? Sollte er jetzt das Feuer legen?

Plötzlich schwirrten laute Rufe durch die Nacht und er hörte das Trappeln von Füßen an Deck. Die Schreie der Sliviiter hallten von Schiff zu Schiff.

Landen hantierte mit Feuerstein und Zunder und beobachtete, wie die Funken auf den Docht übersprangen. Das Flämmchen züngelte sich rasch an dem Lumpen entlang und explodierte in lodernden Flammen, kaum dass es den Teer erreichte.
Noch bevor er ins Wasser eintauchte, meinte er, den Widerschein vom Feuer der anderen Schiffe zu sehen. Er holte tief Luft, tauchte unter und schwamm Richtung Süden. Kaum hatte er sich ein wenig vom Schiff entfernt, erfasste ihn der Sog der Strömung, die ihn wie ein Blatt im reißenden Fluss aufs offene Meer hinauszog. Mühsam versuchte er, die Richtung zu halten und schräg zu den Wellen zu schwimmen. Sein Floßholz hatte er vergessen, es lag am Boden seines Bootes, verdeckt von seiner nassen Kleidung. Unmöglich es jetzt noch zu holen.
Als er wieder an die Oberfläche kam, hatte die Strömung ihn fünfzig Meter weiter nach Westen getrieben. Eine Weile ließ er sich von den Wellen tragen und beobachtete die Feuersbrunst, die sich gefräßig über sein Schiff hermachte. Im Schein der Flammen konnte er entsetzte Gesichter ausmachen, die über die Reling starrten. Schreie zerfetzten die Luft, das Feuer toste.
Die Strömung trieb ihn so schnell voran, dass er bald außer Reichweite ihrer Pfeile sein würde. Er dachte an die Männer, die die Schiffe auf der Ostseite in Brand gesteckt hatten. Die Strömung würde sie direkt auf die weiter westlich gelegenen Schiffe zutreiben. Landen suchte

das orange leuchtende Meer ab, in dem sich die brennenden Schiffe widerspiegelten. Dicht vor dem nächstgelegenen Schiff tauchte ein Kopf über der Wasseroberfläche auf. Landen schlug auf das Wasser ein und versuchte vergeblich, dem Sog der Strömung zu entkommen. Da verschwand der Kopf wieder und tauchte etwa zwanzig Meter vom Schiff entfernt wieder auf. Pfeile zischten durch die Nacht und gleich darauf ging der Mann wieder unter.

Landen versuchte, seinen Kameraden zu erreichen und vergaß dabei seine eigene Warnung, nicht direkt gegen die Strömung zu schwimmen. Ein kleines Stück vor ihm hörte er ein Gurgeln, dann sah er Bangors heiles Auge auf sich gerichtet.

„Was machst du hier, Mann?“, schrie der Teufel mit dem Engelsgesicht. „Du hast doch selbst gesagt, dass wir auf keinen Fall gegen die Strömung kämpfen dürfen!“

Landen starrte auf das seltsam flackernde Meer. Im Inferno zeichneten sich die Umrisse der Menschen an Deck ab wie Schattenfiguren auf einer Puppenbühne. Er sah Sliviiter, die versuchten die Beiboote vom Heck ins Wasser zu lassen. Bogenschützen zielten ins Wasser. Als die Flammen höher schlugen, sprangen einige in Panik über Bord. Das nächste Schiff in der Reihe neigte sich schwerfällig zur Seite, der Rumpf brannte lichterloh.

Landen spürte eine eiserne Hand auf seiner Schulter, Bangor schüttelte ihn.

„Komm, Bellanes! Schwimm, Mann!"
„Aber die anderen!"
„Lass sie! Sie geben ihr Bestes wie du und ich! Los! Diese Strömung ist mörderisch." Bangor schüttelte ihn wieder. „Wo ist dein Floß?"
„Vergessen."
„Dann teilen wir uns meines. Schwimm! Wenn wir die Strömung nicht endlich hinter uns lassen, sind wir noch bei Sonnenaufgang auf dem offenen Meer."
Landen riss sich von dem schrecklichen Anblick los und begann zu schwimmen. Seite an Seite kämpften sich die beiden Männer mit aller Kraft nach Süden.

Andris stand auf dem verlassenen Strand im Süden der Bucht und wartete. Mit übermüdeten Augen suchte er im ersten Morgendämmern das Meer ab. Der Oberkönig hatte ihm aufgetragen, für Bellanes und seine Mannschaft ein Lager zu errichten, sonst wurde jeder verfügbare Mann zur Verteidigung der Bucht gebraucht. Die Ebbe setzte ein und Andris begann, im groben Sand oberhalb des Ufers ein Feuer zu entfachen.
Ein Schwimmer nach dem anderen wurde auf den hereinstürzenden Brechern angeschwemmt. Mit tauben Fingern umklammerten sie ihre Balken und krochen gestützt von Andris erschöpft durch das seichte Wasser. Aber auf seine neugierigen Fragen konnten sie nicht antworten. Manche hatten nicht einmal mehr die Kraft, sich bis zum Feuer zu schleppen. Sie fielen einfach am

Rand des Wassers um und schliefen ein. Andris zog sie zum wärmenden Feuer und ging, um nach den anderen Ausschau zu halten.

Die Sonne ging auf und ließ ihre Strahlen wild auf dem Wasser tanzen. Noch immer kein Zeichen von Bellanes. Und auch von Bangor nicht. Auch sieben Männer von Dahmis' Truppen fehlten noch. Beunruhigt ging Andris am Strand auf und ab.

Schließlich hielt er es nicht mehr länger aus. Am Wurzelwerk eines alten Baumstamms am Ufer war ein kleines Fischerboot festgemacht. Er machte es los und sprang hinein.

Hohe Wellen brachen ihm entgegen, er schien kaum vorwärts zu kommen. Dann aber hatte er die Brandung hinter sich und spähte über das Wasser. Nichts.

Er ruderte weiter, bis der Strand nur noch eine dünne Linie in der Ferne war, und schaute ständig nach seinen Freunden aus. Noch immer war nichts zu sehen außer der unbarmherzig blendenden Sonne auf dem Wasser. Tränen rollten über sein Gesicht in seinen Bart. Er ruderte nur weiter, weil er es nicht übers Herz brachte umzukehren. Das Meer kam ihm vor wie eine unendlich große Wasserschüssel, über die sich eine unendlich große Himmelsschüssel neigte und er war inmitten des Blaus nur ein winziges, verlorenes Pünktchen.

Da entdeckte er am Horizont zwei dunkle Flecken. Sein Herz schlug laut und mit frischer Kraft legte er sich in die Riemen. Langsam, langsam verging die Zeit. Das

Meer schien nicht gewillt, den Abstand zwischen Andris' Boot und seinem Ziel geringer werden zu lassen.

Endlich war er so nahe gekommen, dass er sie sehen konnte. Zwei Männer. Einer schien leblos zu sein. Der andere hing über einem kurzen Balken und hielt den Kopf seines Kameraden über Wasser.

Bangor. Bangor schob Andris den leblosen Körper von Bellanes zu und half ihm ihn ins Boot zu hieven. Dann kletterte er hinterher und ließ sich auf den Boden fallen, während Andris versuchte, Bellanes wieder zu beleben.

Er presste auf die Lungen des Ohnmächtigen, wobei das Boot wild ins Schaukeln geriet, und endlich schoss ein Wasserschwall aus Bellanes' Mund. Der junge Mann hustete und begann heftig zu zittern. Als er seine Augen öffnete, lächelte er.

„Andris, bin ich tot?", fragte er matt. „Du siehst nämlich aus wie ein Engel."

Er versuchte sich aufzurichten, aber Andris drückte ihn auf den Boden zurück. Bellanes schloss die Augen, neben ihm lag Bangor und schlief. Andris riss sich zusammen und setzte sich wieder an die Ruder, seine Lippen formten stumm ein Dankgebet.

Die Freude über die Rettung seiner Freunde schenkte ihm neue Kraft, doch bald rebellierten seine angestrengten Muskeln. Die Ruder wurden schwer und schwerer. Schließlich ließ Andris sich auf die Ruderbank fallen und vom Schlaf übermannen.

Heftiger Regen weckte Andris auf. Er schreckte hoch. Sein ganzer Körper fühlte sich wie zerschlagen an. Er streckte seine steifen Arme aus und versuchte, seine verspannten Schultern zu lockern. Der Himmel war von bedrohlichen, schwarzen Wolken beherrscht, doch ein matter Sonnenstreifen im Westen verriet ihm, dass es Nachmittag war. Die Flut hatte gute Arbeit geleistet und er konnte den Strand in etwa zwei Kilometern Entfernung ausmachen. Nun begannen auch seine Kameraden sich zu rühren. Bangor schlug mit den Armen um sich, um die trommelnden Regentropfen zu verscheuchen, Bellanes setzte sich auf und sah über die unruhige See.

„Danke, dass du nach uns gesucht hast", sagte Bellanes und zog sich auf die Ruderbank gegenüber von Andris. Regenwasser floss an seinem nackten Oberkörper herab.

„Klar", sagte Andris, „was hätte ich sonst tun sollen?"

Bangor versuchte stöhnend sich aufzurichten. „Guter Mann, Andris."

„Also", sagte Andris und griff nach den Rudern, „was ist da draußen geschehen?"

„Oh, Junge", grunzte Bangor, „einige Schiffe haben Feuer gefangen, mehr weiß ich nicht. Wir haben versucht, unsere Haut zu retten, und sind einfach losgeschwommen."

Andris sah Bellanes fragend an. Das Antlitz seines Anführers war wachsbleich, die Augen trüb.

„Andris“, sagte Bellanes mit steifer Stimme. „Andris, dreh dich langsam um.“
Der große Mann legte die Ruder ein und drehte sich um. „Was ist?“
„Da, am Boot“, zeigte Bellanes.
Zwei Hände klammerten sich um den Bootsrand. Dann waren sie plötzlich verschwunden und man hörte ein Platschen.
Bellanes lehnte sich über den Rand. „Warte!“, rief er. „Zeig dich.“
Der Mann schwamm weiter. Bellanes setzte seine Ruder in die Dollen und ruderte mit Andris los. Bald hatten sie den Schwimmer überholt. Der Fremde war offensichtlich viel zu erschöpft, um vor ihnen wegzutauchen. Andris griff nach einem Fischernetz und warf es über den Fremden. Dann spannte er die Leinen und zog ihn zum Boot.
„Sprich, wer bist du?“, sagte Bellanes.
Keine Antwort. Bellanes hievte ihn ins Boot wie einen großen Fisch. Dort öffnete er das Netz. Die Haut des bewegungslosen Mannes war blau und aufgequollen. Über seine Brust zog sich eine sternförmige Narbe.
„Er gehört nicht zu uns“, sagte er.
„Ein Sliviiter!“, brüllte Andris und schwang sein Ruder, um es dem Fremden über den Kopf zu hauen.
„Halt!“, befahl Bellanes.
Auf halben Weg ließ Andris das Ruder sinken. Der Fremde sah Bellanes an und streckte ihm langsam eine geöff-

nete Hand entgegen. Auf seinem Unterarm war ein Zeichen eingebrannt.
„Ein sliviitischer Sklave“, sagte Bangor überrascht.
„Ein starker und tapferer Mann“, antwortete Bellanes.
„Was sollen wir mit ihm anfangen?“, fragte Andris finster.
„Sei sein Lehrer“, sprach Bellanes leise, ergriff mit beiden Händen die Hand des Mannes und schenkte ihm einen ermutigenden Blick.
„Sein Lehrer? Was soll ich ihm beibringen?“
„Ein freier Mann und Bruder zu sein. Andris, darf ich dir das neueste Mitglied unserer Bande vorstellen?“
„Das kann nicht dein Ernst sein!“
„Kann es wohl. Dieser Mann hat mehr Kraft und Fantasie als wir alle. Solch einen Mann können wir gut gebrauchen.“ Bellanes massierte die geschwollenen Finger des Mannes.
„Du bist verrückt geworden da draußen im Meer! Die Bande braucht keinen neuen Mann, Bellanes.“
Aber Bellanes lächelte, als sei ihm ein großer Stein vom Herzen gefallen, seine Augen leuchteten vor rätselhaftem Glück.
„Schaut nur!“, sagte Bangor grinsend.
Der sliviitische Sklave lag, in den Fäden des Fischernetzes verheddert, im Regen und schnarchte. Andris sah ihn groß an und Bellanes schmunzelte.
„Er muss sich draußen im Meer irgendwie wach gehalten haben. Er hat sich durch die Strömung gekämpft

und unser Boot zu fassen bekommen, während wir schliefen. Er hätte uns leicht zum Kentern bringen können, Andris, aber er hat sich nur festgehalten. Er ist kein Mann des Krieges, er hat nur versucht sein Leben zu retten."

Andris sagte kopfschüttelnd: „Na gut, wenn es unbedingt sein muss."

Bellanes beugte sich über die Ruder und sagte: „Es muss sein. Kommt, wir rudern nach Hause."

Als sie den Strand erreichten, war der Regen schwächer geworden. Die drei müden Freunde fanden ihre Kameraden um ein Feuer versammelt. Die Männer hockten benommen unter durchnässten Decken. Auf die Fragen der drei wussten sie keine Antwort. Vielleicht tobte die Schlacht noch auf den Stränden der Bucht, vielleicht war Dahmis längst gefallen. Keine Nachrichten. Nichts.

Bangor fiel zu Boden und schlief sofort ein, während Andris und Bellanes mit letzter Kraft das Boot an Land zogen. Bellanes bestand noch darauf, den Sklaven zuzudecken, dann brach auch er zusammen.

Als Landen erwachte, sah er über sich im sanften Licht der Morgendämmerung den wolkenlosen Himmel. Er richtete sich auf. Irgendetwas hatte ihn geweckt.

Der Strand war übersät mit schlafenden Gestalten, die wie hingeworfen neben einem niedergebrannten Feuer am Boden lagen. Wenigstens eine Wache hätten sie aufstellen können. Er lauschte nach allen Seiten, dann

schlug er den grobkörnigen Sand von sich ab. Vorsichtig ging er auf die großen, schwarzen Felsbrocken zu, die das Lager begrenzten.
Da, das leise Knirschen von Fußtritten. Geduckt lief er dem Geräusch entgegen. Aus den Felsen löste sich ein Schatten. Der Oberkönig. Landen umarmte ihn.
„Bellanes. Ihr seid in Sicherheit. Gott sei Dank."
„Und Ihr, mein König? Was geschah in der Bucht von Schlossburg?"
„Erst erzählt, wie es Euch ergangen ist", sagte der Oberkönig.
„Sieben Soldaten haben es nicht zurück zum Strand geschafft", antwortete Landen traurig. Der König senkte den Kopf. „Alle anderen sind zurückgekommen."
Dahmis legte ihm eine Hand auf die Schulter. „Euch und Euren tapferen Männern ist es zu verdanken, dass wir die Sliviiter geschlagen haben. Das Feuer hat viele ihrer Schiffe zerstört. Die restlichen Soldaten flüchteten sich ans Ufer. Manche kamen in Langbooten und kämpften verzweifelt. Andere kamen halb ertrunken an, zu erschöpft zum Kämpfen. Es ist vorbei, Bellanes. Dank Euch besteht unsere Welt fort."
Landen atmete tief und sah auf die im sanften Morgenlicht glitzernde Wasserfläche hinaus. Das war derselbe Ozean, den er in der vergangenen Nacht gesehen hatte, als alles so ungewiss und bedrohlich war, der hier gegen die Felsen schlug. Ihnen war der Sieg und das Leben ge schenkt worden. Es hätte auch anders ausgehen kön-

nen. Traurig dachte er an die mutigen Männer, die gestorben waren, und an die sinnlose Grausamkeit des Krieges. Und er schmeckte seinen süßen Atem, der seine Brust im Takt der Wellen hob und senkte. Es war gut am Leben zu sein, die harten Sandkörner zwischen den Zehen zu spüren und die Vögel den neuen Morgen begrüßen zu hören.
Er sprach mit dem Oberkönig, bis die Sonne aufging.

# 9. Kapitel

Als Vesputo und die anderen Könige mit ihren Soldaten nach Schlossburg kamen, wurden sie von erschöpften Männern und Frauen im Siegestaumel begrüßt. Erleichtert über die Niederlage der Sliviiter wurden die meisten Soldaten sofort wieder nach Hause geschickt, heim zu ihren Familien, heim zu ihren Feldern und in ihre Städte. Mit sich trugen sie die Kunde von der Vereitelung des sliviitischen Angriffs, von Bellanes und seiner Bande und den Soldaten des Oberkönigs, die das furchtbare Aufgebot der Schlachtschiffe bezwungen hatten, von der kleinen, entschlossenen Schar von Kriegern unter dem Kommando des Oberkönigs, die die überlebenden Eindringlinge am Strand von Schlossburg gestellt und bezwungen hatte.

An diesem Abend trafen die Könige im größten Haus von Schlossburg zusammen, um sich zu beraten. Laut riefen sie nach Bellanes, dem Helden, um ihm zu huldigen. Der aber war grußlos verschwunden. Vesputo war bitter enttäuscht, dass er den berühmten Dieb verpasst hatte. Sein Ärger stachelte ihn zu einer wortreichen Beschuldigung von Dahmis' Wahrsagerin an, sie sei die eigentliche Drahtzieherin des Angriffs auf die Bucht von Schlossburg. „Wie sonst hätten die Sliviiter ihre Flotte ausgerechnet an den ungeschütztesten Stützpunkt von Glavenrell umleiten sollen?“, rief er.

„Sie ist die Einzige, die das Wissen und die Beweggründe hatte, unseren Feinden solche Informationen zuzuspielen!“, rief Vesputo.

Bald griffen die anderen Könige seine Forderung auf, sie zu jagen und unschädlich zu machen. Je mehr die Seherin angeprangert wurde, desto ernster wurde Dahmis. Der Oberkönig nahm sie in Schutz, doch seine vernünftigen Worte stießen bei den hochmütigen Königen auf taube Ohren.

„Ihr gebt zu, dass sie Euch nicht mehr hilft!“, brüllte Mlaven. „Das heißt, sie weiß zu viel! Wer nicht für Euch ist, ist gegen Euch. Und mit ihrem Wissen und ihren Fähigkeiten wird sie uns gefährlich!“

„Denkt an die Verluste, die wir hätten erleiden müssen!“, gab Vesputo zu bedenken.

Schließlich erhob sich Dahmis, sein Gesicht hart wie Eichenholz. „Nun gut“, sprach er mit tiefer Stimme, „versucht sie zu finden. Doch ihre Seherkraft könnte Euren Plan zunichte machen.“

„Wo ist sie?“, rief Mlaven.

„Ich habe geschworen, es nicht zu verraten“, antwortete Dahmis.

„Nun denn, dann eben nicht“, warf Vesputo in das Stimmengewirr ein. Als die Könige endlich schwiegen und ihn ansahen, spielte er seinen Trumpf aus. „Keiner von uns möchte, dass der Oberkönig seinen Schwur bricht." Dahmis verbeugte sich steif in seine Richtung.

„Doch nichts spricht dagegen, auch uns ein Versprechen zu geben, mein König", fuhr Vesputo fort. „Versprecht dieser Versammlung hier, dass Ihr sie nicht warnen werdet. Dann kann jeder von uns versuchen sie zu finden. Sie aufzuspüren kann für unsere Krieger sogar eine nützliche Übung sein. Ich kann aber schon jetzt sagen, dass sie irgendwo in Desante lebt."

Vesputo triumphierte innerlich, als die anderen ihre Gläser erhoben und ihm zuprosteten. Er war kriegserfahren genug, um zu wissen, dass diese Männer, denen die erwartete Schlacht versagt worden war, darauf brannten etwas zu unternehmen.

Der Oberkönig setzte sein Glas ab. „Liebe Verbündete", sprach er mit den Raum füllender Stimme. „Ich bedaure, dass dieses Treffen, auf dem wir den Frieden und den Sieg über die Sliviiter feiern wollen, der Verurteilung eines Menschen dient, der vielen von uns geholfen hat. Lasst uns erfreulicheren Dingen zuwenden. Unser Bündnis hat sich in einem historischen Augenblick bewährt. Zur Feier lade ich Euch alle für morgen Abend zu einem Fest ein." Hier machte er eine Pause, die Könige tranken ihm zu. „Für den heutigen Abend", fuhr er fort, „müsst Ihr mich entschuldigen. Ich muss ruhen."

Dem großen König war die Erschöpfung anzusehen. Es hieß, er habe seit Tagen nicht mehr geschlafen.

Vesputo schloss sich den anderen Königen an und verneigte sich ehrerbietig vor dem Oberkönig, als dieser sich majestätisch entfernte. Sein hoheitsvolles Auftreten erinnerte Vesputo an die große Zeit von König Kareed.

Vesputo verlor keine Zeit und sprach sofort mit Beron.
„Alle Könige waren einverstanden. Die Seherin muss sterben."
„Die Prin..."
„Ja. Alle werden sie suchen lassen. Wir aber wissen, wo sie ist und wie sie aussieht. Du kannst also der Erste sein."
„Soll ich sie gefangen nehmen und nach Archeld bringen, mein Herr?"
Vesputo strich sich über das Kinn. „Ich glaube, es würde nur Probleme machen, sie bewachen zu lassen. Nein. Ich brauche nur den Kristall. Eine andere Frau soll lernen, in ihm die Zukunft zu sehen. Irene verriet mir, wie der Zauber funktioniert."
„Soll ich sie töten, Herr?"
„Töte sie. Doch vorher sichere dir den Kristall. Ich will diesen Stein haben."
„Natürlich, mein Herr, aber wie ..."
„Kein Gift." Vesputo fuhr mit dem Finger über Berons Hals. „Reite auf dem schnellsten Weg nach Desan."
„Jawohl, Herr. Ich breche sofort auf."
„Gut. Und trage eine Maske."

Als Dahmis aus dem Versammlungsgebäude trat, wurde er von jubelnden Menschen umringt, die ihm ein bequemes Lager und ihre ganze Habe aufdrängten. Dahmis war dankbar für ihre Freundlichkeit, aber es drängte ihn fort.

Er suchte Blickkontakt mit Larseld, der an diesem Nachmittag eingetroffen war.

Innerhalb von Minuten gelang es ihm, den König fortzugeleiten, während die Leute mit höflichen Versprechungen abgespeist wurden. Der Oberkönig danke ihnen für ihre Freundlichkeit, der Oberkönig habe bereits ein Bett, das auf ihn warte.

Dahmis und Larseld galoppierten nach Süden zum Lager und überließen es den Wachen, die Menschen zu beruhigen und von ihnen fern zu halten. Der Mond leuchtete den beiden Männern den Weg. Dahmis kämpfte gegen Wellen von Müdigkeit an, die ihn überschwemmen wollten.

Als die Stadt hinter ihnen lag, brachte der König sein Pferd zum Stehen.

„Wir reiten nicht zum Lager“, erklärte er außer Atem. „Wir reiten zu Bellanes. Ich muss mit ihm sprechen. Allein.“

„Ist er denn noch in der Nähe?“

„Ungefähr acht Kilometer von hier.“ Dahmis erklärte Larseld den Weg und bat ihn sein Pferd zu führen. Der General nickte und band die Zügel zusammen.

Dahmis erwachte aus einem totenähnlichen Schlaf. Sanfte, starke Hände hoben ihn aus dem Sattel und legten ihn auf den Boden. Er öffnete die Augen und sah den Sternenhimmel über sich. Er wusste nicht, wo er sich befand, spürte nur eine bohrende Sorge wie einen pochenden Kopfschmerz.

„Seid Ihr wach, Herr?“ Diese Stimme kannte er. Die wohltönende Stimme von Bellanes. Warum war Bellanes bei ihm, mitten in der Nacht? Dann erinnerte er sich.

„Ja, ich bin wach.“

„Larseld sagt, es gäbe etwas Dringendes?“

Dahmis räusperte sich. „Schon wieder brauche ich Eure Hilfe.“

„Sprecht.“ Bellanes ließ sich vor ihm nieder.

Dahmis massierte sich den Nacken. „Es betrifft eine Frau.“ Als er Bellanes Gesicht sah, hob er die Hand. „Nein, nicht was Ihr denkt. Diese Frau hat mir lange Zeit geholfen, und durch mich hat sie auch den anderen Königen geholfen.“ Mit wehem Herzen dachte er an Vineda. Solch trotziger Verstand, solch liebreizende, zornige Augen, solch prachtvolles Haar waren ihm nie zuvor begegnet. „Habt Ihr nicht die Gerüchte über die Wahrsagerin gehört, die sich gegen mich gewandt haben soll?“ Dahmis kniff die Augen zusammen, um das ruhige Gesicht seines Gegenübers besser sehen zu können.

Bellanes schüttelte den Kopf. „Nein, Herr. Eine Wahrsagerin, die sich gegen Euch gewandt hat?“

„Anscheinend hasst sie König Vesputo. Nachdem er

dem Bündnis beigetreten war, hat sie mir ihre Hilfe verweigert. Und jetzt heißt es, sie habe den Sliviitern Informationen zugespielt."

Bellanes runzelte die Stirn. „Informationen? Welche Art von Informationen?"

Der Oberkönig blickte zu den fernen Sternen empor und spürte einen kühlen Lufthauch im Gesicht. „Sie kann Dinge sehen, die passieren, selbst wenn sie nicht zugegen ist. Sie sieht sie in ihrer Kristallkugel. Sie kann sogar in die Zukunft sehen."

Im Mondlicht wurde Bellanes' Gesicht weiß wie eine Muschel am Strand. „Eine Seherin?" Er bohrte die Hände in den Boden, als müsse er dort Halt suchen. „Ich habe einmal jemanden gekannt ..."

Dahmis sah den jungen Mann scharf an. „Ihr kennt diese Frau?"

„Nein", antwortete Bellanes heiser, „die, die ich kannte, ist seit Jahren tot."

„Ich verstehe Euch nicht, was ist los?" Dahmis legte seinem Freund die Hand auf die Schulter.

„Wie heißt diese Seherin?"

„Vineda."

Bellanes schüttelte den Kopf. „Verzeiht. Die Erwähnung einer Seherin ... natürlich, es gibt auch noch andere. Woher kommt sie?"

„Aus Desante."

„Und was soll ich für Euch tun?", fragte Bellanes wieder ruhiger.

Dahmis streckte sich, um die Müdigkeit von sich abzuschütteln. „Die Könige wollen, dass sie stirbt. Sie sagen, sie wüsste zu viel, wegen ihrer Gabe als Seherin und weil sie die Könige beraten hat."
„Und Ihr?"
„Ich habe zugestimmt."
Die Augen des jungen Mannes flackerten angewidert auf.
„Ihr bittet mich tatsächlich für Euch zum Attentäter zu werden? Eine Frau zu ermorden?"
„Nein, mein Freund. Ich habe mein Einverständnis nur vorgetäuscht. Es war nötig, um ihr Leben zu retten. Ich habe den Königen gesagt, als Seherin würde sie ihrer Gefangennahme womöglich entgehen. Aber das stimmt nicht. Ihre eigene Zukunft kann sie nicht sehen."
„Herr, verzeiht mir. Ich – was soll ich tun?"
„Gebt ihr sicheres Geleit ins Exil. Doch bevor Ihr zustimmt, Bellanes, müsst Ihr eins wissen. Sie wird nicht freiwillig mit Euch kommen. Sie ist sehr stolz und lehnt jede Hilfe ab. Außerdem wird jeder der Könige versuchen, die anderen auszustechen und seine erfahrensten Krieger ausschicken. Vesputo hat angedeutet, wo sie zu finden ist. Ich befürchte, er weiß genau, wo sie wohnt."
Bellanes lächelte düster. „Wieviel Zeit habe ich?"
„Der Rat hat sich heute Abend getroffen."
„Dann muss ich mich beeilen. Bald kommt der Morgen."

„Bellanes, wenn Ihr etwas braucht oder wünscht, sprecht."
„Etwas, Herr. Wo finde ich sie und wie sieht sie aus?"
Dahmis schmunzelte. Er malte eine Karte in den Sand, die Bellanes sich ins Gedächtnis einprägte.
„Und ihr Aussehen ist unverkennbar. Meistens versteckt sie sich unter alten Kleidern und hässlichen Kopftüchern."
Bellanes grinste. „Wie soll ich sie dann von den anderen alten Weiblein in Desante unterscheiden?"
„Oh, mein Freund, sie ist nicht alt. Sie ist jung, sie ist schön und sie hat Augen von der Farbe des Ozeans. Um ganz sicher zu gehen, zieht ihr das Tuch vom Kopf. Wenn die Haare darunter flammend rot sind, habt Ihr die Richtige."
Der Oberkönig hielt inne und sah überrascht, dass der junge Mann am ganzen Leib zitterte. Sein Gesicht war totenbleich und sein Atem ging in heftigen Stößen.
„Was ist?", schrie Dahmis.
Doch Bellanes war mit einem Satz auf den Füßen und sprang auf sein Pferd.
„Bellanes! Wohin?"
„Nach Desante, mein König", kam die Antwort heiser. „Ich werde sie finden oder …"
Der Oberkönig konnte die letzten Worte nicht mehr hören. Er hörte nur noch das sich entfernende Schlagen der Hufe.

Torina sah sich in ihrer reinlichen Hütte um. Auf den Stühlen lagen ein paar verschnürte Bündel, das war alles, was sie mit nach Desan nehmen wollte. Das Gold des Oberkönigs hatte sie größtenteils im Keller des Dirksonhofes verstaut. Der Kristall lag, noch immer in Tücher verhüllt, sicher in ihrer Tasche. Unter dem ausgeblichenen Kleid hing die rote Kordel mit dem Stein von Dahmis. Er konnte von Nutzen sein, wenn irgendjemand versuchte sie aufzuhalten.
Neben ihr standen Lindsa und Anna und lächelten sie an. Antonia spielte vor der Tür in der lauen Abendluft.
„Ich wollte schon viel früher abreisen", sagte Torina.
„Du hättest nicht früher gehen dürfen – bei dieser Krankheit."
Torina schlug die Arme um sich. Sie spürte die Angst, die sie seit dem Tag verfolgte, als sie sich dem Kristall verweigert hatte, als sie ihr Haar hatte sehen lassen und krank geworden war. In der Tiefe ihres Herzens wusste sie, dass etwas nicht stimmte, dass sie einen Fehler gemacht und den Pfad des Guten verlassen hatte.
„Iss doch noch etwas", drängte Anna.
Ein kribbelndes Gefühl kroch über ihren Rücken, als hätte sie etwas Wichtiges vergessen, das direkt vor ihren Augen lag.
Von draußen kündete ein Geräusch das Herannahen eines Reiters an. Antonia fing an zu weinen.
Lindsa rannte hinaus und nahm sie in die Arme. Torinas folgte ihr vor die Tür. Ihr Herz taumelte wie ein lah-

mendes Pferd, als ein großer, maskierter Mann auf sie zupreschte und sie aus Augenschlitzen fixierte. Er warf sich nach vorn und bekam ihren Arm zu fassen. Entsetzt schrien Anna und Lindsa auf, als er mit mächtiger Faust Torina einen Schlag gegen den Kopf versetzte.
Silberne Sterne blitzten vor ihren Augen auf, dann wurde es dunkel.

# 10. Kapitel

Torina erwachte. Sie lag auf dem Boden und war mit einer rauen Decke zugedeckt. Kiefernnadeln unter ihr verrieten ihr, dass sie sich in den Bergen befand. Ein kühler Wind strich über ihren schmerzenden Kopf. Dunkle Bäume und hoch darüber ein Streifen Sternenhimmel. Durch die Zweige fiel Mondlicht auf die schwarzen Umrisse eines angebundenen Pferdes.
Torina stützte sich auf. An einem Baumstumpf, nur wenige Schritte von ihr entfernt, lehnte der maskierte Mann. Seine Brust hob und senkte sich gleichmäßig im Schlaf.
Er hatte sich nicht einmal die Mühe gemacht sie zu fesseln! Langsam kroch sie vorwärts und tastete sich über Wurzeln und Steine, obwohl ihr ganzer Körper danach schrie wegzulaufen. Ihre Hand berührte etwas, eine Ledertasche. Sie hielt an.
*Renn weg!*, schrie ihr Körper.
Aber sie musste es wissen. Wer hatte sie entführt? Sie ließ ihre Hand in die Tasche gleiten. Ihr Herz hämmerte gegen ihre Brust, als sie einen kleinen Beutel hervorzog und mit zitternden Fingern öffnete. Er enthielt ein paar

große, schwere Münzen. Und in einer Falte lag ein Ring! Vielleicht ein Siegelring, der ihr die Identität des Schlafenden verraten würde.
Sie zog ihn heraus und untersuchte ihn im fahlen Mondlicht. Es war ein schlichter Ring mit einem runden Stein.
*Diesen Ring kenne ich! Er hat einmal mir gehört!*
Ein winziger, runder Kristall in Gold gefasst. Das letzte Mal hatte sie ihn gesehen am Tag, als ihr Vater ermordet wurde.
Torina sprang auf, ihr schwindelte. Weinend wankte sie auf den schlafenden Mann zu. Augenblicklich erwachte er und war an ihrer Seite. Seine Arme umfingen und stützten sie. Sie wurde von Weinkrämpfen geschüttelt und jahrelang zurückgehaltene Tränen strömten über ihre Wangen.
Der Mann nahm die Maske ab und offenbarte ihr sein ernstes, so vertrautes Gesicht.
„Landen", flüsterte sie.
„Prinzessin", sagte er heiser. Seine Stimme zitterte.
„Du." Sie nahm sein Gesicht in beide Hände und streichelte es. Sie wusste nicht, was sie tat, und nahm kaum wahr, dass er dasselbe tat wie sie. Auf ihrer tränennassen Haut fühlten sich seine Hände warm und trocken an.
Sie ließ die Hände sinken. „Aber – ich verstehe nicht ..."
Er fasste sie an den Schultern. „Verzeih mir den Schlag. Er war notwendig."
„Warum?"

„Damit die anderen Attentäter denken, ich sei zuerst da gewesen."

Sie schaute sich um, dann sah sie zum Himmel hinauf. Es war Nacht. Träumte sie?

„Die anderen Attentäter? Bist du einer von ihnen?"

„Nein. Aber das sollen sie denken."

„Warte." Sie schob ihn von sich und sah ihm ins Gesicht. „Ich soll getötet werden?"

„Ja, Torina, du bist zum Tod verurteilt."

„Zum Tod? Wer schickt dich?"

„Der Oberkönig."

Benommen schüttelte sie den Kopf. „Dahmis hat dich beauftragt mich zu töten?"

„Nein. Ich soll dich in Sicherheit bringen."

„Dann kennt der Oberkönig unsere Geschichte?" Ihr schwindelte bei dem Gedanken.

Tränen standen in seinen Augen. „Nein. Torina, ich dachte, du seist tot."

Traurig sah sie ihn an. „Und ich wusste nichts von dir."

Er beugte sich vor. „Nichts?"

„Meine Kristallkugel hat mir nie dein Gesicht gezeigt. Immer habe ich danach gesucht, Landen. Jeden Tag habe ich nach …" Ihre Kehle war wie zugeschnürt, als sie an ihre lange, vergebliche Suche dachte.

„Prinzessin, wenn ich … Torina, meine …" Er schluckte. „Komm, wir müssen weiter."

Er hob sie in den Sattel und schwang sich vor sie hinauf. „Halte dich fest."

Sie legte die Arme um ihn und hatte das Gefühl, nie etwas Schöneres getan zu haben. Sie ritten weiter bergan durch die Nacht. Sie lehnte ihren Kopf an seinen Rücken und netzte sein Hemd mit Tränen des Friedens.

Landen betrachtete immer wieder staunend Torinas schlanke Finger und Arme, die sie um seinen Leib geschlungen hatte. Bei Tagesanbruch erreichten sie ein geschütztes Hochtal. Es lag so abseits, dass man es nur durch Zufall hätte finden können, wenn man es nicht bereits kannte.

Die Müdigkeit verlangte ihr Recht. Bis auf den kurzen Schlummer im Wald in der vergangenen Nacht hatte er viele Tage und Nächte nicht mehr geschlafen und sehnte sich nach Ruhe. Seinem armen, erschöpften Pferd erging es nicht besser. Erleichtert machte Landen Halt und half Torina herab.

Hier hatte er sich einmal eine einfache Hütte gebaut, die ihm als Zufluchtsort in Desante dienen sollte. Jetzt kam sie ihm vor wie ein Palast.

Er führte das Pferd an eine nahe Quelle und rieb es ab. Torina folgte ihm und half ihm, den Hengst zu versorgen.

Er beobachtete ihre schnellen, geübten Bewegungen und hätte am liebsten geweint vor Dankbarkeit, dass sie in Sicherheit war, dass sie lebte.

Das Pferd legte sich nieder und Torina beugte sich über die Quelle und trank gierig. Landen kniete neben sie und benetzte sich das Gesicht mit dem belebenden Wasser.

*Sie hat wegen mir geweint, letzte Nacht. Was empfindet sie heute?*

„Wollen wir hineingehen?“, fragte er.

Sie folgte ihm in die Hütte.

Die Einrichtung bestand lediglich aus ein paar einfachen Stühlen und einem Bett. Landen setzte sich auf das Bett und zog sich die Stiefel aus.

„Danke“, sagte sie.

Er streckte die Hand nach ihr aus. „Setzt du dich neben mich?“

Zögernd nahm sie neben ihm Platz.

„Lass mich dich ansehen.“ Er zupfte an ihrem grauen Tuch. „Dahmis riet mir, das Tuch herunterzuziehen, um dich zu erkennen. Als er das sagte – da wusste ich, dass du es bist, dass du nicht tot bist.“

Er fragte sich, welche Spuren die Jahre auf seinem Gesicht hinterlassen hatten, und suchte in ihrem Gesicht nach Veränderungen. Ihre Augen waren von demselben blau glänzenden Grün, doch wo einst schelmische Freude gefunkelt hatte, war jetzt Traurigkeit, tief wie der Ozean. Ihre Wangen waren schmaler geworden. Und da war noch etwas. Die stolze Überheblichkeit der Prinzessin war verschwunden. Doch das Geheimnisvolle, Unzähmbare ihres Wesens war ihr geblieben. Ja, es war Torina. Innige Liebe strömte durch sein Herz.

Dicke Tränen tropften aus ihren Augen.

„Was hast du?"
„Ich schäme mich so. Kannst du mir jemals verzeihen?"
„Dir verzeihen, Prinzessin?"
„Landen, ich war so dumm. Ich wage kaum, daran zu denken, wie dumm ich war. Gedankenlos, überheblich, verwöhnt!"
Er nahm ihre Hände und küsste sie. „Bitte, Torina. Du musst nicht weinen, weil ich dir verzeihen soll."
„Landen, dein Herz ist so weise. Als du alles verloren hattest, machtest du einen neuen Anfang. Ich dagegen habe mich so tief vergraben, ich hätte genauso gut tot sein können."
„Nach dem, was der Oberkönig mir erzählt hat, war das aber nicht so." Er schlang die Arme um sie. Sie zu halten fühlte sich so wunderbar und selbstverständlich an. Endlich konnte Landen Körper und Seele fallen lassen. Der Schlaf übermannte ihn so schnell, dass er nicht einmal mehr bemerkte, wie sich ihr Gesicht bei der Erwähnung des Oberkönigs schuldbewusst verzog.

# 11. Kapitel

Über und über mit Dreck bespritzt ritt Beron im Schlosshof von Archeld ein. Verächtlich registrierte er den dienstfertigen Eifer der wachhabenden Soldaten. Natürlich behandelten sie ihn mit Ehrfurcht. Er war ein wichtiger Mann für König Vesputo.

Die Bediensteten wichen zur Seite, als er zum König ging. Der König erhob sich und begrüßte ihn mit einem festen Händedruck. Kaum waren sie allein, sprudelte Beron die Neuigkeit heraus.

„Sie ist mit Sicherheit tot, mein König."

„Durch deine Hand?"

„Nein, Herr. Aber als ich bei ihrer Hütte ankam, erzählten mir die Leute, erst eine Stunde zuvor habe ein maskierter Mann sie niedergeschlagen und sei mit ihr auf und davon geritten."

„Davongeritten! Hast du ihre Hütte durchsucht? Hast du den Kristall gefunden?"

„Ich habe überall gesucht, alles auf den Kopf gestellt. Sie hatte gepackt, um zu verreisen. Ich habe alles durchsucht, viel war es nicht. Der Kristall war nirgends zu finden."

Vesputo schlug fluchend die Faust auf den Tisch. „Hast du den Reiter verfolgt?"
„Ich – nein, Herr. Ich habe die ganze Zeit ihre Hütte durchsucht und dann war es dunkel. Niemand wusste, wohin er geritten war. Die Bauersleute waren zu Tode erschrocken und wollten wissen, was sie getan habe und wer sie sei."
„Du hast nichts verraten?"
„Nein, Herr. Torina ist seit Jahren tot und begraben, jetzt erst recht."
„Hm. Du bist so schnell wie möglich geritten?"
„Ja, Herr. Ich habe kaum Rast gemacht."
„Seltsam, dass jemand vor dir da war. Ich dachte, König Dahmis sei der Einzige, der wusste, wo sie wohnte."
„Vielleicht hatten auch andere schon ihre Spur aufgenommen und hatten vom Oberkönig genauere Hinweise bekommen."
„Vielleicht. Aber wer hat diesen Stein? König Dahmis bestimmt nicht. Dieser Narr würde niemals sein Wort brechen. Er hat geschworen, sie nicht zu warnen."
Vesputo ging auf und ab, seine markanten Gesichtszüge waren beherrscht und verschlossen. Beron wollte sich die erschöpften Augen reiben, ließ es aber lieber bleiben.
„Jetzt, wo sie tot ist, mein Herr …"
„Wenn sie wirklich tot ist, hat Dahmis sich selbst ins Verderben gestürzt. Keiner mehr, der ihn warnen könnte. Er hatte ungewöhnliches Glück, dass er den Angriff der

Sliviiter abwehren konnte. Doch diesmal wird er weniger Glück haben, es gibt niemanden mehr, der ihn warnt."

Torina schöpfte Wasser mit der Hand. Der Tag war klar und frisch wie eine knospende Blüte und ihre Seele war wie geläutert. Sie schmeckte die Reinheit der Natur. Über ihr ragten die mächtigen Tannen zum tiefblauen Himmel auf, die Erde war übersät von bunten Wildblumen.

Sie hätte die ganze Welt umarmen mögen. Wie wunderbar, wieder sie selbst sein zu dürfen, eine junge Frau mit Namen Torina, die ihr Haar offen tragen durfte.

Das Zusammensein mit Landen in den vergangenen Tagen verlieh ihr das Gefühl, aus einer Welt bitterer Mühsal an einen Ort der Unschuld und Erneuerung getragen worden zu sein. Sie gingen spazieren, sprachen miteinander und atmeten den würzigen Duft des Waldes ein.

Ihre alte Vertrautheit lebte wieder auf.

Manchmal fühlten sie sich an die geheimen Orte ihrer Kindheit zurückversetzt. Die unbeschwerte Nähe früherer Tage verlieh ihnen Halt und half ihnen, die Gegenwart zu begreifen.

Er erzählte ihr von seiner Rolle als Bellanes und wie er im Auftrag von Dahmis nach Archeld gereist war, immer in dem Glauben sie sei tot. Sie berichtete von ihrer Flucht und den Jahren, in denen sie vor Unruhe und Einsamkeit fast wahnsinnig geworden war. Sie entdeck-

ten, dass sie beide einen der fünf Glassteine mit dem Siegel des Oberkönigs besaßen.
Sie schlürfte seine Gegenwart ein wie das frische Wasser ihrer Quelle und ließ keine Trauer darüber zu, dass sie beide so lange in Desante gelebt hatten, ohne von einander zu wissen.
Wie schön war es, ihn neben sich zu sehen und sein Bild nicht in ihrem blinden Seherauge suchen zu müssen. Seine Bewegungen zu beobachten, ihn sprechen zu hören, den lockigen Fall seiner dunklen Haare zu betrachten, war ihr das höchste Glück.
Aber dann erinnerte sie sich der gefahrvollen Wirklichkeit und sie wusste, dass diese Zeit nicht ewig währen würde. Nachts lag sie oft wach, lauschte seinem Atem und spürte, wie das Schicksal ihr das unverdiente Glück streitig machen wollte. *Großmutter hat mir immer geraten, gut zu anderen zu sein. Ahnte sie, das ich aus Dummheit und Herzlosigkeit einmal meinen Zorn über mein Gewissen stellen würde?*
Landen erschien ihr zu gut für sie. Er würde niemals aus Verbitterung handeln. Sie wollte ihn mit Liebe überschütten, ihn küssen, ihn fragen, was er für sie empfinde. Sie fühlte sich dieses klugen, wunderbaren Mannes nicht würdig.
Seit diesem ersten Morgen, als sie ihn um Verzeihung gebeten hatte, hatte er sie kaum berührt. Doch wenn er sie berührte, spürte sie seine Zuneigung – er strich ihr übers Haar, drückte ihren Arm. Zuneigung ja, aber Lie-

be? Torina seufzte. Sie hörte Landen kommen und drehte sich um.

„Landen?"

„Prinzessin?" Sein Lächeln ließ ihr Herz vor Liebe überlaufen.

„Es klingt seltsam, mit ‚Prinzessin' angesprochen zu werden. Du weißt, dass ich keine Prinzessin mehr bin."

„Für mich bist du immer die Prinzessin."

„Landen, du sagtest, nicht einmal Dahmis weiß, wo wir sind?"

„Wirklich nicht."

„Du hast mir nicht erzählt, warum ich getötet werden soll."

Er setzte sich neben sie und umschlang seine Knie. „Es hieß, du hättest den Sliviitern die Stellung der verbündeten Truppen verraten, damit sie uns ungehindert schlagen könnten."

„Wie? Ich soll …"

„In der Bucht von Schlossburg in Glavenrell gab es einen Überraschungsangriff. Fast alle Truppen waren an anderen Orten stationiert, viele davon in Archeld."

„Archeld!" Sie zitterte. „Der Oberkönig hat Vesputo Truppen geschickt?"

„Ja."

„Und was geschah dann?"

„Wir konnten den Einmarsch verhindern", sagte er.

„Wir?" Er senkte den Kopf. „Landen, sieh mich an. Landen, wer ist wir!" Sie beugte sich zu ihm und sah die tiefen Schatten um seine Augen, die Last all dessen, was er gesehen hatte. „Ich habe den Sliviitern niemals Informationen gegeben."

„Ich weiß, Torina."

„Aber was habe ich nur getan, oh! Was habe ich unterlassen." Ihre Augen brannten wie im Wüstenwind. „Ich wusste die ganze Zeit, dass es ein Fehler war. Landen, ich war so zornig über das Bündnis mit Vesputo, dass ich Dahmis meine Hilfe gegen die Sliviiter verweigerte. Seitdem habe ich nie mehr in meinen Kristall geschaut! Ich war auch wütend auf den Kristall, weil er mir nie etwas von dir gezeigt hat. Wenn ich mir vorstelle, dass ich dich vor der Schlacht hätte bewahren können! Das kann ich niemals wieder gutmachen!" Sie sank in sich zusammen.

„Torina. Du trägst keine Schuld. Es war Krieg."

„Krieg sollte von Kriegern geführt werden!"

„Ja. Ja, du hast Recht. Aber meistens geschieht doch alles ganz anders."

Sie schlug sich mit der Faust gegen die Stirn.

Landen hielt ihren Arm fest. „Torina. Du darfst dir wegen des Krieges keine Vorwürfe machen. Die Verluste waren äußerst gering gemessen darn, wie groß der Angriff angelegt war."

„Wie war das möglich?"

Er überging ihre Frage. „Und als der Oberkönig mich nach Archeld beorderte, weigerte ich mich."

„Ach. Aber du hast dich doch nicht gegen Dahmis gekehrt?"

„Nein."

„Du kannst ihm immer noch helfen. Vielleicht steht die größte Gefahr noch bevor." Er hob zwei Steine hoch und schlug sie gegeneinander.

„Natürlich!"

Eifrig nestelte sie an ihrer Tasche und zog das Bündel mit dem Kristall hervor. Gleißend lag er in ihrer Hand. Ihr Blick verschwamm und suchend sah sie hinein.

Vesputo stand im Zimmer ihres Vaters, sein markantes Gesicht bewegungslos. Neben ihm stand Beron. Vesputo erläuterte leise Anweisungen und Pläne.

„Dahmis!", schrie Torina entsetzt. „Wir müssen ihn warnen!"

„Was ist los?"

Das Bild verblasste und verwandelte sich rasch in eine andere Szene. Sie sah Berons triumphierendes Grinsen.

„Beron. Er ist Vesputos rechte Hand geworden. Er ermordet den Oberkönig!"

Landens Gesicht verfinsterte sich. „Wann? Haben wir noch Zeit?"

„Und dann", sprach sie eilig weiter, „wenn der Oberkönig tot ist, bricht das Chaos aus. Vesputo nutzt die Situation und stürzt die anderen Könige. Er möchte es mithilfe ...", entsetzt sah sie Landen an, „des Schwertes von Bellandra tun!"

„Das Schwert! Aber Kareed hat es doch zerstört."

„Nein, das Schwert ist irgendwo versteckt, nicht zerstört."

Landen war totenbleich geworden, seine Augen waren zu Eis erstarrt. „Aber er kann doch nicht …“

„Wäre das möglich? Kann Vesputo Böses mit dem Schwert tun?“

Landen schien plötzlich entrückt, als sei er in einer anderen Welt. Mit undurchdringlicher Miene sagte er: „Das habe ich noch nie gehört. Es hieß, jeder, der es für die Schlacht gebraucht, sei verflucht. Vielleicht bedeutet das, dass es in falschen Händen großen Schaden anrichten kann. Ich muss es finden, bevor er es versucht.“

Bei seinen Worten bekam sie eine Gänsehaut. Er musste sie hassen für das, was ihr Vater ihm angetan hatte. „Landen, ich schwöre dir, ich habe das nicht gewusst!“

„Das Schwert ist versteckt? Wo ist es?“

Konzentriert schaute sie in den Kristall, doch soviel sie auch schaute, sie sah nichts als vage, stumme Umrisse. Mit zitternden Lippen flehte sie um mehr.

„Es tut mir so Leid, Landen. Es ist irgendwie verborgen. Ich kann es nicht erkennen.“

Landen ballte die Hände. „Sag mir, wie Beron den Oberkönig umbringen will. Ich werde ihn warnen und dann nach Archeld reiten und das Schwert befreien.“

„Vielleicht ist es schon zu spät, er ist schon unterwegs. Nimm mich mit!“

„Nein, Torina. Ich muss mich beeilen, wir haben nur ein Pferd und das Land ist voll von Attentätern, die dich suchen.“

Das Blut rauschte ihr in den Ohren.

„Es tut mir Leid, Prinzessin." Seine Augen verschleierten sich, als er sie ansah. Er rückte dicht an sie heran, legte die Arme um sie und verbarg sein Gesicht in ihrem Haar. „Liebe Torina. Der Gedanke, dich dieser Gefahr auszusetzen, ist mir unerträglich. Du musst am Leben bleiben. Bitte, hör mir zu. Auch wenn du nur Freundschaft für mich empfindest. Torina, ich habe dich immer geliebt, seit dem Tag, als du mir aufhalfst. Ich habe versucht, meine Liebe zu unterdrücken. Dann dachte ich, du seist tot und mein Leben bestand nur noch aus Schmerz."

„Du – du liebst mich?", stammelte sie. „Nach all meinen Dummheiten?"

„Hast du jemals daran gezweifelt?"

Sie spürte, dass sie ganz und immer einander gehörten. Wie hatte sie daran zweifeln können? Sie wusste es nicht mehr.

„Und du. Zweifle niemals, Landen. Ich liebe dich. Ich glaube, ich habe dich immer geliebt, nur war ich eine Zeit lang wie von Sinnen. Nun bin ich dankbar, dass meine Dummheit nicht alles zerstört hat."

Sein Blick verklärte sich vor Glück und er zog sie an sich. Ihre Lippen trafen sich und die Schwingen ewigen Glücks nahmen sie auf und trugen sie fort.

# 12. Kapitel

Nach drei Tagen erreichte Landen die Festung von Glavenrell. Er kam mitten in der Nacht an. Staubbedeckt sprang er vom Pferd und rannte zum Tor. Die Wachen versperrten ihm mit gekreuzten Speeren den Weg, aber als er ihnen seinen Glasstein zeigte, wurde er sofort durchgelassen.
Nie zuvor war er in der Burg gewesen. Er war verwirrt von ihren ungeheuerlichen Ausmaßen. Da er das schwarze Wappen an der roten Kordel trug, konnte er die Nachtwächter überreden, den Oberkönig zu wecken. Als sie wissen wollten, wen sie melden sollten, gab er Andris‘ Namen an.
Nach einem Gewirr von Gängen wurde er hinter einer mit Eisen beschlagenen Tür von Dahmis begrüßt, der die Wachen mit einem Nicken fortschickte. Landen ließ sich auf weiche Kissen sinken und sah Dahmis durch einen Nebelschleier aus Müdigkeit an.
„Ihr seht aus, als hättet Ihr seit unserem letzten Treffen nicht mehr geschlafen, mein Freund. Habt Ihr Vineda gefunden?“
„Sie ist in Sicherheit.“

Dahmis stieß einen tiefen Seufzer aus. „Ich danke Euch. Ich muss Euch eins fragen. Ist sie die Frau, die Ihr einst kanntet?“
„Ja, ich habe sie gekannt. Habt Ihr geglaubt, sie hätte Euch betrogen?“
„Nein. Solch einer verabscheuungswürdigen Tat wäre sie nie fähig.“
„Sie bedauert tief, Euch ihre Hilfe verweigert zu haben.“
„Ah. Sagt, mein Freund, wisst Ihr vielleicht, woher sie stammt? Darf ich Euch fragen, woher Ihr sie kanntet?“
Landen fragte sich, wie viel er diesem mächtigen König anvertrauen durfte. Sollte er für Torina sprechen? Jetzt wäre der ideale Augenblick, Dahmis die volle Wahrheit zu sagen.
Nein, ohne ihr Einverständnis wäre das nicht richtig. Sie wollte Archeld nicht um ihretwillen in einen Krieg stürzen, wollte nicht, dass der Oberkönig ihr Geburtsrecht mit Gewalt verteidigte. Genauso gut könnte er erzählen, dass er der Prinz von Bellandra war, er könnte sein Königreich zurückfordern und Dahmis um militärische Unterstützung für die Wiedergewinnung des Schwertes bitten. Auch das würde er niemals tun.
Landen rieb sich die Augen, seine Erschöpfung verursachte ihm beinahe Schmerzen. „Mein König, das kann ich nicht sagen. Aber jetzt möchte sie Euch helfen“, sagte er.

Landen wollte nicht bleiben, obwohl der Oberkönig ihn dringend darum bat.

„Bitte, Bellanes. Bestimmt habt Ihr Vineda gut versteckt. Aber was soll ein Beschützer, der vor Erschöpfung halb tot ist?"

„Nein, mein König. Ich muss fort."

Er akzeptierte ein frisches Pferd, da er seinen braven Hengst nicht noch mehr erschöpfen wollte. Obwohl sich die Müdigkeit wie eine Fessel um seine Sinne und seine Glieder legte, glaubte er, doch nicht schlafen zu können, wenn er sich hinlegte. Das Schwert von Bellandra, das er so viele Jahre aus seinem Gedächtnis verbannt hatte, brannte mit sengender Hitze in seinem Herzen. Torina hatte gesagt, es sei nicht zerstört und Vesputo wollte mit seiner Hilfe die Königreiche an sich reißen.

Das musste Landen verhindern. Er musste herausfinden, wo Vesputo es verborgen hielt. Fast spürte er es in seiner Hand: eine mächtige, glorreiche Waffe, mit der er Vesputo den Garaus machen konnte.

Auf einer schwarzen Stute machte er sich im grauen Morgenlicht auf den Weg. Es regnete und die Wege verwandelten sich in Schlamm. Wie im Wahn eilte er in Richtung Archeld und hielt nur an, um sein Pferd zu wechseln.

Bevor er zum Grenzposten kam, verließ er die Straße und erreichte Archeld über morastige Felder. Auch als er die Grenze weit hinter sich gelassen hatte, hielt er sich von den Hauptstraßen fern und galoppierte durch

versprengt liegende, kleine Dörfer. Der Regen hörte auf. Bald waren er und die Beine seines erschöpften Pferdes mit Schlamm bedeckt. Er würde noch einmal das Pferd wechseln müssen.
Landen fand ein größeres Dorf mit einem Gasthaus und erkundigte sich nach einem frischen Pferd. Der Gastwirt stand in der Tür und sah ihn misstrauisch an. Landen vergaß, was für eine befremdliche Erscheinung er abgeben musste, er und sein Pferd so über und über mit Schlamm bespritzt. Er vergaß zu lächeln und dem Mann ein Goldstück zuzustecken.
„Vielleicht habe ich ein Pferd für Euch", sagte der Gastwirt. „Wartet hier."
Landen lehnte sich an einen Pfosten.
Als die Tür zum Gastraum aufging, stürmten Soldaten heraus. Soldaten in grünen Uniformen. Das Dorf war nicht nur groß genug für ein Gasthaus, auch ein Trupp der Soldaten Vesputos war dort stationiert.
Landen war vom Mangel an Schlaf so benommen, dass er einfach davonrannte und auf sein armes, erschöpftes Pferd sprang. Dieses tat sein Bestes, seinen Fersen zu gehorchen und galoppierte los, doch schon bald waren sie von den Soldaten eingeholt.
Verzweifelt zog Landen das Zeichen des Oberkönigs hervor.
„Wenn Ihr mich gehen lasst, wird euch der Zorn des Oberkönigs erspart bleiben."
Das aber überzeugte die Soldaten, dass er eine wichtige

Person war, die sie besser ihrem König vorführen sollten. Sie legten ihn in Fesseln.

Torina verbrachte zwei idyllische Tage allein in dem versteckten Hochtal. Sie dachte an nichts, was sie hätte traurig stimmen können, sondern genoss die Schönheit der Natur und den Gedanken an ihre Wiedervereinigung mit Landen.

Von Liebe erfüllt, tanzte sie umher.

Die bescheidenen Essensvorräte schmeckten köstlicher als alles, was sie jemals als Prinzessin gegessen hatte.

Wenn sie an der Quelle saß und die reine Luft einatmete, erschien ihr die Welt kaum groß genug, um ihre Dankbarkeit zu fassen. Fast wollte sie Vesputo dafür danken, dass er sie betrogen und in die leidvolle Verbannung getrieben hatte.

Jeden Morgen und jeden Abend schaute sie in die Kristallkugel und war erleichtert sie blank und still zu finden. Sie glaubte, die geplante Ermordung von Dahmis könnte verhindert werden, Landen würde das Schwert von Bellandra finden und Vesputos Tage bald gezählt sein. Sie glaubte, ihren Teil dazu beigetragen zu haben. Das Glück war ihr noch einmal hold gewesen und nun konnten die anderen tun, was zu tun war.

Welch ein Schock aber, als sie am dritten Tag in die Kristallkugel schaute. Sie rieb den Kristall am Rock und versuchte das Bild wegzuwischen, aber es blieb beharrlich stehen.

Landen. Übel zugerichtet und in Fesseln stand er vor Vesputo im Schloss von Archeld.
Torina deckte den Kristall mit der Hand zu und sprang auf.
„Gott, hilf mir!“
Sie stürzte in die Hütte und suchte panisch nach ihrem Kopftuch. Als sie es endlich gefunden hatte, zitterten ihre Finger so sehr, dass sie es kaum schaffte, ihr Haar hochzubinden. Unfähig, einen klaren Gedanken zu fassen, sah sie sich in der Hütte um und vergaß völlig, sich mit Nahrung und Wasser zu versorgen.
Sie rannte nach draußen und zwischen den Tannen hindurch die Berge hinab.

Beron näherte sich der Festung von Glavenrell, deren Umrisse sich in der Ferne abzeichneten. Der Tag war angenehm warm. Während er zügig voranritt, dachte er an sein Vorhaben. Ihn hatte Vesputo mit der wichtigen Aufgabe betraut, den Oberkönig zu ermorden! Die Belohnung würde unermesslich sein.
Beron dachte an den Tag, als Vesputo ihn in seine Elitetruppe aufgenommen hatte. Was war seither nicht alles geschehen. Vesputos Aufstieg zur Macht, die Reichtümer, die er seinen Getreuen zuteil werden ließ. Wie würde er für diese Unternehmung wohl entlohnt werden? Berons Fantasie kannte keine Grenzen.
Eine leise Stimme nagte in seinem Innern und mahnte, Archeld habe Glavenrell nicht den Krieg erklärt, habe

sich sogar mit dem Oberkönig verbündet. Er erinnerte sich der Lehren seines Ausbilders. Einen Verbündeten zu töten war ein schreckliches Verbrechen. Er konnte sich immer noch drücken, nach Emmendae im Norden reiten und dort untertauchen. Nein, Vesputo würde ihn überall suchen lassen wie Prinzessin Torina. *Außerdem ist Vesputo mein König. Er ist ein guter König. Archeld geht es besser denn je. Könige haben immer versucht, ihr Machtgebiet zu erweitern. Es ist ihr gutes Recht.*

Beron ritt vor die Tore der Festung, als Abgesandter eines verbündeten Königs eines freundlichen Empfanges gewiss. Am Kontrollpunkt machte er Halt, stieg vom Pferd und streckte sich.

„Eine dringende Botschaft, die ich dem König persönlich übergeben muss", sagte er zum wachhabenden Hauptmann. Der winkte einen Stallburschen herbei, der Berons Pferd wegführte. Beron wartete, dass seine Papiere überprüft wurden, und gähnte.

Der Hauptmann untersuchte sorgfältig die Siegel, dann sagte er etwas zu den anderen Wachen und winkte Beron durch.

Zwei Soldaten geleiteten ihn in die Festung. Die großen Bogengänge und Marmorböden machten einen tiefen Eindruck auf Beron. Er versuchte, sich seine Ehrfurcht nicht anmerken zu lassen. Beim Anblick der vielen uniformierten Wachen, denen er begegnete, spürte er die Angst, die seinen Rücken hinauf bis zum Hals kroch. Vesputo hatte ihm zugesichert, das Gift, das er in winzigen

Fläschchen im Ärmel verborgen hielt, wirke so langsam, dass ihm genug Zeit bliebe, mit König Dahmis zu sprechen und anschließend die Festung zu verlassen. Nun aber fragte er sich, ob er hier jemals lebend wieder herauskäme.

Er wurde in einen Raum geführt und gebeten, auf einem prunkvollen Sessel Platz zu nehmen und zu warten. Wein wurde gebracht, nervös stürzte er einen Becher herunter. Wenn er nur einen zweiten Becher hätte, dann könnte er das Gift bereits mischen. Aber er musste warten, eine Ewigkeit wie ihm schien. Er schenkte sich nach, trank mehr, als ihm gut tat.

Als König Dahmis endlich eintrat, war er in Begleitung von General Larseld. Beron erhob sich und verbeugte sich höflich.

„Es ist mir eine Ehre, Euch zu treffen, mein König."

„Mein König? Ich dachte, Ihr dient Vesputo." Dahmis Worte hatten einen entmutigenden Beiklang.

„Sicher. Doch Ihr seid der Oberkönig, den auch er anerkennt."

„Wirklich?"

„Natürlich, mein Herr. Und die Botschaft, die ich Euch bringe, ist nur für Eure Ohren bestimmt."

Dahmis setzte sich vor Beron auf einen Stuhl und machte keine Anzeichen, den General zu entlassen.

„Vielleicht kenne ich Eure Botschaft bereits." Die Stimme des Königs klang ironisch.

Beron schüttelte langsam den Kopf, er war wie benebelt

und seine Angst wuchs. Wurden Ehrengäste so behandelt? Der Anblick von Tobans verzerrtem, toten Gesicht kam ihm ins Gedächtnis.
„Das bezweifle ich, Herr“, antwortete er lächelnd. Es hatte den Anschein, als fielen seine Worte mit einem stumpfen Klang vor ihm auf den Boden.
„Tatsächlich? Auf Verrat steht Tod“, erwiderte Dahmis.
Beron zuckte zusammen. „Verrat? Wovon sprecht Ihr, mein König?“
„Dreht Eure Ärmel um. Und wagt nicht zu fliehen. Vor der Tür steht eine Hundertschaft Soldaten, bereit, ihre Waffen an Euch zu erproben.“
Von plötzlicher Schwäche überfallen, rutschte Beron tiefer in seinen Sessel. Woher wusste Dahmis? Prinzessin Torina war tot. Oder etwa nicht? Wer hatte Dahmis das verraten? Wer hatte sein Leben auf dem Gewissen?
Als General Larseld ihm das Hemd herunterriss und die Giftfläschchen herausschüttelte, wollte Beron den Mund aufmachen und den König nach Torina fragen. Aber er brachte kein Wort über die Lippen.
Er beobachtete, wie das Gift in seinen Wein gerührt wurde. Es hätte gereicht mehrere Männer seiner Größe umzubringen.
General Larseld reichte ihm den Becher. „Trink“, befahl er.
Beron schwankte. Sollte er den Wein dem König ins Gesicht schütten und Larseld niederschlagen?
„Diese Männer dort draußen sind gern bereit, Euch den

Wein mit Gewalt einzuflößen“, sprach Dahmis. „Oder Ihr trinkt ihn freiwillig und behaltet einen Rest Würde.“

*Das Gift wirkt langsam. Vielleicht wirkt es schneller bei dieser Menge, die sie mir verabreichen.*

Benommen griff Beron nach dem Becher. Ohne Widerstand trank er den Wein.

Torina stieß auf eine Straße. Sie überlegte, welche Richtung sie einschlagen sollte. Die Straße führte von Norden nach Süden, sie aber wollte nach Westen.

Um die Kurve kam gemächlichen Schrittes ein edles, gepflegtes Pferd. Sein Reiter, ein vornehmer junger Mann, hatte Pfeil und Bogen geschultert. Er beachtete Torina nicht, bis sie ihm in den Weg trat und die Hand hob. Er machte Halt und sah sie anzüglich an. Sie spürte seinen Blick, mit dem er ihre verschlissene Kleidung, ihr gerötetes Gesicht und ihr schäbiges Kopftuch musterte.

„Guten Tag“, sagte sie, „wisst Ihr den Weg nach Archeld?“ Torina streichelte die Mähne des Pferdes, um ihre Nervosität zu unterdrücken.

Der junge Mann zeigte in die Richtung, aus der er gekommen war. Torina wehrte sich innerlich gegen seine Verachtung. „Ich heiße Vineda, und wie heißt Ihr?“

„Samed“, antwortete er, als sei er gewohnt, mit seinem Namen auf offene Türen zu stoßen.

„Würdet Ihr mir bitte das Pferd leihen?“, fragte sie und streichelte die Nase des Tieres.

Samed schnaubte. „Ihr scherzt.“

„Bitte, bringt mich wenigstens ein Stück meines Weges."
Samed grinste sie ungläubig an.
„Einen schönen Bogen habt Ihr", fuhr Torina fort. „Seid Ihr ein guter Schütze?"
„Ein sehr guter sogar."
„Ich kann besser schießen als Ihr."
„Ha!"
„Bestimmt."
Der junge Mann stieg jäh vom Pferd und nestelte den Bogen ab. „Das musst du mir zeigen."
„Nein, nein. Erst müssen wir wetten. Ich wette um Euer Pferd und den Bogen, dass ich besser schießen kann als Ihr."
„Ein hoher Einsatz, Fräulein. Und was setzt Ihr auf die Wette?"
Was hatte sie schon? Da war der Stein von Dahmis, ein Stück von unschätzbarem Wert, aber wie sollte sie Samed das verständlich machen? Außerdem war er unverkäuflich.
Sie griff in ihre Tasche und ertastete den Kristall. Als sie ihn hoch hielt, spiegelte sich die Sonne in seiner Tiefe und sie verspürte einen heftigen Schmerz bei dem Gedanken, ihn fortzugeben. Aber er war alles, was sie besaß, und er war zweifellos sehr wertvoll.
Samed machte einen Schritt nach vorn und musterte ihren Körper wie ein Stück Vieh.
„Nein, meine Dame. Edelsteine habe ich genug. Nein."
Er kam noch näher heran. „Die Wette könnt Ihr verges-

sen, außer Ihr setzt Euch selbst als Preis aus“, sagte er lüstern.
Sie selbst! Torina steckte die Kristallkugel wieder ein, ihr Herz klopfte. Er schien sich seiner Sache gewiss. Und wenn er wirklich ein guter Bogenschütze war? Sie hatte seit Jahren keinen Bogen mehr angerührt.
„Das ist ein hoher Einsatz“, sagte sie mit bebender Stimme. „Vielleicht könntet Ihr doch noch Eure Meinung ändern und mich aus reiner Herzensgüte bis zur Stadt bringen.“
Der junge Mann sah sie nur an und lächelte ablehnend.
„Da Ihr kein Herz habt, geschieht es Euch Recht, wenn Ihr Euer Pferd verliert. Nun gut, ich wette um mich gegen Euer Pferd und Euren Bogen.“

# 13. Kapitel

An einem abgelegenen Stützpunkt, in der Nähe des Dreiländerecks von Desante, Glavenrell und Archeld saßen einige Grenzposten beim Kartenspiel. Equan, der erst seit kurzem im Dienst von König Dahmis stand, hatte ein besonders gutes Blatt in Händen. Er versuchte, sich seine Aufregung nicht anmerken zu lassen. Diesmal würde er gewinnen.

Einer der Grenzer erhob sich.

„Nicht so schnell", sagte Equan.

„Schau doch", sagte der Mann und deutete auf den Felspfad, den sie bewachen sollten.

In raschem Tempo näherte sich ein Pferd, viel zu schnell für das unebene Gelände.

Equan legte seine Karten mit dem Gesicht nach unten.

Der Reiter hielt mit geübter Hand sein Pferd mitten im Galopp an und ließ sich geschmeidig zu Boden gleiten. Equan staunte. Natürlich, der Reiter war eine Frau, doch wo hatte sie so gut reiten gelernt? Unter einem schmuddeligen Kopftuch sah ihnen ein wildes Gesicht entgegen. Am seltsamsten aber war der Bogen, der über ihrer Schulter hing.

„Wo bin ich hier?“, fragte sie atemlos.
„Äh, mein Fräulein“, erwiderte Equans Hauptmann, „Ihr seid hier am Dreiländereck. Archeld, Desante, Glavenrell.“
„Ihr tragt braune Uniformen. So dient Ihr dem Oberkönig?“
„Jawohl, mein Fräulein.“
„Gut. Dann überbringt ihm eine Nachricht von mir.“
Der Hauptmann lächelte nachsichtig. „Eine Nachricht an den Oberkönig. Von Euch?“
Mit zitternden Fingern nestelte sie eine rote Kordel von ihrem Hals. Der Hauptmann nahm sie und gab sie gleich wieder zurück. Auf seinem Gesicht zeichneten sich Verwirrung und Ehrfurcht ab.
„Gewiss, meine Dame. Sagt, was Ihr benötigt.“
„Zuerst Wasser. Dann Schreibzeug, ein frisches Pferd und Männerkleidung.“
„Zu Befehl.“

Andris saß auf einem Baumstumpf und säuberte sein makelloses Messer, um es zu schärfen, obwohl es frisch geschliffen war. Der Oberkönig hatte ihn wissen lassen, Bellanes sei in einer privaten Angelegenheit unterwegs und würde so bald nicht zurückkommen. Andris hatte ein ungutes Gefühl, was er sich aber nicht eingestehen wollte.
Ohne Bellanes war das Leben im Lager langweilig. Die einzige interessante Beschäftigung war die Ausbildung

von Cabis, dem ehemaligen sliviitischen Sklaven. Der Mann war schnell von Begriff und lernte leicht.
Andris war zur Wache eingeteilt, eine ermüdende Aufgabe, weil niemand vorbeikam. Leise pfiff er vor sich in, prüfte die Schärfe der Klinge an seinem Daumennagel und hing so vertieft seinen Gedanken nach, dass er beinahe das schnelle Schlagen von Hufen überhört hätte. Mit dem Messer in der Hand erhob sich der riesige Mann.
„Wer da?"
Jemand schrie: „Ich suche Andris!"
Der Frühling hatte gründliche Arbeit geleistet. Die Zweige der umstehenden Bäume waren dicht belaubt. Andris konnte niemanden sehen.
„Die Losung?", brüllte er.
„Der Frieden kommt!", kam die Antwort. König Dahmis trat hervor.
„Mein Herr!"
Der Oberkönig sah erhitzt aus. „Bellanes ist gefangen. Ruf die Männer zusammen. Meine Truppe wartet schon. Wir müssen sofort los."

Landen erwachte vom Geräusch schlagender Türen. Er hob seinen dröhnenden Kopf. Er befand sich in einer Zelle. Eine Zelle mit einem schmalen Fensterspalt zum Schlosshof hinaus. Die untergehende Sonne warf einen roten Streifen auf den Fußboden. Landen lag auf der blanken Erde, seine Hände waren nach hinten gedreht und auf den Rücken gebunden, seine Füße waren an die Wand gekettet. Die meisten Kleider hatten sie ihm abgenommen.

*Das Schwert von Bellandra ist mein Fluch. Mit seiner Hilfe wollte ich den bösen Tyrannen vernichten. Aber es hat mich wieder in seine Gewalt gebracht. Wieder bin ich Vesputos Gefangener und Bellandras Zauber ist unerreichbarer denn je.*

Sein ganzer Körper tat ihm weh, der Durst wurde zur Qual. Seit Tagen hatten sie ihm kein Wasser gegeben. Doch körperliche Schmerzen bedeuteten ihm nichts im Vergleich zu den Qualen, die er erduldete, wenn er an Torina dachte. Nach Jahren der Trennung hatten sie sich endlich in Liebe vereint, und nun war er dazu verdammt, sie zu verlassen. Er würde sie nicht wiedersehen, bis sie ihre Tage beendet hatte.

*Niemals mehr wandern wir über die Fluren,*
*Niemals mehr lauschen wir dem Morgenlied der Vögel.*

Er schloss die Augen und in seiner Vorstellung tanzte er mit ihr durch sein verborgenes Paradies. Fast roch er den würzigen Duft der Tannen, sah die Wildblumen vor sich und spürte ihre Berührung.

Die Tür ging auf. Er stellte sich bewusstlos, bis ein Schwall Wasser sein Gesicht traf und er gierig die kostbaren Tropfen von seinen aufgerissenen Lippen leckte.

Vesputo sah auf ihn herab. „Nun, gefällt Euch Eure Unterkunft?“

Landen stellte sich Torina an der kleinen Quelle vor und lächelte.

„Am liebsten würde ich Euch töten", sagte Vesputo, „doch ich werde Euch verschonen, wenn Ihr mir ein paar Dinge verratet."
Landen sah seinen alten Feind an und sagte: „Ihr werdet mich nicht verschonen, gleich, was ich Euch erzähle." Seine Stimme rasselte vor Anstrengung.
Vesputo öffnete die Hand und streckte sie in den verblassenden Sonnenstreifen, der vom Fenster hereinfiel. Landen erblickte Torinas kleinen Ring und Dahmis' steinernes Kennzeichen.
„Dieses vulkanische Gestein ist sehr selten", sagte Vesputo und schwang den Glasstein an der Kordel hin und her. „Es heißt, es gäbe nur fünf davon und ein jeder gewähre seinem Besitzer ungehinderten Zugang zum Oberkönig."
Landen schwieg.
„Und nun, da ich einen davon besitze …" Vesputo schloss seine Faust um den Stein.
Landen wurde immer mutloser. Wollte er mit seiner Hilfe dem Oberkönig eine Falle stellen?
„Woher habt Ihr diesen Stein?"
Landen antwortete nicht, aber Vesputo fuhr in spöttischem Plauderton fort: „Großes Geheimnis? Natürlich. Aber die Herkunft dieses Steines ist klar. Ich wusste nicht, dass Ihr auf so vertrautem Fuß mit dem Oberkönig steht."
„Es gibt vieles, was Ihr nicht wisst, Vesputo."
„Ich kenne diesen Ring", sagte er streng und spielte mit

dem schmalen Goldreif mit dem winzigen, glitzernden Kristall. „Wo ist sie?“

Landen hatte Angst, seine Stimme könnte versagen, als er antwortete: „Sie war die Seherin, nicht ich.“

„Sehr schlau. Aber ich frage Euch. Was wisst Ihr über sie?“

„Ich habe vor langer Zeit erfahren, dass sie hier in Archeld gestorben ist.“

„Woher habt Ihr diesen Ring?“

„Sie schenkte ihn mir, als wir noch Kinder waren.“

„Warum?“

„Ich weiß nicht.“ Landen wollte seine Verachtung für Vesputo herausschreien, ihm sagen, dass er wusste, wer Kareed ermordet hatte. Doch wenn er das tat, würde Vesputo ihn zwingen, sich zu erklären. Torina war die einzige Augenzeugin des Mords gewesen. Landens Leben war nicht mehr zu retten, doch ihr Leben konnte er noch schützen.

Vesputo kräuselte spöttisch die Lippen. „Ein Mann voller Überraschungen. Nun gut, da Ihr mir auf keine meiner Fragen antworten wollt, werde ich Euch etwas sagen. Torina ist ebenso lebendig, wie Ihr morgen sein werdet.“

Landen schossen die Gedanken durch den Kopf. *Nein, er kann Torina nicht haben. Sie ist im Hochtal geblieben. Sie ist immer noch dort. Er will mich nur quälen.*

Vesputo verschränkte die Arme. „Sagt mir, wo Ihr das Schwert von Bellandra versteckt habt.“

Landens Herz machte einen Satz, sein rasender Puls jagte ihm Hitzeschauer über den Körper. „Das Schwert?“, fragte er atemlos.
Vesputos Augen verengten sich zu Schlitzen. „Das Schwert. Ihr habt es mir gestohlen.“
„Wäre ich hier, wenn ich das Schwert besäße?“, rief Landen ungläubig.
Er bemerkte, wie Vesputo versuchte, seinen inneren Aufruhr zu verbergen. Ob er verwirrt war oder sich ärgerte, war schwer zu erkennen. Eine lange Pause entstand. Vesputo stand über ihm, seine Kiefer arbeiteten. Landen fragte sich müde, ob Vesputo ihn jetzt einfach töten würde.
Aber dann drehte sich Vesputo um und verließ wortlos die Zelle.
*Das Schwert von Bellandra! Ich habe mein Leben riskiert, es zu finden. Aber er würde mich doch nicht fragen, wenn er wüsste, wo es ist. Warum denkt er, ich hätte es gestohlen?*
Da erinnerte sich Landen an seine letzte Reise nach Archeld, als er einen wertvollen Schatz stehlen sollte, der in einer Kiste ähnlich einer Pyramiden versteckt war.
Dort, auf dem harten, gestampften Zellenboden, dachte Landen an jene Winternacht auf der Ebene von Archeld. Damals hatte er an dieser Kiste gelehnt, die er so wagemutig gestohlen hatte. Nun wusste er, was er getan hatte. Tränen schossen ihm in die Augen und rollten über sein zerschundenes Gesicht.
*Ich hatte es. Ich hatte das Schwert.*

Er erinnerte sich an Dahmis' Worte. „*Es gehört jemandem, der verschwunden ist.*" Der Oberkönig hatte Bellanes beauftragt, das Schwert von Bellandra für den verschwundenen Prinzen von Bellandra zu stehlen, und hatte nicht gewusst, wen er mit Bellanes vor sich hatte. *Und weil ich in das Schwert für eine mächtige Waffe hielt, erkannte ich es nicht, als es im Kleid des Friedens zu mir kam.*

Zitternd schreckte Torina aus dem Schlaf. Sie lag auf der Erde, neben ihr, in einem Meer von frischem Gras, lag ein Bogen.

Sie versuchte, sich zu erinnern. Wann war sie eingeschlafen? Sie konnte sich nur noch daran erinnern, dass sie nachts über die Ebene von Archeld geritten und in der Dunkelheit über einen schmalen Weg geflogen war.

Jetzt war helllichter Tag. Die Sonne stand hoch am Himmel. Das Pferd war nirgends zu sehen. Vor ihr erstreckte sich rauschend das Gras der endlosen Ebene.

Das Pferd war wahrscheinlich auf der Suche nach Futter vom Weg abgekommen. Sie hatte tagelang nicht geschlafen und war wie betäubt vom Pferd geglitten. Sie hatte kostbare Stunden verloren. Landen konnte schon tot sein.

Sie stand auf. Im Osten erhob sich die Bergkette des Cheldangebirges. Sie befand sich inmitten der wilden Ebene von Archeld, die nahezu unbewohnt war. Nur Tiere streiften hier umher, die jetzt, zur Schonzeit im Frühling, nicht gejagt wurden. Hier war sie auf ihrer

Flucht vor Vesputo durchgekommen. Damals war es schon mühsam gewesen, obwohl sie auf Amber, dem Pferd des Königs, geritten war. Jetzt war sie ganz allein. Torina ermahnte sich weiterzugehen. Sie wandte sich nach Westen und rannte los. Salzige Tränen netzten den Boden.

# 14. Kapitel

Emid saß in seiner Stube in einer der Baracken von Archeld und betrachtete nachdenklich seine Festtagsuniform. Er hatte den Befehl erhalten, mit seinen Schützlingen der Hinrichtung von Landen beizuwohnen, der für die Ermordung König Kareeds mit dem Tod büßen sollte. Die öffentliche Enthauptung sollte in den frühen Abendstunden stattfinden. Der Schlosshof würde voller Soldaten sein

Emid musste wieder einmal einen verhassten Befehl ausführen. Die Furchen in seinem Gesicht waren im Lauf der Jahre, die er im Dienst Vesputos stand, immer tiefer geworden. Oft sagte er sich, dass er seinen Dienst nur um der Königin Dreea und der abwesenden Prinzessin willen ausübte. Wenn Vesputos Soldaten schon von ihm ausgebildet werden mussten, so wollte er ihnen wenigstens ein lebendiges Bild der Prinzessin vermitteln. Aber die Jahre vergingen, ohne dass Torina ein Lebenszeichen von sich gegeben hätte. Vielleicht war es ein Fehler zu glauben, sie lebe. Ein Mann wie Vesputo ging kein Risiko ein.

Dreea bewegte sich wie ein Geist im Schloss von Archeld. Sie lebte gottesfürchtig und zurückgezogen und ließ sich nur noch zu wohltätigen oder hochoffiziellen Anlässen blicken. Die Leute erzählten, Vesputo wolle bald wieder heiraten und eine neue Dynastie gründen.

Über drei Jahre schon kämpfte Emid mit seinem Gewissen. Eine innere Stimme empörte sich immer und immer wieder über die Einschnitte in die Rechte der Bürger von Archeld. Gewiss, die Wirtschaft des Landes florierte, aber die schwer arbeitende Bevölkerung war verängstigt. Manchmal verschwanden Menschen ohne Erklärung.

*Und ich tu, was ich immer getan habe – ich bilde die Jungen zu Soldaten des Königs aus. Als wäre das Land noch dasselbe und was ich tue, immer noch das Richtige.*

Und jetzt eine öffentliche Enthauptung.

Niemand hatte gesehen, wie Landen den König ermordete. Sicher, Motive hatte er genug – Kareed hatte seinen Vater getötet, sein Königreich besetzt und das legendäre Schwert geraubt. *Und doch weiß ich tief in meinem Herzen, dass er unschuldig ist.*

Emid bewegte sich wie ein alter Mann, als er sich ankleidete. Während er seinen kurzen Dolch in die Scheide steckte, überlegte er, ob er die Klinge gegen sich selbst richten sollte.

Schweigend überließ sich Dreea Amiles sanften Händen, die ihr das weiße Haar aufsteckten. Vergeblich hatte die Königin gebeten, der Hinrichtung Landens fernbleiben zu dürfen. Sie sollte direkt hinter dem König auf der Tribüne sitzen, wenn Landen enthauptet wurde. Dreea wollte nicht an die Ermordung ihres Mannes erinnert werden. Nach dem Tod Kareeds hatte Torina jeglichen Kontakt mit ihrer Mutter verweigert. Beide Geschehnisse hatten schlimme Narben auf ihrer Seele hinterlassen und es erschien ihr noch immer unerträglich, dass sie Kareed niemals mehr umarmen noch ihre Tochter sehen oder sprechen konnte.

Mit unverminderter Hartnäckigkeit glaubte sie, dass Torina lebte. Irgendwo war ihr ungestümes Mädchen zu Hause.

Und heute? Heute sollte der junge Mann sterben, dem Kareed so bitteres Unrecht angetan hatte. Dreea hätte sich diesen Anblick lieber erspart, doch Vesputo war unerbittlich. Sie war die Königin. Sie musste dabei sein.

Dreea faltete die Hände zum Gebet. Sie hielt Zwiesprache mit Gott, bis ein Soldat erschien und sie nach draußen geleitete. Der junge Mann verhielt sich ehrfurchtsvoll und zurückhaltend. Er kam ihr bekannt vor, doch sie erinnerte sich nicht an seinen Namen.

„Zeon“, antwortete er auf ihre Frage, und sie rief sich jenen ausgelassen Jungen ins Gedächtnis, mit dem ihre Tochter oft gespielt hatte. Dieser ernste, stille Mann sollte Zeon sein? Die Königin seufzte.

Sie war dankbar für seine Unterstützung und trat mit ihm in den von Soldaten überfüllten Schlosshof hinaus. Die Stimmen der vielen Menschen erfüllte die Luft, der

Himmel wölbte sich wolkenlos und blau über ihnen, und fern am Horizont stand gleißend die Sonne.
Die Menschenmenge teilte sich, um sie durchzulassen. Zeon führte Dreea die Stufen zur Tribüne hinauf, half ihr in einen Stuhl und stellte sich neben sie. Vesputo war nirgends zu sehen.
Dreea blickte über ein Meer von Männerköpfen, die aus den grünen Uniformen ragten. Alle standen sie nach Einheiten geordnet, ein Furcht erregender Anblick. Ganz vorn entdeckte sie Emid inmitten seiner Jungen, und hinter den breiten Mauern standen neugierige Bürger, die sich nicht auf den Schlosshof wagten, aber einen Blick auf den berühmten Verbrecher werfen wollten.
Der Blick der Königin wanderte zum Schafott. Der Anblick des an Armen und Beinen gefesselten Gefangenen erschreckte sie. Dunkles, lockiges Haar hing wirr um sein erschöpftes Gesicht. Neben ihm standen Wächter mit gezückten Waffen. Unglücklich starrte Dreea den angeblichen Mörder ihres Gatten an.
Er schien ihren Blick zu spüren und richtete seine gequälten Augen auf sie. Er leckte über seine aufgesprungenen Lippen. Es hatte den Anschein, als ringe er mit Worten. Dreea vermutete, dass er vor Durst nicht sprechen konnte.
„Zeon“, sagte Dreea. „Ruft Emid zu mir.“
Zeon ging die Stufen der Tribüne hinab und holte seinen Ausbilder.
„Emid. Dieser Mann hat schrecklichen Durst.“

„Meine Königin?“
„Ich befehle Euch, dem Gefangenen Wasser zu geben.“
„Sehr wohl.“
Emid gab den Befehl an einen Untergebenen weiter. Dreeas eigener Mund erschien ihr wie ausgetrocknet, während sie wartete. Der Ausbilder näherte sich dem Schafott. Sie beobachtete, wie er die Aufmerksamkeit des Wächters auf sich lenkte und wie dieser abweisend den Kopf schüttelte. Emid zeigte zu ihr hinüber, sie deutete eine höfische Verbeugung an. Emid erklomm die Stufen des Schafotts und führte den Becher an Landens Lippen.
Landen räusperte sich und versuchte wieder zu sprechen. Was wollte er ihr sagen? Als Emid herabstieg, beugte sie sich vor, aber das Gemurmel der Menge übertönte Landens Worte. Alles, was sie hörte, war das Brausen der vielen Stimmen.
Ein Horn ertönte, und Vesputo schritt durch die Reihen der Soldaten zur Tribüne. Mit der samtenen Königsrobe und der Krone auf dem Kopf gab er eine imposante Erscheinung ab. Er hob die Arme, das Horn verstummte, die Stimmen verebbten und Dreea sah noch immer zu Landen hin.
Der Gefangene gab ein Krächzen von sich, das kaum lauter als ein Flüstern war. „Am Leben!“ meinte sie zu hören, dann legte einer der Wächter seine Hand auf Landens Mund und drückte ihn zu.
Am Leben! Dreea suchte Emids Augen. Die Lippen des

Ausbilders waren nur mehr ein Strich. Hatte er es auch gehört? Wunderte er sich nicht, warum der Gefangene ausgerechnet der Frau des Ermordeten etwas sagen wollte? Wusste Landen etwas? Wollte er sagen, dass Torina noch am Leben war? Oder hatte er um sein eigenes Leben gefleht?

„Seit Jahren ist der Mord an König Kareed ungesühnt geblieben!“, rief Vesputo. Er machte eine wirkungsvolle Pause und Dreea legte sich zurecht, was sie sagen wollte, wenn er geendet hatte. Irgendwie musste sie eine Gelegenheit finden, mit Landen zu sprechen. Als Witwe von Kareed hatte sie ein Recht darauf.

„Der Mörder eures Königs steht vor euch“, fuhr Vesputo fort.

Ein Murmeln ging durch die Menge. Dreea fühlte sich einer Ohnmacht nahe.

*Er wird es mir verweigern. Wenn ich ihm seinen Triumph zunichte mache, wird er mich vernichten. Und wer soll Torina dann willkommen heißen?*

Gequält sah die Königin auf Vesputos unversöhnliche Miene und flehte stumm ihren Gott um Hilfe an.

„Die Strafe für Verrat …“ Vesputo hielt plötzlich inne, atmete schwer und stürzte nach hinten. Aus seiner linken Schulter ragte ein Pfeil.

Wie betäubt sah Dreea den König niedersinken, sein grünes Gewand färbte sich blutrot.

„Schafft mir den Verräter herbei!“, schrie er und fasste sich an die Schulter.

Soldaten marschierten bereits in geordneten Reihen auf eine Ecke des Schlosshofs zu. Oben auf der Mauer sah die Königin die Gestalt eines Jungen, der einen Bogen in der Hand hielt und gerade einen weiteren Pfeil anlegte, als er von Soldaten umringt wurde.
Von sechs Soldaten gepackt wurde der unbekannte Schütze zur Tribüne geschleift. Den Kopf unter der großen, fremdländisch aussehenden Mütze hielt er gesenkt. Ein Arzt eilte die Stufen zur Tribüne hinauf. „Mein König", hörte Dreea ihn sagen, „wir müssen ins Schloss, um den Pfeil zu entfernen und die Wunde zu versorgen."
Vesputo knirschte mit den Zähnen. „Ich bleibe hier. Ich möchte mir den Kerl anschauen, der mich fast ermordet hat, und die Hinrichtung zu Ende bringen."
Der Arzt winkte Zeon herbei und befahl ihm, die Schulter des Königs festzuhalten. Vesputo stöhnte, als der Pfeil herausgezogen wurde. Die tiefe Wunde blutete stark und der Arzt begann sie zu pressen, um die Blutung zu stillen.
Eine neue Unruhe ging durch die Menge. Bürger, die außerhalb der Hofmauern standen, riefen und zeigten zur Straße. Dreea sah eine Staubwolke, die rasch näher kam. Die Soldaten mit dem jugendlichen Attentäter blieben stehen, sahen sich um und versuchten, durch die Menge hindurch etwas zu erkennen.
Einen Augenblick später ritt ein Mann mit einer tiefen Gesichtsnarbe die Stufen zum Schlosshof hinauf.

„Platz da!“, schrie er. „Platz da für den Oberkönig!“ Die Soldaten gehorchten, gaben den Weg frei und drängten sich dicht zusammen.

Vom Ende des Schlosshofs bis zur Tribüne bildete sich ein breiter Gang. Die Menschen verstummten, nur hier und da war ein ehrfürchtiges Murmeln zu hören. In staubiger Reisekleidung, das buschige Haar verschwitzt und strähnig, ritt König Dahmis heran. Die Soldaten verneigten sich, einige jubelten ihm zu. Der Kopf seines mächtigen Schlachtrosses war schon bald auf gleicher Höhe mit dem Tribünenaufbau.

Der Oberkönig schien alles mit einem einzigen Blick zu erfassen. „Verwundet?“, fragte er. „Dieser Ort stinkt nach Verrat, König Vesputo.“

Vesputo blieb ruhig, konnte seinen Zorn jedoch kaum verbergen. „Euch habe ich nicht erwartet, mein König.“

Der Oberkönig ließ seinen Blick zum Schafott schweifen, wo Landen taumelnd versuchte, sich aufrecht zu halten.

„Ich habe gehört, dass der Krieger Bellanes hier gefangen gehalten wird“, verkündete Dahmis. „Wie ich sehe, wurde ich richtig informiert.“

Verwirrt starrte Dreea auf Dahmis.

Vesputos markante Züge verzerrten sich, er wurde leichenblass. „Bellanes? Unmöglich!“

„Warum soll dieser Mann hingerichtet werden, der die Sliviiter besiegt und uns vor Tod und Hunger bewahrt hat?“, fragte der Oberkönig weiter.

Dreea spürte die Verwirrung und die Aufregung, die die Menschen wie im Sturm ergriffen. Vesputo schüttelte nur den Kopf.
„Ihr kennt diesen Gefangenen unter dem Namen Bellanes?“, fragte er unsicher.
„Ja. Er und kein anderer. Dieser Mann, den Ihr in Ketten gelegt habt, hat mein Leben und das Leben Tausender gerettet.“
„Ich kenne ihn unter einem anderen Namen!“, erwiderte Vesputo. „Er hat ein Verbrechen begangen, das einen viel schlimmeren Tod als die Enthauptung verdient. Seit Jahren habe ich ihn wegen des Mordes an König Kareed suchen lassen. Sein Name ist Landen.“
„Landen?“ Der Oberkönig klang überrascht und ehrfurchtsvoll. „Der Prinz von Bellandra?“
Vesputo schnaubte verächtlich, während Soldaten den jungen Attentäter zur Tribüne schleppten.
„Wer ist das?“
„Der Attentäter, der mich verwundet hat“, antwortete Vesputo.
Dreea bemerkte seinen Blick zum Henker, seine Geste, wie ein schneller, kurzer Schlag. Der Mann fasste Landen am Kopf, um ihn auf den Richtblock zu legen.
„Halt!“, rief sie, ihre Stimme ging im Gebrüll des Oberkönigs unter.
„Halt! Ich verbiete, diesen Mann zu töten! Wer ihn berührt, muss sich vor mir verantworten!“
Der Henker sah zögernd von einem König zum ande-

ren. Vesputo schien einer Ohnmacht nahe, sein Gesicht sah erschreckend weiß aus. Der Oberkönig dagegen strahlte Macht und Würde aus. Der Henker trat zurück.
Dahmis wandte sich an die Menge im Schlosshof. „Auf euren König wurde ein Mordanschlag verübt! Und ein anderer Mann wird des Mordes an dem früheren Herrscher, König Kareed, beschuldigt. Diese Beschuldigungen müssen von einem Gericht untersucht werden!"
Die Menge brach in zustimmende Rufe aus. Dreea bemerkte, dass sich unten auf der Straße immer mehr Menschen ansammelten. Ihr schwindelte vor Erleichterung.
*Bestimmt hört der Oberkönig mich an und gestattet mir, mit Landen zu sprechen.*
Dahmis sprach nun den Gefangenen direkt an. „Ihr seid Prinz Landen von Bellandra?"
Die Stille, die nun eintrat war, war Furcht erregend.
„Der war ich einst", krächzte Landen.
„König Kareed nahm Euch den Vater, das Volk und das Königreich?"
„So ist es."
„Habt Ihr König Kareed getötet?"
Dreea beugte sich mit klopfendem Herzen vor.
„Nein." Landen sah zur Königin.
Dahmis breitete die Arme aus und blickte in die Menge. „Gibt es hier jemanden, der bezeugen kann, dass Ihr König Kareed nicht ermordet habt?"
„Ja, ich!", ertönte eine Stimme.

Dreea fasste sich ans Herz. Der junge Attentäter hatte gerufen! Ein Soldat hielt ihm den Mund zu.
„Ein Attentäter, der einen des Attentats Beschuldigten verteidigt? Was weißt du schon vom Tod des Königs Kareed?“
Der Junge versuchte, sich aus dem Griff des Soldaten zu befreien. „Lass ihn los“, befahl Dahmis streng. „Er kann nicht fliehen.“ Der Soldat lockerte seinen Griff. „Ich wiederhole“, sagte der Oberkönig mit erhobener Stimme, „was weißt du vom Tod des Königs Kareed?“
„Alles“, antwortete der Junge und wieder spürte Dreea ihr Herz taumeln.
„So tritt vor.“
Der Junge kam nach vorn. Er war in sackartige Kleider gehüllt und sein Gesicht war unter der großen Mütze kaum zu erkennen.
Der Oberkönig erbleichte. „Vineda?“, fragte er.
Statt einer Antwort riss sich der Junge die Mütze vom Kopf. Üppiges, rotes Haar floss herab und offenbarte ein unverwechselbares Gesicht.
„Torina Archelda!“, sagte sie, die Augen auf ihre Mutter gerichtet.
„Prinzessin Torina?“, schrie der Oberkönig mit donnernder Stimme. „Die Tochter Kareeds!“
Dreea fasste sich und rannte mit ausgestreckten Armen über die Tribüne, während unter ihr ein unbeschreiblicher Tumult ausbrach. Gellende Schreie pflanzten sich vom Schlosshof bis zur Straße hinunter fort. Torina

stürzte die Stufen zur Tribüne hinauf, und zitternd schloss die Königin ihre Tochter in die Arme.
„Wie ist das möglich?“, rief der Oberkönig. „Prinzessin Torina ist seit Jahren tot!“
Torina drehte sich zu Dahmis um. „Nein. Ich bin aus Archeld geflohen.“ Sie zeigte auf Vesputo. „Vesputo, der Mörder meines Vaters, eignete sich die Krone an und inszenierte meinen Tod.“

Emid nahm alles wie verlangsamt wahr. Er sah Torina, die am ganzen Leib zitterte, und hinter ihr Vesputo, der sich mühsam aufrichtete. Und er gewahrte das Messer, noch bevor er es zückte. Mit sicherer Hand zog Emid seinen eigenen Dolch aus der Scheide. Ihm war, als öffne sich für ihn ein Fenster in die Unendlichkeit. Seine vielen Jahre als Ausbilder verliehen ihm Kraft und Schnelligkeit. Er erhob seinen Arm, zielte und warf.
Vesputo lag ausgestreckt auf dem Boden der Tribüne.
Ebenso verlangsamt nahm Emid wahr, wie Dreea sich die Hand vor den Mund schlug und der Arzt sich über Vesputo beugte. Er sah den dunklen Fleck, der sich rasch über Vesputos linke Brust ausbreitete, den Oberkönig, der sein großes Pferd heranlenkte und den Arzt befragte. Emid wusste, was der Arzt antworten würde. Solch einen Messerwurf konnte niemand überleben.
Und Emid spürte einen schweren Stein von seinem Herzen rollen. Es machte ihm nichts aus, ins Gefängnis zu kommen oder von Soldaten, die Vesputo die Treue hiel-

ten, auf der Stelle getötet zu werden. Er hatte Torina das Leben gerettet. Er hatte den Mann getötet, der König Kareed ermordet hatte.
Seine Jungen scharten sich um ihn und bildeten instinktiv eine schützende Hecke. Doch die Soldaten kamen nicht.
Im Schlosshof herrschte eine unnatürliche Stille, die Menschen waren wie benommen. Die Augen der Soldaten waren starr vor Schreck, sie blickten zur Tribüne, wo der Arzt den Kopf schüttelte und Vesputos Gesicht bedeckte. Torina sah in ihrer abgerissenen Männerkleidung und dem wallenden roten Haar wie eine übernatürliche Erscheinung aus, und Dreea strahlte, als hätten alle Engel, zu denen sie je gebetet hatte, ihr einen Besuch abgestattet.
Es war der Oberkönig, der als Erster wieder zur Besinnung kam. Er drehte sich um und sprach zu der im Schlosshof versammelten Menschenmenge.
„Bürger von Archeld!“ Er erhob die Arme, um die Aufmerksamkeit auf sich zu lenken. „Vesputo, den ihr als euren König kanntet, ist tot! Doch bevor ihr um ihn trauert, bedenkt, er war nie euer wahrer König. Er bemächtigte sich der Krone durch Verrat, Lüge und Mord.“
Der Oberkönig schwieg und wartete, bis seine Worte bis in den hintersten Winkel des Schlosshofes getragen worden waren.
„Dies ist ein historischer Augenblick für Archeld! Eine

junge Frau ist heimgekehrt – die Prinzessin, die ihr alle tot glaubtet!“
Torina stand mit wehendem Haar am Rand der Tribüne. Von Freude überwältigt schrie Emid: „Willkommen daheim, Torina!“
Überall im Schlosshof stimmten die Menschen in seine Worte ein, bis ein unermesslicher Jubel die Luft erzittern ließ. Emid sah in den Mienen der Archelder einen längst vergessenen Ausdruck von Glück. Ihm war, als strahle selbst der Himmel heller.
Torina nahm die Hand ihrer Mutter. Dreea, ganz die Königin, nickte würdevoll und wartete, bis der Trubel sich gelegt hatte.
Als wieder Ruhe eingekehrt war, ergriff Torina das Wort. „König Dahmis! Hört mein Zeugnis! Nicht Landen hat König Kareed ermordet! Lasst ihn frei!“
Sie hatte den Gefangenen auf dem Schafott nicht vergessen. Emid sah das Leuchten in den Augen des jungen Mannes, als dieser Torina anschaute, es war, als strahlten zwei Sonnen auf. Und Emid sah die Liebe, die darin lag. Eine strahlende, starke Liebe.
Die Stimme des Oberkönigs hallte von den Schlossmauern wider: „Lasst ihn frei!“
Landens Wächter eilten, ihm die Fesseln zu lösen. Jungen drängelten sich um ihn und geleiteten ihn, der noch ein wenig hinkte, zum Oberkönig.
„Bürger von Archeld! Hier steht der Held, der uns vor dem Einmarsch der Sliviiter gerettet hat!“

Die Soldaten, die sich versammelt hatten, Landens Enthauptung beizuwohnen, jubelten ihm offen zu. Er schien sie nicht zu hören. Von seinem Platz aus reichte er Torina die Hand. Sie beugte sich von der Tribüne zu ihm herab und umschloss seine Finger. Emid hörte die begeisterten Rufe, die bis zur Küste widerhallten.

# 15. Kapitel

Am nächsten Morgen spazierten Torina und Dreea durch ein Gewirr von Unkraut, wo einst ihr Garten gewesen war. Die junge Frau beugte sich zu einem Brennnesselgestrüpp hinunter, teilte es mit ihrer behandschuhten Hand und zeigte auf eine Blume, die daraus hervorlugte. In ihrem roten Haar verfingen sich die Strahlen der Sonne.

„So viel Unkraut“, seufzte Dreea. „Ich wollte hier nichts tun, solange du fort warst.“

„Auch wenn das Unkraut wuchert, die Blumen sind geblieben. Dieser Garten wird schöner denn je, jetzt, da ich endlich wieder daheim bin.“

Dreea fuhr mit dem Finger über einen grünen Stängel. „Ich habe immer daran geglaubt, dass du am Leben bist.“

Torina fasste die Mutter liebevoll an der Schulter. „Ich hörte deine Stimme vor der Tür und musste dich fortschicken, weil ich um dein Leben fürchtete.“

Dreea zitterte. „Die starken Drogen hatten mich so benebelt, dass ich nicht die Kraft hatte, deine Tür aufzubrechen.“

„Als ich in Desante lebte, schrieb ich dir so viele Briefe, die ich nie abgeschickt habe. Ich verbrannte sie vor meiner Abreise, damit sie nicht in falsche Hände gerieten. Du hättest gelacht, Mama, hättest du gesehen, wie ich als Bäuerin lebte und mich selbst versorgt habe."
„Gott sei gedankt für das Glück, dass du bei guten Leuten Unterkunft fandest."
„Glück ist das richtige Wort. Die Freundlichkeit, die ich in Desante empfing, ist nicht mit Worten auszudrücken. Die Familie Dirkson muss glauben, ich sei tot. Ich freue mich darauf, sie eines Besseren zu belehren."
„Was sie wohl denken, wenn sie erfahren, dass hinter ihrem Haus eine Prinzessin gewohnt hat?" Als Dreea lächelte, meinte Torina, die schönste Frau im ganzen Königreich vor sich zu sehen. Sie hoffte, ihr eigenes Gesicht würde eines Tages ebenso viel Liebe und Güte ausstrahlen.
„Endlich werden sie sich erklären können, warum ich von wichtigen Dingen wie Gartenarbeit und Kochen keine Ahnung hatte. Oh, werden sie sich wundern! Zum Glück haben sie alle eine gute Konstitution." Torina lachte.
Sie standen in der Sonne und schwiegen. „Ich sollte ihm dankbar sein", dachte Torina laut.
„Wem? König Dahmis?"
„Nein. Ja – aber ich meine Vesputo. Ohne ihn wäre ich noch immer das dickköpfige, verwöhnte Kind von einst. Erst Vesputo hat mich den Wert vieler Dinge lernen las-

sen.“ Sie blickte sich in dem verwilderten Garten um. „Wie wenig wusste ich, als ich dachte, alles sei verloren.“

„Ich verstehe dich, Torina.“

Sie gingen weiter. Die Sonne wärmte die Erde unter ihren Füßen. „Gehst du mit mir zum Friedhof? Ich will Vaters Grab besuchen. Und das Grab eines anderen, dem Ehre gebührt.“ Torina dachte an Eric.

„Natürlich.“ Sie gingen weiter.

„Was für ein großartiger junger Mann Landen doch ist, Torina. Ich weiß immer noch nicht, wie ihr Euch kennen gelernt habt.“

„Das erzähle ich dir ein andermal, Mama.“

„Der Oberkönig ist ein tapferer Mann“, murmelte Dreea. „Einfach mitten in die Soldaten zu reiten, wo er doch annehmen musste, dass alle Vesputo treu ergeben waren.“

„Ja. Das war wirklich tapfer. Und es war ganz nach seiner Art.“

„Gestern habe ich mit ihm gesprochen, als du dein Wiedersehen mit Landen feiertest. Wir haben beschlossen, Emid den Oberbefehl über die Armee von Archeld zu geben.“

„Emid! Eine weise Entscheidung, Mama.“

„In Zeiten der Not zeigt sich der wahrhaft Tapfere. Emid ist einer von ihnen. Er ist der vertrauenswürdigste Mann, den wir haben. Außerdem hat er fast alle Hauptleute ausgebildet und wird von allen geachtet. Ich hoffe nur, er ist einverstanden – nach zwanzig Jahren als Ausbilder von Jungen ist es etwas ganz anderes, Männer zu befehligen."

Emid nahm in der ersten Reihe im großen Festsaal des Schlosses von Archeld Platz. Der gebohnerte Boden spiegelte die vielen festlich gekleideten Menschen wider. Prachtvolle Blumensträuße standen in großen Vasen. Die langen Wände waren mit Girlanden geschmückt.

Neben Emid saß Landen. Seine dunklen Locken waren gekämmt. Er saß entspannt da und lächelte. Die Mitglieder seiner berühmten Bande waren gewaschen und herausgeputzt und saßen mit unbehaglichen Gesichtern neben ihm.

Königin Dreea und der Oberkönig thronten am Kopfende des Saals.

Durch die Mitte des Saals schritt nun eine junge Frau in einem sanftgrünen Kleid. Ihr dickes, rotes Haar war wie eine Krone um ihren Kopf geflochten und mit Blumen besteckt. Emid stiegen die Tränen in die Augen. Kein Schleier dieses Mal, keine Heimlichkeiten. Dies hier war wirklich und wahrhaftig seine Prinzessin, sprühend, wie er sie kannte. Als sie an ihm vorüberging, lächelte sie ihm zu.

Sie kniete vor König Dahmis nieder. Dieser stand auf und setzte ihr eine kostbare Krone aufs Haupt. Torina erhob sich voller Anmut und der König fasste sie bei den Händen.

Seine Worte füllten den ganzen Raum. „Der heutige Tag soll euch wiedergeben, was ihr längst verloren glaubtet! Eure Prinzessin ist wieder da!"
Emid stimmte mit aller Kraft in die im ganzen Saal widerhallenden Jubelrufe ein.
Der Saal tobte. Freudenschreie, Füßestampfen und Händeklatschen. Als endlich Stille einkehrte, sprach König Dahmis:
„Es gibt noch eine andere Angelegenheit zu regeln."
Die Gäste rutschten auf ihren Stühlen und sahen sich fragend an.
„Landen, bitte kommt nach vorn", rief der König rau.
Landen erhob sich geschmeidig. Alle starrten gespannt nach vorn, als er die Hand des Oberkönigs ergriff.
„Männer und Frauen von Archeld, hört gut zu. Ich möchte euch eine Geschichte erzählen!" Der König winkte lächelnd und die Menschen machten es sich in ihren Sitzen bequem.
„Es war einmal ein Königreich am Meer, nur ein paar Tagesreisen im Süden von Archeld. Das Königreich war klein, aber reich und sehr friedfertig."
Landen, der neben Torina stand, legte seine Hände übereinander.
„Dieses Königreich hieß Bellandra und seine Könige und Königinnen besaßen seit undenklichen Zeiten ein heiliges Schwert. Nach der Sage kam dieses Schwert von einer fernen Insel im tiefen Ozean zu den Menschen von Bellandra. Von einer unauffindbaren Insel, die nur

der zu Gesicht bekam, der reinen Herzens war und sich verirrt hatte.
Dem Schwert war eine große Macht zu Eigen. Die Macht des Friedens.
Es hieß, so lange das Schwert in Sicherheit sei, sei auch das Volk von Bellandra sicher. Die Menschen glaubten daran und vergaßen im Lauf der Zeit, wie man sich verteidigt, und lebten nur noch nach überlieferten Regeln.
Fast zehn Jahre ist es her, dass das Schwert von Bellandra geraubt wurde und König Kareed das Land eroberte. Seitdem wurde das Schwert nie mehr benutzt."
Der Oberkönig machte eine Pause. „Seit einiger Zeit ist es unter meiner Obhut. Von einem Krieger von Bellandra, einem Mann des Friedens, wurde es zurückgeholt."
Der König deutete auf Landen und schwieg.
Er trat hinter Dreeas Thron und zog eine seltsame Kiste in Form einer Pyramide hervor, die Emid bekannt vorkam.
Er stellte sie neben Torina.
„Landen", sprach die Prinzessin und berührte die Kiste, „dies ist dein." In ihrer Stimme schwang Glückseligkeit. „Meine Mutter und ich geben Euch Bellandra zurück. Wir entschuldigen uns und wollen Dank sagen. Entschuldigen wollen wir uns für Euer Leiden, Dank sagen dafür, dass wir Euch kennen lernen durften."
Landen nahm ihre Hand und küsste sie. „Ich danke Euch", sagte er schlicht.
Ehrfürchtig kniete er neben der Pyramide nieder. Lang-

sam ließ er seine Hand darüber gleiten, während die Menschen verzückt zusahen.
Dann brach er mit raschen, geschickten Bewegungen die Schlösser auf. Die Kiste ging auf. Er hob ein scharfes, schillerndes Schwert empor, auf dessen Klinge funkelnde Sterne wie Regenbogen schimmerten. Emid starrte das Schwert an und sein Herz lief über, als hätte sich alle Liebe seines Lebens in einem einzigen reißenden Fluss vereint.
Alle waren von der Harmonie und Würde des Augenblicks ergriffen und begannen zu lächeln. Einer von Landens Männern, ein Mann mit einem schrecklich verunstalteten Gesicht, sah aus, als wollte er ein Lied anstimmen. Neben ihm saß ein Riese von Mann, der in seinem hochgeschlossenen Hemd glänzte wie ein Leuchtfeuer.
Torina beugte sich hinter den Thron und zog eine wunderbar gearbeitete Scheide hervor, die sie Landen um die Taille band.
„So, dann kannst du es auch tragen", sagte sie.
Landen steckte das Schwert in die Scheide und auf ein Zeichen von König Dahmis stimmten die Musikanten ein munteres Lied an und die Menschen drängten sich plaudernd und lachend aus dem Saal.
Emid ging vor zu Torina. Diese stand versunken da und sah Landen in die Augen. Da erinnerte er sich der kleinen Waldlichtung, wo er die beiden Königskinder beim Bogenschießen beobachtet hatte.

*Vielleicht habe ich es damals schon geahnt. Jetzt weiß ich es mit Bestimmtheit. Das Schicksal hat sie zueinander geführt.*

„Wie sieht Eure Zukunft aus, Königssohn?“, hörte er Torina fragen.

Landen lächelte. „Fragt Eure Kristallkugel, Königstochter.“

Sie streckte die Hand aus und strich mit dem Finger über seine Augenbrauen. „Mein Kristall zeigt mir nie, was ich mit eigenen Augen sehen kann.“

Königin Dreea und König Dahmis standen in der Nähe und betrachteten das Paar.

„Die beiden sind aus demselben Holz geschnitzt“, sagte die Königin.

Der Oberkönig nickte. „Von derselben Klinge“, antwortete er und reichte ihr würdevoll den Arm.

# Danksagung

Ich möchte den folgenden Personen meinen innigen Dank aussprechen: meinen Eltern, weil sie mir die Liebe zum Buch vermittelt haben, meinem Mann Tim, meinen Schwestern Bridget und Peggy und meiner Freundin Mary Ann für ihre Unterstützung und meinen vielen guten Freunden, die das Leben für mich so interessant machen. Meinem Lektor Ben Sharpe danke ich für seine klugen Beiträge und meiner Agentin Sophie Hicks und meinem Verleger David Ficklung für ihren unschätzbaren Einsatz für dieses Buch.